KB189694

서유기

서유기

초판 인쇄 2024년 4월 10일
초판 발행 2024년 4월 15일

지은이　　오승은
펴낸이　　진수진
펴낸곳　　책에반하다

주소　　　경기도 고양시 일산서구 대산로 53
출판등록　2013년 5월 30일 제2013-000078호
전화　　　031-911-3416
팩스　　　031-911-3417

서유기
西遊記

| 오승은 지음 |

삶의 희로애락과 오욕칠정을
이야기하는 작품

『서유기』는 당나라 황제의 명을 받은 삼장법사가 천축국으로 불경을 구하러 가는 과정을 담은 이야기이다. 중국에서 천축국까지 오가는 데 걸린 시간은 무려 14년. 그토록 기나긴 여정 중에 삼장법사와 세 제자인 손오공, 저팔계, 사오정은 다양한 사건에 맞닥뜨리게 된다. 시간의 흐름에 따라 나열된 각각의 단편들을 읽다 보면 신괴(神怪)한 판타지 한 편을 보는 듯한데, 그와 같은 흥미로운 픽션 속에 부처의 가르침을 깨닫게 하는 교훈적 요소도 깃들어 있다.

그러나 『서유기』가 처음부터 재미있는 소설 작품으로 창작된 것은 아니다. 실제로 7세기에 실존 인물 삼장법사가 타클라마칸사막을 지나 인도까지 가서 대승불경을 구해온 사실이 있으며, 그때 보고 들은 내용을 『대당서역기(大唐西域記)』라는 여행기로 펴냈다. 그 후 후대 사람들이 『대당서역기』를 통해 미지의 세계에 대한 상상력을 불러일으켰고 숱한 민간설화를 탄생시켰다. 그리고 그것을 바탕으로 명나라 출신의 작가 오승은이 이야기를 확대 재생산해 오늘날 우리가 읽

4

게 되는 『서유기』를 탄생시킨 것이다.

흔히 우리는 어린 시절에 '손오공'이라는 제목으로 『서유기』를 접하게 된다. 무엇보다 72가지 술법을 펼치며 근두운을 타고 단숨에 10만 8,000리를 날아가는 손오공의 재주가 독자들의 흥미를 끌기 때문에 그와 같은 제목을 달게 되는 경우가 많은 것이다. 한마디로 『서유기』의 주연이 손오공이며, 삼장법사는 조연으로 취급당하는 경우가 일반적이다. 하지만 『서유기』를 어린아이들이 읽는 동화로만 생각하면 안 된다. 이 작품은 현실세계의 추악함과 지배계급의 타락상을 일깨우는 빼어난 풍자문학이며, 윤회와 안과응보 등의 불교 사상을 포함해 도교적 신선 사상의 요소까지 담고 있는 종교소설의 면모도 보여주고 있다. 언뜻 단순하고 재미있는 에피소드의 집합으로 생각하기 십상이지만, 그 이야기 속에 우리 삶의 희로애락과 오욕칠정이 담겨 있다는 의미이다.

『서유기』에서 삼장법사 일행이 천축국에 다다르는 길은 매우 험난하다. 너나없이 나약하고 어리석었던 일행이 무수한 고난을 이겨내고 깨우침을 얻어 마침내 목표를 달성하는 과정은 인간들 개개인의 삶과 크게 다르지 않다. 한 편의 판타지 소설 같은 『서유기』를 읽는 독자들 역시 그 여정 속에서 자신을 성찰하는 기회를 갖게 될 것이라고 믿는다.

Contents

돌에서 태어난 원숭이

옛날 옛적부터 전설처럼 전해져 내려오는 이야기가 있다. 오래 전 이 세계는 동승신주(東勝神洲), 서우하주(西牛賀洲), 남섬부주(南贍部洲), 북구로주(北俱蘆洲)로 나뉘어 있었다. 그 가운데 동승신주 동쪽에 오래국(傲來國)이라는 나라가 있었다. 그곳에 화과산(花果山)이 까마득히 솟아 있었는데, 산꼭대기에는 신비로운 바위 하나가 떡 하니 자리를 잡았다. 그 바위는 높이가 대략 40자(尺)나 되었고, 둘레도 25자(尺)는 너끈히 되는 듯했다.

어느 날, 화과산의 신비로운 바위가 '쩍!' 소리를 내며 갈라지더니 그 안에서 난데없이 둥근 알 하나가 튕겨져 나왔다. 며칠 동안 따사로운 햇볕과 부드러운 바람이 그 알을 어루만졌다. 그러자 놀랍게도 정체불명의 알은 돌원숭이로 변했다. 어떻게 이런 일이 일어날 수 있을까! 돌원숭이는 튼튼한 손발을 가졌고 이목구비가 뚜렷했는데, 특히 눈빛이 매우 강렬해 그 기운이 구름을 뚫고 올라가 옥황상제가 있는 영소보전(靈宵寶殿)에 다다랐다.

옥황상제가 깜짝 놀라 곁에 있는 신하에게 물었다.

"이것이 대체 무슨 빛인가? 땅에서 이토록 강렬한 빛이 올라오다니."

신하가 영문을 몰라 허둥대자 옥황상제가 명을 내렸다.

"당장 천 리 밖을 볼 수 있는 천리안 장군을 지상에 내려 보내 어떻게 된 일인지 알아보아라!"

옥황상제의 명을 받은 천리안 장군은 한달음에 화과산으로 갔다. 그리고는 멀찍이서 돌원숭이를 살펴본 뒤 영소보전으로 돌아와 무릎을 꿇고 말했다.

"옥황상제님, 화과산에서 얼마 전에 돌원숭이가 태어났습니다. 한데 녀석의 눈에서 황금색 광선 같은 빛이 뿜어져 나오고 있었습니다."

천리안 장군의 이야기를 들은 옥황상제는 깜짝 놀랐다. 여태껏 한 번도 없었던 일이었으므로 나쁜 징조는 아닐까 내심 걱정스러웠다. 하지만 옥황상제는 곧 마음을 가라앉혔다.

"지상의 모든 만물은 하늘의 섭리대로 생겨난다. 돌원숭이의 눈빛이 이곳에 이를 만큼 강렬하다 해도, 땅에서 나는 음식과 물을 먹다 보면 머지않아 그 빛이 시들해질 것이다."

옥황상제의 말을 들은 영소보전의 신하들도 그제야 머리를 끄덕이며 시름을 놓았다.

한편, 자기 때문에 일어난 소동을 까맣게 모르는 돌원숭이는 화과산을 이리저리 신나게 뛰어다녔다. 배가 고프면 탐스럽게 열린 나무 열매며 꽃들을 따 먹고, 갈증이 느껴지면 샘으로 달려가 벌컥벌컥 물을 들이켰다. 산에는 돌원숭이의 친구들이 많았다. 토끼와 사슴과 다람쥐들이 돌원숭이의 뒤를 쫓아 온 산을 헤집으며 뛰어다니고는 했다. 그뿐 아니라 다른 원숭이들도 돌원숭이와 스스럼없이 어울렸다. 하루는 원숭이 무리가 무더위를 피해 개울로 우르르 몰려가 물놀이를 했다. 얼마쯤 신나게 놀았을까. 한참 물장구를 치던 한 원숭이가 고개를 갸웃거리며 친구들에게 물었다.

"얘들아, 이 물은 대체 어디에서 흘러오는 걸까?"

그 말에 다른 원숭이들도 갑자기 궁금증이 생겼다. 원체 장난꾸러기들인 터라, 한동안 서로의 얼굴을 바라보더니 누가 먼저라고 할 것도 없이 개울물이 흘러 내려오는 골짜기로 냅다 내달렸다.

"우리는 궁금한 게 있으면 참지 못해."

"그럼, 그렇고말고. 당장 저 위로 올라가 보자!"

원숭이 무리가 달려가는 맨 앞에는 돌원숭이가 자리했다. 다른 원숭이들도 무척 날랬지만, 돌원숭이의 달리기 솜씨는 단연 최고였다. 호기심 또한 둘째가라면 서러울 정도여서 안 그래도 강렬한 눈빛이 더욱 반짝거렸다. 잠시 뒤 원숭이 무리는 개울물이 시작되는 지점인 작은 폭포 앞에 이르렀다.

"봐, 여기서부터 개울물이 흘러내리고 있었어!"

원숭이들은 일제히 폭포 아래로 뛰어들어 첨벙거렸다. 그때 한 원숭이가 다시 고개를 갸웃거렸다.

"그런데 이 폭포의 물은 어디에서 나오는 걸까?"

그 말에 원숭이들은 더 큰 궁금증이 생겼다. 폭포 물이 시작되는 곳을 알려면 그 속으로 들어가 봐야 하는데, 아무리 장난꾸러기들이라도 은근히 겁이 나는 일이었다. 모두 망설이기만 하던 순간, 한 원숭이가 기발한 제안을 했다.

"애들아, 누구든지 저 폭포 속으로 들어가 물이 시작되는 곳을 알아내면 큰 상을 주기로 하자. 무사히 살아 나와서 궁금증을 풀어주면 우리의 왕으로 모시는 거야. 어때?"

그럼에도 선뜻 나서는 원숭이가 없었다. 너나없이 괜히 이리저리 눈알을 굴리며 머뭇거릴 때, 돌원숭이가 자신만만한 표정을 지으며 앞으로 나섰다.

"모두들 왜 그렇게 겁이 많아? 내가 폭포 속으로 들어가서 너희들의 궁금증을 시원하게 해결해주지!"

돌원숭이의 등장에 다른 원숭이들은 일제히 환호성을 내지르며 박수를 쳤다. 그 모습을 보고 더욱 의기양양해진 돌원숭이는 아무 망설임 없이 폭포 속으로 뛰어들었다. 어디론가 한참 헤엄친 돌원숭이의 눈앞에 쇠로 만든 다리가 나타났다. 신기하게도 그 주변에는 물이 고여 있지 않았다. 다리 입구에는 비석이 세워져 있었는데, 화과산복지 수렴동동천(花果山福地 水簾洞洞天)이라는 글이 새겨져 있었다. 돌원숭이는 주위를 휘둘러보았다. 사방이 고요했고, 성큼성큼 다리를 건너자 아름다운 경치가 펼쳐졌다. 그리고 돌침대와 돌의자 등 돌로 만든 멋진 물건들이 여기저기 널려 있었다. 아무래도 누가 살았던 듯 창문 없는 방과 부뚜막을 비롯해 자질구레한 살림살이들도 보였다.

"폭포 속에 이렇게 신기한 곳이 있었네. 여기서 살면 좋겠는걸. 어서 가서 부하들에게 내가 본 것을 이야기해줘야겠군."

돌원숭이는 이미 원숭이들의 왕인 것 같았다. 재빨리 폭포 속을 빠져나온 돌원숭이가 다른 원숭이들 앞에 뽐내는 자세로 서서 소리쳤다.

"폭포 속은 아주 훌륭해! 쇠로 만든 다리가 있는데, 그 주변에는 물도 없어 우리가 살기에 안성맞춤이지. 거기서 지내면 폭풍우나 천둥 번개를 걱정할 필요가 없을 거야. 모두 그곳으로 가서 사는 게 어때?"

돌원숭이의 말에 반대하는 원숭이들은 하나도 없었다. 아니, 반대를 안 한 것이 아니라 진심으로 좋아하며 이상한 괴성을 내지르기까지 했다. 그들은 바로 폭포 속으로, 그러니까 수렴동(水簾洞)을 향해 씩씩하게 헤엄을 쳤다. 두려움이 사라진 원숭이들은 거칠 것이 없었다.

원숭이들이 모두 수렴동에 모이자, 돌원숭이가 다시 앞으로 나섰다. 이제 누가 보아도 우두머리라고 인정할 만큼 말과 행동에 자신감이 넘쳤다.

"자, 너희들은 약속대로 나를 왕으로 모시도록 해라! 혹시 불만이 있다면 지금 당장 이리 나와 봐."

돌원숭이의 목소리가 쩌렁쩌렁 울려 퍼졌다. 자신들 스스로 약속한 것이니 누가 불만을 갖겠는가. 원숭이들은 왕이 된 돌원숭이를 향해 크게 박수를 치며 축하했다. 그 날부터 돌원숭이는 미후왕(美猴王)으로 불렸다. 미후왕이란, '원숭이들의 멋진 왕'이라는 뜻이었다.

02

손오공이 된 미후왕

어느덧 돌원숭이가 미후왕이 된 지 300년의 시간이 흘렀다. 그동안 미후왕은 원숭이들을 이끌며 더없이 안락한 세월을 보냈다. 과연 수렴동은 원숭이들이 살아가기에 더없이 좋은 곳이었다. 하지만 언제부터인가 미후왕은 마음 깊이 심각한 고민이 생겨 원숭이들 앞에서 눈물을 보이고는 했다.

"미후왕님, 무슨 일 있으십니까? 왜 갑자기 우세요?"

신하 원숭이들의 걱정에 미후왕은 마지못해 고민을 털어놓았다.

"인생무상! 세월이 참 빠르구나……."

미후왕은 현재의 생활에 불만이 없었다. 그러나 단 한 가지, 언젠가 자신의 삶이 끝날 것이라는 두려움이 컸다. 세상 만물은 시작이 있듯 끝이 있게 마련이었다. 누구나 태어나면 죽는 것이 하늘의 섭리였다. 눈치 빠른 늙은 신하 원숭이가 미후왕의 불안을 눈치챘다.

"미후왕님, 불로장생의 비책이 있다고 들었습니다. 부처와 신선들은 아무리 나이를 먹어도 죽지 않는다고 합니다."

늙은 신하 원숭이의 말에 미후왕의 두 눈이 동그래졌다. 그의 말이 끝나자마자 미후왕은 엄청난 결심을 한 듯 외쳤다.

"그게 정말인가? 그렇다면 더 이상 머뭇거릴 이유가 없지. 그 부처와 신선들이 어디 있느냐?"

"그곳은 아주 멀리 있습니다. 바다 건너 남섬부주까지 가야 한다고 들었습니다."

"아무리 멀리 있다고 한들 내가 망설이겠느냐. 당장 부처와 신선들을 만나 불로장생의 비책을 배워 오겠노라."

수렴동의 원숭이들은 미후왕을 말리지 않았다. 이미 오랫동안 미후왕이 왕 노릇을 하고 있어 뭔가 달라져야 할 필요성을 느꼈고, 설령 말린다고 해도 미후왕이 말을 듣지 않을 것이라는 사실을 뻔히 알고 있었기 때문이다. 원숭이들은 서둘러 소나무를 베어다 뗏목을 만들기 시작했다. 아울러 뗏목을 타고 바다를 건너는 동안 먹어야 할 음식도 넉넉히 준비했다. 며칠 후, 미후왕은 원숭이들이 완성한 뗏목에 올라 흡족한 미소를 지었다.

"나의 백성들이여, 고맙다. 내가 꼭 부처와 신선들을 만나 불로장생의 비책을 알아오겠다. 이제 바람이 불어오기를 기원해다오!"

미후왕의 소망대로 순풍이 불었다. 늘 그랬듯, 미후왕은 자신의 행동에 거침이 없었다.

그렇게 얼마나 많은 시간이 흘렀을까?

미후왕은 마침내 남섬부주의 어느 바닷가에 닿았다. 그곳에 사람들의 마을이 있었는데, 미후왕은 자신의 신분을 숨긴 채 9년의 세월을 보낸 다음 그동안 알게 된 여러 정보를 바탕으로 신선이 산다는 곳을 찾아 나섰다. 하지만 신선을 쉽게 만날 수는 없었다. 신선이라는 말을 듣고 찾아가면 평범한 사람이기 일쑤였다. 미후왕은 하는 수 없이 다시 뗏목을 타고 서우하주로 떠났다. 그곳에서 드디어 신선이 살 것 같은 험한 산을 발견했다. 미후왕은 급한 마음에 헐레벌떡 산을 올랐다. 마침 산속에서는 한 노인이 나무를 베고 있었는데, 미후왕이 보기에 영락없는 신선이었다.

"아이고, 이제야 신선님을 뵙는군요!"

미후왕은 기쁨이 너무 커서 감격한 표정을 지었다. 그러나 이번에도 노인은 신선이 아니라 평범한 사람이었다.

"나는 신선이 아니오. 영대방촌산(靈臺方寸山)에 사월삼성동(斜月三星洞)이라고 하는 동굴이 있소. 거기에 보리(菩提) 조사(祖師)라는 신선이 사니까 한번 가보시오."

노인의 말을 들은 미후왕은 정중히 인사를 하고 한달음에 영대방촌산을 찾아갔다. 그곳에서는 정말 동굴 하나가 있었는데, 커다란 비석에 사월삼성동이라는 글자가 크게 쓰여 있었다. 미후왕은 제대로 찾아왔다고 생각하며 깊이 한숨을 쉬었다. 그때 동굴에서 한 선동(仙童)이 걸어 나와 말을 건넸다.

"스승님께서 손님이 찾아왔을 거라고 말씀하셔서 나와 봤어요. 정말 손님이 오셨군요. 저희 스승님을 만나러 오셨나요?"

"그렇소. 나를 스승님께 데려다주시오."

미후왕은 예의를 갖추면서도 당당함을 잃지 않았다. 선동이 만만해 보이기는 했지만, 행여나 신선을 만나지 못하게 될까 염려되어 애써 몸을 낮추는 시늉을 했던 것이다.

선동은 미후왕을 안내해 동굴 안으로 들어갔다. 왠지 모를 긴장감이 미후왕의 몸을 감쌌다. 처음 느껴보는 설레는 기분이었다. 선동이 발걸음을 멈춘 곳에는 이렇다 할 장식 없이 법상(法床) 하나가 놓여 있었다. 그 아래쪽에 제자로 보이는 이들이 서른 명쯤이나 줄지어 서 있었다. 미후왕은 자기도 모르게 법상 앞으로 다가가 머리를 조아렸다.

"스승님, 부디 저를 제자로 받아주십시오!"

그 모습을 본 보리 조사가 나직한 목소리로 물었다.

"넌 누구이며 어디서 왔느냐?"

"저는 동승신주의 오래국에서 왔습니다. 화과산 수렴동에서 원숭이들의 왕으로 살았지요. 스승님을 찾아뵈려고 10년이나 고생한 끝에 이곳에 오게 되었습니다. 모쪼록 저를 제자로 받아주시길 바랍니다."

"음, 그랬구나. 네 성은 무엇이냐?"

보리 조사의 질문에 미후왕은 살짝 당황했다.

"스승님, 저는 성이 없습니다. 이름도 없고요."

미후왕의 이야기에 보리 조사는 잠시 생각에 잠기는 듯하다가 다시 입을 열었다.

"그렇다면 성을 손(孫)이라 하자. 이름은 오(悟)를 써서, 손오공(孫悟空)이라고 부르면 어떻겠느냐?"

"좋다마다요. 지금부터 저를 손오공이라고 불러주십시오."

뒤늦게 이름을 얻은 손오공은 뛸 듯이 기뻐 보리 조사에게 넙죽 절을 했다. 그 날부터 손오공은 보리 조사의 제자가 되어 동굴에서 생활하게 되었다. 여러 사형들이 손오공에게 친절히 대하며 사월삼성동에서 어떻게 지내야 하는지 알려주었다. 손오공은 선배 사형들에게 깍듯이 예의를 갖추며, 틈나는 대로 청소를 하거나 물을 길어 날랐다. 동굴 안의 온갖 자질구레한 일들을 하면서도 손오공은 불평 한마디 하지 않았다.

그렇게 낮이 지나고 밤이 지나, 어느덧 7년의 세월이 흘렀다. 그동안 보리 조사는 손오공에게 별다른 공부를 시키지 않았다. 손오공은 이따금 마음이 급했지만, 때가 오기를 기다리며 짧지 않은 시간을 묵묵히 견뎠다. 그러던 어느 날, 보리 조사가 손오공을 불러 물었다.

"오공아, 네가 이곳에 온 지도 꽤 많은 시간이 지났구나. 너는 내게 어떤 도를 배우고 싶으냐?"

보리 조사의 물음에 손오공이 낯빛이 환해졌다. 하지만 짐짓 본심을 드러내지는 않았다.

"제가 감히 어떻게 무슨 도를 배우고 싶다 얘기하겠습니까? 스승님께서 가르쳐주시는 것이라면 뭐든 성심껏 배우겠습니다."

"허허, 그래? 그렇다면 술(術)에 관해 알려줄까?"

그러나 손오공은 뭐든 성심껏 배우겠다는 말과 달리 더 이상 조급증을 감추지 못했다.

"아니오, 그건 아닙니다."

"그래? 그럼 유(流)나 정(靜)에 관한 배움은 어떻겠느냐?"

"아뇨, 아니오. 둘 다 싫습니다."

"뭐라, 싫다고? 그럼 동(動)에 관한 것은?"

"그것도 아닙니다. 저는 사실 불로장생에 관한 비책을 배우고 싶어 스승님을 찾아온 것입니다."

손오공의 대답에 보리 조사는 화가 불끈 치밀어 올랐다. 학문에 진정어린 뜻을 두기보다 불로장생의 속된 욕심으로 가득 찬 제자가 괘씸했던 것이다. 그래서 회초리를 들어 손오공의 머리를 3번 세게 내리쳤다. 그러고도 화가 풀리지 않았는지 동굴 뒤쪽으로 가 문을 쾅 닫으며 자신의 방으로 들어가 버렸다.

스승의 화난 모습을 본 제자들은 바짝 긴장했다. 좀처럼 그와 같은 일이 없었기에, 앞으로 어떤 불호령이 내릴지 걱정스러웠던 것이다. 하지만 당사자인 손오공은 웬 일인지 미소까지 지으며 아무렇지 않은 표정이었다. 심지어 마음속으로 쾌재를 부르기까지 했다.

'히히, 스승님이 남들 몰래 내게 비밀 신호를 주셨어.'

그 날 밤, 손오공은 잠든 척하다가 삼경(三更)에 맞춰 동굴 뒤쪽에 있는 문 앞으로 살금살금 나가 보았다. 그 문을 지나면 보리 조사의 방이 있었다. 손오공은 조심스럽게 걸음을 옮기면서 자신의 예상이 틀리지 않았다는 것을 직감했다.

'그럼 그렇지. 스승님이 내 머리를 3번 내리치신 것은 삼경에 찾아오라는 뜻이었어. 다른 제자들이 눈치챌까 봐 괜히 화가 나신 척한 것이지.'

손오공은 보리 조사의 방에 들어가 무릎을 꿇었다. 그리고는 작은 목소리로 얕은 잠에 든 신선을 깨웠다.

"스승님, 제가 왔습니다."

"어, 네가 어쩐 일로······."

"스승님, 다 알고 있습니다. 스승님께서 삼경에 찾아오라고 제 머리를 3번 내리치시지 않았습니까?"

손오공의 천연덕스런 말에 보리 조사는 내심 감탄을 감추지 못했다.

'이 녀석은 과연 원숭이들의 왕답구나. 내가 낸 수수께끼를 간단히 풀다니, 하늘의 특별한 섭리로 태어난 놈이 틀림없어.'

그때 손오공이 애원하듯 간절하게 말했다.

"스승님, 제게 꼭 불로장생의 비책을 알려주십시오!"

스승도 더는 영민한 제장의 간청을 뿌리치지 못했다. 보리 조사는 다음날부터 불로장생의 비책을 가르쳐주기 시작했다. 그뿐 아니라 72가지 둔갑술에 대해서도 알려주었다. 저마다 주문이 복잡해 배우기 쉽지 않았지만, 손오공은 기쁜 마음으로 즐겁게 공부했다. 보리 조사가 손오공에게 전수한 비책 중에는 근두운(筋斗雲)을 타고 하늘을 나는 재주도 있었다. 근두운에 올라타면 10만8,000리쯤 단숨에 날아갈 수 있었다.

보리 조사의 다른 제자들은 손오공이 부러웠다. 자신들에게는 스승이 그렇게 많은 비책을 가르쳐주지 않았고, 또한 가르쳐준다 한들 손오공만큼 빨리 배울 자신이 없었다. 하루는 제자들이 손오공에게 그동안 배운 비법을 보여 달라고 졸랐다. 짐짓 손오공도 사형들에게 자기가 터득한 재주를 뽐내고 싶었다.

손오공은 둔갑술부터 보여주었다. 큰 소리로 중얼중얼 주문을 외더니 금세 떡갈나무로 변신했다.

"와, 대단한걸! 누가 봐도 의심할 바 없는 떡갈나무야!"

그때 제자들이 웅성거리는 소리에 보리 조사가 방에서 나왔다. 그리고는 둔갑술을 펼치고 있는 손오공을 발견하고 벼락같이 화를 냈다.

"이런, 한심한 놈을 봤나! 도를 닦는다는 자가 그렇게 경박하게 처신해서야 어디에 쓰겠느냐?"

보리 조사의 꾸짖음에 손오공은 화들짝 놀라 머리를 조아렸다.

"스승님, 잘못했습니다. 사형들이 부탁하는 바람에 어쩔 수 없이 그만……."

그러나 보리 조사의 화는 풀리지 않았다.

"오공이 너는 당장 이곳을 떠나거라!"

손오공은 사태가 심상치 않은 것을 깨닫고 두 손을 싹싹 빌며 용서를 구했지만, 이미 돌이킬 수 없는 일이었다. 보리 조사의 이야기가 이어졌다.

"오늘 네가 하는 짓을 보니, 머지않아 큰 말썽을 일으키겠구나. 앞으로 어디에서 어떤 상황에 맞닥뜨리든지 내 제자였다는 말을 삼가라. 만약 섣불리 내 제자라고 지껄였다가는 지옥의 유황불이 너를 용서치 않을 것이다!"

더 이상 용서를 빌어봤자 소용없는 노릇이었다. 손오공은 어쩔 수 없이 여러 사형들과 작별 인사를 나눈 뒤 사월삼성동을 떠나기로 했다. 손오공은 곧 근두운을 타고 동승신주를 향해 떠났다.

여의봉을 갖게 된 손오공

사월삼성동에서 화과산은 꽤 멀었지만, 손오공은 근두운 덕분에 금방 다다를 수 있었다. 보리 조사 곁을 떠나게 된 것은 서운했지만, 오랜만에 고향 땅에 돌아오게 되어 기뻤다.

"모두 나와서 누가 왔는지 봐라. 너희들의 왕이 돌아왔다!"

그런데 이상했다. 하늘에서 내려다보니, 꽃과 나무가 우거졌던 화과산이 황량하기 그지없었다. 손오공의 외침을 듣고 어딘가에 숨어 있던 원숭이들이 하나둘 기어 나왔는데, 왠지 잔뜩 겁에 질린 모습이었다.

"왜 이제야 오셨어요, 미후왕님……."

"미후왕님이 이곳을 떠나시고 얼마 안 되어 혼세(混世) 마왕이란 놈이 쳐들어와서 우리를 마구 괴롭혔답니다. 얼마 전에는 아기원숭이들까지 마구 붙잡아갔어요."

원숭이들은 손오공에게 앞다투어 하소연했다.

"이런 괘씸한 놈을 봤나! 녀석이 사는 곳이 어딘가?"

"수장동(水臟洞)이라는 동굴에 산답니다."

"알겠다. 너희는 아무 걱정 말고 내가 돌아올 때까지 기다려라."

손오공은 간신히 화를 삭이며 근두운을 타고 수장동으로 날아갔다. 동굴 문 앞에는 마왕의 졸개들이 보초를 서고 있었다.

"나는 화과산의 미후왕이다! 건방진 혼세 마왕의 버르장머리를 고쳐주러 왔으니 당장 들어가서 내 말을 전해라!"

마왕의 졸개들은 손오공의 기세에 눌려 혼비백산 두목에게 달려갔다. 얼마 지나지 않아 혼세 마왕이 모습을 드러냈다. 갑옷을 입고 투구를 쓴 마왕의 손에는 큰 칼이 들려 있었다.

"네가 원숭이들의 왕이란 작자냐? 털북숭이 원숭이 주제에 감히 여기가 어디라고 찾아와서 소란을 피우느냐?"

혼세 마왕은 키가 30자(尺)나 되는 괴물이었다. 게다가 큰 칼을 마구 휘둘러대는 모습이 누가 봐도 공포심을 느끼기에 충분했다. 그에 비하면 손오공은 무기 하나 없이 맨 몸으로 마왕을 상대하려고 했다.

"덤벼라, 이 못된 놈!"

손오공은 자기 몸에서 털을 한 움큼 뽑아 입에 대고 훅 불었다. 그것은 보리 조사에게 배운 여러 가지 술법 중 하나였다. 손오공의 털은 수백 마리 원숭이들로 변해 혼세 마왕의 온몸을 사정없이 쥐어뜯었다.

"악! 이게 뭐야? 원숭이들이 왜 이렇게 많아졌어?"

혼세 마왕이 정신을 차리지 못하는 틈을 타서 손오공은 급소를 공격했다. 아무리 우락부락한 거인 괴물이라도 더는 당해낼 도리가 없었다. 혼세 마왕이 쓰러지자 손오공은 수백 마리 원숭이들과 함께 남은 졸개들까지 모조리 물리쳤다. 그리고는 아기 원숭이들을 데리고 무사히 화과산으로 돌아왔다. 그 모습을 본 원숭이들이 기쁨의 눈물을 흘리며 손오공을 반갑게 맞이했다.

"미후왕님, 만세! 우리의 대왕님, 만만세!"

손오공은 어깨를 으쓱대며 혼세 마왕을 무찌른 무용담을 들려주었다. 원숭이들은 손오공의 무예와 술법이 대단한 것을 알고 마음이 든든했다. 화과산에서는 밤늦게까지 잔치가 벌어졌다. 이튿날, 손오공이 원숭이들을 널찍한 마당으로 불러 모아 비장하게 말했다.

"앞으로는 두 번 다시 적에게 이곳을 침략당하면 안 된다. 마왕 따위가 너희를 괴롭히지 못하게 열심히 무예를 닦도록 해라!"

"네, 미후왕님. 명심하겠습니다!"

손오공은 죽창과 나무칼을 만들라는 명령을 내렸다. 화과산의 원숭이들은 그것으로 무술을 익히며 싸움 실력을 늘려 갔다. 하지만 아무래도 변변찮은 무기에 신경이 쓰였다. 그깟 죽창과 나무칼로는 포악한 적들을 막아내기 어렵다는 것을 알았기 때문이다.

"이런 것으로는 우리를 지키는 데 한계가 있어. 어디에서 좀 더 강력한 무기들을 구할 수 있을까?"

손오공이 혼잣말로 걱정하고 있을 때, 나이 든 원숭이 한 마리가 그 소리를 들었다.

"미후왕님, 오래국의 수도에 가면 쇠로 만든 무기가 있다고 들었습니다."

나이 든 원숭이의 말에 손오공의 낯빛이 환해졌다. 잠깐의 망설임도 없이 손오공은 근두운을 타고 오래국의 수도로 날아갔다. 그곳에서 또다시 자기의 털을 한 움큼 뽑아 분신들을 만들어 명령했다.

"너희들은 당장 무기고로 들어가서 쇠칼과 쇠창을 하나씩 들고 나와라!"

손오공의 털로 만들어진 원숭이들은 재빠른 몸놀림으로 무기고를 향해 달려갔다. 오래국 수도의 무기고를 지키는 병사들이 맞서 싸우려 했지만 상대가 되지 못했다. 손오공의 분신들은 손오공만큼이나 싸움 솜씨가 훌륭했다.

쇠칼과 쇠창으로 무장한 화과산의 원숭이들은 더 이상 두려울 것이 없었다. 온갖 술법을 익힌 손오공의 존재만으로도 든든했는데 이제 좋은 무기까지 갖추게 되었으니 말이다. 그 소식을 들은 인근 72동(洞)의 마왕과 요괴들은 제 발로 화과산을 찾아와 평화롭게 지내자는 간청을 하기도 했다. 하지만 욕심은 끝이 없는 법이라고 했던가? 손오공은 다른 원숭이들과 달리 마음에 드는 무기가 없었다. 혼세 마왕에게 빼앗은 커다란 칼도 흡족하지 않았다. 미후왕답게, 성과 이름을 가진 원숭이의 왕답게 세상에서 가장 훌륭한 무기가 필요하다고 생각했다.

이번에도 그 사실을 눈치챈 나이 든 원숭이가 다가와 귀가 솔깃한 정보를 알려주었다.

"미후왕님, 수렴동 물길에서 멀지 않은 곳에 수정궁(水晶宮)이라는 용궁이 있습니다. 그곳의 용왕을 찾아가시면 훌륭한 무기를 얻으실 수 있을 것입니다."

"그래? 듣던 중 반가운 소리구나!"

손오공은 한 치의 망설임도 없이 수정궁을 찾아 나섰다. 용왕은 반갑게 손오공을 맞이하더니, 어디에 내놓아도 손색없는 무기들을 기꺼이 내어주었다.

"마왕과 요괴들로부터 화과산을 지키는 것이 결국 수정궁을 보호하는 길이라고 믿소. 이것은 3,600근이 나가는 구고차(九股叉)이고, 여기 있는 이 무기는 7,200근이나 되는 방천

화극(方天畵戟)이요. 마음에 드는 것으로 가져가시오."

그러나 어떤 무기도 손오공의 눈에 쏙 들어오지 않았다.

"용왕님, 이보다 더 묵직한 무기는 없습니까?"

용왕이 그 말을 듣고 난처한 표정을 지었다. 그때였다.

"미후왕이 7,200근보다 더 묵직한 무기를 원하니 신진철(神珍鐵)을 보여주면 어떨까요?"

용왕 곁에서 잠자코 서 있던 왕비가 말문을 열었다. 손오공이 두 눈이 동그래졌다.

"용왕님, 신진철이라는 것을 가져다주시지요."

"아, 그것은 너무 무거워 여기로 가져올 수가 없소. 미후왕이 직접 가서 봐야 하오."

용왕은 손오공을 바다 깊은 곳으로 데려갔다. 무기 가까이 다가가기도 전에 멀리서 신비한 빛이 뿜어져 나오고 있었다. 손오공은 기대 가득한 얼굴로 신진철을 들어 보았다.

"오, 내 맘에 쏙 드는 무게인걸! 다만 너무 굵고 길어서 들고 다니기 거추장스럽겠어. 조금만 가늘고 짧으면 더할 나위 없이 좋겠는데 말이야."

그러자 순간, 놀라운 일이 벌어졌다. 신진철이 손오공의 명령을 따르는 듯 들고 다니기 딱 적당하게 크기가 줄어든 것이다. 더구나 다시 한 번 "줄어들어라!" 하고 소리치자 자수바늘만큼 작아져 감쪽같이 귓속에 집어넣을 수 있게 되었다.

"이렇게 기특한 것이 있나! 내 무기로 이만한 것이 없겠다."

손오공은 귓속에서 신진철을 꺼내어 크기를 조금 키운 뒤 위아래로 찬찬히 훑어보았다. 신진철 양쪽에는 금테가 둘러져 있었고, '여의금고봉(如意金箍棒) 1만3,500근'이라는 글씨가 새겨진 것이 눈에 띄었다.

"'여의'는 '마음대로'라는 의미지. 내가 원하는 대로 크기를 늘였다, 줄였다 할 수 있는 무기라는 것이군. 이 여의봉, 정말 좋아!"

그런데 손오공의 욕심은 그것으로 그치지 않았다.

"용왕님, 이 여의봉에 어울리는 갑옷과 투구도 구해 주시겠습니까? 신발까지 챙겨주시면 더 고맙고요."

손오공의 말투는 공손했지만 강요나 다름없는 요구였다. 그제야 용왕은 너무 친절을 베풀었다고 생각하며 후회했으나 이제 와 어쩔 도리가 없었다. 용왕이 머뭇거리는 듯하자 손오공은 장난스럽게 협박을 했다.

"이 여의봉의 위력을 여기서 한번 시험해볼까요? 어때요, 용왕님?"

용왕은 손오공의 다양한 술법과 비책에 대해 익히 들어왔던 터라 그 말을 가볍게 여길 수 없었다. 용왕은 급히 북해와 남해, 서해를 다스리는 삼형제에게 연락해 여의봉에 어울리는 갑옷과 투구와 신발을 구해 주었다. 그제야 손오공은 모든 것이 만족스러워 수정궁 용왕에게 작별 인사를 건넸다.

"용왕님, 이만 가보겠습니다. 내가 화과산을 굳건히 지킬 테니 걱정 마세요. 너무 많은 것을 가져가는 것 같아 좀 미안하네요, 헤헤."

손오공은 드디어 금관 형태의 투구를 쓰고, 갑옷을 걸쳐 입고, 근두운을 타기에 더없이 좋은 신발까지 갖춰 신었다. 여의봉을 다시 자수바늘만큼 작게 만들어 귓속에 쏙 집어넣은 손오공은 한달음에 화과산으로 날아왔다. 그리고 그 날은 거하게 술판을 벌여 잔뜩 취하도록 마셨다.

04

옥황상제의 벼슬을 받다

얼마나 술을 마시다가 쓰러져 잠들었을까? 어디선가 검은 옷을 입은 두 명의 사내가 나타났다. 그들은 저승사자였는데, '손오공'이라고 이름이 쓰인 영장(令狀)을 손에 들고 있었다. 저승사자들은 손오공의 몸을 밧줄로 꽁꽁 묶어 어딘가로 끌고 갔다. 난데없는 상황에 화들짝 잠이 깬 손오공은 거칠게 반항하며 소리를 질러댔다.

"너희들, 누구냐? 나를 놓아주지 않으면 혼쭐을 내줄 테다!"

하지만 소용없는 일이었다. 손오공은 술기운 탓인지 이상하게 힘을 쓰지 못한 채, 저승사자들이 이끄는 대로 질질 끌려갈 수밖에 없었다. 잠시 뒤, 저승사자들은 어느 성곽 앞에서 걸음을 멈추었다. 성문 위 문패를 올려다보니 '유명계(幽冥

界)'라는 글씨가 쓰여 있었다. 손오공은 깜짝 놀랐다.

'아니, 여기는 저승 아니야? 내가 왜 여기로 끌려 온 걸까?'

누구에게나 죽음은 두려운 법. 손오공은 자기도 모르게 몸이 떨렸다. 그때 한 저승사자가 말문을 열었다.

"너는 이제 이승의 명이 다했다. 그래서 우리가 너를 잡아온 것이다."

저승사자의 말에 손오공은 정신이 번쩍 들었다.

"그런 헛소리하지 마! 누가 감히 나를 저승에 처넣는단 말이야?"

그러면서 손오공은 귓속에 숨겨두었던 여의봉을 꺼내 저승사자들을 공격했다. 아무리 저승사자라도 기력을 되찾은 손오공을 당해내기는 어려웠다. 그들은 손오공에게 흠씬 두들겨 맞으며 염라대왕이 있는 삼라전(森羅殿)으로 쫓겨갔다.

"나를 잡아오라고 명령한 자가 여기 있느냐?"

손오공의 호통에 염라대왕도 기가 질린 모습이었다. 그것을 본 손오공은 더욱 기세등등하게 삼라전을 헤집고 다녔다.

"누구나 때가 되면 저승에 오게 마련이거늘……."

염라대왕은 혼잣말을 중얼거렸다. 그 소리를 들은 손오공이 더욱 큰 소리로 화를 냈다.

"나는 불로장생의 비책을 터득한 미후왕이다! 도대체 내가 이승의 삶을 얼마나 살았다고 벌써 유명계로 끌고 왔느냐?

어서 생사부(生死簿)를 가져오도록 해라!"

손오공의 기세에 눌린 염라대왕은 저승사자를 시켜 생사부를 내오도록 했다. 그 책에서 '원숭이부'를 펼쳐보니, 과연 손오공의 이름이 적혀 있었다.

"내가 벌써 죽을 수는 없어! 빨리 붓과 먹물을 대령하라!"

이제 손오공은 완전히 명령조로 이야기했다. 염라대왕 곁에 있던 기록관이 잔뜩 겁에 질린 표정으로 자신의 붓을 내밀었다. 그것을 받아든 손오공은 한 치의 망설임도 없이 자신의 이름을 먹물로 새까맣게 지워버렸다. 그뿐 아니라 자기가 알고 있는 화과산 원숭이들의 이름 위에도 모조리 까만 줄을 쓱쓱 그어댔다.

"헤헤, 이제야 속이 시원하네."

염라대왕과 저승사자들은 어처구니가 없었으나, 함부로 날뛰는 손오공이 또 다른 문제를 일으킬까 봐 잠자코 지켜보기만 했다. 제 뜻대로 일을 처리한 손오공은 여의봉을 작게 만들어 귓속에 집어 넣었다. 그리고는 의기양양하게 화과산으로 돌아왔다.

말썽쟁이 손오공이 사라지자, 염라대왕은 옥황상제를 찾아가 그간의 일을 상소하기로 마음먹었다. 그 길에는 훌륭한 무기를 내어주고도 굴욕을 당한 수정궁의 용왕도 함께했다.

"옥황상제님, 화과산 수렴동의 손오공이라는 자가 유명계의 섭리를 엉망으로 만들었습니다."

염라대왕의 상소에 수정궁 용왕도 억울해하며 거들고 나섰다.

"그 자는 용궁에 찾아와 무기를 달라고 부탁하더니, 갑옷과 투구와 신발까지 강탈하듯 가져갔습니다. 저의 호의에 고마워하기는커녕 조롱과 협박을 일삼았지요."

"오, 그런 일들이 있었구려. 내가 앞뒤 사정을 좀 더 알아본 다음 녀석에게 죗값을 물을 테니, 모두 돌아가 있으시오."

옥황상제는 염라대왕과 수정궁 용왕을 돌려보낸 뒤 태백금성(太白金星)을 불렀다. 그는 머리가 총명한데다 침착한 성품을 가진 신하였다.

"화과산 수렴동의 손오공이 그리 고약한가?"

"손오공은 300여 년 전 화과산의 바위에서 태어난 돌원숭이입니다. 보리 조사에게 갖가지 술법과 비책을 배워 제 힘을 뽐내기 일쑤인 놈이지요. 아마도 유명계를 어지럽힐 때도 안하무인이었을 듯합니다."

태백금성의 설명에 옥황상제도 벌을 내리기로 마음먹었다.

"그렇다면 어서 가서 손오공을 잡아오도록 하라."

그러자 태백금성이 말을 이었다.

"옥황상제님, 아뢰옵기 황공하오나 손오공을 처벌하는 것이 능사는 아닐 듯합니다. 재주는 제법 출중한 녀석이니 이곳으로 불러와 일을 맡겨보십시오. 그러면 무엇을 잘못했는지 스스로 깨달을 수도 있을 것입니다."

"음, 경의 말을 듣고 보니 그러는 편이 낫겠군. 그럼 직접 가서 손오공을 잘 구슬려 데려오도록 하게."

태백금성은 그 길로 화과산 수렴동을 찾아갔다. 몇몇 원숭이들이 그를 먼저 발견해 손오공에게 데려갔다.

"나는 하늘나라 천궁(天宮)에서 온 사신이오. 옥황상제님이 그대에게 벼슬을 내리고 싶어 하시니 함께 갑시다."

태백금성의 이야기에 손오공은 어깨가 으쓱했다. 자신의 명성이 하늘나라에까지 닿았다고 생각하며 괜히 옆에 있는 원숭이들을 한번 휘둘러보았다. 다른 원숭이들은 부러운 눈빛으로 손오공을 바라보았다.

"헤헤, 그렇지 않아도 하늘나라가 궁금했는데 잘됐군. 옥황상제님의 초대를 기꺼이 받아들이겠소."

손오공은 순식간에 하늘로 올라갈 채비를 마쳤다. 그리고는 젊은 원숭이들에게 자기가 없는 동안 수렴동을 잘 지키라고 당부했다.

앞서 태백금성과 나눈 대화에서 느낄 수 있었듯, 손오공은 옥황상제를 만나러 가면서도 전혀 위축되지 않았다. 말투는 예의를 갖췄지만 겉치레 같았고, 행동은 공손하지 못해 허리조차 숙이는 법이 없었다. 하늘나라의 신하들은 그런 손오공의 무례를 보며 어처구니없어했다. 옥황상제가 짐짓 아무렇지 않은 척 손오공을 맞이했다.

"듣던 대로 재주가 많아 보이는구나. 너를 필마온(弼馬溫)으로 임명할 테니 열심히 일해 보거라."

"네, 옥황상제님. 염려 붙들어 매십시오. 그깟 일쯤 너끈히 해낼 수 있습니다."

필마온이 하는 일은 옥황상제의 말을 돌보는 것이었다. 손오공은 처음 며칠 동안 신나게 일했다. 하지만 얼마 지나지 않아 조금씩 꾀가 나기 시작했다. 그러다가 하루는 다른 신하에게 필마온이 어떤 벼슬인지 물어보았다.

"사실 필마온은 높은 자리가 아니오. 옥황상제님의 말이긴 해도, 결국 미물인 말을 돌보는 일이잖소."

그 신하의 말에 손오공은 화가 불끈 치밀었다.

"으아, 미치겠군! 미후왕인 나에게 이런 하찮은 일을 맡기다니!"

이번에도 여지없이 손오공의 행패가 시작됐다. 손오공은 여의봉을 휘두르며 주변에 있는 것들을 마구 때려 부쉈다. 하늘나라라고 해서 조심하는 것은 하나도 없어 보였다. 잠시 뒤, 어지간히 분이 풀렸다고 생각한 손오공은 뒤도 돌아보지 않고 화과산으로 내려왔다. 원숭이들은 그동안 있었던 이야기를 전해 듣고 너나없이 손오공의 비위를 맞췄다.

"우리의 대왕님께 그렇게 별 볼 일 없는 일을 시킬 수는 없지요. 적어도 제천대성(齊天大聖)의 벼슬은 내려야 해요."

원숭이들의 말에 손오공은 기분이 좋아졌다.

"그럼, 그렇고말고. 적어도 제천대성은 돼야 나한테 어울리는 벼슬이지."

그 날 밤, 손오공은 원숭이들의 극진한 대접을 받으며 자기가 하늘나라를 엉망으로 만든 무용담을 들려주었다.

그 시각, 영소보전의 옥황상제는 손오공의 만행을 보고받고 낯빛이 벌겋게 달아올랐다. 신하들은 옥황상제의 그런 모습을 한 번도 본 적이 없었다.

"지금 당장 탁탑천왕(托塔天王) 이정(李靖)과 나타태자(哪吒太子)에게 명해 그 자를 잡아오도록 하라!"

곧 탁탑천왕과 나타태자는 화과산으로 가서 엄하게 손오공을 꾸짖었다.

"네 이놈, 우리와 함께 천궁으로 가서 너의 죗값을 받아라!"

그러나 가만히 있을 원숭이들의 왕이 아니었다. 손오공은 한달음에 달려 나와 으름장을 놓았다.

"여기가 어디라고 별것도 아닌 것들이 와서 소란이야! 하늘나라에서 다시 나를 부르려면 제천대성의 벼슬은 내려야 할 것이다!"

"뭐라고? 감히 제천대성의 벼슬을 바라다니 무례하기 짝이 없구나. 순순히 우리의 말을 따르지 않으니 혼쭐을 내줘야겠다. 자, 내 칼을 받아라!"

손오공의 큰소리에 분노한 나타태자가 먼저 공격을 감행했다. 머리 세 개에 팔이 여섯 개 달린 괴상한 모습으로 변신했는데, 여섯 가지 무기가 각각 여섯 개의 손에 들려 있었다. 그러자 손오공도 둔갑술을 펼쳐 나타태자와 똑같은 모습으로 변신했다. 다만 손오공은 여의봉을 휘두르며 상대에게 맞섰다. 둘의 대결은 좀처럼 승부가 나지 않았다.

'이놈, 제법인걸. 다른 수를 써야겠어.'

손오공은 잠시 궁리를 하는 듯하더니, 몸에서 털 하나를 뽑아 주문을 외웠다. 순간 손오공과 꼭 닮은 원숭이가 만들어져 나타태자의 시야를 혼란시켰다.

"내가 손오공이다. 나한테 덤벼라!"

그것은 손오공의 기발한 술책이었다. 나타태자가 가짜 손오공에게 현혹되어 정신없이 맞서 싸우는 사이에 진짜 손오공은 뒤쪽으로 돌아가 힘껏 여의봉을 휘둘렀다.

"악!"

손오공과 나타태자의 싸움을 지켜보던 탁탑천왕도 미처 손을 쓰지 못했다. 그저 여의봉에 맞아 치명상을 입은 나타태자를 부축해 줄행랑을 치는 수밖에 없었다. 둘은 옥황상제 앞에 무릎을 꿇고 손오공을 잡아오지 못한 이유를 이야기했다.

"녀석의 무예 솜씨가 실로 대단했습니다. 만만히 보았다가는 누구라도 망신을 당하게 될 것입니다."

그 말에 옥황상제는 흥분을 감추지 못했다.

"여봐라, 이번에는 여러 명의 장수를 함께 보내 그놈을 끌고 오도록 하라!"

그러자 또다시 태백금성이 앞으로 나섰다.

"옥황상제님, 장수들을 여럿 보내도 손오공을 잡기는 어려울 것입니다. 괜히 아까운 신하들만 목숨을 잃게 될지도 모릅니다. 솔직히 탐탁지는 않지만, 그 자가 바라는 대로 제천대성의 벼슬을 내려 회유하는 것이 좋지 않겠는지요."

그제야 옥황상제는 흥분을 가라앉고 태백금성의 제안을 곰곰이 생각해보았다. 무조건 강하기만 한 것은 부러지는 법. 손오공의 재주는 쓸 만하니 다시 한 번 잘 구슬려 좋은 쪽으로 사용하게 만드는 편이 나아 보였다.

"그렇다면 경이 손오공을 만나보게나."

그렇게 태백금성은 이번에도 옥황상제의 명을 받아 손오공을 찾아갔다. 둘은 구면인지라 바로 본론으로 들어갔다.

"옥황상제님이 그대를 제천대성에 임명하기로 했소."

"진작 그러실 것이지. 좋소! 기꺼이 천궁으로 가지, 뭐."

손오공을 만난 옥황상제는 애써 침착한 목소리로 말했다.

"내가 너에게 제천대성의 벼슬을 내리마. 그리고 반도원(蟠桃園) 근처에 제천대성부(齊天大聖府)를 세워 여러 관리들이 너를 보필하도록 하겠다."

"감사합니다, 옥황상제님. 맡기신 임무를 훌륭히 수행하겠습니다. 문제없습니다!"

손오공은 드러내놓고 만족스런 표정을 지었다. 비로소 자기 몸에 맞는 옷을 입은 듯 한동안 웃음을 참지 못하고 히죽거렸다.

꼬리에 꼬리를 물고 이어지는 말썽

손오공은 가벼운 발걸음으로 반도원에 갔다. 관리 책임자가 넙죽 허리를 숙여 공손히 손오공을 맞이한 뒤 그곳의 과일나무들에 대해 설명했다.

"여기에는 모두 3,600그루의 복숭아나무가 있습니다. 그중 앞줄의 1,200그루는 3,000년마다 열매가 열리는데, 누구나 먹으면 신선이 된답니다. 다음 둘째 줄의 1,200그루는 6,000년 주기로 열매가 익는데, 누구나 먹으면 불로장생할 수 있지요. 마지막 맨 뒷줄의 1,200그루는 9,000년에 한 번씩 복숭아를 거두는데, 누구나 먹으면 하늘과 땅처럼 또한 해와 달처럼 수명이 무한해집니다."

손오공은 반도원의 과일나무 한 그루 한 그루에 영험한 기운이 서린 것을 알게 되었다. 그런 까닭에 필마온 때와 달리 남다른 사명감을 가졌다. 손오공은 전에 없이 반도원 관리에 열의를 보였다. 그렇게 얼마큼 세월이 흘렀다. 어느 날 문득, 손오공은 반도원에 복숭아들이 익어 풍기는 달콤한 향기가 퍼지는 것을 느꼈다.

'복숭아들이 먹음직스럽게 익었네. 입에 침이 괴어 도저히 못 참겠어.'

그 날 이후 손오공은 관리자들 몰래 복숭아를 따먹기 시작했다. 처음에는 조심스럽게 한두 개씩 먹었지만, 며칠이 지나자 점점 대범해져 배가 산처럼 부르고 나서야 만족했다. 복숭아 맛은 그야말로 기가 막혔다.

얼마 후, 서왕모(西王母)가 해마다 개최하는 반도회(蟠桃會)가 열린다는 소식이 전해졌다. 서왕모는 반도원의 주인이었다. 서왕모의 명을 받은 일곱 선녀들이 복숭아를 따서 가져가기 위해 반도원에 왔다. 그런데 여느 해와 달리 잘 익은 복숭아가 별로 보이지 않았다.

"참 이상하네. 왜 올해는 복숭아가 먹음직스럽게 익지 않았을까?"

"그러게 말이야. 반도회에 쓸 만한 복숭아가 몇 개 없는 걸."

"우리 저기 안쪽으로 더 들어가서 잘 익은 복숭아를 찾아보자."

일곱 선녀들은 복숭아나무들을 이리저리 살피며 점점 반도원 깊숙이 발을 들였다. 그러다가 한 나무에 복숭아가 탐스럽게 열린 것을 발견했다. 누가 먼저라고 할 것도 없이 그 복숭아를 따려고 가지를 잡아당기는 순간, 마침 나무 위에서 낮잠을 자고 있던 손오공이 땅바닥에 쿵 하고 엉덩방아를 찧었다.

 "누구냐? 누가 제천대성의 낮잠을 방해하며 복숭아를 훔쳐 가려는 거야?"

 일곱 선녀들은 갑작스런 상황에 놀라 머리를 조아렸다.

 "저희는 서왕모님의 명을 받아 반도회에 쓸 복숭아를 따러 왔습니다. 한데 이 나무 위에 제천대성님이 계실 줄은 꿈에도 몰랐습니다……."

 그러자 손오공은 헛기침을 두어 번 하고 나서 일곱 선녀들에게 물었다.

 "반도회가 열린다는 소식은 나도 들었다. 그래, 서왕모님은 그 모임에 누구누구를 초대하셨는가?"

 "꽤 많은 분을 초대하셔서 일일이 말씀드리기 어렵습니다."

 "혹시 제천대성인 나를 초대하시지는 않았나?"

 "네, 제천대성님은 초대하시지 않았습니다."

 선녀들의 대답을 들은 손오공은 자존심이 상했다.

 "쳇, 그렇게 성대한 잔치를 벌이면서 제천대성인 나를 초대하지 않다니. 직접 찾아가서 따지기라도 해야겠는걸."

반도회에 초대받지 못해 심통이 난 손오공은 술법을 부려 일곱 선녀들이 복숭아나무 아래에서 꼼짝 못하게 만들어놓았다. 그리고 재빨리 서왕모가 잔치를 벌이려는 요지(瑤地)로 가보았다. 그곳에는 이미 진수성찬이 준비되어 있었는데, 초대받은 이들이 다 모이지 않아 아직 반도회가 시작되지는 않은 상태였다. 다만 음식을 나르는 몇몇 일꾼들이 오가는 것을 본 손오공은 이번에도 술법을 부려 그들을 깊은 잠에 빠지게 했다. 이제 요지의 진수성찬은 손오공의 차지나 마찬가지였다.

"옳거니, 어디 한번 실컷 먹어볼까!"

손오공은 반도회에 초대받지 못한 분풀이라도 하려는 듯 음식과 술을 한껏 먹어댔다. 잠시 뒤, 고주망태가 되어버린 손오공은 비틀거리며 요지를 빠져나왔다. 얼마나 술에 취했는지 평소 같으면 절대 헷갈리지 않을 길을 잘못 들어서 태상노군(太上老君)이 사는 도솔궁(兜率宮)으로 가고 말았다.

"이런, 내가 엉뚱한 곳으로 왔네. 할 수 없지, 뭐. 이왕 도솔궁에 왔으니 태상노군이나 만나고 갈까?"

손오공은 주인의 허락도 없이 여기저기 궁 안을 둘러보았다. 그러나 태상노군은 보이지 않았다. 그때 자그마한 표주박이 손오공의 눈에 띄었다. 그 속을 살펴보니 금단(金丹)이라는 생명의 약이 들어 있었다.

"이 귀한 것이 여기 있었구나! 내가 얼른 먹어버려야지."

손오공은 술에 취해 하지 말아야 할 짓을 범하고 말았다. 과연 신비한 생명의 약답게 잔뜩 취했던 술이 단박에 깼는데, 그 덕분에 손오공은 자신의 잘못된 행동들을 떠올리며 덜컥 겁이 났다.

"이 노릇을 어떡해! 반도원의 복숭아를 함부로 따먹은 것도 모자라, 서왕모의 요지를 엉망으로 만들었으니 옥황상제님의 불호령이 떨어질 것이 뻔해. 또 태상노군이 내가 금단을 먹어버린 것을 알게 되면 뭐라고 한담⋯⋯."

하지만 모두 돌이킬 수 없는 후회였다. 손오공은 잠시 고민에 빠져 있다가, 될 대로 되라는 심정으로 줄행랑을 쳤다. 그럴 때마다 손오공이 돌아올 곳은 화과산뿐이었다. 언제나 그랬듯, 이번에도 수렴동의 원숭이들은 자신들의 왕을 반기며 맛있는 음식을 대령했다. 그런데 이상하게 음식 맛이 형편없었다. 결코 음식 맛이 달라진 것은 아니었으나, 그동안 온갖 진귀한 것을 먹다보니 수렴동의 음식들은 입맛이 당기지 않았다.

"내가 이런 음식을 먹고 살았다니 한심하구나. 너희들도 마찬가지야. 잠깐만 기다려라. 서왕모의 요지에 가서 음식을 좀 가져오마."

손오공은 아직 반도회가 시작되지 않았을 것이라고 짐작했다. 어느 모임이나 초대받은 이들이 모두 정확히 시간을 지키는 경우는 드물었기 때문이다. 그 예상은 빗나가지 않았다. 요지는 아직 썰렁했고, 음식도 여전히 넉넉히 남아 있었다. 손오공은 그곳의 음식을 챙겨 화과산의 원숭이들에게 가져다주었다. 원숭이들은 난생 처음 먹어보는 음식 맛에 황홀한 기분을 느꼈다.

한편 그 시각, 옥황상제는 제천대성이 반도원에서 저지른 일들을 보고받았다. 서왕모의 잔치를 엉망진창이 되게 하고, 태상노군의 금단을 허락 없이 먹어버린 사실도 전해졌다.

"손오공은 반성할 줄 모르는 놈이로구나. 이제 더는 참을 수 없다. 어르고 달래는 데도 한계가 있는 법. 탁탑천왕과 나타태자에게 천병(天兵) 10만을 내어줄 테니, 다시 화과산으로 가서 이번에는 꼭 손오공을 잡아오도록 해라."

탁탑천왕과 나타태자는 지난번에 당한 패배를 되갚아줄 기회라고 생각했다. 천병 10만이 있으니 두려울 것이 없었다. 그러나 손오공은 절대 만만한 상대가 아니었다. 손오공의 다양한 술법과 여의봉 휘두르는 솜씨에 천병들이 추풍낙엽처럼 떨어져나갔다. 탁탑천왕과 나타태자가 앞장서 싸워봤지만 역부족이었다. 그 소식은 곧 옥황상제에게 전해졌다. 10만 천병의 위력도 별 소용이 없다는 것을 알게 된 옥황상제는 이만저만 걱정이 아니었다.

그때 관음보살(觀音菩薩)이 영소보전을 찾아왔다. 서왕모의 반도회에 초대받은 관음보살은 제자 혜안을 데리고 요지에 갔다가 손오공이 저질러놓은 일을 목격하고 옥황상제의 안부가 궁금해 달려왔던 것이다.

　"옥황상제님, 그간 무탈하셨는지요?"

　"어서 오시오, 관음보살. 달리 무슨 일이 있겠소만, 손오공이라는 말썽쟁이 하나 때문에 근심이 사라지지 않는구려. 내가 제천대성 벼슬까지 내렸건만 가는 것마다 분란을 일으키고 있다오. 탁탑천왕과 나타태자에게 10만의 천병을 내주었는데도 도저히 잡아올 수가 없구려."

　그 말을 들은 관음보살은 제자 혜안을 화과산으로 보내 탁탑천왕과 나타태자를 돕게 했다. 그곳에서는 수많은 손오공들이 천병들과 뒤엉켜 싸움을 벌이고 있었다. 그런데 머리가 깨지고 팔다리가 부러지는 쪽은 전부 천병들이었다.

　원래 혜안은 탁탑천왕의 둘째아들이었다. 어렸을 적부터 총명하고 무예 솜씨도 뛰어났는데, 일찍이 출가해 관음보살의 제자가 되었다. 혜안은 수많은 손오공들 가운데 진짜 손오공을 찾아냈다. 맨 뒤에서 여유만만 한 표정으로 싸움을 지켜보고 있던 원숭이가 진짜 손오공이었다. 혜안은 쏜살같이 손오공에게 달려들었다.

　"제법이구나, 나를 찾아내다니. 하지만 오늘이 네 제삿날이 될 것이다!"

말하나 마나, 혜안 역시 손오공의 상대는 되지 못했다. 수십 합을 겨루다가 힘이 빠져 줄행랑을 친 혜안은 옥황상제와 관세음보살 앞에 털썩 쓰러져 가쁜 숨을 몰아쉬었다.

"놈의 무예 솜씨는 정말 대단합니다. 술법도 신출귀몰해 어지간해서는 당해낼 수가 없을 듯합니다……."

관음보살은 혜안의 탄식에 관강구(灌江口)의 이랑신(二郎神)을 떠올렸다.

"옥황상제님, 이랑신이라면 반드시 손오공을 물리칠 수 있을 것입니다. 그를 불러 명을 내리소서."

옥황상제는 선뜻 관음보살의 제안을 받아들였다. 달리 뾰족한 수가 없는데다, 관음보살의 지혜를 믿었기 때문이다. 영소보전으로 달려온 이랑신은 흔쾌히 옥황상제의 명을 따르기로 했다. 이랑신은 매산(梅山)에 사는 여섯 형제에게 도움을 청해 만반의 준비를 했다. 잠시 뒤 그들이 화과산에 다다라보니 아직도 손오공과 천병들은 맹렬히 전투 중이었다.

이랑신은 먼저 조요경(照妖鏡)을 하늘에 걸었다. 신기하게도 그것이 손오공이 움직이는 곳마다 따라다니며 환하게 비추었다. 이랑신은 벼락같이 크게 기합 소리를 내며 손오공에게 달려들었다.

"네 이놈, 나의 칼을 받아라! 필마온 주제에 그토록 말썽을 일으키다니 본때를 보여주마!"

"뭐, 필마온이라고? 내가 제천대성인 줄 몰랐더냐?"

손오공은 자기를 조롱하는 이랑신에게 버럭 화를 냈다. 그리고는 눈곱만큼의 두려움도 없이 그에 맞서 여의봉을 휘둘렀다. 1합, 2합, 3합, 그로부터 무려 300여 합이나 맞붙었지만 좀처럼 승부가 나지 않았다. 둘의 결투는 이후에도 계속 치열하게 이어졌다. 그때, 매산의 여섯 형제는 슬그머니 수렴동 안쪽으로 쳐들어갔다. 쇠칼과 쇠창으로 무장한 원숭이들이 저항했지만 그들의 상대는 되지 못했다. 결국 원숭이들은 무기를 내팽개친 채 도망치기 바빴다. 수렴동을 빼앗긴 사실을 알게 된 손오공이 당황했다.

"흥, 제법인걸. 할 수 없지. 작전상 후퇴다."

손오공은 둔갑술을 부려 참새로 변해 날아올랐다. 그런데 둔갑술이라면 이랑신도 둘째가라면 서러울 만큼 빼어났다. 금세 참새 뒤를 매 한 마리가 쫓았다. 그 매는 다름 아닌 이랑신이었다. 손오공이 다시 가마우지로 변신했다. 이번에 이랑신은 날개가 커다란 두루미로 둔갑해 가마우지를 쫓았다. 예상치 못한 상대의 대응에 마음이 급해진 손오공은 서둘러 물고기로 변신해 강물 속으로 숨어들었다. 이랑신은 다시 매로 탈바꿈해 물고기가 수면 위로 떠오르기를 기다렸다. 하늘에 걸어둔 조요경 덕분에 물고기가 헤엄치는 물속이 훤히 보였다. 매에게 잡혀 먹힐까 봐 두려워진 손오공은 얼른 물뱀으로 변신해 물풀 사이로 몸을 숨겼다. 하지만 이번에도 이랑신이 그것을 눈치채자, 손오공은 물수리로 변해 시치미를 뚝 뗀 채 강가를 서성거렸다.

'와, 정말 지독한 놈이구나. 어떻게 나의 둔갑술을 귀신같이 알아채지?'

이랑신은 물수리로 변신한 손오공마저 한눈에 알아봤다. 순식간에 원래의 모습으로 돌아온 이랑신은 손오공을 향해 활을 겨누었다.

'어이쿠! 이러다가 큰일 나겠군.'

손오공은 더 이상 동물로 둔갑하는 것을 포기했다. 다짜고짜 벼랑 아래로 몸을 던지더니 위패를 모시는 사당으로 변신했다. 그것은 한 차원 높은 둔갑술이었다. 손오공의 입은 문이 되고 이빨은 문살이 되었다. 두 눈은 창이 되고 귀는 보살상이 되었다. 코는 문고리가 되고 손발은 지붕이 되었다. 그런데 웬 일인지 꼬리는 무엇으로 변신할지 몰라 허둥댔다.

'이 노릇을 어떡한담?'

손오공은 고민하다가 사당 뒤꼍에 깃대를 하나 세웠다. 그것이 바로 꼬리의 역할이었다. 곧 손오공의 뒤를 쫓던 이랑신이 사당 앞에 다다랐다. 이랑신이 잠깐 주위를 두리번거리는가 싶더니, 알 듯 모를 듯 묘한 미소를 띠며 말했다.

"요 녀석, 네가 어떤 둔갑술을 펼치든 나는 한눈에 알아볼 수 있다. 사당 뒤꼍에 어울리지 않게 웬 깃대란 말이냐!"

그랬다. 이랑신은 사당으로 변신한 손오공을 단박에 알아챘다. 정체가 탄로 난 이상, 더는 사당의 모습으로 쥐 죽은 듯 있을 이유가 없었다. 손오공은 원래의 모습으로 돌아와 근두운을 타고 하늘로 날아올라 수렴동으로 향했다. 이랑신 역시 구름을 잡아타더니 그 뒤를 쫓았다. 둘 사이에 또다시 치고받고 싸움이 벌어졌다. 그야말로 다시 보기 힘든 명승부였다.

그때, 태상노군이 남천문(南天門) 밖에서 그들의 치열한 싸움을 지켜보고 있었다. 그 또한 손오공이 금단을 먹어치운 사실을 알고 있었다. 방금 전 옥황상제를 만나 손오공이 어떤 말썽을 피우고 다녔는지도 두루 이야기를 전해들은 상태였다. 옥황상제는 태상노군이 이랑신과 천군에게 힘을 보태주면 좋겠다고 도움을 요청하기도 했다.

"드디어 내가 나설 때가 왔군. 자, 받아라!"

마침 수렴동으로 돌아온 손오공을 이랑신의 여섯 형제와 천군들이 포위했다. 태상노군은 그 순간을 놓치지 않고 왼쪽 팔목에 끼고 있던 금강탁(金剛琢)을 내던졌다. 그것은 손오공의 머리를 정확히 강타했다. '픽!' 하는 소리가 크게 울려 퍼졌고, 정신을 잃은 손오공은 그대로 고꾸라졌다.

"으악! 내 머리가 어떻게 된 거야?"

손오공을 사로잡을 수 있는 더없이 좋은 기회였다. 이랑신과 여섯 형제가 한꺼번에 달려들어 손오공의 몸을 밧줄로 꽁꽁 묶었다.

오행산에 갇힌 손오공

"저 배은망덕한 원숭이를 사형에 처하라!"

옥황상제는 붙잡혀온 손오공을 가리키며 큰 소리로 명령했다. 얼마나 화가 났는지 두 손이 부들부들 떨릴 정도였다. 신하들은 옥황상제의 그런 모습을 일찍이 본 적이 없었다.

천병들이 손오공을 나무 기둥에 매달았다. 그리고는 번쩍이는 칼로 목을 베었다. 누구라도 단번에 숨통이 끊어질 것이 틀림없었다. 칼날이 바람을 가르는 소리가 듣기만 해도 소름이 끼쳤다. 그런데 이게 웬 일인가. 손오공은 멀쩡했고, 피한 방울 튀지 않았다. 천병들이 당황해하며 창으로 찔러댔지만 아무 소용없는 일이었다. 급기야 한 천병이 장작을 쌓아 불을 지폈는데도 손오공은 끄떡없었다.

"이놈의 원숭이가 대체 어떤 술법을 부리는 거야?"

천병들은 어떻게 해도 죽지 않는 손오공을 바라보며 두려움을 느꼈다. 그때, 옆에서 그 광경을 지켜보던 태상노군이 의미심장한 미소를 띠며 말했다.

"옥황상제님, 이 녀석은 쉽게 죽지 않을 것입니다. 그동안 반도원의 복숭아를 따먹고, 금단까지 훔쳐 먹었기 때문이지요. 또 천상의 술은 얼마나 마셔댔습니까. 아무래도 제가 갖고 있는 팔괘로(八卦爐)에 넣어 재로 만들어버려야 할 듯합니다."

어떻게 해도 죽지 않는 손오공을 바라보며 진저리를 치던 옥황상제는 태상노군의 말을 따르기로 했다. 그렇게 손오공은 태상노군에게 이끌려 도솔궁으로 와 팔괘로에 갇혔다. 곧 불이 지펴졌고, 팔괘로 안이 시뻘겋게 달아올랐다. 단단한 쇳덩어리도 녹아내릴 만큼 뜨거운 불길이었다. 이번에는 손오공도 열기를 참지 못해 팔괘로 안에서 이리저리 날뛰었다.

"앗, 뜨거워! 어디 숨을 곳이 없을까?"

손오공은 다급하게 주위를 휘둘러보았다. 순간 팔괘로 한쪽 구석에 작은 홈이 파여 있는 것이 보였다. 손오공은 재빨리 몸을 작게 만드는 둔갑술을 부려 그 홈 속으로 쏙 들어갔다. 다행히 연기는 매캐해도 열기는 한결 견딜 만했다. 그렇게 49일이 지났다. 태상노군은 천하의 그 무엇도 살아남을 수 없다고 확신하며 부하에게 명령했다.

"이제 팔괘로를 열어보도록 해라. 녀석이 새까만 재로 변해 있을 것이다."

그러나 태상노군의 예상은 완전히 빗나갔다. 손오공이 한 줌 재가 되어 있기는커녕, 팔괘로의 문을 열자마자 밖으로 뛰쳐나오며 소리쳤다.

"내가 49일 동안 불을 지핀다고 죽을 줄 알았느냐!"

손오공은 매캐한 연기 탓에 벌게진 눈으로 여의봉을 마구 휘둘러댔다. 순식간에 도솔궁은 난장판이 되었는데, 태상노군도 어떻게 손을 쓸 도리가 없었다. 아직 분이 풀리지 않은 손오공은 그 길로 천궁에 달려갔다. 근두운을 타고 영소보전으로 날아든 손오공이 듣고도 믿기 어려운 말을 쏟아냈다.

"이제부터 내가 옥황상제가 되어야겠다! 천궁도 내 것이니, 모두 내 앞에 무릎을 꿇어라!"

여느 때보다 더욱 기세등등해진 손오공을 막을 자는 아무도 없었다. 천병들이 젖 먹던 힘까지 내며 맞서 싸웠으나 상대가 되지 못했다. 옥황상제는 죽은 줄 알았던 손오공의 등장에 머릿속이 하얘졌다. 이제 방법은 하나, 석가여래(釋迦如來)에게 도움을 청하는 것만 남은 듯했다. 옥황상제는 영소보전의 외진 방으로 몸을 숨기며 석가여래에게 사신을 보냈다. 사신에게서 그동안 있었던 일을 전부 전해들은 석가여래는 기꺼이 영소보전으로 발걸음을 옮겼다.

그 사이 천궁은 손오공의 독무대나 다름없었다. 곧 손오공이 옥황상제가 되는 일이 현실이 될 듯했다. 석가여래가 아나(阿儺)와 가섭(迦葉) 두 제자를 데리고 영소보전에 다다랐을 때, 천병들의 저항은 막바지로 치닫고 있었다.

"모두 싸움을 멈추어라."

석가여래의 목소리가 신비롭게 울려퍼졌다.

"너는 또 누구냐?"

손오공의 무례는 상대를 가리지 않았다.

"나는 극락에서 온 석가여래다. 옥황상제께서는 1,750겁의 세월 동안 도를 닦은 분이거늘, 어찌 네가 감히 그 자리를 탐하느냐?"

"쳇, 그렇게 오랫동안 도를 닦아봤자 나를 이기지 못하는 걸. 나는 72가지 둔갑술을 부릴 수 있고, 근두운에 올라타서 눈 깜짝할 새 10만8,000리를 날아갈 수 있어."

석가여래는 주제를 모르고 날뛰는 손오공을 측은하게 바라봤다. 그리고 미소를 지으며 한 가지 제안을 했다.

"네 재주가 그렇게 대단하다니 시험을 한번 해보자. 네가 걷든 달리든, 아니면 근두운을 타든 나의 손바닥을 벗어나 보거라. 그럴 수 있다면 옥황상제께 말해 천궁을 너에게 주도록 하겠다."

그 말에 손오공은 귀가 솔깃했다.

"그깟 일쯤 문제없어. 당장 시작하자고!"

손오공은 여의봉을 귓속에 집어넣고 석가여래의 손바닥으로 풀쩍 뛰어올랐다. 그리고는 근두운을 타고 잽싸게 날았다. 손오공은 손바닥을 벗어나는데 1초도 걸리지 않을 것이라고 믿었다.

  그런데 뭔가 좀 이상했다. 뭉게구름이 자꾸 피어올라 주위를 분간하기 어려웠다. 손오공은 혹시나 하는 생각에 근두운을 타고 한참 동안 날았다. 얼마나 갔을까? 구름 사이로 복숭아 빛깔 같은 기둥 다섯 개가 보였다.

  "이런 일쯤 누워서 떡 먹기지. 저 기둥들을 보니까, 석가여래 손바닥이 아니라 하늘 끝까지 온 것 같군. 헤헤, 여기에 내 흔적이나 남겨볼까?

  손오공은 몸에서 털 하나를 뽑아 붓을 만들었다. 그것으로 다섯 개의 기둥 가운데 한가운데 기둥에 일필휘지로 크게 글씨를 썼다. '제천대성 여기에 다녀가다!'라고. 그리고는 첫번째 기둥으로 다가가 바지춤을 내리더니 오줌을 찍 갈겼다. 손오공은 마치 천상천하가 모두 자기 것인 양 잔뜩 거드름을 피웠다. 다시 근두운에 올라타더니, 방금 전에 갔던 길만큼 한참 동안 날아 석가여래 앞에 나타났다.

  "내 재주를 잘 봤지? 약속대로 옥황상제 자리를 넘겨줘."

  그러자 석가여래가 엄숙한 표정을 지으며 단호하게 말했다.

"이런, 어리석은 녀석! 너는 내 손바닥을 한 발자국도 벗어나지 못했다!"

"뭐라고, 그게 무슨 헛소리야? 이럴 줄 알고 내가 하늘 끝 가운데 기둥에 증거를 남겨놓고 왔지."

"허허, 그건 나도 알고 있다. 어디 그뿐이더냐, 무례하게 오줌까지 쌌지. 네가 내 말을 정 못 믿겠다면, 아래쪽을 내려다보아라."

손오공은 석가여래의 말대로 서둘러 아래쪽을 쳐다봤다. 그러다가 곧 두 눈이 휘둥그레졌다.

"아니, 뭐야? 내가 쓴 글씨가 왜 여기 있지?"

정말 실제로 보고도 믿기 어려운 일이었다. 석가여래의 가운데 손가락에 '제천대성 여기에 다녀가다!'라는 글씨가 쓰여 있지 않은가. 분명 조금 전에 자기가 몸의 털을 뽑아 일필휘지로 쓴 글씨였다. 손오공은 소스라치게 놀라 기절할 뻔했다.

"이게 대체 어떻게 된 일이지?"

손오공은 일단 그 자리를 피해야겠다고 판단했다. 그래서 근두운에 올라타 날아오르려는 순간, 석가여래가 손바닥을 뒤집어 손오공을 내동댕이쳤다. 그제야 손오공은 깨달았다. 그랬다. 하늘 끝 가운데 기둥에 글씨를 쓴 것도, 첫 번째 손가락에 오줌을 눈 것도, 석가여래의 손바닥 안에서 벌어진 일이었다. 근두운을 타고 한 참 동안 날았지만 석가여래의 손바닥을 한 걸음도 벗어나지 못했던 것이다.

석가여래는 손오공을 서천 문 밖으로 밀쳐냈다. 그리고는 다섯 손가락으로 금목수화토(金木水火土) 오행산(五行山)을 만든 다음 손오공의 몸을 단단히 눌러버렸다.

"용서해주세요! 제발 여기서 나를 풀어주세요!"

아무리 술법에 능한 손오공이라도 오행산에서 빠져나올 수는 없었다. 손오공은 잘못을 뉘우치는 척했지만, 석가여래의 마음을 돌리기에는 때가 늦었다.

옥황상제는 그 소식을 듣고 무척 기뻤다. 천궁의 여러 신하들과 천병들, 태상노군도 비로소 안도의 한숨을 내쉬었다.

"석가여래님의 법력(法力)이 실로 대단하십니다. 덕분에 천궁과 세상에 평화가 다시 찾아왔습니다."

그 날 하늘나라에서는 안천대회(安天大會)라는 성대한 잔치가 벌어졌다. 너나없이 석가여래의 은덕을 칭송하며 평화를 만끽했다. 한창 분위기가 무르익을 무렵, 석가여래가 소매 속에서 부적을 꺼내며 제자 아나를 불렀다. 부적에는 황금빛 글씨가 쓰여 신비로운 기운이 피어올랐다.

"아나야, 이것을 가져가 오행산 산꼭대기에 붙이거라."

아나가 석가여래의 명을 따르자, 손오공은 자신의 몸이 마치 나무처럼 땅속 깊숙이 뿌리를 내리는 느낌이 들었다. 이제는 옴짝달싹도 못하게 되어 땅에 박힌 바윗덩어리 같은 신세였다. 잠시 뒤 석가여래는 오행산의 산신을 불러 당부했다.

"너는 앞으로 손오공을 잘 감시해야 한다. 배가 고프다면 쇠로 만든 경단을 먹이고, 갈증이 난다면 구리로 즙을 짜내 마시도록 해라."

그러면서도 석가여래는 세상 만물에 대한 너그러움을 잃지 않았다.

"언젠가 때가 되면 손오공도 자기 죄를 진심으로 뉘우치는 날이 오겠지. 그러면 틀림없이 누가 나타나 도움을 줄 것이다."

오행산 산신으로부터 그 말을 전해들은 손오공은 한 가닥 희망을 갖게 되었다. 그 날 안천대회는 즐겁게 마무리되었고, 석가여래는 옥황상제의 배웅을 받으며 천궁을 떠났다.

07

서천 천축국으로 가는 삼장

그로부터 500년의 세월이 흘렀다. 그 무렵 동쪽 땅에는 당나라 태종이 황제 자리에 오른 지 13년째를 맞이하고 있었다. 그런데 사악한 사람들이 자꾸 늘어나 갖가지 흉악한 범죄가 끊이지 않았다. 그것을 본 석가여래는 마음이 아팠다. 어떻게든 사람들이 선량한 성품을 되찾아 아름다운 세상을 만들고 싶었다. 그러려면 동쪽 땅의 누군가가 서천 천축국(天竺國)으로 가서 불법(佛法)을 전할 불경을 가져와야 했다. 석가여래의 고민을 잘 아는 관음보살이 천축국으로 불경을 가지러 갈 사람을 찾아보겠다고 나섰다.

"고맙네. 자네라면 적임자를 찾아 그 일을 맡길 수 있을 걸세."

관음보살은 제자 혜안과 함께 당나라로 갔다. 이미 마음속에 점찍어 둔 사람이 있었기 때문이다. 그는 바로 승려 진현장(陳玄奘)으로, 석가여래의 두 번째 제자인 금상자(金蟬子)가 환생한 것이었다. 아무리 생각해봐도 그만한 사람이 없었다.

관음보살은 먼저 태종을 찾아갔다. 황제는 평소 불법에 관심이 많아 관음보살을 흔쾌히 만나 주었다.

"이 먼 곳까지 웬 일로 오셨습니까?"

"폐하, 서천 천축국에는 대승(大乘) 불경(佛經)이 있습니다. 그것을 이 땅으로 가져와 널리 전하면 사람들이 불법을 깨달아 세상이 더욱 아름답게 변할 것입니다. 폐하께서도 잘 알고 계시는 승려 진현장이 그 일을 완수할 적임자입니다. 부디 그에게 제가 말씀드린 과업을 설명하시고 서천으로 떠나도록 명하십시오."

그러면서 관음보살은 진현장에게 필요할 것이라며 몇 개의 보물을 꺼내놓았다. 그것은 금실로 짠 가사(袈裟)와 아홉 개의 고리가 달린 석장(錫杖)이었다. 태종은 관음보살을 극진히 대접하며 아무 걱정 하지 말라고 이야기했다. 관음보살은 제자 혜안과 함께 홀가분한 마음으로 당나라를 떠날 수 있었다.

며칠 후, 태종은 궁으로 진현장을 불러들여 관음보살의 당부를 전했다. 진현장은 자신에게 맡겨진 과업을 영광스럽게 받아들이며 금방 길을 떠날 채비를 마쳤다. 태종은 관음보살이 두고 간 보물들을 건네며 간곡한 당부를 잊지 않았다.

"나는 앞으로 그대를 당삼장(唐三藏)으로 부르겠소. 삼장,

부디 무사히 일을 마치고 돌아오시오. 들리는 말로, 서천으로 가는 길에는 온갖 요괴가 득실거린다고 하니 한시도 마음을 놓아서는 아니 되오."

삼장은 석장을 챙겨 들고 금실로 짠 귀한 가사는 봇짐 깊숙이 고이 넣어두었다. 태종은 삼장에게 두 명의 시종을 붙여주며 작별 인사를 했다. 삼장 역시 황제를 향해 합장을 하고 공손히 허리 숙여 예를 다했다.

삼장과 두 시종은 며칠 동안 쉬지 않고 말을 달렸다. 그들은 길을 떠난 뒤 당나라 국경 지대인 하주위(河州衛)에 이르러서야 처음으로 편안히 몸을 뉘었다. 그만큼 마음이 급했던 것인데, 삼장을 존경해온 그곳 병사들이 인근 사찰인 복원사(福原寺)로 안내해 잠시 여장을 풀 수 있었다. 병사들은 서천으로 가는 길이 매우 험하다며 염려 가득한 표정을 내보였다.

"모두 걱정하지 마시오. 본디 두려움이란 마음먹기에 달린 것. 내 마음이 강건하면 요괴들도 어쩌지 못할 것이오."

병사들은 삼장의 말에 감동해 너나없이 자신도 모르게 합장을 했다.

삼장은 복원사에서도 깊이 잠들지 못했다. 다음날 동이 트기도 전에 시종들을 깨운 삼장은 말을 타기도 어려운 험한 산 속으로 길을 재촉했다. 일행이 희미한 달빛을 받으며 얼마나 걸었을까? 난데없이 풀숲이 우거져 있어 웬 일인가 싶었는데, 그쪽으로 발을 들이자마자 셋 다 구덩이 속으로 '쿵!' 하고 엉덩방아를 찧고 말았다. 그것은 요괴들이 파놓은 함정이었다.

"잡았다! 우와, 먹음직스럽게 생겼는걸!"

어디에 숨어 있었는지 순식간에 수십 마리의 요괴들이 나타나 입맛을 다셨다. 맨 앞에는 그들의 우두머리인 마왕 인장군(寅將軍)이 음흉한 웃음소리를 내며 서 있었다. 그곳에 사는 요괴들은 사람을 잡아먹는 못된 습성이 있었다. 인장군이 부하들을 향해 소리쳤다.

"오늘은 모두 실컷 배를 채울 수 있겠다. 우선 시종으로 보이는 두 녀석을 잡아먹고, 저기 머리를 박박 민 중놈은 내일을 위해 남겨두자. 사냥에 실패했을 때를 대비해서 말이야."

인장군과 요괴들은 조금의 동정심도 없었다. 그들은 곧 두 시종을 구덩이에서 꺼내더니 배를 갈라 내장부터 해치웠다. 그 다음에는 살을 베어 앞다투어 입속에 처넣기 바빴는데, 쩝쩝거리는 소리가 들릴 때마다 삼장의 낯빛이 하얗게 질렸다. 삼장은 구덩이에 그대로 갇힌 채 금방이라도 정신을 잃고 쓰러질 지경이었다. 두 시종이 너무나 불쌍했지만 할 수 있는 일은 아무것도 없었다.

급하게 주린 배를 채운 인장군과 요괴들은 깜박 잠에 빠져들었다. 그때 놀랍게도 지팡이를 짚은 한 백발 노인이 나타났다. 그는 삼장의 허리를 감싸더니 믿을 수 없는 힘으로 구덩이를 빠져나왔다. 노인은 반쯤 넋이 나간 삼장의 얼굴에 따뜻한 입김을 불어주었다. 그제야 삼장은 요괴들의 소굴에서 자기가 살아난 것을 깨닫고 노인 앞에 무릎을 꿇었다.

"고맙습니다, 어르신. 이 은혜 잊지 않겠습니다."

"아닙니다, 스님. 어쩌다 맹수와 요괴들이 득실거리는 쌍차령(雙叉嶺)에 들어서게 되셨는지요. 제 뒤를 따라 어서 이곳을 빠져나가십시오."

구사일생이라는 말이 딱 어울리는 순간이었다. 삼장은 구덩이에 빠질 때 달아났던 말을 찾아 단단히 고삐를 쥐었다. 그는 비록 목숨을 잃을 뻔했지만, 자신이 맡은 임무를 잊어먹지 않았다. 멀리서 아침이 밝아오고 있었다. 쌍차령을 다 빠져나왔다 싶을 때, 백발 노인이 두루미에 올라타 하늘로 날아갔다. 그 모습을 경탄스럽게 바라보며 삼장은 몇 번이나 합장을 해 고마움을 전했다. 그리고 다시 길을 떠나려고 말고삐를 말아 쥐다가, 안장 아래에 꽂힌 편지 한 통을 발견했다.

'나는 서천에서 온 태백금성(태백금성)이라오. 귀한 과업을 해내려는 그대를 구하러 일부러 먼 길을 달려왔소. 천축국에 가는 길에는 앞으로도 온갖 고난이 뒤따를 것이오. 하지만 명심하시오. 불경을 가지러 가는 일이 더없이 숭고한 만큼 반드시 그대를 돕는 손길이 있을 것이라는 사실을 말이오. 어떤

경우에나 부처님이 그대와 함께할 것이오.'

편지를 다 읽은 삼장의 눈이 촉촉해졌다. 언제든 누군가 자신을 걱정하고 목숨을 지켜줄 것이라는 생각이 들자 한없이 감격스러웠다.

이제 삼장은 혼자였다. 돌부리며 나무뿌리가 수시로 발길에 차이는 험한 산길을 지나 맹수와 독사가 우글거리는 숲길을 걸었다. 잠시 바위에라도 앉아 피로를 달랠 때는 요괴들에게 목숨을 잃은 두 시중의 극락왕생을 기원했다.

그렇게 몇 날 며칠이 지났다. 삼장이 양계산(兩界山)을 지나 얼마쯤 더 길을 가던 중, 어디에선가 인기척이 들려와 발걸음을 멈추었다. 소리가 들리는 곳으로 가까이 다가가 보니 원숭이 한 마리가 커다란 바위산 아래에 깔려 있었다. 다름 아닌 손오공이었다. 세상 그 무엇도 흉내내지 못할 간절한 눈빛으로 삼장을 바라보며, 손오공이 애원했다.

"서천 천축국으로 불경을 가지러 가시는 분이지요? 제발 저를 구해주십시오! 저는 하늘나라에서 말썽을 부렸다는 이유로 무려 500년 동안이나 이렇게 갇혀 있습니다."

손오공은 금방이라도 눈물을 쏟을 듯한 표정을 지으며 이어 말했다.

"실은 얼마 전에 관음보살님께서 이곳에 다녀가셨답니다. 그분 말씀이, 곧 천축국으로 불경을 가지러 가는 승려께서 오실 테니 지난날에 대한 용서를 구하고 제자가 되라 하셨지요. 스님께서, 아니 스승님께서 저를 구해주시면 성심껏 모시고 함께 천축국으로 가겠습니다. 부디 저를 제자로 받아주세요!"

그 말을 들은 삼장은 잠시 생각에 잠겼다.

'이 원숭이가 거짓말을 하는 건 아닐까?'

삼장은 옷섶을 뒤적여 부적을 꺼내 들었다. 그리고는 하늘을 올려다보며 기도를 올렸다.

"부처님께 여쭙습니다. 제가 저기 바위산에 깔린 원숭이를 제자로 삼아도 될까요? 저 원숭이의 말이 거짓이 아니라면 이 부적이 제 손을 빠져나가 허공에 너풀거리게 해주십시오."

손오공은 그런 일이 일어날까 싶었다. 삼장이 괜히 자기를 제자로 삼고 싶지 않아 핑계거리를 구한다는 생각이 들었다. 그런데 놀랍게도, 실제로 그런 일이 일어났다. 부적이 때마침 불어온 바람을 타고 허공을 날아다녔다. 손오공은 쾌재를 부르며 크게 소리쳤다.

"스승님, 이제 저를 여기서 구해주실 거죠?"

"그래, 알았다. 너를 용서해 바위산에서 빠져나오는 것을 허락하마."

"야호, 신난다! 어서 10리 밖으로 물러서십시오, 스승님. 석가여래님의 노여움이 풀렸으니, 이제 곧 오행산이 굉음을 내며 두 쪽으로 갈라질 것입니다."

오행산이 갈라지는 소리는 상상 이상이었다. 돌풍이 불어 주먹만한 돌멩이들이 이리저리 날아다녔다. 뿌연 흙먼지가 시야를 가렸고, 몇 번이나 천둥 치는 소리가 들려 저절로 귀를 막게 했다. 그런 소란 끝에야 손오공은 바위산 밑에서 자유를 얻었다.

　"스승님, 정식으로 인사드립니다. 저는 손오공이라 합니다. 앞으로 정성을 다해 스승님을 모시겠습니다."

　손오공은 다짜고짜 삼장 대신 말고삐를 쥐었다. 그런데 500년 동안이나 바위산에 깔려 있다 보니, 옷이 다 삭아 먼지처럼 부스러졌다. 그 바람에 금방 벌거숭이 되어버려 쳐다보는 사람이 민망할 정도였다.

　"오공아, 일단 이것이라도 입도록 해라."

　삼장은 말안장에 얹어둔 봇짐에서 주섬주섬 바지 하나를 꺼내 제자에게 건넸다. 손오공은 스승의 배려에 기분이 아주 흡족했다.

삼장을 지키는 제자 손오공

어느덧 삼장과 손오공은 둘도 없는 동반자가 되었다. 둘이 함께하다 보니, 험한 산길을 지날 때도 한결 마음이 놓였다. 또다시 얼마나 발걸음을 옮겼을까? 몇 개의 산봉우리를 넘어 숲이 우거진 심산유곡으로 접어들었다. 그때 어디선가 집채만한 호랑이가 나타나 삼장에게 달려들었다.

"스승님, 조심하세요!"

손오공은 재빨리 여의봉을 꺼내 호랑이의 머리를 내리쳤다.

"너, 오늘 임자 제대로 만났다. 어디 맛 좀 봐라!"

오행산에 갇혀 500년의 시간이 지났지만, 손오공의 무예 솜씨는 여전했다. 호랑이는 여의봉 한 방에 피를 토하며 숨이 끊어졌다. 삼장은 깜짝 놀라 한동안 입이 다물어지지 않았다. 그 사이 손오공은 몸에서 털 하나를 뽑아 칼로 만들더니 쓱싹 쓱싹 가죽을 벗겨 자기 몸에 둘렀다. 오행산에서 빠져나와 스승이 건넨 바지만 입고 있었으니, 뭐든 윗몸에 걸칠 것이 필요하기는 했다. 삼장은 제자의 뛰어난 무예 솜씨에 놀라고, 호랑이 가죽을 벗겨 옷을 만드는 모습에 까무러칠 지경이었다. 손오공은 다리 힘이 풀려 제대로 걷지 못하는 삼장을 말안장에 앉혔다. 그리고는 봇짐을 짊어진 채 말고삐를 말아 쥐고 계속 길을 갔다.

몇 번이나 해와 달이 떴다 지기를 거듭했다. 손오공은 심심할 적마다 삼장에게 옛날이야기를 들려주었다. 그게 대부분 자기 자랑이었는데, 이를테면 72가지 둔갑술이나 근두운에 관한 이야기였다. 삼장은 그 말을 듣고 내심 안심이 되었다. 그러던 어느 날, 둘은 가시덤불이 우거진 숲을 지나 좁은 산길을 걷고 있었다. 그때 어디선가 휘파람 소리가 들리더니 산적 여섯이 말고삐를 쥔 손오공 앞을 막아섰다.

"네 이놈들, 누구 허락을 받고 이곳을 지나가느냐! 당장 가진 것을 모두 내놓아라."

산적들은 험상궂은 인상에 칼과 도끼 따위로 무장하고 있었다. 손오공은 여느 때처럼 조금의 망설임도 없이 그들에게 달려들어 여의봉을 휘둘렀다. 아무리 험상궂은 산적들이라도 손오공을 당해낼 수는 없었다. 여섯 명의 산적들이 잇달아 땅바닥에 나뒹굴었다. 싸움은 그것으로 끝나지 않았다. 손오공은 쓰러진 산적들에게 다가가서 최후의 일격을 가해 기어이 목숨을 빼앗았다. 그 광경을 모두 지켜본 삼장의 낯빛이 몹시 어두워졌다.

"오공아, 너는 어째서 그토록 참담한 짓을 저질렀느냐? 비록 우리가 가진 것을 빼앗으려 한 산적들이라 해도 그처럼 죽을죄를 지은 것은 아니다. 세상 만물의 생명이 다 소중한 것이거늘, 그런 마음으로 어찌 불사(佛事)를 거들겠다고 나섰느냐……."

삼장의 꾸지람을 들은 손오공은 서운했다. 자신은 스승을 보호하고자 산적들과 맞서 싸웠을 뿐인데, 무엇을 잘못했단 말인가. 오행산에서 구해준 은혜는 컸지만, 손오공은 애당초 자존심이 상하는 것을 못 견뎌하는 성격이었다.

"쳇, 너무합니다. 저를 칭찬해주지는 못할망정 그렇게 나무라시다니요. 좋아요, 스승님 뜻이 그런 줄 알았으니 이쯤에서 제 갈 길로 가겠습니다. 어차피 저는 승려가 될 생각도 없었고, 그 먼 서천까지 가서 불경을 구해올 주제도 못 되니까요."

손오공의 서운함이 말 한마디 한마디에 뚝뚝 묻어 나왔다. 그러나 삼장 역시 사람의 목숨까지 빼앗은 일을 그냥 아무렇지 않게 넘길 수는 없었다. 결국 손오공은 스승에게 작별 인사를 건네고 근두운에 올라타 동쪽으로 멀리 사라졌다.

"오공아, 그렇게 가버리면 어떡하느냐……."

삼장은 떠나가는 제자의 뒷모습에서 한동안 눈을 떼지 못했다. 그래도 머나먼 여정에 일행이 생겨 마음이 든든했는데, 또다시 혼자 남겨진 허전함이 컸다. 서천 천축국으로 가는 길은 아직도 까마득했다. 그 자리에 언제까지나 주저앉아 있을 수는 없는 노릇이었다. 삼장은 옷매무새를 바로잡고 봇짐을 챙겼다. 그리고는 말에 올라타지도 않은 채 석장을 짚으며 터벅터벅 발걸음을 옮겼다.

그로부터 며칠 후, 삼장이 산길을 걷다가 보니 멀찍이 한 노파가 걸어오고 있었다.

'이렇게 한적한 곳에 저 노인은 무슨 볼일이 있는 걸까? 산짐승이라도 만나시면 위험할 텐데.'

그런데 삼장과 마주친 노파가 먼저 합장을 하며 인사를 건넸다.

"안녕하세요, 스님. 지금 어디에 가시는 길입니까?"

"저는 관음보살님의 명을 받아 서천으로 불경을 가지러 가는 길입니다."

"그렇군요. 한데 그 먼 길을 왜 시종도 없이 혼자 가시는지요?"

"얼마 전까지 저를 따르는 제자가 있었습니다. 재주가 많은 아이였는데, 성미가 급해 해서는 안 될 일을 했지요. 그래서 제가 좀 나무랐더니 서운했는지 멀리 떠나버렸습니다."

"제자가 어느 쪽으로 갔나요?"

"동쪽으로 갔습니다."

"그렇군요. 그럼 제가 그 제자를 찾아가서 스님을 모시고 함께 서천으로 가라 타이르겠습니다."

"말씀은 고맙지만, 그 아이는 누구의 말도 듣지 않을 겁니다."

삼장은 노파가 어떻게 손오공을 만나겠다는 것인지 이해되지 않았다. 그러자 노파가 무명옷과 금테를 두른 화관(花冠)을 내놓으며 말을 이었다.

"스님, 걱정 말고 저를 믿으세요. 제자가 꼭 돌아올 겁니다. 그에게 이 옷을 입고 화관을 쓰게 하십시오. 그리고 긴고주(緊箍呪)를 알려드릴 테니, 제자가 스님의 말을 거역할 때마다 주문을 외우세요. 그러면 금세 고분고분해져 스님의 가르침을 잘 따를 것입니다."

삼장은 노파의 말을 믿을 수 없어 고개를 갸웃거렸다. 그 순간, 노파가 한 줄기 금빛으로 변하는가 싶더니 동쪽 하늘로 사라졌다. 그제야 삼장은 노파가 관음보살인 것을 깨달았다.

"아, 내가 관음보살님을 못 알아보았구나. 나를 도와주러 몸소 여기까지 와주신 것이었어."

관음보살이 사라진 동쪽 하늘은 구름 한 점 없이 맑았다.

삼장은 그곳을 향해 공손히 합장하며 허리를 숙였다. 그리고 그 자리에 봇짐을 내려놓고 앉아 몇 번이나 긴고주를 되뇌었다.

그 시각, 손오공은 수정궁의 용왕을 만나 이런저런 이야기를 나눈 뒤 서쪽으로 발길을 돌리고 있었다. 오랜만에 손오공을 만난 용왕은 지난 일을 잊고 달콤한 차를 대접했다. 하기야 500년 만에 만나 다시 다툴 이유도 없었다. 그런데 그 자리에서 손오공은 삼장을 만난 서천으로 가던 이야기를 들려주었다가 뜻밖의 말을 듣게 됐다.

"그만한 일로 서천으로 가는 것을 포기하면 안 됩니다. 스님 입장에서야 살생을 저지른 것을 그냥 두고 볼 수 없는 법이지요. 오행산에서 자유를 얻은 지 얼마나 되었다고 그럽니까? 부처님의 뜻을 거스르면 일평생 요괴로 살아가야 할지 모릅니다."

용왕의 충고에 손오공은 화들짝 놀랐다. 아직 뜨거운 차를 서둘러 들이켜고는 냅다 수정궁을 나와 삼장이 있는 곳을 향해 근두운을 몰았다. 그러던 중 자신을 만나러 오는 관음보살과 맞닥뜨렸다.

"삼장의 제자를 여기서 만나는구나. 너의 스승이 기다리고 있으니, 어서 돌아가서 그를 도와 서천의 불경을 가져오너라."

아마도 손오공이 수정궁에 가기 전에 관음보살을 만났더라면 그 말을 곱게 듣지 않았을 것이다. 하지만 자칫 요괴로 살아가야 할지 모른다는 용왕의 충고가 계속 귓가를 맴돌았다.

"안 그래도 스승님을 찾아가는 길이었습니다. 모쪼록 관음보살님이 석가여래님께 잘 말씀드려 주십시오."

그렇게 손오공은 삼장에게 돌아오게 되었다.

"스승님, 제가 왔습니다. 기쁘시지요?"

그동안 무슨 일이 있었냐는 듯 손오공은 쾌활하게 말했다. 실제로 삼장은 제자가 돌아와 무척 반가웠지만 애써 그런 내색을 하지 않았다.

"오공아, 앞으로는 잔인한 행동을 하지 말거라. 부처님 말씀을 잘 따라야 죄를 짓지 않는 법이란다."

그러면서 삼장은 관음보살이 주고 간 무명옷과 화관을 꺼내놓았다. 그것을 본 손오공은 두 눈이 동그래질 만큼 좋아하며 넙죽 받아들었다.

"진작부터 이런 옷이 있으면 좋겠다고 생각했습니다, 스승님. 화관도 아주 멋진걸요."

손오공은 얼른 호랑이 가죽을 벗어던지고 무명옷을 입었다. 누가 훔쳐가기라도 하는 양 화관도 재빨리 가져다 머리에 썼다.

"스승님, 잘 어울립니까?"

한껏 폼을 잡는 제자를 바라보며 삼장은 미소를 지었다. 그리고 문득 긴고주가 생각나서 시험 삼아 주문을 외워 보았다. 그러자 이게 웬 일인가! 손오공이 다짜고짜 비명을 지르면서 머리를 움켜쥐고 땅바닥에 나뒹굴었다.

"악! 머리가 너무 아파!"

손오공은 화관을 벗으려고 안간힘을 썼다. 하지만 아무리 힘을 주어도 화관이 벗겨지지 않았다. 정말이지 귀신이 곡할 노릇이었다.

"스승님, 제발 저 좀 살려주세요!"

처음 겪는 일에 삼장도 무척 당황스러웠다. 긴고주의 위력이 얼마나 대단한지 실감할 수 있었다. 삼장은 곧 주문을 멈추었다. 자연히 손오공의 고통도 잦아들었다.

"아이고, 죽다 살았네……."

손오공은 자신이 느낀 고통이 삼장의 주문 때문이라는 것을 알아차렸다. 다시 한 번 화관을 벗어던지려고 했지만 헛수고였다. 손오공은 너무 화가 나서 여의봉을 꺼내들고 삼장에게 휘두르려고 했다. 한번 흥분하면 앞뒤 물불을 가리지 않는 못된 성격이 다시 도진 것이었다. 삼장은 뒷걸음질을 치며 급히 긴고주를 외웠다. 그러자마자 손오공의 고통이 다시 시작되었다.

"스승님, 잘못했습니다. 용서해주세요!"

세상에 그런 고통은 두 번 다시 겪고 싶지 않았다. 손오공은 머리를 감싼 채 데굴데굴 땅바닥을 뒹굴며 애원했다. 삼장이 주문을 멈추고 물었다.

"앞으로는 나에게 순종하겠느냐?"

"네, 스승님……. 맹세합니다."

어느새 손오공은 기가 팍 죽어 있었다. 삼장에게서 관음보살이 무명옷과 화관을 주고 갔다는 이야기를 듣고 화가 치밀었지만 어쩔 도리가 없었다. 평소 같으면 당장이라도 관음보살에게 찾아가 행패를 부렸을 성격이었다. 하지만 삼장이 외는 긴고주의 위력이 이 정도이니, 관음보살이 주문을 읊으면 머리가 아주 깨져버릴지 모른다는 생각이 들자 온 몸에 소름이 돋았다.

이튿날 아침, 서천으로 가는 삼장 앞에는 다시 손오공이 말고삐를 잡고 섰다. 그렇게 한낮에 쉼 없이 길을 걷다 보니 등줄기로 땀이 줄줄 흘렀다. 몇 굽이 산길을 돌고 나니 보기만해도 시원한 호수가 나타났다.

"여기서 잠깐 쉬어가도록 하자."

삼장의 말에 손오공은 호숫가에 말을 매어놓고 지친 다리를 쉬었다. 그리고는 물끄러미 호수를 바라보고 있는데, 난데없이 용 한 마리가 불쑥 솟아올라 삼장에게 달려들었다. 손오공은 깜짝 놀라 재빨리 스승을 업고 산길로 달아났다.

"고맙구나, 오공아. 네가 아니었으면 꼼짝없이 죽을 뻔했다."

스승의 감사 인사에 손오공은 기분이 좋아졌다. 비로소 자신이 인정받았다는 생각이 들었던 것이다. 손오공은 삼장을 안전한 곳에 내려놓고 말을 끌고 오기 위해 호숫가로 가보았다. 그런데 어디에도 말이 보이지 않았다. 나무에 말을 묶었던 끈만 가운데가 끊어진 채 땅바닥에 늘어져 있었다. 아무래도 용이 말을 물어 호수 속으로 들어가 버린 것이 틀림없었다. 손오공이 화가 나서 근방의 산신과 토지신을 불러 큰 소리로 따졌다.

"네 놈들이 어떻게 이곳을 다스리기에 못된 용이 활개를 치느냐? 그놈이 서천으로 불경을 가지러 가는 스승님의 말을 잡아먹었다!"

그곳의 산신과 토지신은 손오공의 기세에 눌려 벌벌 떨었다. 그들도 말썽쟁이 손오공이 오행산에서 빠져나왔다는 소문을 익히 들어 알고 있었다.

"저희를 용서하십시오, 제천대성님. 그 용은 몇 해 전 관음보살님이 당나라에 가시면서 이곳에 풀어 놓은 것입니다. 얼마 후 이곳에 서천으로 불경을 가지러 가는 사람이 나타날 테니 기다리고 있으라고 명하셨지요. 그동안 한 번도 사고를 치지 않았는데, 그 용이 오늘은 왜 그랬는지 모르겠네요."

산신과 토지신은 손오공을 똑바로 쳐다보지도 못한 채 사실대로 이야기했다. 그럼에도 분이 풀리지 않은 손오공은 관세음보살이 원망스러웠다.

"쳇, 관음보살님은 우리를 도와주지는 못할망정 사나운 용을 풀어놓으면 어떡해. 스승님은 근두운을 타지 못해서 말이 꼭 필요한데 말이야."

바로 그때, 갑자기 바람이 '휭!' 하고 불더니 관음보살이 나타났다. 손오공은 막상 관음보살을 보자 더 이상 불평을 늘어놓지 못했다. 관음보살이 인자한 목소리로 앞뒤 사정을 이야기했다.

"그 용은 서해 용왕의 아들인데, 큰 죄를 지어 옥황상제의 벌을 받을 처지였다. 마침 내가 그것을 알게 되어 죄를 씻을 기회를 주려고 이 호수에 데려다 놓았지. 오공아, 그 용은 용마(龍馬)가 될 것이다. 보통 말을 타고 서천까지 가려면 시간이 너무 많이 걸리고 힘도 달린단다. 내가 새로운 말을 너에게 건네줄 테니 잠시만 기다려라."

관음보살은 이내 호숫가로 다가가 용을 불렀다. 그러자 호수 깊숙이에서 물보라가 일더니 사내로 변신한 용이 나타나 관음보살 앞에 무릎을 꿇었다.

"관음보살님, 그간 평안하셨습니까?"

"그래, 오늘 네가 한 일에 대해 다 알고 있다. 드디어 서천

으로 불경을 가지러 가는 스님이 이곳에 도착했단다. 이쪽은
손오공이라 하며, 스님의 제자이다."

손오공이 뾰로통한 표정으로 사내를 흘겨보았다.

"제가 몰라 뵙고 큰 실수를 했습니다."

관음보살은 잘못을 뉘우치는 사내에게 다가가 어깨를 어
루만졌다. 그러자 선기(仙氣)가 몸 안으로 퍼졌는지 순식간에
늠름한 백마로 변하였다. 그야말로 세상 어디에서도 구할 수
없는 명마였다. 관음보살은 손오공의 손에 말고삐를 쥐어준
다음에 감쪽같이 사라졌다.

잠시 뒤, 삼장이 백마를 끌고 나타난 손오공을 보고 고개를
갸우뚱했다.

"이상하구나. 이것은 나의 말이 아니다."

"네, 잘 보셨습니다. 이 백마는 관음보살님이 호수 속의 용
을 둔갑시켜 스승님께 드리는 것입니다. 우리가 서천으로 가
는 데 큰 도움이 될 듯합니다."

"오오, 관음보살님이 또 나를 도와주시는구나……."

삼장은 감격해 목이 메었다. 가만히 허리 숙여 합장을 할
뿐 달리 고마움을 전할 방법은 없었다.

과연 백마를 타고 가는 길은 예전과 달랐다. 손오공의 근두
운에 비할 바는 아니지만, 그래도 서천으로 향하는 발걸음이
한결 빨라졌다.

09

도둑맞을 뻔한 보물

어느 날, 삼장과 손오공은 석양이 물들 때까지 산길을 걸었다. 주위가 어둑해질 무렵 그 날 밤 쉬어갈 곳을 찾아 주위를 두리번거렸더니 산 중턱에 화려하게 장식된 절이 하나 보였다. 관음원(觀音院)이라고 하는 곳이었다.

"아주 잘 꾸며놓은 절이네. 오늘은 저기 가서 하룻밤 묵어야겠다."

손오공이 잠자리로 그 절을 선택하자, 삼장도 동의했다. 스승과 제자가 걸음을 재촉해 관음원에 다다르자, 때마침 마당을 거닐던 주지 스님이 반갑게 맞이했다.

"처음 뵙겠습니다. 스님. 부담 갖지 말고 푹 쉬었다 가십시오."

주지 스님은 동자승을 시켜 차를 내오도록 했다. 방 안에 앉아 담소를 나누던 주지 스님이 넌지시 삼장에게 물었다.

"혹시 스님께서는 귀한 보물을 갖고 계신가요?"

갑작스런 질문에 삼장이 손사래를 쳤다.

"아직 공부도 부족한 소승에게 무슨 보물이 있겠습니까."

삼장이 공손하게 대답하는 것을 보고 곁에 있던 손오공이 나섰다.

"스승님, 왜 그러세요? 봇짐 속에 금실로 짠 가사가 있잖아요."

손오공의 말에 주지 스님의 눈이 동그래졌다.

"금실로 짠 가사라고요? 제가 한번 볼 수 있을까요?"

삼장은 난처한 표정을 지으며 목소리를 낮춰 제자를 나무랐다.

"오공아, 어찌 또 곤란한 상황을 만드느냐? 모름지기 견물생심이라 했다. 너는 정녕 내가 그 가사를 입고 다니지 않는 까닭을 모르겠느냐?"

하지만 이미 돌이킬 수 없는 분위기였다. 손오공은 눈치 없이 다시 한 번 가사 자랑을 했고, 삼장도 더는 어쩌지 못해 봇짐 속에서 보물을 꺼내놓았다. 호롱불을 밝혀 놓은 방 안이 순식간에 밝은 금빛으로 환해졌다. 주지 스님이 황홀해하며 감탄사를 연발했다.

"와우, 대단한걸! 훌륭해, 정말 훌륭해!"

자기도 모르게 탄성을 내지른 것이 민망했는지 주지 스님은 애써 평정심을 찾으려 했다.

"제가 너무 흥분했나 봅니다, 스님. 정말 멋진 가사로군요. 그래서 드리는 부탁인데…… 이 가사를 하룻밤만 빌려주실 수 없겠습니까? 내일 동이 들 때까지 곁에 두고 그 영험한 기운을 느껴보고 싶어 그럽니다."

워낙 주지 스님이 간곡해 삼장은 그 청을 거절할 수 없었다. 삼장이 꺼림칙해하며 고개를 끄덕이자, 주지 스님은 날렵한 손길로 가사를 낚아채 자기 방으로 가버렸다. 그 금빛을 본 다른 스님들도 앞다투어 주지 스님의 뒤를 따랐다.

"주지 스님, 이런 가사는 처음 봅니다."

"나도 이렇게 귀한 것은 난생 처음 본다. 내일 동이 트면 돌려주기로 약속했지만, 이제 이 가사는 영원히 내 것이다. 내가 언제 마음에 드는 보물을 다른 이에게 되돌려준 적이 있더냐? 내 것이 아니라면 빼앗기라도 해야지."

"그럼요, 주지 스님. 비쩍 마른 그 중과 원숭이가 갖고 다니기에는 어울리지도 않아요."

다른 스님들까지 거들고 나서자 주지 스님은 음흉한 계략을 짜기 시작했다. 한두 번 해본 솜씨가 아닌 듯 냉정하고 잔인하기 짝이 없었다.

"너희들은 당장 밖으로 나가서 그 중과 원숭이 제자가 자는 방 주위에 장작을 잔뜩 쌓아두어라. 좀 더 밤이 깊으면 불을 질러 모두 죽여 버려야겠다."

그런데 다행히 그들의 음모에 귀를 기울이는 자가 있었다. 다름 아닌 손오공이었다. 자기가 먼저 나서서 금실로 짠 가사 자랑을 하기는 했지만, 손오공이 보기에도 주지 스님의 행동이 영 미심쩍었다. 지나치게 화려한 절의 모습도 그렇고, 스님의 입에서 다짜고짜 보물 이야기가 나오는 것도 이상했다. 그래서 손오공은 꿀벌로 둔갑해 주지 스님을 따라가 몰래 그들의 대화를 엿들었던 것이다.

'이런, 나쁜 사람들을 봤나. 성질대로 하면 여의봉으로 다 때려죽여야겠지만, 스승님을 봐서 참는다.'

손오공은 서둘러 근두운을 타고 남천문을 지키는 광목천왕(廣目天王)을 만나러 갔다.

"제천대성 손오공이라고 하오. 곧 나의 스승님께 불에 타 죽을 위험이 닥칠 것이니 튼튼한 방화막(防火幕)을 빌려주시오."

광목천왕 역시 오행산을 빠져나온 손오공에 대한 소문을 이미 들었다. 비록 500년이 지났어도, 손오공이 천궁에서 일으켰던 한바탕 소동에 관한 이야기는 여전히 전설처럼 전해져 내려오고 있었다.

"불을 끄려면 무엇보다 물이 필요하지 않겠소?"

"내게 생각이 있어서 그러니, 어서 방화막이나 내놓으시오."

손오공의 거듭된 채근에 광목천왕은 더 이상 대거리하지 않았다. 과거의 잘못을 뉘우쳐 승려의 제자가 되었다고는 해도 언제 못된 성질이 드러날지 몰랐기 때문이다. 그렇게 손오공은 방화막을 구해 관음원으로 돌아왔다. 삼장은 어느새 깊은 잠이 들어 있었다. 손오공은 서둘러 스승이 잠든 방에 방화막을 씌우고 법당 지붕 위로 올라가 주위를 살폈다. 잠시 뒤, 아니나 다를까 주지 스님이 다른 스님들을 이끌고 모습을 드러냈다.

"빨리 불을 지펴라!"

주지 스님의 명령이 떨어지자마자 장작더미에 불길이 치솟았다. 그 순간, 때를 기다리던 손오공이 깊이 숨을 들이마셨다가 한꺼번에 '훅!' 하고 내쉬었다. 그러자 불길이 주지 스님의 방이 있는 쪽으로 번지는가 싶더니 급기야 관음원 전체로 활활 타올랐다. 도리어 음모를 꾸몄던 스님들이 뜨거운 불길에 쫓겨 오갈 데 없는 신세가 되고 말았다.

바로 그 시각, 멀리서 관음원이 불타오르는 것을 목격한 요괴가 있었다. 흑풍산(黑風山)에 사는 흑풍괴(黑風怪)였다. 요괴는 진작부터 온갖 보물을 감추고 있는 관음원을 노리고 있었다. 그 날 밤의 화재 사건은 두 번 다시 찾아오기 어려운 기회였다.

"옳거니! 절이 혼란스러운 틈을 타서 보물들을 훔쳐와야겠다."

흑풍괴는 한달음에 관음원으로 달려왔다. 그리고 몰래 불길이 번진 주지 스님의 방으로 숨어 들어가 탁자 위에 놓인 상자를 열어보았다. 그와 동시에 밝은 금빛이 주위에 퍼져 눈이 부실 지경이었다. 그것은 활활 타오르는 불길보다 더 환했다.

"우와! 이것은 금실로 짠 가사잖아!"

귀한 것은 누구나 알아보는 법. 흑풍괴는 얼른 가사를 챙겨 흑풍산으로 달아났다. 손오공은 법당 지붕에서 계속 깊은 숨을 불어대느라 그 상황을 알아채지 못했다.

이튿날 이른 아침, 피로 탓에 세상모르고 자느라 간밤에 무슨 일이 있었는지 짐작도 못하는 삼장이 잠에서 깨어났다. 손오공은 주지 스님이 하려던 몹쓸 짓을 스승에게 빠짐없이 이야기해주었다. 삼장은 소스라치게 놀라며 금실로 짠 가사 걱정을 했다.

"관음원이 다 타버렸다면 나의 가사도 성치 못할 것이다. 이 노릇을 어떡하면 좋냐……."

삼장이 주위를 둘러보니, 관음원은 자신이 머물렀던 방을 제외하면 온통 잿더미로 변해 있었다. 주지 스님은 죽었는지 살았는지 보이지 않았고, 그의 시종 역할을 하던 젊은 스님

하나가 용케 목숨을 건져 바들바들 떨고 있었다. 손오공이 그 앞에 다가가자 젊은 스님은 오줌을 지릴 정도로 겁을 먹었다.

"제발 목숨만 살려주십시오, 제발……."

"주지는 어디로 도망갔느냐?"

"저도 모릅니다. 어젯밤 하도 불길이 거세 많은 스님들이 목숨을 잃었는데, 주지 스님도 함께 죽었을 것입니다."

그때 삼장이 다급히 끼어들었다.

"그럼 가사는, 내 가사는 어떻게 되었느냐?"

"모르겠습니다. 뒤늦게 가사를 챙기려고 주지 스님 방에 들어가 봤더니, 빈 상자만 남고 흔적 없이 사라져버렸지 뭡니까."

젊은 스님의 말에 손오공은 한 가지 짚이는 것이 있었다.

"혹시 이 근방에 요괴가 살고 있나?"

"네, 저기 흑풍산에 흑풍괴가 살고 있지요. 주지 스님과 제법 친하게 지내기는 했는데, 은근히 이곳 보물들에 잔뜩 눈독을 들여왔습니다."

"음, 그렇다면 보나마나 그놈 짓이군. 실은 나도 가사를 찾으려고 잿더미까지 다 뒤져 봤지만 흔적조차 발견하지 못했거든. 그 요괴가 소란스런 틈을 타서 가사를 훔쳐간 것이 틀림없어."

"아이고, 내 가사……. 요괴가 가져갔다면 무슨 수로 되찾는단 말인가…….”

삼장은 이만저만 실망스러운 것이 아니었다. 나중에 관음보살을 만나면 뭐라고 말해야 할지 난감할 따름이었다. 스승의 낯빛이 어두워지는 것을 본 손오공이 씩씩한 목소리로 위로의 말을 건넸다.

“걱정 마세요, 스승님. 제가 곧장 근두운을 타고 가서 금실로 짠 가사를 찾아오겠습니다!”

“오공아, 네가 그렇게만 해준다면 얼마나 좋겠느냐…….”

손오공은 다시 한 번 삼장을 안심시키고 흑풍산으로 날아갔다. 하늘에서 아래를 내려다보니 시커먼 요괴가 널따란 바위 위에 앉아 껄껄 웃고 있는 것이 보였다. 양 옆에는 수염을 기른 도사와 흰 옷을 입은 선비가 앉아 요괴의 수다에 맞장구를 치고 있었다.

“내가 어젯밤에 정말 귀한 보물을 하나 손에 넣었다네. 하여 내일 성대한 잔치를 열 것이니 모두 놀러 오게나. 그 자리에서 내 보물도 구경하고 말이야, 흐흐흐.”

시커먼 요괴 흑풍괴가 떠벌이는 소리를 들은 손오공은 더이상 참을 수가 없었다. 재빨리 근두운에서 뛰어내리며 귓속에서 여의봉을 꺼내 휘두르기 시작했다.

“네, 이놈! 어디서 도둑질한 보물을 갖고 자랑질이냐!”

그런데 흑풍괴는 몸이 매우 민첩했다. 이리저리 여의봉을 피해버린 탓에 옆에 있던 선비가 얼떨결에 머리를 맞아 죽고 말았다. 선비의 시신은 순식간에 하얀 뱀으로 변했다. 알고 보니, 선비도 요괴였던 것이다. 흑풍괴와 도사는 허둥지둥 널따란 바위를 벗어나 동굴 속으로 숨어버렸다. 그 안에서 정신을 차린 흑풍괴는 무기를 들고 밖으로 나와 손오공에게 맞섰다.

"너는 정체가 뭔데 나를 공격하느냐?"

"그걸 몰라서 묻나? 어서 내 스승님의 금실로 짠 가사를 내놓고 항복해라!"

하지만 흑풍괴의 무예 솜씨도 만만치 않았다. 수백 합을 겨루어도 좀처럼 승부가 나지 않았다. 빨리 삼장의 가사를 되찾고 싶어 마음이 다급해진 손오공은 싸움을 멈추고 관음보살이 머물고 있는 남해의 낙가산(洛迦山)으로 날아갔다. 자신을 노심초사 기다리고 있을 삼장의 모습이 자꾸 떠올랐기 때문이다.

관음보살을 만난 손오공은 전에 없이 공손한 자세로 인사를 건넸다. 그리고 지금까지 있었던 일을 최대한 침착함을 잃지 않으려고 애쓰며 설명했다. 관음보살은 그런 손오공에게 짐짓 엄한 표정을 지어 보였다.

"그러기에 견물생심이라고 한 스승의 말을 명심했어야지. 너는 어찌하여 사고를 쳐놓고 나서 내게 도움을 청한단 말이냐."

그러자 손오공은 더욱 마음이 달아올랐다. 금실로 짠 가사를 빨리 되찾기 위해서는 어떻게든 관음보살의 도움이 필요했다.

"관음보살님, 제가 잘못했습니다. 만약 금실로 짠 가사를 찾지 못하면, 스승님께서 주문을 외워 제가 쓴 화관을 조일 것입니다. 아, 그 고통은 생각만 해도 끔찍해요."

손오공이 진심으로 잘못을 뉘우치자 관음보살도 화를 풀었다. 그리하여 손오공과 함께 하늘을 날아 흑풍산으로 향했다. 한데 어디로 갔는지 흑풍괴가 보이지 않았다. 그때 갑자기 인기척이 들려와 손오공과 관음보살이 몸을 숨겼다. 그 소리의 주인공은 수염을 기른 도사였다. 그는 손으로 옥쟁반을 받쳐 들었는데, 그 위에 선단(仙丹)이 두 개 놓여 있었다.

"흑풍괴가 원숭이 녀석과 싸우느라 기력이 많이 약해졌어. 이것을 가져다주면 내게도 보물을 좀 나눠줄지 몰라."

도사의 혼잣말을 들은 손오공은 후다닥 달려 나와 여의봉을 휘둘렀다. '쩍!' 하는 굉음이 들리는가 싶더니 늙은 늑대 한 마리가 땅바닥에 나뒹굴었다.

"관음보살님, 이것 보세요. 모두 요괴들이었어요. 부디 저를 나무라지 마시고, 금실로 짠 가사 찾는 것을 도와주세요. 지금 막 기발한 꾀가 생각났답니다."

이번만큼은 관음보살도 손오공의 입장을 헤아리기로 했다.

그래서 어떤 꾀를 말하려는지 들어보기로 마음먹었다.

"이제 저는 옥쟁반 위에 놓인 선단으로 둔갑할 거예요. 관음보살님은 저에게 맞아죽은 도사로 변신하셔서 선단을 흑풍괴에게 갖다주세요. 그럼 모든 일이 잘 해결될 겁니다."

손오공의 말이 어떤 뜻인지 관음보살은 단박에 알아차렸다.

"영리한 녀석. 거참, 기발한 작전이로구나."

처음으로 관음보살의 칭찬을 들은 손오공은 뛸 듯이 기뻤다.

잠시 뒤, 흑풍괴가 멋모르고 선단을 넙죽 삼키자 손오공은 그의 뱃속을 마구 헤집어댔다. 날카로운 창으로 변신해 창자를 콕콕 찌르고, 여의봉을 꺼내 갈비뼈를 세게 두들겼다. 그렇게 어마어마한 고통에 괴로워하던 흑풍괴에게 손오공이 소리쳤다.

"어때, 욕심쟁이 요괴 놈아! 내 스승님의 가사를 내놓겠다고 약속하면 목숨만은 살려주마."

흑풍괴로서는 달리 어떻게 할 방법이 없었다. 그는 서둘러 금실로 짠 가사를 돌려주고 나서 관음보살의 손에 이끌려 어디론가 사라졌다. 그렇게 관음보살과 손오공의 합동 작전은 기가 막힌 대성공을 거두었다.

저팔계와 사오정을 만나다

 삼장과 손오공의 여정이 고로장(高老莊)이라는 마을에 다다랐다. 고씨들의 집성촌이었는데, 마을에는 왠지 모를 서늘한 기운이 감돌았다.

 "스승님, 이 마을에 뭔가 심상치 않은 일이 일어난 듯합니다."

 손오공의 예상은 정확했다. 멀리서 한 사내가 달려와 삼장에게 꾸벅 인사를 하며 말했다.

 "스님, 저희 주인님께서 뵙기를 청하십니다. 바쁘실 테지만, 저와 함께 가주시면 고맙겠습니다."

 사내가 주인이라고 이야기한 이는 고태공(高太公)이었다. 삼장과 손오공은 기꺼이 그 부탁을 들어주기로 했다. 둘은 사내의 안내를 받아 고태공의 집으로 향하면서 그에 관한 이야기를 들을 수 있었다. 고태공은 세 딸의 아버지로, 얼마 전에 얻은 셋째사위 때문에 이만저만 고민이 아니었다. 그는 수년 전에 첫째딸과 둘째딸을 멀리 시집보낸 뒤 허탈감이 컸다. 그래서 셋째딸은 데릴사위를 들였는데, 사위의 정체가 아무래도 수상하다는 것이었다. 잠시 뒤, 삼장과 손오공을 맞이한 고태공은 따뜻한 차를 대접하며 자신의 고민을 털어놓았다.

"제 셋째사위가 처음부터 이상했던 것은 아닙니다. 복릉산(福陵山)에 살던 저(猪)가라는 청년인데, 인물이 훤칠하고 성격도 아주 싹싹했지요. 또 무슨 일이든 맡기기만 하면 얼마나 잘했는데요."

고태공은 목이 타는지 차를 한 모금 들이켜고 말을 이었다.

"그런데 우리 집에 온 지 두 해가 채 지나지 않아 완전히 딴사람이 됐지 뭡니까. 인물이 흉측하게 변하더니 매 끼니 밥을 서너 되씩은 먹어치울 만큼 대식가가 되어버렸거든요. 사람이…… 참, 사람이라고 하기도 뭣한 것이 그는 구름을 타고다니는 신기를 갖고 있지요. 마치 요괴처럼 말이에요. 게다가 더욱 문제는 그가 여섯 달 전부터 제 셋째딸 취란을 뒤채에 가둬놓고 옴짝달싹 못하게 하고 있다는 것입니다. 아비인 저도 만날 수가 없지요."

그때 잠자코 고태공의 이야기를 듣던 손오공이 끼어들었다.

"제가 보기에도 그는 사람이 아닙니다. 요괴예요, 요괴! 요괴가 틀림없습니다."

삼장이 예의를 갖추라며 한쪽 눈을 찡긋했지만 소용없었
다.

"실은…… 저도 셋째사위가 요괴라고 생각합니다. 그래서
그를 내쫓아달라는 부탁을 드리려고 스님을 이렇게 모신 것
이지요. 무엇보다 제 딸 취란이가 불쌍해서 안 되겠어요."

고태공의 말에 손오공은 신바람까지 내며 큰 소리로 떠벌
였다.

"그렇다면 걱정 말고 우리한테 맡겨주세요. 그깟 요괴를 때
려잡는 건 누워서 떡 먹기보다 쉬운 일이니까요."

물론 삼장 역시 요괴 때문에 곤경에 처한 고태공을 모른 척
할 생각은 없었다. 다만 침착하지 못한 제자 때문에 속이 좀
상했다. 고태공은 삼장 앞에 넙죽 절을 올렸다. 깜짝 놀란 삼
장이 손사래를 치며 고태공의 몸을 일으켜 세웠다. 그리고는
손오공에게 당장 뒤채에 가서 취란을 구하라는 명을 내렸다.

"알겠습니다, 스승님! 요괴를 물리치고 금방 돌아오겠습니
다."

딸을 염려하는 마음이 컸던 고태공도 뒤채로 향하는 손오
공을 따라갔다. 마침 뒤채에 사위는 보이지 않았다. 오랜만에
만난 부녀가 서로를 얼싸안고 눈물을 흘렸다.

"아버님, 저 때문에 얼마나 근심이 크셨는지요?"

"아니다, 취란아. 한데 네 남편은 어디 있느냐?"

"저도 잘 모르겠습니다. 요즘은 날이 밝자마자 어딘가로 나갔다가 저녁이 되어서야 돌아온답니다."

부녀의 대화를 들은 손오공이 어떤 상황인지 알겠다는 듯 고개를 끄덕거렸다.

"두 분은 빨리 이곳을 빠져나가십시오. 제가 알아서 다 처리할 테니까요."

고태공과 취란은 손오공이 시키는 대로 서둘러 뒤채를 나왔다. 어느새 뉘엿뉘엿 해가 지고 있었다. 손오공은 둔갑술을 부려 취란과 똑같은 모습으로 변신했다. 그리고 어둠이 깔리기 시작하는 방 안에 다소곳이 앉아 있었다.

얼마쯤 시간이 흘렀을까? 갑자기 돌풍이 불더니, 누군가 방문을 벌컥 열고 씩씩거리는 거친 숨소리를 내며 손오공 옆으로 다가왔다.

"여보, 내가 왔소. 당신의 서방님이 돌아왔단 말이오."

뜻밖에 요괴의 목소리는 제법 다정하게 들렸다. 아마도 아내를 사랑하는 마음이 있기는 한 듯했다. 방 안이 어둑한 탓에 요괴는 취란의 얼굴을 가까이 보려고 더 바짝 다가섰다. 그 순간을 놓치지 않고 손오공이 천둥 같은 고함을 내질렀다.

"못된 요괴 놈아! 내가 누군지 아느냐? 나로 말할 것 같으면 원숭이들의 왕이자 제천대성인 손오공이다!"

전혀 예상치 못한 상황에 요괴는 화들짝 놀라며 뒤로 물러섰다. 그런 그에게 손오공은 냅다 여의봉을 휘둘렀다. 하지만 요괴의 몸놀림도 보통이 아니었다. 요괴는 무기로 쓰는 갈퀴를 챙겨들더니 하늘로 솟구쳐 달아나려 했고, 그 모습을 본 손오공이 뒤쫓아 하늘을 날았다. 끈질기게 따라붙는 손오공을 향해 요괴가 험상궂게 인상을 쓰면서 불평을 쏟아냈다.

"원숭이들의 왕이라면 화과산 수렴동에나 처박혀 있을 것이지, 왜 나한테 이러는 거야?"

"그걸 몰라서 물어? 네가 고태공을 속이고 셋째딸한테 몹쓸 짓을 했잖아. 나는 관음보살님의 명을 따르는 스승님을 받들어 서천으로 불경을 가지러 가는 바쁜 몸이지만, 너 같은 못된 요괴를 모른 척할 수는 없지!"

손오공의 눈빛은 이글이글 불타올라 상대를 제압하기에 부족함이 없었다. 안 그래도 요괴는 그 기세에 내심 두려움을 느끼고 있었는데, 손오공의 말을 듣고 깜짝 놀라는 표정을 지었다.

"지금 뭐라고 했소? 관음보살님의 명으로 서천에 불경을 가지러 간다고요?"

웬 일인지 요괴의 말투가 공손해졌다. 손오공은 요괴가 무슨 꼼수를 부리려는 것은 아닌지 경계를 늦추지 않았다. 그때 요괴가 땅으로 내려와 갈퀴를 내던지고는 무릎을 꿇었다.

"실은 관음보살님이 나더러 서천으로 불경을 가지러 가는 스님의 제자가 되라고 하셨소."

그럼에도 손오공은 여의봉을 움켜쥔 채 의심을 풀지 않았다.

"그게 무슨 말이야? 너 같은 요괴한테 스승님의 제자가 되라 하셨다고?"

"그렇소. 나는 원래 하늘에서 은하수를 지키는 천봉(天蓬) 원수(元帥)였는데, 서왕모의 반도회에 초대받아 갔다가 그만 술에 취해 한 선녀를 희롱하고 말았다오. 그 벌로 죽음만은 간신히 면했으나 곤장 2,000대를 맞은 다음 이렇게 못생긴 돼지로 변하게 되었소. 그래도 한동안은 옛날 모습이 남아 고태공의 데릴사위가 될 수 있었지만, 얼마 지나지 않아서 완전히 흉측한 돼지의 몰골로 바뀌게 된 것이오."

요괴의 이야기에 손오공은 점점 흥미를 느꼈다. 자기도 모르게 여의봉을 쥔 손에서 힘을 풀더니 요괴의 이어지는 말에 열심히 귀를 기울였다.

"그 후 나는 관음보살님을 만나 이 땅에서 착한 업을 쌓으라는 가르침을 받았소. 서천으로 불경을 가지러 가는 스님을 뵈면 반드시 제자가 되라고도 하셨다오. 그래야만 내가 하늘에서 범한 죄를 용서받을 수 있다는 말씀이었소."

그제야 손오공은 안심이 되었다. 요괴가 털어놓은 사연이 거짓으로 들리지 않았기 때문이다. 손오공은 요괴를 데리고 삼장에게 돌아왔다.

"스승님, 놀라운 일이 있습니다. 이 요괴가 스승님의 제자가 되겠답니다."

손오공은 괜히 너스레를 떨면서 그동안 있었던 일을 빠짐없이 설명했다. 그러자 삼장이 무릎을 꿇고 머리를 조아린 요괴에게 다가가 다정히 말했다.

"네가 나의 제자가 되겠다면 흔쾌히 받아주마. 관음보살님의 뜻을 받드는 것도 승려 된 자의 도리이니까 말이다. 부디 앞으로는 죄를 짓지 말고 선업(善業)을 쌓도록 해라."

요괴는 삼장의 허락에 눈물까지 글썽이며 기뻐했다. 삼장은 새로운 제자에게 저오능(猪悟能)이라는 법명을 지어주었다. 그리고 셋이 함께할 때 더욱 친밀감 있게 부를 수 있도록 팔계(八戒)라는 별명도 붙여주었다. 사실 그 별명에는 삼장의 깊은 뜻이 담겨 있었다. 팔계란 수행자가 지켜야 할 여덟 가지 계율을 말하는 것이었다. 즉 살생하지 말 것, 훔치지 말 것, 음행(淫行)하지 말 것, 거짓말하지 말 것, 술을 마셔 취하지 말 것, 때 아닐 때 먹지 말 것, 높고 넓은 자리에 앉으려 애쓰지 말 것, 몸치장과 가무(歌舞)에 사로잡히지 말 것을 의미했다.

저팔계는 곧 장인을 만나 작별 인사를 전했다. 고태공은 아직도 사위를 믿지 못해 셋째딸 취란을 어딘가에 숨겨 두었다. 저팔계는 그런 장인의 마음을 헤아려 굳이 아내를 찾지 않았다. 다만 자기가 다시 고로장에 돌아오게 되면 취란과 행복하게 살겠다는 다짐을 했다. 고태공은 속으로 제발 그런 일이 일어나지 않기를 바랐다. 하지만 사위가 행패를 부릴까 봐 겉으로는 짐짓 아쉬운 표정을 지으며 작별 인사를 나누었다.

이제 셋으로 늘어난 삼장의 일행은 서천을 향해 발걸음을 더욱 재촉했다. 어느덧 계절은 가을로 변해 있었다. 한참 길을 가다 보니 눈앞에 드넓은 강이 펼쳐졌다. 강물의 흐름이 얼마나 유장한지, 멀리서 보면 마치 거대한 용이 꿈틀거리며 앞으로 나아가는 모양새였다. 그런데 이상하리만큼 주변이 적막했다. 그렇게 넓은 강이면 간혹 지나가는 배가 눈에 띌 법도 한데 아무것도 보이지 않았다. 어디에서도 인기척조차 들리지 않았다.

삼장이 주위를 휘둘러보니, 강어귀에 돌로 만든 비석 하나가 세워져 있는 것이 보였다.

"오공아, 저기에 어떤 글이 쓰였는지 보고 오거라."

손오공은 스승의 말이 끝나자마자 비석으로 달려가 보았다. 그렇지 않아도 그곳의 분위기가 심상치 않아 고개를 갸웃거리던 중이었다. 비석에는 '유사하(流沙河)'라는 글귀가 큼지막하게 새겨져 있었다. 삼장에게 돌아온 손오공이 자기가 본 것을 시큰둥하게 이야기했다.

"스승님, 우리가 괜한 걱정을 했나 봅니다. 오래 걸어 다리가 아픈데, 여기서 잠시 쉬어가면 좋을 듯합니다."

그러면서 손오공은 말고삐를 강가로 이끌었다. 삼장이 가을 냄새를 풍기며 흐르는 강물을 가까이에서 바라보고 싶어 할 것이라 생각했기 때문이다. 스승과 제자의 사이가 나날이 깊어지고 있었다. 저팔계도 갈퀴를 든 채 그 뒤를 따라 강가로 왔다. 스승과 두 제자는 짐을 풀고 그곳에 앉아 잠시 망중한을 즐겼다.

그런데 어느 순간, 뜻밖의 사건이 벌어지고 말았다. 갑자기 천둥치는 소리가 요란하게 울려 퍼지더니 강 한복판에서 소용돌이가 솟구쳤다. 그렇게 모습을 드러낸 것은 다름 아닌 요괴였다.

"감히 내 구역에 와서 한가롭게 떠들고 있다니, 어디 혼 좀 나봐라! 모두 잡아먹어버릴 테다!"

아홉 개의 해골을 목에 건 요괴는 입을 크게 벌리며 강가에서 쉬고 있는 일행에게 달려들었다. 저팔계가 잽싸게 그 앞으로 달려 나가 갈퀴를 휘두르는 사이에 손오공이 스승을 둘러 업고 멀찍이 물러섰다. 유사하 강변에서 저팔계와 요괴의 한바탕 싸움이 벌어졌다. 서로 거세게 공격해 수십 합이 오갔지만 좀처럼 승부가 나지 않았다. 그 모습을 잠자코 바라보던 손오공이 여의봉을 꺼내들고 소리쳤다.

"팔계야, 저리 비켜봐. 내가 그 요괴 놈의 머리통을 깨버릴게."

어느새 손오공과 저팔계는 형제처럼 친해져 서로를 '아우'와 '사형(詞兄)'으로 불렀다. 저팔계가 못내 아쉬워하며 뒤로 물러서자 손오공이 냅다 요괴에게 달려들었다. 요괴의 무예 솜씨도 훌륭했지만 잇달아 둘을 상대하기에는 역부족이었다.

"이놈들, 보통이 아니구나. 일단 작전상 후퇴다."

요괴는 싸움이 불리할 때 무작정 맞서지 않고 뒤로 물러서줄 아는 꾀가 있었다. 요괴가 순식간에 강물 속으로 모습을 감추자 손오공이 멈칫했다. 그것을 본 저팔계가 다시 앞으로 나섰다.

"사형, 물속에서 싸우는 것이라면 자신 있소. 이번에는 내게 기회를 주시오."

"그래? 아우가 정 그렇다면 내가 양보하지."

옷을 적시며 물속으로 들어가 싸우는 것이 영 마뜩치 않았던 손오공은 못 이기는 척 뒷걸음질을 쳤다. 저팔계는 조금의 망설임도 없이 물속으로 뛰어들었다.

풍덩!

엄청난 양의 물이 사방으로 튀었다. 물속에서 또다시 저팔계와 요괴의 치열한 전투가 벌어졌다. 그런데 물 밖에서 그랬듯 좀처럼 결판이 나지 않았다. 잠시 뒤, 저팔계가 난처한 표정을 지으며 등을 보이고 수면 위로 헤엄치기 시작했다.

"너무 오랫동안 물속에 있었더니 숨이 가쁘군."

요괴는 저팔계가 도망가는 것이라고 생각해서 맹렬하게 뒤를 쫓았다. 하지만 그것은 저팔계의 작전이었다. 그렇게 요괴를 물 밖으로 데리고 나가면 손오공이 자신을 도와 공격할 것이라고 믿었던 것이다. 손오공은 저팔계의 작전을 한눈에 알아챘다. 요괴가 다시 물 밖에 나타나자마자 여의봉을 휘둘러 머리를 내리쳤다.

"어때, 요괴 놈아? 내 여의봉을 맞고 목숨을 부지할 수는 없지!"

그러나 요괴는 만만치 않은 맷집을 갖고 있었다. 손오공의 여의봉을 정통으로 맞고도 잠시 휘청거리는가 싶더니 이내 물속으로 달아났다. 이번에는 아까보다 더 깊이 사라져 그림자조차 얼비치지 않았다.

"살다 살다 저런 요괴는 처음이오, 사형. 우리 둘의 공격을 견뎌내다니……."

저팔계는 입맛을 다시며 고개를 절레절레 흔들었다. 손오공도 요괴를 무찌르려면 다른 묘책이 필요하다고 생각했다.

"저 요괴를 살려두면 유사하를 건널 때 스승님에게 해코지를 할 것이 틀림없어. 설령 무사히 이곳을 빠져나간다고 해도 언제 화가 미칠지 몰라."

"그럼 어떻게 해야 한단 말이오?"

"관음보살님께 도움을 청해봐야지."

손오공은 저팔계의 물음에 짧게 대답하고 근두운에 올라탔다. 그리고는 관음보살이 머물고 있는 남해의 낙가산으로 날아갔다. 손오공으로부터 유사하에서 일어난 일을 전해들은 관음보살은 뜻밖의 이야기를 들려주었다.

"그 요괴는 원래 영소보전을 지키는 권렴(捲簾) 장군이었는데 큰 죄를 지어 하늘나라에서 쫓겨났지. 그런 그를 내가 불문(佛門)에 들게 하고 사오정이라는 이름을 지어주었단다. 그리고 서천으로 불경을 가지러 가는 승려를 만나면 제자가 되어 잘 보필하라고 일러두었지."

"아, 그렇군요. 요괴에게 진작 우리의 정체를 밝혔으면 쉽게 해결될 문제였네요."

"그렇고말고."

관음보살은 곧 제자 혜안에게 붉은 조롱박을 가져오라고 심부름을 시켰다. 그것을 손오공에게 건넨 관음보살이 인자한 미소를 지으며 당부했다.

"스승과 함께 유사하를 건너는 일이 쉽지 않을 것이다. 그곳으로 돌아가면 먼저 삼장에게 사오정을 인사시키도록 해라. 이미 봤는지 모르겠으나, 사오정이 목에 걸고 있는 아홉 개의 해골과 내가 주는 이 조롱박을 잘 이용하면 아무리 드넓은 강이라도 안전하게 건널 수 있을 것이다."

손오공은 관음보살이 이야기하는 아홉 개의 해골 모습이 또렷하게 머릿속에 떠올랐다. 요괴와 치열한 싸움을 벌이면서도 그것이 범상치 않아 보였기 때문이다. 손오공은 관음보살이 내준 조롱박을 품속에 잘 간직한 채 공손히 인사를 올렸다. 이번에도 근두운은 손오공을 금세 유사하로 돌아오게 해 주었다. 저팔계가 반갑게 사형을 맞이했다.

"관음보살님께 가신 일은 잘 되었소?"

"응, 이제 아우는 아무 걱정하지 않아도 돼."

손오공은 삼장을 데리고 당장 강가로 다가가 요괴를 불렀다.

"사오정, 여기로 나와 내 이야기를 들어라!"

깊은 물속에 숨어 있던 요괴는 그 소리를 듣고 깜짝 놀랐다.

'아니, 저 녀석이 내 이름을 어떻게 알았지?'

손오공의 말은 계속 이어졌다.

"나는 서천으로 불경을 가지러 가시는 스님을 모시고 있다. 어서 강물 밖으로 나와서 내 스승님께 인사를 올리도록 해라."

그러자 몇 초도 지나지 않아 요괴가 물 밖으로 불쑥 모습을 드러냈다. 그리고는 삼장 앞에 무릎을 꿇고 머리를 땅바닥에 닿을 만큼 낮추었다.

"저를 용서하십시오. 제가 스승님을 알아 뵙지 못하고 무례를 저질렀습니다."

그 모습을 본 삼장이 요괴를 일으켜 세우며 다정히 타일렀다.

"괜찮다. 지금이라도 잘못을 뉘우쳤으니 됐다. 나를 스승으로 불러주다니 고맙구나."

손오공은 삼장과 저팔계에게 관음보살이 해준 이야기를 전했다. 사오정은 다시 한 번 삼장에게 머리를 조아려 예를 갖추었다. 그리고 형제의 인연을 맺게 된 손오공과 저팔계에게도 정중히 인사했다. 그 날부터 사오정 역시 손오공을 사형이라고 부르기로 했다. 삼장은 치렁치렁 늘어진 사오정의 머리카락을 직접 삭발해주었다. 그 일이 끝나자 손오공이 말했다.

"오정아, 이제 스승님께서 편히 강물을 건너실 수 있도록 목에 건 해골들을 내놔봐."

그 말에 사오정은 아홉 개의 해골을 풀어 구궁(九宮)의 형태로 엮었다. 그리고 그 가운데 조롱박을 놓아 강물에 띄웠다. 그러자 곧 놀라운 일이 벌어졌다. 조롱박이 삼장과 세 제자가 충분히 올라탈 만한 널찍한 배로 변한 것이다. 일행은 그것으로 무사히 유사하를 건널 수 있었다. 삼장은 관음보살이 있는 쪽으로 몸을 돌려 합장을 했다.

인삼과 때문에 빚어진 소동

삼장 일행을 향한 관음보살의 보살핌은 그 후로도 계속되었다. 다시 몇 날 며칠이 흘러, 삼장과 제자들은 만수산(萬壽山)에 닿았다. 그곳은 경치가 너무 좋아 너나없이 주위를 둘러보며 반쯤 넋이 나갈 지경이었다. 해가 저무는 줄도 모르고 한참 길을 걷던 일행은 사위가 어둑해질 무렵에야 번쩍 정신이 들었다.

"아이고, 벌써 밤이 되었네. 오늘은 어디에서 묵어야 하나?"

맨 앞에서 걸어가던 손오공이 잠자리를 걱정했다. 그때 다행히 멀지 않은 곳에 사찰 하나가 보였다. 고졸(古拙)한 멋이 일품인 오장관(五莊觀)이었다. 일행은 반가운 마음에 서둘러 그곳으로 걸음을 옮겼다. 막 사찰 마당으로 발을 들여놓는 순간, 두 명의 동자승이 나와 삼장을 반갑게 맞이했다.

"어서 오십시오. 혹시 당에서 오신 삼장 법사님이 아니신지요?"

동자승들의 말에 삼장의 눈이 휘둥그레졌다.

"그걸 어떻게 아느냐?"

세 제자들은 행여 무슨 일이 일어날까 봐 경계를 늦추지 않았다. 하지만 동자승들은 몹쓸 짓을 일삼는 요괴가 아니었다.

"저희 스승님은 진원자(鎭元子)이십니다. 스님께서 전생인 금선자(金蟬子)의 삶을 사실 적에 친분을 나눈 적이 있다 하셨지요. 지금은 설법을 하러 멀리 떠나 계신데, 돌아오실 때까지 스님을 잘 대접하라 당부하셨습니다."

동자승들의 말에 삼장은 흐뭇했다. 세 제자들도 오랜만에 극진한 대접을 받겠다는 생각에 기분이 매우 좋았다. 두 동자승은 삼장 일행에게 방을 내어주고 어딘가 밖으로 나갔다. 얼마 뒤 사찰로 돌아온 그들의 손에는 신기한 과일 두 개가 들려 있었다.

"스님, 이것은 인삼과라는 것입니다. 출출하실 텐데 좀 드셔보십시오."

동자승들은 과수원에서 따온 인삼과를 삼장이 머물고 있는 방 안으로 들어가 꺼내놓았다. 그러나 삼장은 그것을 먹을 수 없었다. 인삼과의 모양이 마치 갓 태어난 아기 같아 보였기 때문이다.

"성의는 고맙다만…… 어찌 이런 것을 가져다주느냐? 아무리 배가 고프다 한들 차마 먹을 수가 없구나."

삼장은 손사래까지 치며 인삼과 먹기를 거부했다. 두 동자승이 거듭 삼장을 설득했다.

"이것이 아기처럼 생기기는 했어도 분명 과일입니다. 오장관 최고의 보물이라 할 법하지요. 아주 귀한 것이랍니다."

하지만 아무리 설명해도 소용없는 노릇이었다. 삼장은 끝내 인삼과를 먹지 않았고, 두 동자승은 그것을 들고 다시 방을 나올 수밖에 없었다.

"스님께서 도무지 이것을 드시지 않겠다니 어떡하지?"

"그러게 말이야. 기껏 과수원까지 가서 따온 건데."

인삼과는 일단 나무에서 따면 오래 보관하기 어려운 과일이었다. 두 동자승은 인삼과가 짓무르기 전에 자신들이 먹어 치우기로 결심했다. 행랑채로 들어간 동자승들은 저마다 하나씩 그 과일을 들고 맛있게 먹었다. 인삼과는 오장관에 살아도 쉽게 맛보기 어려운 것이었다.

그런데 마침 배가 고파 뭐든 먹을 것이 없을까 해서 부엌으로 가던 저팔계가 인삼과를 들고 행랑채로 들어서는 동자승들을 봤다. 잔뜩 호기심이 생긴 저팔계는 방문에 바짝 다가가 귀를 기울였다. 동자승들은 삼장이 어쩌고 인삼과가 어쩌고 하며 그것을 게 눈 감추듯 먹어치웠다. 저팔계는 군침을 질질 흘리다가 발길을 돌려 손오공이 있는 방으로 찾아왔다.

"사형, 혹시 인삼과라는 과일을 먹어봤소?"

"아니, 못 먹어봤어. 인삼과를 먹으면 무병장수한다는 얘기를 들어보기는 했지."

"그게 정말이요?"

"그럼, 내가 아우한테 거짓말을 하겠어? 한데 뜬금없이 인삼과는 왜?"

손오공이 묻자 저팔계는 자기가 방금 전에 본 것을 이야기했다. 그리고는 은근슬쩍 손오공의 마음을 떠보았다.

"인삼과는 과연 어떤 맛일까? 사형은 궁금하지 않소?"

"아우 말을 들으니 나도 입안에 군침이 도는군."

그때를 놓치지 않고 저팔계가 당돌한 제안을 했다.

"우리도 과수원에 가서 인삼과를 따먹으면 어떻겠소, 사형?"

"음, 그래 볼까······."

저팔계의 유혹에 손오공은 홀딱 넘어가고 말았다. 때마침 배에서 꼬르륵거리는 소리가 들렸다.

"그래, 결심했어! 내가 금방 과수원에 다녀올 테니까, 아우는 여기서 기다리고 있어."

손오공은 문득 인삼과를 따려면 금막대기가 필요하다는 말을 들은 것이 생각났다. 그래서 갖가지 연장과 농기구를 보관해두는 광으로 몰래 숨어들어가 보았다. 과연 한쪽 구석에 금막대기가 세워져 있었다. 손오공은 그것을 챙겨들고 한달음에 과수원으로 날아갔다. 거기서 처음 본 인삼과나무는 너무 커서 '세상에 이런 것이 다 있나!' 하는 탄성이 새어나올 정도였다.

"딱 세 개만 따자. 스승님은 안 드시겠다고 했다니 두 동생과 함께 나눠먹어야겠다."

손오공은 잘 익은 인삼과가 달린 가지로 서둘러 다가가서 금막대기를 휘둘렀다. 그리고 땅으로 내려와 과일을 찾아보았는데 어딘가로 감쪽같이 사라져 보이지 않았다.

"거참, 귀신이 곡할 노릇이네. 인삼과가 어디로 갔지?"

고개를 갸웃거리며 혼잣말을 중얼거리던 손오공은 토지신을 의심했다. 인삼과가 워낙 귀한 과일이다 보니 토지신이 욕심을 내 감추었다고 생각한 것이다. 손오공이 다짜고짜 목청을 높여 과수원을 다스리는 토지신을 불러냈다.

"네, 이놈! 감히 내가 어렵게 딴 인삼과에 눈독을 들여?"

"아니요, 절대 그런 적 없습니다."

토지신은 한껏 억울한 표정으로 결백을 주장했다. 그리고 인삼과가 흔적도 없이 사라진 이유를 설명했다.

"제천대성님께서 인삼과의 특성을 잘 모르셔서 빚어진 일입니다. 그것을 딸 때 금막대기가 필요하다는 사실만 알고 계셨던 것이지요. 나무에서 떨어진 인삼과가 땅에 닿으면, 금방 흙속으로 사라져버리고 맙니다. 마치 물이 스며들 듯 말이지요. 그래서 인삼과는 따자마자 비단을 깐 그릇에 놓아야 합니다."

그랬다. 손오공은 인삼과에 대해 하나만 알고 둘은 몰랐다. 토지신은 인삼과에 대해 손오공이 모르는 사실을 전부 들려주었다.

"인삼과나무는 9,000년마다 겨우 서른 개의 열매가 열린답니다. 얼핏 모양이 꼭 갓난아기 같아 손이 선뜻 가지 않는데, 인삼과를 먹으면 4만7,000년이나 무병장수할 수 있다는 말이 전해져 내려올 만큼 귀한 과일입니다."

토지신의 설명을 다 들은 손오공은 냉큼 사과했다. 그리고는 다시 열매가 달린 가지로 다가가서 인삼과를 따더니 소중히 옷섶으로 감쌌다. 토지신이 가르쳐준 대로 비단을 깐 그릇이 있다면 더 좋았겠지만, 이가 없으면 잇몸이라는 생각이었다. 그렇게 인삼과 세 개를 딴 손오공은 흡족한 얼굴로 동생들에게 돌아왔다.

"아우들아, 내가 귀한 인삼과를 구해왔으니 함께 맛보도록 하자."

사오정은 손오공이 과수원으로 간 사이에 저팔계로부터 인삼과에 관한 이야기를 들었다. 두 아우는 사형의 호의에 고마워하며 맛있게 인삼과를 먹었다. 특히 저팔계는 얼마나 맛있었는지 코를 깊이 처박은 채 허겁지겁 씹지도 않고 삼켜버렸다. 그토록 간절히 먹고 싶었던 만큼, 저팔계는 눈앞에서 인삼과가 사라지자 허탈감이 컸다.

"이런 벌써 다 먹어버렸네⋯⋯. 사형, 하나 더 먹을 수 없을까?"

손오공이 가져온 인삼과가 뻔히 세 개뿐인 것을 알면서 저팔계는 하나 마나 한 소리를 했다. 그만큼 인삼과가 더 먹고 싶었던 것이다.

"팔계야, 귀한 것일수록 욕심을 부리면 안 돼. 좋은 것이라고 너무 많이 먹으면 부작용이 나게 마련이야."

저팔계는 사형의 충고를 듣고도 입맛을 쩝쩝 다셨다. 새콤달콤 오묘한 맛이 한동안 입안을 맴돌았다. 실은 꼭꼭 씹지도 않고 삼키듯 먹어치웠으니 제대로 맛을 느꼈다고 말하기도 어려웠다.

그런데 그때 우연히 손오공과 두 아우의 대화를 동자승들이 엿들었다. 화들짝 놀란 두 동자승은 급히 과수원으로 가보았다. 손오공과 두 아우가 그냥 허풍을 떤 것이었으면 좋았으련만, 하나씩 꼼꼼히 헤아려본 인삼과 열매는 딱 세 개가 모자랐다. 머리 꼭대기까지 화가 치민 동자승들은 삼장이 머무는 방으로 달려가 거세게 항의했다.

"이런 경우가 어디 있습니까? 우리는 하룻밤 묵었다 가시라고 방까지 내주었는데, 귀한 인삼과를 훔쳐 먹다니요! 스님은 도둑들을 제자로 두셨습니까?"

삼장은 동자승들의 말에 몸 둘 바를 몰라 했다. 은혜를 원수로 갚은 격이니 달리 변명할 수도 없었다. 삼장은 곧 제자들을 불러들였다.

"정녕 너희들이 인삼과를 훔쳐 먹었더냐?"

"……."

제자들은 너나없이 유구무언이었다. 쥐구멍이라도 찾고 싶은 심정으로 머뭇거리던 손오공이 가까스로 입을 열었다.

"스승님, 송구합니다. 두 번 다시 남의 물건에 손을 대지 않겠습니다."

사오정과 저팔계는 사과하는 사형의 뒤에서 한껏 고개를 숙였다. 그럼에도 동자승들은 좀처럼 화가 가라앉지 않았다.

"흥, 뻔뻔한 것들! 이미 인삼과는 다 먹어놓고 맨입으로 사과만 하면 그만인가?"

두 동자승은 제자들에게 큰 벌을 내리라며 삼장을 다그쳤다. 그 모습을 본 손오공은 당장이라도 여의봉을 꺼내 동자승들을 혼내주고 싶었다. 하지만 애당초 자기가 잘못한 것은 틀림없는 사실이므로 스승 앞에서 난리를 필 수는 없는 노릇이었다.

그 날 밤, 손오공은 몰래 사찰을 빠져나와 다시 과수원으로 갔다. 이번에는 인삼과를 따먹기 위해서가 아니라, 방금 전 동자승들에게 면박당한 것을 분풀이할 목적이었다. 그 날따라 밝은 달이 과수원을 훤히 비추고 있었다. 손오공은 냅다 여의봉을 꺼내들더니 인삼과나무를 향해 거칠게 휘둘러댔다. 아무리 거대한 나무라 해도 그와 같은 행패를 당해낼 수는 없었다. 인삼과나무의 가지들이 뚝뚝 부러지고, 열매들은 후두둑 땅으로 떨어져 내렸다. 토지신의 말대로 땅에 닿은 열매들은 물처럼 흙속에 스며들어 자취도 없이 사라졌다. 과수원은 그야말로 쑥대밭으로 변해버렸다. 여기저기 부러진 나뭇가지들만 처참하게 나뒹굴었다.

그 시각, 잠자리에 들었던 한 동자승이 괴기한 꿈을 꾸다가 번뜩 정신을 차렸다. 그가 옆에 누워 있는 다른 동자승을 깨워 찜찜한 기분을 이야기했다.

"아무래도 무슨 일이 있는 것 같아. 우리 함께 과수원에 가보자."

동자승의 예상은 빗나가지 않았다. 그들의 눈앞에 엉망진창이 되어버린 과수원이 나타났다. 이미 손오공은 실컷 분풀이를 한 다음 자기 방으로 돌아간 상태였다. 하지만 동자승들은 그 만행의 범인으로 손오공을 콕 찍었다.

"그 원숭이 놈이 벌인 짓이 틀림없어. 삼장 법사의 제자 중

하나가 하도 말썽을 많이 부려서 오행산에 갇혔었다는 얘기를 스승님한테 들은 적이 있거든. 아까 스님 앞에서 머리를 조아리고 잘못을 뉘우칠 때도 우리를 흘겨보는 눈초리가 심상치 않았어."

동자승들은 또다시 삼장을 찾아가 손오공이 한 짓을 일러바쳤다. 삼장은 그 말을 듣자마자 손오공이 벌인 일이라는 것을 직감했다. 자기가 모독당했다고 생각하면 결코 화를 삭이지 못하는 성격이라는 것을 잘 알고 있었기 때문이다. 삼장은 그 길로 손오공을 불렀다. 그렇게 황당한 사고를 치고 와서 막 잠이 들려던 손오공이 졸린 눈을 부비며 스승 앞에 나타났다. 한밤의 소란에 덩달아 잠이 깬 사오정과 저팔계도 괜히 사형의 뒤를 따랐다.

"오공아, 너는 어찌하여 또 남의 것을 망가뜨렸느냐? 잘못을 뉘우친 지 얼마나 되었다고."

사실 손오공은 과수원을 엉망으로 만든 행동에 후회가 없었다. 진작 두 동자승이 자신의 사과를 받아줬으면 일어나지 않았을 일이라고 생각했다. 하지만 스승 앞에서 머리를 꼿꼿이 세운 채 입바른 소리를 해댈 수는 없었다. 그랬다가 자칫 삼장이 긴고주라도 읊게 되면 큰일이었기 때문이다. 그 고통은 상상하는 것만으로도 끔찍했다.

그렇게 한참 삼장이 손오공을 꾸짖을 때, 무슨 생각인지 두 동자승은 조심스럽게 방을 빠져나왔다. 그리고는 밖에서 두 겹, 세 겹 구리 자물통을 채워 방문을 걸어 잠갔다. 진원자가 돌아올 때까지 삼장 일행을 가둬둘 속셈이었던 것이다.

잠시 뒤, 방문이 단단히 잠긴 것을 알게 된 삼장이 근심어린 얼굴로 혼잣말을 했다.

"큰일이로구나. 오장관의 주지인 진원자께서 돌아와 모든 사실을 알게 되면 우리를 용서하지 않을 텐데……."

그제야 묵묵히 스승의 꾸지람을 듣고만 있던 손오공이 말문을 열었다.

"아무 걱정 마세요, 스승님. 제가 해쇄법(解鎖法)을 써서 문을 열 수 있으니까요."

비록 온갖 말썽을 부리기는 해도 손오공의 술법은 대단했다. 사오정과 저팔계 역시 사형의 뛰어난 재주를 새삼 실감했다.

손오공은 자신들의 방으로 돌아간 동자승들이 잠들 때까지 기다렸다. 그리고는 밤이 더 깊어지자 작은 벌레로 둔갑해 방을 빠져나가더니 곧 원래 모습으로 변하여 자물통을 향해 여의봉을 휘둘렀다. 아무리 두 겹, 세 겹 단단히 채워둔 구리 자물통이라도 여의봉의 위력을 당해낼 수는 없었다. 삼장과 아우들은 답답했던 방 안에서 나와 안도의 한숨을 내쉬었다.

"사형, 수고했소. 정말 놀라운 재주를 가졌구려."

손오공은 감탄을 금치 못하는 저팔계를 향해 한쪽 눈을 찡긋했다. 그리고 오장관을 떠날 채비를 마치고 나서, 아우들에게 할 일이 한 가지 더 남았다고 말했다.

"그것이 뭐요?"

저팔계가 궁금해 미치겠다는 표정으로 물었지만, 손오공은 별다른 설명 없이 동자승들이 잠든 방으로 향했다. 저팔계가 뒤를 따라가서 보니, 손오공이 자기 몸에서 털을 두 가닥 뽑아 잠벌레로 변신시키는 것 아닌가. 그것을 동자승들의 이마에 척척 붙여놓자 어떤 소란에도 쉽사리 깨어나지 않을 깊은 잠에 빠져들었다. 그렇게 삼장 일행은 여유롭게 오장관을 나서서 희붐히 새벽이 밝아오는 길을 걸어 서쪽으로 향했다.

그 날 정오 무렵, 설법을 하러 먼 길을 떠났던 진원자가 마침내 오장관으로 돌아왔다. 그는 한달음에 달려나와 자신을 반길 줄 알았던 동자승들이 보이지 않자 행랑채 문을 열어보았다. 아니나 다를까, 두 동자승은 여전히 깊은 잠에서 깨어나지 못하고 있었다.

"이놈들, 해가 중천에 떴는데 여태껏 늦잠을 자고 있느냐!"

진원자가 크게 호통을 쳤지만 두 동자승은 꿈쩍하지 않았다. 몸을 막 흔들어 깨워봤지만 아무런 효과가 없었다. 진원자가 이상한 생각이 들어 동자승들을 자세히 살펴보니 이마에 잠벌레가 붙어 있었다.

"아니, 누가 이런 술법을 부렸지?"

진원자는 곧 동자승들의 머리맡에 앉아 특별한 주문을 외웠다. 그렇게 얼마쯤 시간이 흐르자 비로소 두 동자승이 잠에서 깨어났다. 그들은 오랜만에 만난 스승 앞에 날래게 무릎을 꿇고 나서 그동안 있었던 일을 낱낱이 털어놓았다.

"저희는 스승님의 당부대로 삼장 법사 일행을 극진히 대접했습니다. 한데 스님의 제자들은 날강도나 다름없었지요. 특히 손오공이라고 하는 요상한 원숭이 녀석은 두 번 다시 맞닥뜨리기 싫을 만큼 지독히 나쁜 놈이었답니다. 몰래 인삼과를 따먹은 것도 모자라 과수원을 완전히 망가뜨려놓았거든요."

인삼과 과수원이 엉망이 되었다는 말에 진원자는 더 이상 분을 참지 못했다.

"내가 녀석들을 가만두지 않겠다! 못된 버릇을 송두리째 고쳐놓아야겠어!"

진원자는 지나가던 구름을 잡아 세워 올라타더니 삼장 일행을 뒤쫓아 갔다. 얼마나 속도가 빨랐는지, 동자승들이 구름이 지나간 길을 올려다보자 한 줄기 밝은 빛줄기만 보일 뿐이었다. 그가 삼장 일행을 따라잡는 데는 긴 시간이 필요하지 않았다.

"손오공, 게 섰거라!"

난데없이 들려오는 호통에 손오공이 고개를 들어 하늘을

올려다봤다. 진원자가 불같이 화를 내며 삼장 일행을 향해 달려들었다. 그것을 보고 가만히 있을 삼장의 제자들이 아니었다. 손오공과 두 아우가 진원자를 막아서며 저마다 무기를 꺼내들었다. 하지만 진원자는 삼장의 제자들이 전혀 예상치 못한 공격을 가했다.

"나의 과수원을 망쳐놓고 무사할 줄 알았더냐!"

진원자는 더욱 큰 소리로 호통을 치면서 불어오는 바람을 이용해 넓게 소매를 펼치더니 쓰레기를 쓸어 담듯 주변을 싹 훑었다. 그 바람에 삼장 일행은 별 다른 저항도 하지 못한 채 소매 속에 갇히는 신세가 되고 말았다. 진원자는 삼장 일행을 오장관으로 끌고 와 기둥에 꽁꽁 묶었다. 그리고 숨 돌릴 새도 없이 곧장 동자승들에게 명을 내렸다.

"어서 가죽 채찍을 가져와서 삼장 법사부터 매우 쳐라! 제자들을 제대로 다스리지 못한 죄가 용서받지 못할 만큼 크다."

그 순간 손오공이 몸부림을 치며 크게 소리쳤다.

"오장관 주지 스님, 차라리 나를 때리시오. 인삼과를 훔친 것도 내가 한 일이고, 과수원을 쑥대밭으로 만든 것도 나의 잘못이오! 스승님은 죄가 없소!"

그러자 진원자가 씁쓸한 미소를 띠며 말했다.

"날강도 같은 놈이 그래도 자기 스승은 아낄 줄 아는구나.

저 놈이 그리 원한다니 가죽 채찍으로 아주 혼쭐을 내주어
라!"

그 명령에 채찍을 든 동자승이 손오공에게 다가갔다. 바로
그때 손오공은 술법을 부려 자신의 두 다리를 무쇠처럼 단단
하게 만들었다. 그리고 채찍이 닿을 적마다 아프지도 않은데
고래고래 비명을 질러댔다. 동자승의 채찍질은 서른 번이나
계속되었다. 진원자는 손오공에 대한 징벌이 끝나자 다시 삼
장을 노려보았다. 아직도 분이 풀리지 않아 삼장에게도 내처
가죽 채찍질을 할 생각이었다. 그런데 어느덧 해가 저물어 주
위가 어둑해졌다.

"스승님, 나머지 놈들은 내일 날이 밝은 다음에 매질을 해
야 할 듯합니다."

한 동자승이 진원자에게 말했다. 먼 길을 다녀온 피로도 풀
리지 않은 탓에, 진원자는 동자승의 제안을 따르기로 했다.

그 날 밤, 삼장 일행은 그대로 기둥에 묶인 채 밤을 지새우
게 되었다. 진원자와 두 동자승은 다시 한 번 밧줄의 매듭을
단단히 조인 후 각자의 방으로 들어가 잠자리에 들었다. 하지
만 손오공이 누군가. 밤이 깊어지자, 손오공은 자신의 몸을
작게 만드는 술법을 부려 밧줄에서 빠져나왔다.

"사형, 어서 우리도 풀어주시오. 답답해서 미치겠소."

저팔계가 손오공을 채근했다. 그렇지만 손오공은 맨 먼저

삼장의 밧줄을 풀어준 다음 사오정과 저팔계도 차례로 자유의 몸이 되게 해주었다.

"팔계야, 너는 너무 이기적이구나. 네가 양보심을 가졌다면 오정이 아우보단 먼저 풀어줬을지 모르지."

그 말에 저팔계는 뭐라고 반박할 수가 없었다. 그저 삼장과 사오정을 쳐다보기 민망해 낯빛이 살짝 붉어질 따름이었다.

삼장 일행은 그 길로 오장관을 나왔다. 세 제자는 자신들이 죄를 짓기는 했어도 진원자가 더 이상 책임을 묻지는 않을 것이라고 생각했다. 왜냐하면 그가 삼장과 전생에 인연이 있는 데다, 손오공이 이미 서른 대나 가죽 채찍질을 당했기 때문이다. 하지만 그것은 착각이었다. 이튿날 아침, 사찰 기둥에 빈 밧줄만 늘어져 있는 것을 발견한 진원자는 또다시 화가 치밀었다.

"정말 용서할 수 없는 자들이구나! 잘못을 뉘우치며 손이 발이 되게 싹싹 빌어도 모자랄 판에 도망을 치다니!"

진원자는 지난번과 같이 지나가는 구름을 잡아타고 삼장 일행을 쫓아갔다. 머지않아 그는 다시 삼장 일행과 맞닥뜨렸다.

"이놈들, 죄 값을 다 치르지도 않고 어디로 달아나느냐?"

자신들의 기대와 달리 진원자의 화가 풀리지 않은 것을 알게 된 삼장의 제자들은 잠시 당황했다. 하지만 제일 먼저 사태 파악을 한 손오공이 재빨리 여의봉을 꺼내들고 진원자에게 달려들었다.

"나도 어지간하면 곱게 떠나려 했건만, 주지 스님이고 뭐고 더는 봐주지 않겠다!"

하지만 진원자는 손오공의 공격을 가볍게 피했다. 저팔계와 사오정도 사형을 거들었지만 진원자의 몸놀림이 날래서 좀처럼 유효타를 날리지 못했다. 진원자는 그렇게 몇 번 방어술만 펼치다가 먼젓번처럼 소매를 넓게 펼쳐 한꺼번에 삼장 일행을 가두었다.

"으, 내가 또 당하다니……."

손오공이 억울해하며 발버둥을 쳤지만 소매 밖으로 벗어날 수는 없었다. 그렇게 삼장 일행은 다시 오장관의 기둥에 묶이게 되었다. 진원자는 어제보다 더욱 강력한 징벌을 내리기로 마음먹고 동자승들에게 명령했다.

"어서 가마솥에 기름을 붓고 팔팔 끓이도록 해라. 그 다음에 삼장부터 던져 넣어 오징어튀김처럼 튀겨버릴 것이다! 삼장 다음에는 저기 못된 원숭이 차례다!"

동자승들은 스승의 명대로 곧 가마솥에 기름을 채운 뒤 불을 지폈다. 장작불이 활활 타오르면서 기름이 설설 끓기 시작했다. 그것을 지켜보는 삼장은 침착함을 잃지 않으려고 애썼지만 자기도 모르게 몸이 부들부들 떨렸다. 저팔계와 사오정은 식은땀을 줄줄 흘렸다. 그와 같은 다급한 상황에도 손오공 만은 계략을 짜기에 바빴다. 마침내 한 가지 꾀를 생각해낸 손오공이 진원자에게 뜻밖의 제안을 했다.

"오장관 주지 스님, 내가 인삼과나무를 살려낸다면 우리를 용서하겠소?"

그 말에 진원자는 귀가 솔깃했다. 비록 말썽쟁이 원숭이지 만 술법 하나만큼은 신통한 것이 분명한 만큼 가능성이 영 없 지는 않다고 판단했기 때문이다.

"네 말에 책임을 질 수 있겠느냐?"

"그렇다마다요."

"단순히 시간을 끌려는 속셈이라면 너를 갈기갈기 찢어버 리고 말 것이다."

"내 말이 거짓이라면 주지 스님 마음대로 하십시오."

삼장은 기름에 튀겨질 위기에서 벗어날 수 있다는 생각에 안도의 한숨을 내쉬었다. 하지만 대체 무슨 수로 죽은 나무를 살려내겠다는 것인가? 저팔계와 사오정도 손오공의 말이 진 심인지 아닌지 헷갈렸다. 오직 손오공만이 알 수 없는 확신으 로 가득 차 있었다. 진원자는 동자승들을 시켜 삼장 일행을 묶고 있는 밧줄을 풀어주었다.

"스승님은 아우들과 이곳에서 기다리십시오. 저 혼자 누구 를 좀 만나러 가겠습니다."

손오공은 스승에게 정중히 인사를 하고 나서 근두운을 타고 어딘가로 사라졌다. 그 순간에도 진원자는 의심의 눈길을 거두지 않았지만, 밑져야 본전이라는 심정으로 한번 믿어보기로 했다. 오히려 저팔계가 자꾸 좋지 않은 생각에 빠져들었다.

"쳇, 우리를 여기에 남겨 두고 사형 혼자 도망가는 거 아니야?"

사오정은 그 말에 아무런 대꾸도 하지 않았다. 삼장 역시 염주를 굴리며 기도만 되풀이했다. 그러나 손오공이 스승과 아우들을 두고 혼자 줄행랑을 칠 만큼 파렴치한은 아니었다. 손오공이 근두운을 타고 향한 곳은 다름 아닌 남해의 낙가산이었다.

"그간 평안하셨는지요, 관음보살님?"

"네가 나를 또 찾아오다니, 무슨 일이냐?"

사실 관음보살은 손오공이 찾아올 줄 미리 알고 있었다. 그럼에도 손오공이 더하고 빼는 것 없이 지난 일들을 전부 이야기하도록 차분히 기다려주었다.

"관음보살님, 지금 스승님의 목숨이 매우 위태롭습니다. 다시 한 번 저를 도와주신다면 그 은혜 죽어도 잊지 않겠습니다."

"그래, 알겠다. 너의 부탁을 들어주마. 하지만 이것 하나는 분명히 알아두어라. 진원자는 법력이 아주 높은 스님이며, 오 장관의 인삼과나무는 세상에 둘도 없는 소중한 보물이란다. 그럼에도 함부로 행동한 너와 아우들의 죄가 아주 큰 것을 명심해라. 이번에는 내가 너를 도와줄 테지만, 앞으로는 두 번 다시 그런 잘못을 범하지 않도록 해야 한다."

"네, 관음보살님의 말씀 가슴에 새기겠습니다."

손오공의 다짐에 관음보살은 고개를 끄덕였다. 그리고 손오공과 함께 오장관으로 향했다. 전혀 예상하지 못한 관음보살이 나타나자, 진원자는 물론이고 삼장과 두 아우도 깜짝 놀랐다. 진원자가 관음보살 앞에 깍듯이 예를 갖추며 물었다.

"관음보살님께서 이곳에 무슨 일로 오셨습니까?"

"삼장의 제자들이 저지른 잘못에 대해 들었소. 손오공이 진심으로 뉘우치고 있으니, 내가 인삼과나무를 되살릴 수 있도록 도울 것이오."

관음보살의 이야기에 진원자는 드디어 모든 일이 잘 해결될 것이라고 믿었다. 삼장과 두 아우들도 그제야 시름을 내려놓고 손오공에게 공치사를 했다.

"나는 사형을 철석같이 믿었소. 사형이 아니면 대체 내가 누굴 믿는단 말이오?"

저팔계의 너스레에 사오정은 낯이 간지러워 괜히 헛기침을 두어 번 내뱉었다. 손오공은 자신을 기특해하며 어깨를 으쓱거렸다.

잠시 뒤, 관음보살은 손오공을 앞세워 오장관의 과수원으로 가보았다. 이미 들은 대로 그곳은 쑥대밭이 되어 있었다. 진원자는 새삼 부글부글 속이 끓었다. 그것을 느낀 삼장의 세 제자는 머쓱한 표정으로 머리를 긁적이거나 딴청을 피웠다. 관음보살이 삼장의 세 제자에게 명했다.

"너희들은 부러진 나뭇가지들을 세운 다음 그 아래를 흙으로 덮어두어라."

세 제자는 냉큼 관음보살의 명을 따랐다. 그 일이 마무리된 후, 관음보살은 소맷자락 속에서 자그마한 병 하나를 꺼냈다. 그리고는 그 안에 든 천상의 이슬방울을 버드나무 가지로 찍어 부러진 인삼과나무 가지마다 조금씩 발라주었다. 그 순간 눈으로 보고도 믿기 어려운 놀라운 일이 벌어졌다. 인삼과나무 가지들에서 푸른 잎이 무성하게 돋아나고, 흙을 덮어둔 아래쪽에서는 튼튼한 뿌리가 깊이 뻗어나갔던 것이다. 그뿐 아니라, 저마다 아름드리나무로 자라나 탐스런 과실이 열리더니 향긋한 냄새가 주위를 가득 채웠다. 그 광경을 지켜본 이들이 감탄하며 관음보살을 향해 고개 숙인 채 오랫동안 합장했다. 그렇게 자신의 일을 마친 관음보살 역시 모두에게 합장으로 인사를 전하고 나서 낙가산으로 돌아갔다.

그제야 화가 완전히 풀린 진원자가 동자승들을 시켜 인삼과를 하나 따오도록 했다. 그리고 그것을 삼장에게 대접하며 이전과 달리 정중하게 말했다.

"법사님, 그동안 제가 범한 무례를 헤아려주시기 바랍니다."

"아닙니다. 제가 제자들을 잘못 가르친 탓인걸요."

두 스님은 서로를 공경하며 불자(佛子)의 예를 다했다. 삼장은 진원자의 성의를 봐서 이번에는 인삼과를 거절하지 않고 두 눈을 꼭 감은 채 한 입 덥석 베어 물었다. 그런데 그 맛이 실로 신비로웠다. 그제야 삼장은 인삼과가 선계(仙界)의 보물인 것을 실감했다. 삼장 일행은 그 날 밤 오장관에서 어느 때보다 편안한 휴식을 취한 뒤, 이튿날 날이 밝자마자 다시 서천을 향해 길을 떠났다.

파문당한 수제자

삼장 일행이 한참 길을 가다 보니 백호령(白虎嶺)이 나타났다. 그런데 너무 허기가 져서 산을 넘을 엄두가 나지 않았다. 손오공이 첫 제자답게 스스로 식량을 구해보겠다면 나섰다.

"스승님, 제가 어디 가서 먹을 만한 나무열매라도 구해보겠습니다. 이곳에서 잠시 기다리십시오."

손오공은 두 아우에게 삼장을 잘 보살피라 당부하고 숲속으로 사라졌다.

그렇게 얼마쯤 시간이 지났을까? 마침 그곳에 사는 요괴가 나들이를 갔다가 돌아오는 길에 삼장을 발견했다.

"오, 이게 웬 떡이냐! 서천으로 불경을 가지러 떠난 중이 있다더니 바로 저 자로구나. 옛말에 법력이 높은 중을 잡아먹으면 불로장생한다고 했는데 잘됐다."

요괴는 군침을 흘리며 당장이라도 삼장을 잡아먹을 기세였다. 하지만 곁에 두 제자가 있어 함부로 달려들지 못했다. 그 때 저팔계가 배고프다며 투덜거리는 소리를 듣고 한 가지 꾀를 생각해냈다.

'그래, 먹을 것을 들고 접근하면 되겠군.'

요괴는 둔갑술을 부려 아름다운 처녀로 변신했다. 그 다음에 썩은 나무 더미 속에서 굼벵이를 잡아 흰 쌀밥으로, 개울에서 개구리밥을 한 움큼 건져 김치로 만들었다. 그것을 소쿠리에 담아 들고 삼장에게 다가가자 저팔계가 먼저 말을 붙여 왔다.

"아름다운 아가씨가 이렇게 깊은 산속에 웬 일이십니까?"

그러나 요괴는 저팔계의 물음에 대답하지 않고 삼장에게 합장하며 말했다.

"스님, 제가 마침 밥과 김치를 갖고 있는데 시주해도 될까요?"

이번에도 다짜고짜 저팔계가 끼어들었다.

"밥과 김치라고요? 어우, 감사합니다!"

이미 저팔계의 입에는 침이 잔뜩 고였다. 그런데 삼장은 요괴의 호의를 선뜻 받아들이지 않았다.

"아가씨의 호의는 고맙습니다만, 아무 보답도 없이 귀한 음식을 받을 수는 없답니다."

삼장이 시주를 거절하자 저팔계는 뿔이 나서 씩씩거렸다.

그때 나무 열매를 따 가지고 돌아오던 손오공이 낯선 처녀를 발견하고 유심히 살펴보았다. 분명 아름답기는 한데, 왠지 모를 음산한 기운이 느껴졌다.

'그래, 저건 틀림없이 요괴다!'

손오공은 변신한 요괴를 알아보는 남다른 재주가 있었다. 여의봉을 꺼내든 손오공은 한 치의 머뭇거림도 없이 처녀의 머리를 내리쳤다. 갑자기 일격을 당한 요괴는 가짜 시체를 그곳에 남겨놓은 뒤 감쪽같이 사라졌다. 그것은 해시법(解屍法)이라는 술법이었다. 하지만 술법에 대해 알 리 없는 삼장은 소스라치게 놀라며 손오공을 꾸짖었다.

"네가 또 사람을 죽였구나! 우리에게 호의를 베풀려던 아가씨인데, 너는 어찌 그리 경솔하단 말이냐."

삼장은 처녀의 시신을 앞에 두고 큰 슬픔에 잠겼다. 그것이 요괴의 술법이란 것은 꿈에도 알지 못했다. 손오공이 어처구니없다는 표정을 지으며 삼장에게 진실을 이야기했다.

"이 처녀는 요괴입니다, 스승님. 제 말을 못 믿으시겠다면 소쿠리 안을 들여다보십시오."

그 소쿠리는 요괴가 밥과 김치를 담아 온 것이었다. 한데 놀랍게도 삼장이 그 안을 살펴보니 굼벵이와 개구리밥이 들어 있을 뿐이었다. 삼장은 비로소 제자의 말을 믿고 가슴을 쓸어내렸다. 그때 저팔계가 손오공을 가로막고 나서며 엉뚱한 소리를 했다.

"스승님, 지금 사형이 사고를 쳐놓고 거짓말을 하는 거예요. 이토록 어여쁜 아가씨가 절대 요괴일 리 없어요. 이 음식들도 사형이 술법을 부려 모습을 바꿔놓은 것이 틀림없고요."

삼장이 곰곰이 생각해보니, 저팔계의 말이 그럴 듯했다. 그래서 다시 손오공을 크게 나무랐다.

"네가 사람을 죽이고 나서 혼나는 것이 걱정돼 거짓말까지 늘어놓는구나."

손오공은 너무 억울해 다시 말문을 열려고 했다. 바로 그 순간 삼장이 긴고주를 읊었다.

"악! 스승님, 살려주세요! 너무 아파요!"

그것은 손오공이 가장 두려워하는 고통이었다. 저팔계의 억지 주장을 믿는 스승이 안타까웠지만 더 이상 아무 말도 할 수 없었다. 삼장은 한참만에야 긴고주를 멈추었다.

"오공아, 다시는 사람을 해치지 말아야 한다."

"네, 명심하겠습니다……."

손오공은 억울함을 꾹 참을 수밖에 없었다.

삼장 일행은 손오공이 가져온 나무 열매를 나눠 먹어 조금이나마 배고픔을 달랬다. 다시 길을 떠나려는 그들 앞에 이번에는 한 노파가 나타났다.

"할머니, 무슨 일로 이렇게 험한 산길을 가십니까?"

삼장이 걱정스런 얼굴로 노파에게 물었다.

"제 딸이 오기로 했는데 아직 도착하지 않아서 나와 본 것입니다, 스님."

노파가 딸 이야기를 하자 삼장은 음식을 시주하려던 처녀를 떠올렸다. 이 일을 어떻게 설명하나 고민에 빠지는 찰나, 손오공이 난데없이 노파에게 여의봉을 휘둘렀다. 그랬다. 그 노파는 요괴가 다시 변신한 것이었다. 기습 공격을 당한 요괴는 방금 전처럼 가짜 시체를 그곳에 남겨두고 진짜 몸을 감쪽같이 감추었다. 삼장은 제자의 설명을 듣지도 않고 긴고주를 읊었다.

"악! 스승님, 제 말 좀 들어보세요……."

그러나 삼장은 제자의 애원에도 한참 동안 주문을 멈추지 않았다. 손오공이 아주 녹초가 되어 땅바닥에 나뒹군 다음에야 마지못해 긴고주 읊는 것을 그만두었다.

"그렇게 알아듣게 얘기했건만, 너는 또 사람을 죽이는 큰 죄를 지었구나."

"……."

손오공은 고통과 억울함에 말문이 막혔다. 삼장은 그 어느 때보다 심각한 표정으로 첫 제자를 향해 말했다.

"나는 사람 목숨을 가볍게 여기는 제자를 더는 가까이하지 않겠다. 너 같은 제자 필요 없으니 당장 떠나거라!"

누구라도 그런 오해를 받고 아무렇지 않을 수는 없었다. 손오공은 답답한 마음에 눈물을 주르르 흘렸다. 그리고 가까스로 입을 뗐다.

"스승님께서 오행산에 갇힌 저를 구해주신 은혜를 꼭 갚고 싶었는데……. 어쩔 수 없지요, 당장 떠나라는 스승님의 말씀을 따르겠습니다. 다만 금테를 두른 이 화관은 벗겨주십시오."

"알았다. 너의 마지막 바람을 거절할 수는 없지."

그런데 삼장은 그 약속을 지키지 못했다. 왜냐하면 화관의 금테를 조이고 푸는 긴고주를 알고 있을 뿐 그것을 벗기는 방법은 배우지 못했기 때문이다.

"오공아, 미안하다. 내가 너의 마지막 소원을 들어주지 못한 대신 한 번 더 기회를 주마. 앞으로는 절대 사람을 죽이면 안 된다."

손오공은 삼장이 마음을 돌리자 가슴이 벅찼다. 모든 것이 요괴를 분간하지 못하는 스승 탓이었지만, 그래도 계속 제자로 남을 수 있게 되어 다행이라고 생각했다. 손오공은 다시 말고삐를 쥐고 삼장의 여정에 동행하게 되었다.

그 시각, 요괴는 삼장을 잡아먹지 못해 안달이 나 있었다.

"아이고, 분해라! 그 원숭이 녀석만 아니었으면 작전이 성공했을 텐데 말이야."

요괴는 삼장을 포기하지 않았다. 이번에는 흰 수염을 길게 기른 노인으로 변신해 다시 삼장 일행 앞에 나타났다.

"스님, 혹시 할멈과 예쁘장한 처자가 지나가는 것을 보지 못하셨는지요?"

노인의 말에 삼장은 손오공이 해친 노파와 처녀를 떠올렸다. 어떻게 용서를 구해야 할지 몰라 고민하며 말에서 내리는 삼장을 손오공이 막아서려 했다. 노인 또한 요괴인 것을 알아챘기 때문이다. 하지만 손오공은 이내 걸음을 멈추었다.

'아, 그냥 모른 척할 수밖에 없어. 잘못 나섰다가는 스승님 곁에서 쫓겨날 수 있으니까 말이야.'

하지만 손오공의 참을성은 오래 가지 못했다. 가만히 있다가는 삼장이 목숨을 잃을 것이 뻔했기 때문이다. 삼장이 노인에게 다가가 손을 잡으려고 하는 순간, 손오공이 여의봉을 꺼내 '붕!' 소리가 날 만큼 강력하게 휘둘렀다.

"앗, 사형이 또 사람을 죽이네!"

저팔계가 화들짝 놀라며 소리쳤다. 삼장과 사오정은 할 말을 잊어 입만 쩍 벌린 채 꼼짝 없이 그대로 서 있었다.

워낙 순식간에 벌어진 일이라, 앞서 두 번의 경우와 달리 요괴는 해시법을 쓰지 못했다. 그대로 최후를 맞이하고 말았던 것이다. 요괴의 진짜 사체는 금방 한 무더기의 백골로 변했다. 그 중 척추뼈로 보이는 것에 '백골 부인'이라는 글자가 새겨져 있었다. 손오공이 그것을 가리키며 의기양양하게 떠벌였다.

"스승님, 이제 제 말을 믿으시겠습니까? 저게 사람의 뼈라면 글자가 새겨져 있을 리 없으니까요."

삼장이 보기에도 그것은 요괴가 틀림없었다.

"미안하구나, 오공아. 내가 괜히 너를 의심했다."

그때 저팔계가 다시 엉뚱한 소리를 늘어놓기 시작했다.

"스승님, 사형 말을 무작정 믿지 마세요. 오늘만 세 번씩이나 사람의 목숨을 빼앗더니, 스승님께서 또 긴고주를 읊으실까 봐 술법을 부려 놓고 거짓말을 하는 것입니다."

손오공은 왜 자꾸 저팔계가 그런 헛소리를 하는지 이해되지 않았다. 그런데 삼장은 뜻밖에 귀가 얇았다. 물론 손오공이 자주 말썽을 부려 의심이 많아진 탓이기는 하지만, 오래 수행을 한 승려답지 않게 저팔계의 꼬드김에 홀딱 넘어가버리고 말았다.

"오공이 네 이놈! 나까지 속이려 들다니 정말 고약하구나!"

모든 상황을 지켜본 사오정은 사형이 그럴 리 없다며 손오공 편을 들고 나섰다. 하지만 저팔계가 같이 손오공의 입장을 대변했다면 몰라도, 그 정도로 삼장의 마음을 되돌리지는 못했다. 삼장은 말안장에 얹어둔 봇짐에서 붓과 종이를 꺼내왔다.

"오공아, 이제 더는 너를 용서할 수 없구나. 비록 금테 두른 화관을 벗겨주지는 못하지만, 당장 내 곁을 떠나거라."

그러면서 삼장은 파문장(破門帳)을 써주었다. 그것은 스승이 제자와 맺은 인연을 끊고 멀리 쫓아낸다는 의미였다. 손오공은 울컥 설움이 북받쳤다. 그동안 서천으로 가는 길이 험난해 힘들 때가 많았지만, 삼장을 스승으로 섬기는 보람이 아주 컸기 때문이다. 게다가 저팔계와 사오정이라는 소중한 아우들을 만난 기쁨도 그에 못지않았다.

스승이 마음을 돌리지 않을 것이라고 생각한 손오공은 모든 것을 체념했다. 그렇다고 아직도 먼 길을 가야 하는 삼장을 아예 모른 척할 수는 없었다. 손오공이 눈물을 글썽이며 두 아우를 바라보았다.

"얘들아, 너희와 함께해서 정말 즐거웠다. 앞으로도 스승님을 잘 모시도록 해라. 만약 요괴를 만나면 너희들의 사형이 제천대성 손오공인 것을 밝혀라. 그러면 어지간한 요괴는 겁을 집어먹어 스승님을 해치려 들지 못할 것이다."

삼장은 파문을 당하고 나서도 자신을 걱정하는 손오공의 모습에 가슴이 짠했다. 하지만 그렇다고 해서 제자가 지은 크나큰 죄를 없던 일로 할 수는 없는 노릇이었다. 아우들에게 당부의 말을 마친 손오공은 스승을 향해 공손히 큰절을 올렸다.

"부디 서천 천축국에 가서 불경을 가져오는 대업을 꼭 이루시기 바랍니다."

삼장은 손오공의 마지막 인사를 일부러 외면했다. 자기 곁을 떠나는 제자의 얼굴을 쳐다보다가 불쑥 눈물이 쏟아질까 염려됐던 것이다. 그저 마음속으로 손오공이 지난 잘못을 모두 뉘우치고 행복하게 살아가기를 바랄 뿐이었다. 곧 손오공은 근두운에 올라타 화과산을 향해 떠나갔다. 그제야 삼장은 제자의 뒷모습을 바라보며 안타까운 마음을 감추지 못했다.

스승의 곁으로 돌아온 손오공

손오공이 떠난 삼장 일행은 부쩍 말수가 줄었다. 너나없이 마음 한쪽이 허전했기 때문이다. 얼마 후 그들의 발걸음이 흑송림(黑松林)에 닿았다. 아침 일찍 간단히 요기만 했던 탓에, 오후가 되자 모두 허기를 느꼈다. 삼장이 말을 멈추게 한 다음 제자들에게 먹을 것을 좀 구해보라고 일렀다.

"잠깐 기다리십시오, 스승님. 제가 다녀오겠습니다."

저팔계가 자신만만하게 말하며 수풀이 우거진 숲속으로 들어갔다. 그 역시 배가 고팠기 때문에 서둘러 먹을 것을 찾으려 했다. 하지만 배고픔만큼 견디기 어려운 것이 졸음이었다. 아무리 힘이 장사라도 자꾸만 감기는 눈꺼풀은 너무 무거웠다.

"아, 서천은 생각보다 훨씬 멀리 있구나. 한동안 제대로 쉬지 못했더니 피곤해 죽겠어."

저팔계는 혼잣말을 중얼거리며 풀밭에 지친 몸을 뉘었다. 잠깐만 쉬었다가 다시 먹을거리를 찾아볼 작정이었는데 그만 깊은 잠에 곯아떨어지고 말았다. 그렇게 아까운 시간이 하염없이 흘러갔다. 삼장은 제자가 돌아올 때가 훌쩍 지나자 덜컥 걱정이 되었다.

"팔계가 길을 잃었나?"

삼장은 고민 끝에 숲속으로 가서 저팔계를 찾아보라고 사오정에게 명했다. 스승의 말을 듣고 길을 나선 사오정은 이곳저곳 헤매다가 낮잠에 빠져든 저팔계를 발견했다.

"이봐 친구, 여기서 한가하게 잠을 자고 있으면 어떡해? 스승님께서 걱정하고 계신데 말이야."

"어이쿠, 내가 대체 얼마나 낮잠을 잔 거야?"

저팔계는 황급히 풀밭에서 일어나 사오정과 함께 삼장이 있는 곳으로 돌아왔다. 그런데 웬일인지 스승이 보이지 않았다.

그처럼 상황이 꼬여버린 데는 사연이 있었다. 저팔계를 찾아보라고 사오정을 보낸 뒤, 삼장은 문득 불길한 생각에 빠져들었다.

"혹시 팔계가 숲속에서 맹수를 만난 것은 아닐까? 그렇다면 오정이도 위험할 텐데, 이 노릇을 어떡한담? 나라도 가서 작은 힘이나마 보태 제자들을 구해야겠다."

그렇게 생각이 미친 삼장은 말도 타지 않은 채 햇볕이 잘 들지 않는 후미진 곳까지 구석구석 제자들을 찾아다녔다. 그러다가 그만 길을 잃고 말았다. 삼장은 겁이 나서 허둥대다가 멀찍이 금빛 탑이 반짝이는 것을 보고 걸음을 재촉했다.

"저기에 사찰이 있는 것 같군. 얼른 가서 도움을 청해봐야겠다."

하지만 그곳은 절이 아니라 음산해 보이는 동굴의 입구였다. '완자산(碗子山) 파월동(波月洞)'이라고 쓰인 현판이 걸린 황포(黃袍) 요괴의 소굴이었던 것이다. 요괴는 제 발로 걸어 들어온 삼장을 붙잡아 동굴 안에 묶어 두었다.

한편 저팔계와 사오정은 삼장을 찾아 다시 숲속으로 들어갔다. 그리고 아까보다 더욱 찬찬히 주변을 살펴보았다. 얼마 뒤 그들 역시 완자산 파월동 앞에 발길이 닿았다.

"내 느낌에 이 동굴은 요괴의 소굴이 틀림없어. 그렇다면 이곳에 스승님이 붙잡혀 계실지 몰라."

사오정의 말에 저팔계가 갈퀴를 단단히 움켜쥐었다. 그리고는 앞뒤 잴 것도 없이 그것으로 동굴 입구를 마구 두들겨댔다. 그 소란에 뿔이 난 요괴가 섬뜩한 칼을 휘두르며 밖으로 달려 나왔다. "어느 놈이 내 집에 와서 행패를 부리느냐?"

저팔계도 물러서지 않았다.

"못된 요괴 놈, 나한테 혼 좀 나봐라!"

둘은 곧장 서로의 무기를 부딪치며 싸움 솜씨를 겨루었다. 사오정도 들고 다니던 지팡이를 휘두르며 저팔계를 도왔다.

"네가 우리 스승님을 이곳으로 끌고 왔지?"

사오정이 물었다.

"그랬다, 어쩔래?"

요괴가 비아냥거리는 목소리로 사오정을 약 올렸다. 그것을 보고 참고 있을 저팔계가 아니었다. 셋의 전투는 갈수록 치열해졌다. 그럼에도 승부는 쉽게 갈리지 않았다.

그 사이, 동굴 안에서는 예상 밖의 일이 벌어졌다. 갑자기 어디선가 한 여인이 모습을 드러내더니 삼장의 몸을 묶은 밧줄을 풀어주었다.

"뉘신데 나를 돕는 겁니까?"

삼장이 경계의 눈초리를 거두지 않고 물었다.

"스님, 저는 보상국(寶象國)의 셋째공주였던 백화수(百花羞)라 합니다. 한데 13년 전 황포 요괴에게 납치되어 이곳에서 혼례를 올렸지요."

"그렇군요. 저는 제자들과 함께 서천 천축국으로 불경을 가지러 가는 삼장이라고 합니다."

삼장이 자신의 신분을 밝히자 백화수의 눈이 반짝 빛났다.

"스님, 서둘러 여기를 빠져나가지 않으면 어떤 수모를 당할지 모르니 빨리 도망가십시오. 그리고 한 가지 부탁이 있는

데, 보상국을 지나가실 때 이 편지를 꼭 저의 부모님께 전해
주세요. 그러면 그 은혜 죽는 날까지 잊지 않겠습니다."

백화수는 진작부터 몸에 지니고 다니던 편지를 삼장에게
건넸다. 그것을 받아든 삼장은 동굴 뒷문으로 빠져나와 우거
진 풀숲에 몸을 숨겼다. 머지않아 제자들이 자신을 찾아낼 것
이라고 철석같이 믿었기 때문이다.

그런데 동굴 입구에서 벌어진 싸움은 점점 요괴의 우세로
기울고 있었다. 저팔계와 사오정이 안간힘을 썼지만 도저히
요괴를 당해내지 못했다. 결국 두 제자는 요괴에게 붙잡혀 동
굴 안으로 끌려오는 신세가 되고 말았다.

"아까 잡아놓은 중놈과 이 녀석들을 한꺼번에 황천길로 보
내줘야지."

요괴는 치열한 싸움에서 이긴 터라 기분이 매우 좋았다. 하
지만 동굴 안에 빈 밧줄만 놓여 있을 뿐 삼장이 보이지 않자
버럭 소리를 내질렀다.

"이게 무슨 일이야? 내가 분명 꽁꽁 포박해놓았는데, 중놈
이 어디로 도망을 갔지?"

그때 동굴 한쪽에서 가만히 상황을 지켜보던 백화수가 앞
으로 나서며 울먹거렸다.

"여보, 여기에 잡혀 있던 스님은 서천으로 불경을 구하러
가시는 길이었어요. 저는 보상국에서 부처님 말씀을 금과옥

조처럼 여기며 살았지요. 그러면 장차 훌륭한 남편을 만나게 될 것이라고 믿었거든요. 한데 당신이 스님을 해치려고 하실 줄은 꿈에도 몰랐어요. 당신은 훌륭한 남편이 아닌가요? 오늘 밤 부처님이 꿈에 나타나 저를 꾸짖으시면 어떡하지요? 제발 부탁드리건대, 달아난 스님과 두 제자를 살려주세요. 아직도 저를 사랑하신다면 말이에요."

백화수의 얼굴에 눈물 한 줄기가 흘러내렸다. 그런 아내의 모습을 본 요괴는 갑자기 마음이 흔들렸다. 평소 동정심이라고는 손톱만큼도 없었는데, 그 날따라 무슨 바람이 불었는지 아내의 울음에 생각을 바꿔 먹었다.

"좋아, 당신의 부탁을 들어주지."

그러면서 요괴는 저팔계와 사오정에게 소리쳤다.

"내가 오늘은 특별히 봐줄 테니 썩 꺼져라! 두 번 다시 이곳을 기웃거리면 살려두지 않겠다!"

그렇게 두 제자는 겨우 목숨을 부지할 수 있었다. 그들은 백화수가 몰래 가르쳐준 대로 동굴의 뒷문으로 나가 삼장을 만났다. 스승과 제자들은 서로를 부둥켜안으며 안부를 물었다. 그리고 말을 매어둔 곳으로 돌아와 짐을 챙긴 다음 지체 없이 서천을 향해 발걸음을 옮겼다. 사흘 후, 삼장 일행은 보상국에 이르러 임금을 찾아갔다.

"스님께서 나를 만나고 싶다 하셨소?"

보상국의 임금이 물었다.

"네, 폐하. 제가 우연히 따님을 만나 이 편지를 받아왔습니다."

딸의 편지라는 말에 임금은 두 눈이 동그래졌다. 편지를 다 읽고 나서는 감정이 북받쳐 하염없이 눈물을 흘렸다. 곁에 있던 왕비는 제자리에 주저앉아 아예 통곡을 할 정도였다.

"나의 귀여운 셋째딸이 살아 있다니!"

왕비는 기쁨과 슬픔이 뒤섞인 묘한 표정이었다. 임금이 왕비를 달래며 삼장에게 물었다. "나는 그 아이를 다시 만날 수만 있다면 무슨 일이라도 할 거요. 혹시 스님께서 완자산 파월동에 갇혀 있는 내 딸을 구해줄 수 있겠소?"

삼장은 임금과 왕비가 안쓰러워 그 부탁을 모른 척할 수 없었다. 게다가 백화수의 도움이 아니었다면 자신은 이미 살아 있는 목숨이 아니었다.

"폐하, 제게는 무예 솜씨가 뛰어난 두 제자가 있습니다. 그들이 비록 파월동의 요괴에게 한 번 패하기는 했지만, 전략을 잘 짠다면 공주님을 구할 수 있을 것입니다."

"고맙습니다, 스님. 그렇게만 해주신다면 결코 은혜를 잊지 않겠습니다."

임금은 체면이고 뭐고 따지지 않은 채 삼장의 두 손을 덥석 잡았다. 그도 한 나라의 국왕이기 이전에 딸을 그리워하는 아버지였던 것이다.

저팔계와 사오정은 삼장의 명을 받들어 다시 완자산 파월동으로 향했다. 그런데 웬 일인지 저팔계의 낯빛이 어두웠다.

'아까 맞붙어 보니까, 그 요괴는 싸움 실력이 보통이 아니야. 자칫 놈의 칼에 맞아 목숨을 잃을지 몰라.'

평소 물불 안 가리고 상대에게 달려들던 저팔계가 이번에는 영 자신감을 갖지 못했다. 저팔계는 괜히 주위를 두리번거리며 미적거리다가 문득 한 가지 꾀를 생각해냈다.

"오정아, 갑자기 배가 아프네. 잠깐 볼일 좀 보고 올 테니까 너 먼저 파월동에 가 있어."

사오정은 저팔계의 말을 의심하지 않았다. 그래서 혼자 파월동으로 달려가 동굴 문을 쾅쾅 두드렸다. 곧 저팔계가 돌아와서 자기를 도와줄 것이라고 생각했던 것이다.

"이놈, 겁도 없이 혼자 와서 내게 덤벼들다니! 두 번 다시 이곳을 기웃거리면 살려두지 않겠다는 경고를 잊었느냐?"

사오정은 동굴 밖으로 뛰쳐나온 요괴와 치열한 싸움을 벌였다. 그런데 아무리 기다려도 저팔계가 오지 않았다. 사오정 혼자 요괴를 상대하는 것은 무리였다. 요괴는 여유만만하게 사오정을 사로잡아 동굴 안 기둥에 꽁꽁 묶었다. 그리고는 버럭 소리를 질러 백화수를 불러내더니 매섭게 따져 물었다.

"네가 나를 배신했지? 그 중놈 편에 보상국으로 편지를 보낸 것이 틀림없어. 그렇지 않고서야 이 자가 다시 돌아와 나를 공격할 리 없단 말이야. 여태껏 내가 잘 보살펴줬거늘, 버르장머리 없이 왜 그런 짓을 한 거야?"

요괴는 당장이라도 백화수를 때릴 기세였다. 사태가 심상치 않은 것을 느낀 사오정이 백화수를 보호하기 위해 나섰다.

"편지는 무슨. 내 스승님이 하찮은 심부름꾼인가? 보상국에 갔을 때 임금이 네 아내의 초상화를 내보이면서 혹시 본적이 있느냐고 묻더군. 그래서 내가 파월동에서 봤다고 사실대로 얘기했더니 자기 딸을 구해달라면서 애걸복걸하더라고. 그렇게만 해주면 상으로 금은보화를 잔뜩 주겠다면서 말이야."

사오정의 거짓말에 요괴는 난처해하며 백화수를 바라보았다.

"미안해. 내가 바보같이 당신을 오해했어. 사과하는 의미로, 내가 보상국으로 가서 장인어른께 인사를 드린 다음에 아무 염려하시지 말라고 말할게."

요괴의 이야기를 들은 백화수는 깜짝 놀랐다. 그가 임금과 왕비를 찾아가서 행패라도 부리면 큰일이었기 때문이다.

"괜찮아요, 그만두세요. 당신이 오해했지만 서운하지 않아요."

"허허, 내 몰골이 무섭게 생겨서 그러는 거지? 걱정 붙들어

매. 의젓한 선비로 둔갑해서 갈 테니까."

백화수는 더 이상 요괴를 말릴 수 없었다.

요괴가 보상국으로 날아왔을 때, 마침 임금은 삼장과 이야기를 나누고 있었다. 그들은 노심초사 두 제자가 공주를 구해 오기만을 손꼽아 기다렸다. 그런데 궁궐에 들어선 것은 공주가 아니라 처음 보는 선비였다.

"폐하, 부마(駙馬)께서 뵙기를 청하옵니다."

선비를 데리고 온 신하가 아뢰었다. 그 말을 들은 임금과 삼장은 서로의 얼굴을 바라보며 고개를 갸우뚱했다. 그때 선비로 변신한 요괴가 사람 좋은 얼굴로 임금 앞에 정중히 인사를 올렸다.

"처음 뵙겠습니다, 장인어른."

임금은 침착함을 잃지 않으려고 애썼다.

"어서 오게. 자네는 내 딸을 어떻게 만나게 됐나?"

그러자 요괴는 삼장을 한번 흘깃 쳐다보고 나서 대답했다.

"저는 원래 사냥꾼이었습니다. 아, 벌써 13년이 흘렀군요……. 어느 날 저는 산에 갔다가 사나운 호랑이가 한 아가씨를 등에 업고 어디론가 달려가는 것을 보았습니다. 그것을 그냥 지켜볼 수 없었던 저는 곧장 화살을 날려 무사히 아가씨를 구할 수 있었지요. 그 날 호랑이를 죽이지는 못했지만, 그 인연으로 우리는 부부가 되었습니다. 그런데 아내가 며칠 전에야 자신이 보상국 공주였다는 사실을 이야기하지 뭡니까. 하여 이렇게 찾아뵙고 인사를 드리는 것입니다. 너무 늦게 찾아와서 죄송합니다."

임금은 요괴가 꾸며낸 이야기에 자기도 모르게 빠져들었다. 요괴는 다시 한 번 삼장을 바라보며 기분 나쁜 미소를 짓더니 말을 이었다.

"그런데 말입니다…… 제가 얼마 전에 소문을 하나 들었습니다. 그 날 산에서 활에 맞아 부상을 당한 호랑이가 스님으로 둔갑해 또다시 못된 짓을 꾸민다더군요. 뭐, 서천으로 불경을 가지런 간다는 주제 넘는 거짓말까지 한다나요? 놈이 언제 제 아내의 부왕이신 폐하를 해치러 올지 모릅니다."

요괴의 말에 임금은 소스라치게 놀랐다.

바로 그때, 요괴가 알아들을 수 없는 주문을 외웠다. 그러자 삼장이 호랑이로 변하는 것이 아닌가.

"폐하, 다름 아닌 이 중놈이 13년 전에 딸을 해치려고 했던 호랑이입니다!"

그 광경에 임금은 입이 쩍 벌어졌다.

"이럴 수가! 여봐라, 어서 장수들에게 명해 이 호랑이를 포박하도록 해라!"

호랑이로 변한 삼장은 어리둥절해하며 그 자리에 꼼짝없이 앉아 있었다. 곧 몇 명의 장수와 군졸들이 달려들어 호랑이를 사로잡았다. 임금은 처음 보는 사위의 공을 치하하며 소리내어 웃었다.

"하하하! 내 사위의 재주가 정말 대단하구나. 하마터면 스님으로 둔갑한 못된 호랑이에게 목숨을 빼앗길 뻔했다. 이렇게 의젓하고 총명한 사위를 얻게 되어 기쁘기 그지없구나."

임금은 너무 기분이 좋은 나머지 당장 잔치를 열라고 명했다. 그 날 시작된 잔치는 3일 낮밤 동안 계속 이어졌다.

한편 궁궐에서 예상치 못했던 난리와 잔치가 벌어지는 동안 삼장의 용마는 마구간에 고삐가 매어져 있었다. 그 말은 며칠째 삼장이 보이지 않아 내심 걱정을 하던 참이었는데, 건초더미를 주러 온 궁녀들이 하는 대화를 엿듣고 깜짝 놀랐다.

'뭐, 삼장 법사님이 호랑이로 변해 붙잡혔다고?'

용마는 그 모든 일이 파월동 요괴가 꾸며낸 짓이라고 생각했다.

'이거 큰일이군. 저팔계와 사오정은 왜 여태껏 돌아오지 않을까? 만약 손오공이 있었다면 이런 사태가 벌어지지 않았을 텐데……'

용마는 마구간을 서성대며 한동안 고민에 빠졌다. 그리고는 뭔가 결심한 듯 고삐를 묶은 줄을 이빨로 씹어 끊어냈다. 그것은 서해 용왕의 아들다운 용기 있는 행동이었다. 용마는 예전처럼 용으로 변신해 하늘로 날아올라 궁궐 안을 살펴보앉다. 임금과 신하들은 이미 거나하게 취해 자리를 떴는데, 선비의 모습을 한 사위는 아직도 연거푸 술잔을 기울이고 있었다. 용마는 한눈에 그가 요괴인 것을 알아챘다.

'옳거니! 좋은 기회다.'

용으로 변신했던 용마는 다시 아름다운 궁녀로 모습을 바꾸었다. 그리고 요괴에게 다가가 아양을 떨었다.

"부마님, 제가 술 한잔 올리겠나이다."

요괴는 궁녀를 보고 한눈에 반했다.

"보상국에 너처럼 예쁜 궁녀가 있었더냐? 술을 따르고 춤도 한번 춰보아라."

"알겠습니다. 저는 칼춤을 잘 추니, 칼을 좀 빌려주십시오."

궁녀는 잔뜩 애교 섞인 목소리로 요괴의 정신을 어지럽게 했다. 어지간해서는 경계를 늦추는 법이 없는 요괴가 허리춤을 풀어 칼을 내주었다. 궁녀는 그것을 받아들고 덩실덩실 춤을 추는 듯싶더니 갑자기 요괴의 목을 향해 칼날을 겨누고 달려들었다.

"이놈아, 내 칼을 받아라!"

하지만 요괴는 삼장의 두 제자와 맞서 싸워서도 지지 않은 무예의 고수였다. 술이 취했는데도 날래게 몸을 피한 요괴는 옆에 있던 젓가락들을 표창삼아 던지며 궁녀에게 대항했다.

결국 힘이 부친 궁녀는 다시 용으로 변신해 하늘로 달아났다.

"저놈은 정체가 뭐야? 누구든 나한테 덤비면 박살을 내주고 말 테다!"

요괴는 하늘로 모습을 감추는 용의 뒤를 쫓아가지는 않았다. 그 대신 바닥에 주저앉아 마시다 남은 술을 벌컥벌컥 들이켰다. 용은 그것을 지켜보다가 다시 용마의 모습으로 변신한 다음에 마구간으로 들어갔다.

그 시각, 배가 아프다는 핑계를 대고 파월동에 가지 않았던 저팔계가 느지막이 궁궐로 돌아왔다. 삼장에게는 뭐라고 변명을 할까 고민하며 주위를 휘둘러보았는데, 스승이 보이지 않았다. 여기저기 잔칫상이 널브러져 있는 것을 본 저팔계가 혼잣말을 중얼거렸다.

"오정이가 공주를 구해왔나? 나만 빼놓고 큰 잔치를 벌였군그래."

그런데 아무래도 분위기가 이상했다. 삼장과 사오정을 만날 수 없었던 저팔계는 용마가 있는 마구간으로 가보았다.

"아이고, 왜 이제야 오십니까?"

용마는 반색을 하며 저팔계를 맞이했다.

"아니, 네가 말을 할 줄 아는구나? 그냥 멋진 백마인 줄 알았는데."

저팔계는 용마에 대해 궁금한 것이 많았다. 하지만 한가하게 이런저런 이야기를 나눌 상황이 아니었다. 용마는 그동안 있었던 일을 저팔계에게 들려주었다. 그러면서 심각한 얼굴로 한 가지 당부를 했다.

"파월동 요괴를 물리칠 방법은 하나뿐입니다. 서둘러 화과산으로 가서 손오공 사형에게 도움을 청하세요."

저팔계 역시 요괴의 싸움 솜씨를 너무나 잘 알고 있었다. 손오공 정도는 돼야 그에게 맞설 수 있다는 용마의 생각에 전적으로 동의했다. 하지만 선뜻 발걸음을 떼지 못했다.

"거참, 고민인걸……. 오공이 형은 나를 보자마자 냅다 여의봉을 휘두를 거야. 내가 스승님을 부추겨 사형을 쫓아낸 것이나 다름없으니까."

"그럼 이대로 삼장 법사님이 호랑이로 몰려 죽어도 좋아요?"

"그렇진 않지……."

한동안 고민에 빠져 한숨을 푹푹 내쉬던 저팔계가 마침내 결심이 선 듯 소리쳤다.

"좋았어! 사형에게 가서 도움을 청하도록 할게. 스승님의 목숨을 구하는 것이 가장 중요하니까 말이야."

그 길로 저팔계는 마구간을 나와 화과산으로 향했다. 그제야 용마는 안심하며 몇 번이나 콧김을 내뿜었다.

얼마 뒤, 화과산에 다다른 저팔계는 손오공을 발견하고 매우 반가웠다. 그러나 자기가 지은 죄가 있어 쉽게 다가가지 못하고 머뭇거렸다. 그때 손오공의 눈에 어쩔 줄 몰라 하며 머리만 긁적이고 있는 아우의 모습이 보였다. 원숭이들의 마을에서 저팔계는 한눈에 띨 수밖에 없는 외모였다.

"팔계야, 네가 웬 일로 여기에 왔느냐?"

"아…… 그게, 사형한테……."

저팔계가 말을 더듬자 손오공이 다그쳤다.

"날 모함해 스승님 곁에서 쫓아낸 놈이 뭔가 다급한 일이 있기는 한가 보구나."

"그렇소, 사형."

저팔계는 용기를 내 완자산 파월동과 보상국에서 있었던 일을 낱낱이 털어놓았다. 그런데 손오공은 왠지 시큰둥한 표정이었다. 갑자기 몸이 간지러운지 여기저기 박박 긁어대며 딴청을 피우기도 했다. 길게 이어진 저팔계의 이야기가 끝나자 손오공이 비로소 말문을 열었다.

"쳇, 그깟 요괴 하나 때문에 곤경에 처했단 말이냐? 나를 내칠 때는 언제고 이제 와서 도움을 청해?"

"어쩌다 보니 일이 그렇게 됐소. 부디 날 용서하시구려, 사형."

저팔계는 일단 손오공에게 사과의 말을 건넸다. 그리고 한 가지 꾀를 생각해냈다.

"그 요괴가 나랑 맞서 싸우다가 사형 이야기를 합디다."

"그래? 그놈도 내 명성을 익히 알고 있었나 보군."

손오공은 저팔계가 지어낸 이야기를 듣고 어깨를 으쓱거렸다.

"아니오, 그게 아니라 사형이 와서 우리 셋이 함께 덤벼도 자기를 이기지 못한다고 잘난 척을 하더라고요. 뭐, 손오공쯤 한 방에 때려잡을 수 있다나?"

그 순간, 손오공이 버럭 화를 냈다.

"이런 싸가지 없는 놈을 봤나? 내가 당장 가서 놈을 박살내 줄 테다!"

그렇게 손오공은 다시 삼장을 구하는 일에 나서게 되었다. 사형과 아우는 먼저 파월동으로 향했다. 그곳에는 여전히 사오정이 붙잡혀 있었는데, 손오공을 만나 자유의 몸이 되었다.

"오랜만입니다, 사형."

사오정은 오랜만에 만난 손오공을 와락 끌어안으며 반겼다. 삼장의 세 제자는 다시 뭉치게 된 기쁨을 잠시 묻어두고 백화수를 찾아 요괴를 물리칠 작전을 짰다.

"공주님께서는 일단 몸을 숨기고 일이 다 해결될 때까지 기다리세요."

백화수는 고개를 끄덕여 제자들의 작전에 동의했다. 곧 백화수는 동굴 깊숙이 있는 방으로 사라졌고, 손오공이 그녀의 모습으로 변신해 요괴를 기다렸다.

　얼마쯤 시간이 흘렀을까? 실컷 잔치를 즐긴 요괴가 아직 술이 덜 깬 모습으로 동굴에 돌아왔다.

　"으, 머리가 깨질 듯 아프군. 내가 너무 과음했어."

　백화수로 변신한 손오공이 미리 이부자리를 깔아둔 곳으로 요괴를 부축해 데려갔다.

　"한숨 푹 자고 나면 술이 깨실 것입니다."

　"으, 그래……. 당신 말이 맞아……."

　요괴는 심한 숙취로 괴로워했다. 그런 까닭에 사오정을 붙잡아두었다는 사실도 떠올리지 못한 채 이불 위로 털썩 몸을 던졌다. 그리고는 이내 드르렁 드르렁 코를 골며 깊은 잠에 빠져들었다.

　"됐어, 작전 성공이야!"

　손오공이 두 아우를 바라보며 쾌재를 불렀다. 그리고 귓속에서 여의봉을 꺼내 크게 늘린 다음 요괴의 머리통을 향해 힘차게 휘둘렀다.

　"이얍!"

　손오공의 기합에 이어 '쩍!' 하며 요괴의 머리통이 깨지는 소리가 동굴 안에 울려 퍼졌다. 아무리 신출귀몰한 무예 솜씨를 가진 요괴라 하더라도 그와 같은 무방비 상태에서는 어쩔 도리가 없었다.

"봤지? 별것도 아닌 실력으로 나한테 까불면 이렇게 되는 거야."

"사형, 역시 최고예요!"

사오정이 손오공을 향해 엄지손가락을 치켜세웠다. 저팔계는 그런 사형을 두고 스승에게 험담한 과거가 떠올라 잠시 머쓱했지만 이내 박수까지 치며 환호했다.

파월동 요괴를 물리친 삼장의 세 제자는 백화수를 데리고 보상국으로 향했다. 오랜만에 딸을 만난 임금과 왕비는 감격의 눈물을 쏟았다. 그리고 딸의 이야기를 통해 지난 일을 모두 알게 되자 제자들 앞에 고개를 못 들 만큼 미안해했다.

"내가 어리석었구나. 빨리 너희의 스승님에게 가서 요괴의 술법을 풀어드리도록 해라."

호랑이로 변한 삼장은 감옥에 갇혀 있었다. 저팔계와 사오정이 감옥 문을 열고 들어가 스승의 몸을 묶은 밧줄을 풀어주었다. 손오공은 감옥 밖으로 나온 호랑이 앞으로 다가가 예를 갖춘 다음 이상한 주문을 외기 시작했다. 그리고는 저팔계에게 깨끗한 약수 한 바가지를 떠오라고 시켰다. 그것을 한 입 가득 머금은 손오공은 호랑이의 얼굴을 향해 힘껏 내뿜었다.

"어흥!"

난데없이 물세례를 받은 호랑이는 자기도 모르게 비명을 질렀다. 그리고 순식간에 삼장의 모습으로 되돌아왔다.

"오공아, 네가 나를 살렸구나!"

삼장은 한달음에 달려와 자기를 구해준 손오공을 바라보기가 겸연쩍었다.

"내가 너의 말을 믿지 못해 큰 상처를 주었구나. 미안하다……."

그제야 손오공은 꽉 막혔던 가슴이 뻥 뚫리는 듯했다.

"괜찮습니다, 스승님. 파월동 요괴는 제가 다시는 돌아오지 못할 곳으로 보내버렸으니 안심하십시오."

"그래, 잘했구나. 너의 재주가 많은 이들을 살렸다."

삼장의 칭찬에 손오공은 더없이 기분이 좋았다.

잠시 뒤, 보상국의 임금과 왕비는 삼장과 제자들 앞에 한껏 고개를 숙였다. 비록 한 나라의 국왕이라 하더라도 자식을 구해준 은혜가 너무나 컸기 때문이다. 자칫 요괴에게 속아 죄 없는 삼장을 죽이고 딸도 만나지 못할 뻔했으니, 상상만 해도 머리털이 쭈뼛해질 지경이었다. 그 모든 위험이 손오공 덕분에 해결된 것이다.

그 날 밤, 삼장과 제자들은 보상국 임금이 베푼 잔치에서 극진한 대접을 받았다. 그러나 그곳에 오래 머무르지 않고, 이튿날 날이 밝자마자 다시 서천으로 발걸음을 옮겼다.

호로병과 정병에 갇힌 요괴들

어느덧 계절은 봄이 되었다. 삼장 일행은 평정산(平頂山)에 다다랐다. 그 산에 있는 동굴 연화동(蓮花洞)에 금각(金角)과 은각(銀角)이라고 불리는 요괴 형제가 살았다. 일찍이 그들은 삼장이 제자들과 함께 서천으로 불경을 가지러 간다는 소문을 들었다.

"금각 형, 중놈이 이곳을 지나갈 때가 되지 않았어?"

"그래. 내가 날짜를 계산해보니 요 며칠 사이 평정산에 도착하겠더라. 졸개들을 시켜 함정을 파놓도록 해라."

금각의 계산은 정확했다. 졸개들이 함정을 파고 나뭇가지를 덮어놓은 뒤 얼마쯤 기다리자, 멀리서 저팔계가 다가왔다. 평정산이 예상보다 험한 것을 알게 된 손오공이 일행에 앞서 저팔계를 정찰병 삼아 먼저 보냈던 것이다. 아무것도 모르는 저팔계는 콧노래까지 부르면서 무심코 걷다가 그만 함정에 빠지고 말았다.

"으악!"

요괴 형제의 졸개들은 저팔계를 꽁꽁 묶어 연화동으로 끌고 갔다.

한참 동안 기다려도 저팔계가 돌아오지 않자 손오공이 앞장서서 걸음을 재촉했다. 사오정은 삼장의 뒤에 서서 주위를 경계하며 따라왔다. 그때 일행 앞으로 한 노인이 다가오다가 갑자기 고꾸라졌다. 그는 다름 아닌 은각이었다.

"어이쿠, 나 좀 도와주구려!"

삼장이 깜짝 놀라 말에서 내려 노인의 몸을 살폈다. 노인의 다리와 팔뚝에 짐승한테 물린 듯 깊은 상처가 나 피가 흐르고 있었다.

"이게 무슨 일이십니까?"

"저기 고개를 넘어오다가 늑대를 만나 이 꼴이 됐지 뭡니까."

노인의 처참한 모습에 혀를 끌끌 차던 삼장이 손오공을 불러 명했다.

"오공아, 이 어르신의 신세가 참 딱하구나. 네가 등에 업고 집까지 모셔다드리도록 해라."

"네, 스승님."

손오공은 군말 없이 스승의 명을 따르기로 했다. 그러나 노인이 요괴 것을 손오공은 단박에 알아차렸다. 다만 지난 날 요괴를 때려잡고도 사람을 죽였다는 오해를 산 적이 있어 신중한 자세를 보였던 것이다.

'못된 요괴 놈아, 아무리 잔꾀를 부려도 나는 못 속인다. 스승님의 눈에 띄지 않는 한적한 곳에 가서 너를 박살내주마.'

그렇게 은각을 등에 업은 손오공은 일부러 깊은 숲속을 향해 발길을 옮겼다. 아무 말 없이 얼마쯤 걸었을까? 때가 되었다고 생각한 손오공이 여의봉을 꺼내 은각을 내리쳤다. 하지만 은각도 어리숙한 상대가 아니었다. 손오공이 말없이 걷기만 하자 자기의 정체가 탄로 난 것을 직감하고 있었던 것이다.

"힝, 내가 당할 줄 알았지?"

은각은 훌쩍 공중으로 솟구쳐 손오공을 향해 수미산(須彌山)을 던졌다. 손오공은 아랑곳하지 않고 그것을 왼쪽 어깨로 척 받았다. 은각이 다시 아미산(峨眉山)을 던지자, 이번에는 오른쪽 어깨로 척 받아냈다. 그러고도 아무렇지 않다는 듯 여의봉을 힘껏 휘둘러댔다.

"내가 이깟 공격에 납작해지기라도 할 줄 알았냐?"

"제법이구나."

손오공의 너스레에 은각은 잠깐 당황했다. 그러나 곧 온 힘을 다해 태산(泰山)을 집어던졌다. 태산의 무게는 수미산이나

아미산에 비할 바가 아니었다. 손오공이 그것을 이마로 받아 내려고 했지만, 오히려 머리통을 짓눌러 꼼짝할 수 없게 되었다.

"흐흐흐, 천하의 원숭이 왕도 별 것 아니구나."

은각은 그 길로 삼장과 사오정을 붙잡기 위해 숲속을 벗어났다. 세 개의 산에 몸이 눌린 신세가 된 손오공은 그 모습을 지켜보면서도 어떻게 할 도리가 없었다. 손오공이 지키지 않는 삼장은 너무나 손쉬운 먹잇감이었다. 사오정이 저항해봤지만 당해내지 못했다. 이제 손오공을 뺀 삼장 일행이 모두 연화동에 갇히게 되었다.

동생 은각이 돌아오자, 금각은 입맛을 다시며 기쁨을 감추지 못했다.

"중을 잡아먹으면 3,000년은 더 불로장생할 수 있다지?"

"나도 그런 말을 들었어, 형. 세 개의 산으로 꾹 눌러놓은 손오공을 호로병(葫蘆瓶)에 담아 물로 만든 다음에 잔치를 열어 잡아먹자고."

"그래, 놈이 흐물흐물 녹아서 물이 되어버릴 것을 상상만 해도 신나는걸."

금각은 곧 졸개들 몇을 불러 호로병을 내주며 명령했다.

"너희들은 태산을 비롯해 세 개의 산으로 눌러놓은 손오공을 이 병에 넣어 와라. 조용히 다가가서 '손 행자!' 하고 부르

면 놈이 '네!' 하고 대답할 것이다. 그러면 순식간에 이 병 속
으로 빨려 들어와 물로 변하게 된다."

"염려 마십시오, 금각 대장님."

하지만 손오공이 누군가. 금각의 명령을 받은 졸개들이 오
는 사이에, 손오공은 급히 주문을 외워 그곳을 지키는 산신을
불렀다.

"내가 요괴를 물리쳐야 하니 빨리 이 산들을 치워주게."

그렇지 않아도 산신은 평소 잔인한 짓을 일삼는 금각과 은
각 때문에 골치가 아플 지경이었다. 손오공이 나서서 요괴 형
제를 혼내주겠다니 그 부탁을 들어주지 않을 이유가 없었다.
산신이 산들을 치워주자 손오공은 옷에 묻은 흙을 털며 일어
섰다.

"나를 도와줘서 고맙네. 연화동 요괴 형제와 그 패거리들에
대한 정보도 좀 알려주게나."

산신은 기꺼이 손오공의 요구를 받아들였다. 그렇게 손오공
은 연화동에 요괴 형제가 살고 있다는 것을 비롯해 신비한 호
로병과 정병(淨瓶)의 존재에 대해 알게 되었다. 덧붙여 그들이
봉래산(蓬萊山)의 한 신선과 가깝게 지낸다는 말도 들었다.

잠시 뒤, 손오공은 멀리에서 자기 쪽으로 걸어오고 있는 요
괴의 졸개들을 발견했다.

"좋아, 내가 신선으로 둔갑해 골탕을 먹여줘야겠군."

곧 손오공은 요괴의 졸개들과 맞닥뜨렸다. 신선을 알아본 한 졸개가 먼저 인사를 했다.

"안녕하십니까, 신선님?"

"오랜만이다. 금각 대장과 은각 대장도 잘 계신가?"

"네, 지금 저희는 금각 대장님의 명령을 받들러 가는 길입니다."

신선으로 변신한 손오공은 짐짓 시치미를 떼고 그 명령이 어떤 것인지 물었다. 졸개들은 조금의 의심도 없이 금각의 명령을 그대로 읊어댔다. 손오공은 그 말을 듣고 소스라치게 놀랐다. 자칫 자기가 물로 변해버릴지 모를 위기였으니 무리가 아니었다. 손오공은 애써 떨리는 가슴을 진정시키며 침착한 목소리로 말했다.

"거참, 신기한 호로병이 다 있구나. 마침 나도 그 원숭이 놈이 영 마음에 안 들었는데 잘됐다. 내가 도울 일은 없겠느냐?"

"네, 괜찮습니다. 이 호로병에 빨려들게만 하면 되는데요 뭐."

그렇게 요괴의 졸개들이 대화를 하느라 한눈을 팔게 해놓고, 손오공은 재빨리 털 하나를 뽑아 다른 호로병을 만들었다.

"마침 나에게도 호로병이 하나 있는데 보여줄까?"

"네, 신선님."

요괴의 졸개들은 호기심 가득한 눈으로 졸라댔다. 손오공은 못 이기는 척 자기 몸의 털을 뽑아 만든 호로병을 꺼내 보였다.

"사실 이것은 너희 대장들의 호로병보다 훨씬 신비로운 보물이다. 하늘의 해와 달과 별을 모두 담을 수 있거든."

"에이, 설마요."

요괴의 졸개들은 손오공의 말을 선뜻 믿지 않았다. 그렇다면 실제로 그와 같은 기적을 직접 보여줄 수밖에 없었다. 손오공이 주문을 외며 호로병을 하늘로 던졌다.

"수리수리 마하수리! 호로병이여, 하늘을 삼켜라!"

그러자 순식간에 하늘이 캄캄해졌다. 해든 달이든 별이든, 무엇 하나 남김없이 사라져버린 것이다.

"와, 정말이군요! 저희 대장님들의 호로병은 사람이나 동물을 빨아들일 뿐인데, 신선님의 것은 하늘의 해와 달과 별을 몽땅 삼켜버리네요."

요괴의 졸개들은 주변이 컴컴해져 아무것도 보이지 않자, 빨리 해와 달과 별을 꺼내 달라고 재촉했다. 손오공은 다시 주문을 외며 하늘로 호로병을 던졌다. 그러자 언제 그런 일이 있었냐는 듯 금세 주변이 환해졌다.

요괴의 졸개들은 한동안 벌어진 입을 다물지 못했다. 그런데 그것은 호로병으로 부린 술법이 아니었다. 손오공은 먹구름처럼 검은 기운을 몰아오는 재주가 있었는데, 그 바람에 하늘이 온통 캄캄해져 아무것도 보이지 않았던 것이다. 이를테면 평정산 한쪽에 잠시 커튼을 쳐놓은 것 같은 효과였다. 요괴의 졸개들은 그때까지 정신을 차리지 못하고 반쯤 넋이 나간 상태였다.

"어때, 내 호로병이 더 좋아 보이지? 너희들이 원한다면 특별히 대장들의 것과 바꿔주마."

"정말요, 신선님?"

손오공의 꼬드김에 요괴의 졸개들은 귀가 솔깃했다. 그들은 손오공의 호로병 때문에 하늘의 해와 달과 별이 사라졌던 것이라고 철석같이 믿었다. 그러니 호로병을 서로 바꾸자는 말에 쉽게 속아 넘어갈 수밖에 없었다. 손오공이 선심을 쓰듯 호로병을 바꿔주자 요괴의 졸개들은 냉큼 그 자리를 떴다.

"어서 금각 대장님과 은각 대장님께 이 호로병을 갖다드리자."

"그래, 어차피 원숭이 놈은 세 개의 산에 눌려 있으니까 천천히 가도 괜찮아."

요괴의 졸개들은 대장들이 큰 상을 내릴 것이라고 짐작하며 한껏 들떴다. 그때 한 졸개가 호로병을 만지작거리며 말했다.

"얘들아, 우리 연화동으로 돌아가기 전에 이 호로병의 성능을 한번 시험해보자."

"옳거니, 그거 좋은 생각이야."

즉시 요괴의 졸개들 중 하나가 호로병을 하늘로 던지며 주문을 외웠다.

"수리수리 마하수리! 호로병이여, 하늘을 삼켜라!"

모든 졸개들의 눈이 일제히 호로병을 쫓았다. 그런데 이게 웬 일인가. 한낮이라 어차피 달과 별은 보이지 않았지만 하늘 높이 해가 그대로 떠 있었다. 당연히 주변이 캄캄해지기는커녕 햇살만 반짝거렸다. 주문을 잘못 읊었나 싶어 두 번, 세 번 반복해서 시도해 보았으나 결과는 달라지지 않았다. 그제야 요괴의 졸개들은 신선에게 속았다는 생각이 들었다.

"신선님이 우리에게 장난을 치신 걸까?"

그러자 다른 졸개가 손사래를 쳤다.

"어쩌면 그 자는 신선님이 아닐지 몰라. 혹시 세 개의 산에 짓눌려 있던 손오공이 탈출해 우리를 속인 것은 아닐까?"

물론 그 졸개의 추측은 명백한 사실이었다. 요괴의 졸개들은 발걸음을 되돌려 손오공이 태산을 비롯해 세 개의 산에 눌려 있다는 곳으로 황급히 가보았다. 역시나 그곳에 손오공은 없었다. 아니, 세 개의 산조차 보이지 않았다.

"이 일을 어떡한담? 상은 고사하고 큰 벌을 받게 됐으니 야단났네."

요괴의 졸개들은 금각과 은각의 불같이 화난 얼굴이 자꾸만 눈앞에 아른거렸다. 그래서 어디론가 달아날까 생각도 해보았지만 도저히 엄두가 나지 않았다. 그랬다가는 틀림없이 붙잡혀 모가지가 잘릴 것이 뻔했다. 그들이 선택할 수 있는 것은 단 하나, 대장들에게 사실을 말하고 손바닥이 닳도록 용서를 비는 길뿐이었다. 잠시 뒤 졸개들은 요괴 형제 앞에 무릎을 꿇었다.

"저희가 손오공에게 속아 그만 호로병을 빼앗기고 말았습니다……."

마침 식사 중이었던 요괴 형제는 어처구니가 없어 할 말을 잊었다. 그리고 이내 수저를 내던지더니 험상궂은 얼굴로 졸개들을 마구 걷어찼다.

"이런 바보 같은 놈들! 그깟 심부름 하나 제대로 못해?"

그런데 그 시각, 손오공이 요괴의 졸개들을 따라 연화동에 몰래 숨어 들어와 있었다. 손오공은 졸개들이 정신없이 두들겨 맞는 소란을 틈타 요괴 형제들 가까이 다가섰다. 금각과 은각은 그 사실을 까맣게 몰랐다. 그때 손오공이 부드러운 목소리로 동생 요괴를 불렀다.

"은각아, 은각아, 대답 좀 해보아라."

"네, 왜 나를 부르시나요?"

그 순간, 은각의 몸이 호로병으로 쑥 빨려 들어갔다. 손오공은 재빨리 뚜껑을 닫아 은각이 빠져나오지 못하게 했다. 얼마 지나지 않아 은각은 흐물흐물 물처럼 변하고 말았다.

금각은 동생이 호로병에 갇혀 한 줌의 물이 되어버리는 광경을 지켜보았다. 너무나 순식간에 벌어진 일이라 어떻게 손을 써볼 도리가 없었다. 그러나 비록 동생을 되살리지는 못할지라도 손오공을 용서할 수는 없었다.

"내 부하들아, 당장 이리로 와서 저 원숭이 놈을 죽여라!"

금각이 명령을 내리자, 어디에 있었는지 사방에서 졸개들이 쏟아져 들어왔다. 그들은 한꺼번에 손오공에게 달려들 태세였다. 그때 손오공이 자기 몸에서 털을 한 움큼 뽑아 입으로 '훅!' 하고 내뿜었다. 그러자 털 한 개, 한 개가 수많은 손오공들로 변해 졸개들과 맞서 싸웠다. 여의봉을 휘두르는 손오공의 분신들을 요괴의 졸개들은 당해내지 못했다.

"으, 놀라운 술법이다. 그렇다면 최후의 수단을 동원할 밖에."

어느새 궁지에 몰린 금각은 품속에서 파초선(芭蕉扇)을 꺼냈다. 그리고 그것을 살살 부치기 시작하자 화르르 불길이 치솟아 올랐다. 금방이라도 천지를 태워버릴 듯한 맹렬한 불길이었다. 거센 불길을 견디다 못한 손오공은 하나의 분신만 남겨두고 나머지를 전부 거두어들인 뒤 연화동 밖으로 몸을 피했다. 금각은 하나의 분신만 남자 그것이 손오공인 줄 알고 사납게 달려들었다. 그 분신은 금각을 동굴 밖으로 유인해 치열한 전투를 벌였다.

그런데 그것은 손오공의 비상한 계략이었다. 자신의 분신이 금각과 맞서 싸우는 틈을 타 손오공은 다시 연화동으로 숨어들었다. 삼장과 아우들을 찾아 구출하려는 속셈이었던 것이다. 이곳저곳 분주히 살피던 손오공의 눈에 금각이 고이 간직해 두었던 정병이 보였다. 그것은 은각을 물로 만들어버린 호로병 못지않은 마법의 병이었다. 손오공은 정병을 집어 들어 허리춤에 단단히 묶었다.

'아마도 스승님과 아우들을 요괴의 졸개들이 어딘가에 가둬 둔 것 같군. 우선 금각 요괴부터 해치우고 찾아보도록 하자. 대장이 사라지면 졸개들이 항복하겠지.'

손오공은 살금살금 발소리를 낮춰 자신의 분신과 싸움을 벌이고 있는 금각의 등 뒤로 다가섰다. 그리고 허리춤에 매어 두었던 정병을 집어든 다음 아주 부드러운 목소리로 형 요괴를 불렀다.

"금각아, 금각아, 대답 좀 해보아라."

"네, 왜 나를 부르시나요?"

동생 요괴 때와 똑같은 상황이었다. 그들은 엄마가 아이를 부를 때처럼 '네!' 하고 공손히 대답했다. 그 다음에 일어난 일을 일일이 설명할 필요가 있을까? 간단히 말하자면, 금각이 정병에 빨려 들어가 금세 한 줌의 물로 변해버렸다는 것이다. 손오공은 호로병과 정병, 그리고 파초선을 전리품으로 챙겼다.

그렇게 금각과 은각이 당한 것을 알게 된 연화동의 요괴 졸개들은 이리저리 허둥대며 어쩔 줄 몰라 했다. 함부로 손오공에게 맞서는 객기를 부렸다가는 뼈도 못 추릴 것이란 사실을 모두 잘 알고 있었다. 그들은 스스로 동굴 깊숙이 가둬 두었던 삼장과 두 제자를 데려왔다.

"오공아, 이번에도 네가 우리를 살렸구나."

삼장이 첫 번째 제자를 칭찬하며 안도의 한숨을 내쉬었다.

"사형, 수고했소"

제일 먼저 요괴 형제의 포로로 잡혔던 저팔계가 쑥스러운 표정을 지으며 말했다. 사오정은 사형에게 정중히 고개를 숙여 고마움을 표했다.

그렇게 삼장과 제자들은 또 한 번의 위험을 벗어났다. 한두 번 겪는 위기도 아니었기에, 그들은 짐을 챙겨 곧 서천으로 향했다. 삼장 일행이 얼마쯤 길을 갔을 때, 하늘에서 태상노군이 내려왔다. 순간 손오공의 머릿속에 금단과 팔괘로, 금강탁 같은 것들이 떠올랐다. 물론 오랜 세월 오행산에 갇혀 있었던 아픈 추억도 새록새록 생각났다.

"태상노군께서 웬 일이오?"

손오공이 제 깐에는 예의를 갖춰 물었다.

"내가 하늘에서 다 지켜보았다. 연화동 요괴들의 보물을 내게 다오."

처음에 손오공은 그 부탁을 단칼에 거절할 작정이었다. 하지만 옛날에 금단을 몰래 훔쳐 먹었던 것이 떠올라 살짝 미안한 마음이 들었다. 게다가 삼장의 눈치도 보물을 내어주라는 듯 보였다. 하기야 손오공이 생각하기에도 요괴들을 물리치고 스승을 구했으니 그깟 전리품쯤 꼭 욕심을 낼 필요가 있을까 싶었다.

"좋아요, 그렇게 합시다."

손오공은 흔쾌히 연화동 요괴들의 보물을 태상노군에게 건넸다.

"고맙네, 제천대성. 사실 금각과 은각은 나의 시중을 들던 하인들이었지. 그들이 호로병과 정병, 그리고 파초선을 훔쳐 땅으로 내려와서는 요괴로 둔갑했던 걸세. 이제 도솔궁으로 돌아가면 물이 되어버린 하인들을 되살려 자신들의 죄를 뉘우치게 할 것이네."

태산노군의 이야기를 듣고 삼장은 가만히 합장을 했다. 손오공과 두 아우도 할 말이 없지는 않았지만 조용히 고개 숙여 작별 인사를 했다. 태상노군은 되찾은 세 가지 보물을 들고 홀연히 하늘로 사라졌다.

뜻밖에 문수보살을 만난 삼장 일행

　서천으로 가는 길은 여전히 험난했다. 힘겹게 산을 넘으면 물살이 거센 강이 나타났고, 겨우 강을 건너고 나면 다시 바위투성이 산이 까마득히 솟아 있었다. 편한 잠자리조차 거의 갖기 어려워 그야말로 풍찬노숙의 날들이 이어졌다.

　그러던 어느 날, 삼장 일행의 발걸음이 월상동산(月上東山)에 닿았다. 그곳에는 보림사(寶林寺)라는 사찰이 있었다. 다행히 보림사에서는 삼장 일행에게 요사채 하나를 내주었다.

　"이것이 얼마 만에 느껴보는 따뜻한 잠자리인가?"

　삼장이 방 안에 봇짐을 내려놓으며 감격스럽게 말했다.

　"그러게 말입니다. 밤이슬만 피할 수 있어도 괜찮겠다 싶었는데, 오늘은 방에서 푹 쉴 수 있게 됐네요."

　손오공이 맞장구를 쳤다.

　그 날 밤, 세 제자는 자리에 눕자마자 깊은 잠에 빠져들었다. 삼장은 그런 제자들을 바라보며 새삼 고마운 생각이 들었다. 만약 제자들의 도움이 없었다면 그는 이미 이 세상 사람이 아니었을 것이다. 삼장은 잠든 제자들의 머리맡에 앉아 부처께 기도를 올렸다. 그 내용은 서천에서 무사히 불경을 가져올 수 있게 도와달라는 것과 세 제자들의 안위를 보살펴달라는 것이었다. 그리고는 삼장 역시 자리에 누워 잠이 들었다.

얼마나 꿈나라를 헤매고 다녔을까? 삼장의 꿈속에 곤룡포를 차려입은 한 임금이 나타나 간곡히 말했다.

"스님, 내게 억울한 사연이 있는데 들어주시겠소?"

삼장은 다른 사람의 하소연을 모른 척하지 못하는 성격이라 고개를 끄덕였다. 임금의 말이 이어졌다.

"나는 오계국(烏鷄國)의 임금인데, 지금은 이 세상 사람이 아니오. 지금으로부터 5년 전 우리나라에 큰 가뭄이 들어 백성들이 고통을 받는 일이 있었소. 그때 한 도인이 나를 찾아와 기우제를 올려주겠다지 뭐요. 임금으로서 고마울 밖에. 게다가 기우제가 끝나자마자 비가 내리기 시작했으니 그 기쁨이 얼마나 크던지, 나는 그를 궁궐에 머물게 하며 극진히 대접했소. 국사(國師)나 다름없는 예우를 했다오."

임금은 옛날 생각으로 잠시 회한에 잠겼다.

"폐하께서 은혜를 톡톡히 갚으셨군요."

삼장이 말추렴을 하자 임금의 이야기가 이어졌다.

"그 후 2년이 지났을 무렵, 도인이 나에게 봄나들이를 가자고 청했소. 우리는 신하들과 함께 꽃구경을 하며 즐거운 시간을 보냈다오. 그런데 얼마쯤 시간이 흐르자, 그가 나와 단 둘이 계곡 아래로 산책을 가자고 했소. 나는 흔쾌히 그의 말을 따랐다오. 한데 그것이 잘못이었지. 계곡 아래로 가보니 화전민들이 사용했을 것 같은 빈 우물이 하나 있었소. 그 안에 신기한 것이 들어 있다고 해서 고개를 내밀어 들여다보는 순간, 그가 나의 등을 확 떠밀어 우물 깊숙이 나동그라지게 했다오. 혼자 힘으로는 그곳을 빠져나오기 어려웠소. 게다가 도인은 널찍한 바위를 들어 우물 입구를 단단히 막아버렸다오. 그것도 모자라 그 곁에는 잎이 무성하게 자란 나무까지 갖다 심었소. 아무도 그 우물을 발견하지 못하게 완전히 은폐시켜버렸단 말이오."

"아니, 도인이 왜 그런 못된 짓을 한 건가요?"

삼장은 임금의 사연에 점점 빠져들었다. 문득 꿈인지 현실인지 아리송하기도 했지만, 어쨌든 뒷이야기가 궁금해 호기심어린 눈으로 임금을 바라보았다.

"도인이 나를 죽인 다음에 한 행동은 더욱 놀라웠소. 그는 곧 내 모습으로 둔갑술을 펼치더니 궁궐로 돌아가 임금 행세를 하기 시작했다오. 아무도 가짜 임금을 알아보지 못해, 지금까지도 모두들 그 사악한 도인을 나로 알고 있는 거요. 도인의 정체는 다름 아닌 요괴였소."

"그렇군요. 정말 안타깝네요."

삼장은 진심으로 임금의 처지를 동정했다. 그때 임금이 다시 말문을 열었다.

"그래서 말인데……."

"편히 말씀하시지요."

임금이 머뭇거리는 듯하자 삼장이 슬며시 미소를 내보였다.

"스님께 부탁을 하나 드려도 되겠소?"

"그럼요. 되고말고요."

다른 사람의 부탁을 냉정하게 거절하지 못하는 삼장의 성격은 꿈속이라고 다르지 않았다. 임금이 더욱 진지한 표정으로 말을 이었다.

"부디 스님께서 나의 원한을 갚아주시오. 내 목숨을 빼앗은 것도 모자라 오계국 백성들을 기만하고 있는 사악한 도인을 그대로 둘 수는 없소."

"폐하께 좋은 방책이라도 있습니까? 모두 그 자를 임금으로 알고 있는데, 무작정 궁궐에서 쫓아낼 순 없습니다."

그 물음에 임금이 옷섶에서 무언가를 꺼내 삼장에게 건넸다.

"이것은 내가 늘 몸에 지니고 다니던 백옥규(白玉圭)란 것이

오. 살아생전 한 번도 다른 사람에게 맡긴 적이 없소. 내일 태
자가 신하들을 거느리고 궁궐 밖으로 사냥을 나올 테니 이것
을 전해주시오. 그리고 방금 전에 내가 말한 사연을 얘기해주
면, 다른 사람들은 몰라도 태자와 왕후는 틀림없이 믿을 것이
오. 도인이 아무리 기가 막힌 둔갑술로 내 흉내를 내도 백옥
규는 절대 갖고 있을 수 없소."

"잘 알겠습니다. 제가 폐하의 원한이 풀리도록 돕겠습니
다."

"고맙소."

임금은 자신의 부탁을 흔쾌히 들어준 삼장에게 정중히 예
를 갖춰 인사했다. 그리고 다시 한 번 간곡히 당부했다.

"나의 원한을 꼭 풀어주시오. 스님만 믿겠소. 그것이 요괴
의 계략에 속고 있는 태자와 왕후를 구하는 길이기도 하오."

삼장은 거듭 부탁의 말을 하는 임금을 향해 합장으로 자신
의 마음을 전했다. 그리고 고개를 들어 앞을 보려는 순간, 번
뜩 정신이 들며 잠에서 깨어났다. 주위를 둘러보니 한참 대화
를 나누었던 임금은 보이지 않았다. 삼장이 손오공을 깨워 꿈
에서 만났던 오계국 임금의 이야기를 들려주었다. 어느새 저
팔계와 사오정도 눈을 떠 삼장의 말에 귀를 기울였다.

"스승님, 그냥 개꿈 아닙니까?"

삼장이 이야기를 마치자 저팔계가 하품을 하며 구시렁거렸

다. 그러나 삼장의 손에 실제로 백옥규가 들려 있었으므로 모두 그 말을 믿을 수밖에 없었다.

"제가 듣기로, 야유신(夜遊神)이 도우면 죽은 이가 다른 사람의 꿈속에 나타날 수 있다고 합니다. 아마도 오계국의 임금이 야유신에게 청해 스승님을 꿈속에서 만난 듯합니다. 하지만 태자 곁에는 많은 신하들이 있어 선뜻 백옥규를 내보이며 임금의 사연을 전하기 어려울 것입니다."

손오공의 말을 들은 삼장은 제자가 믿음직했다. 종종 말썽을 부리기는 하지만 아는 것이 많고 재주도 출중한 제자였다.

"오공아, 그럼 어떻게 해야 좋겠느냐?"

"우선 태자를 신하들로부터 멀어지게 조용한 곳으로 유인해야 합니다. 그 일은 제가 맡을 테니, 스승님께서는 금실로 짠 가사를 입고 절에서 경을 읽으며 태자를 기다리십시오. 그리고 태자가 말을 걸어오면 서천으로 불경을 가지러 가는데, 그 대가로 그곳에 선물할 세 가지 보물을 갖고 있다고 넌지시 자랑하세요. 금실로 짠 가사가 그 중 하나이며, 나머지 둘은 나전상자 안에 들어 있다고 하시면 됩니다. 나전상자 하나에는 제가 미리 작은 승려로 변신해 들어가 있을 테니 세상의 모든 과거사를 알고 있는 입제화(立帝貨)라고 말씀하세요. 다른 하나에는 백옥규를 넣어두시고요."

"알겠다. 너의 책략을 명심하마."

스승이 군소리 없이 자신의 작전을 따르기로 하자 손오공은 어깨가 으쓱했다. 두 아우도 사형을 적극 돕기로 했다.

이튿날, 손오공이 근두운을 타고 궁궐로 날아갔다. 하늘 위에서 아래를 내려다보니 요기(妖氣)가 가득했다. 곧 궁궐 문이 열리고, 많은 신하들을 거느린 태자가 말을 달려 밖으로 나왔다. 손오공은 숲속까지 조용히 뒤를 따르다가 커다란 산토끼로 변신해 태자 앞에 얼쩡거리기 시작했다.

"저렇게 실한 산토끼는 처음 보는구나. 오늘 첫 수확물은 저것이다!"

태자는 활을 꺼내들고 재빨리 말을 달려 산토끼를 쫓았다. 태자의 사냥 솜씨가 뛰어난데다, 맹수를 쫓는 것이 아니어서 신하들은 굳이 뒤를 따르지 않았다. 태자가 쏜 첫 번째 화살이 산토끼의 엉덩이에 명중했다. 그런데 이상하게 산토끼가 땅바닥에 나동그라지기는커녕 더욱 속력을 내 어디론가 달려갔다. 약이 오른 태자가 속력을 내면 더 빨리 달렸고, 다시 활을 겨누느라 속력이 늦어지면 일부러 주춤거렸다. 그렇게 도망자와 추격자가 보림사에 다다르자, 산토끼는 감쪽같이 사라지고 태자가 명중시켰던 화살이 문설주에 꽂혀 있었다.

"이게 웬 조화인가?"

태자가 고개를 갸웃거리며 사찰 안으로 들어서 보니 한 승려가 경을 읽고 있었다. 평소 승려를 존경하는 태자가 말에서 내려 합장했다.

"스님, 소란을 피워 미안하오. 부디 국왕 폐하의 건강과 오계국 백성들을 위해 기도해주시오."

그리고 태자가 뒤돌아 나가려는 순간, 삼장이 짐짓 호들갑스럽게 아는 척을 했다.

"아이고, 오계국 저하께서 웬 일이십니까?"

갑작스런 상황에 머뭇거리는 태자를 향해 삼장이 이어 말했다.

"여기까지 오셨는데, 제가 가진 세 가지 보물을 보시겠는지요? 소승은 서천으로 불경을 가지러 가는 길이랍니다."

태자는 먼 길을 간다는 삼장의 제안을 거절하기 어려웠다. 자신을 기다리고 있을 신하들이 걱정됐지만, 잠깐 보물들만 구경하고 가자는 생각으로 삼장 앞에 자리를 잡았다. 삼장은 먼저 금실로 짠 가사를 벗어 태자에게 건넸다.

"오, 과연 관음보살님의 하사품이라 할 만하오."

삼장은 가사를 보고 감탄하는 태자에게 잇달아 나전상자하나를 꺼내놓았다.

"저하, 이 상자를 한번 열어보시지요."

그것을 받아든 태자가 호기심어린 눈으로 조심스럽게 뚜껑을 열어보았다. 순간 그 안에서 작은 승려가 튀어나왔다. 말하나 마나 그는 변신한 손오공이었다.

"존경하는 오계국 저하, 저는 모든 과거사를 꿰뚫고 있는 입제화라 합니다."

태자는 세상에 둘도 없는 진기한 보물이라며, 오계국의 과거에 대해 해줄 말이 있느냐고 물었다. 손오공은 기다렸다는 듯 요괴에게 살해당한 임금의 이야기를 들려주었다.

"뭐라고! 그게 정말이냐?"

전혀 생각지도 못한 사실에 태자는 까무러칠 듯 놀랐다. 자기의 아버지를 죽인 요괴가 임금 행세를 하고 있다니 도무지 믿기 어려운 이야기였다.

"아, 어떻게 그런 일이……."

태자는 너무나 충격적인 일이라, 차라리 입제화의 말에 귀를 닫으려는 듯 머리를 감싸 쥐고 괴로워했다.

"그럴 리 없어……. 오늘 아침에도 문안을 드린 아바마마가 요괴라니……."

그때 삼장이 다른 하나의 나전상자를 내밀었다. 태자는 반쯤 넋이 나간 표정으로 얼떨결에 뚜껑을 열어보았다. 그러자 '펑!' 하는 소리가 들리더니 나전상자는 사라지고 태자의 손바닥에 백옥규가 놓였다.

"아니, 이것은 아바마마께서 가장 아끼시는 물건인데 어떻게 여기에 있지?"

"폐하께서 이 백옥규를 몸에서 떼어놓은 적이 있으십니

까?"

삼장이 기회를 놓치지 않고 물었다.

"아니오, 아바마마께서는 이것을 내게도 맡기신 적이 없소."

그제야 태자는 오계국 임금에게 실제로 끔찍한 일이 벌어졌다는 사실을 받아들였다. 이제 와서 생각해 보니, 3년 전부터 임금과 왕후의 사이가 갑자기 냉랭해진 것도 이상했다. 한번은 왕후가 태자에게 하소연한 적이 있는데, 늘 온화하게 자신을 대하던 국왕이 얼음장처럼 차갑게 변해 마치 딴사람처럼 느껴진다는 것이었다.

"요괴가 아바마마를 돌아가시게 하고 임금 행세를 하는 현실을 어떻게 해야 하오?"

태자가 곤혹스런 낯빛으로 생각의 갈피를 잡지 못했다. 삼장이 그런 태자에게 다가가 따뜻하게 위로했다.

"저하, 실은 제가 어젯밤 꿈속에서 폐하를 만나 자초지종을 다 들었습니다. 마침 제게는 정의감 강하고 재주가 뛰어난 제자들이 있으니 사악한 요괴를 물리쳐 폐하의 원한을 풀어드리겠습니다. 그러니 저하께서는 아무 걱정 마시고 일단 궁궐로 돌아가 계십시오."

태자는 삼장의 말에 요동치던 마음이 조금 안정되었다. 그때 입제화로 변신했던 손오공이 본 모습으로 돌아와 태자에게 예를 갖췄다. 삼장은 뿌듯한 심정으로 태자에게 손오공을 소개해주었다.

"스님의 말씀대로 영민해 보이는 제자로구나. 모쪼록 스승을 도와 오계국의 근심을 해결해주면 고맙겠다."

태자의 당부에 손오공은 가슴이 벅찼다. 장차 한 나라의 국왕이 될 태자에게 그런 대접을 받게 될 줄은 상상도 했기 때문이다. 손오공이 화살을 맞아 축 늘어진 커다란 산토끼 한 마리를 태자에게 건네며 말했다.

"이것을 가져가시면 신하들이 무슨 일이 있었느냐고 따져 묻지 않을 것입니다. 저하께서는 스승님과 저를 믿고 궁궐로 돌아가 계십시오. 당분간 아무런 내색도 하지 않으셔야 합니다."

"알겠다. 네 말을 따를 테니, 꼭 요괴를 혼내다오."

그렇게 태자가 돌아간 뒤, 손오공은 삼장에게 다음 작전을 설명했다.

"태자 저하께서 사실을 다 알고 계시지만, 다짜고짜 요괴를 때려잡으면 신하와 백성들이 가만있지 않을 거예요. 증거가 필요해요."

"증거라니?"

손오공의 말에 삼장이 고개를 갸우뚱했다.

"오계국 임금님이 빠져 죽은 빈 우물에 가서 시체를 가져와야겠어요."

삼장은 제자의 주도면밀한 책략에 감탄했다. 그는 요사채 밖을 서성이며 저녁 식사 시간이 되기만을 기다리던 저팔계를 불러들였다.

"팔계야, 사형을 도와 어디 좀 다녀오너라."

두 아우는 이미 임금의 원한을 갚아주려는 손오공을 적극 돕기로 약속한 상태였다. 하지만 저팔계는 식사 때가 다 되어가는 탓에 심부름을 하기가 귀찮았다. 아우가 마뜩치 않은 표정을 짓자 손오공이 달콤한 말로 꼬드겼다.

"팔계야, 내가 가는 곳에 우물이 있는데 그 안에 보물이 들었다더라. 너한테도 한 몫 단단히 챙겨줄 테니 함께 가자."

"그게 정말이요, 사형?"

그렇게 게으른 아우는 손오공의 꾐에 넘어가 화전민 터의 우물로 가게 되었다. 힘이 원체 장사인 저팔계는 단숨에 우물을 가리고 있던 나무를 뽑아내고 널찍한 바위도 멀리 내던졌다.

"여기 대단한 보물이 있기는 있나 보구려. 그렇지 않고서야 이렇게 꼭꼭 감춰둔 채 입구까지 바윗덩어리로 막아뒀을 리가 없잖소."

때마침 날이 저물고 달빛이 비추면서 우물 안에는 신비한 기운이 감도는 듯했다. 이제 저팔계는 누가 시키지 않아도 제

발로 까마득히 깊은 우물 속에 들어가려고 했다. 다만 발을 디딜 곳이 마땅치 않아 손오공에게 도움을 청했다.

"사형, 내가 보물을 꺼내올 테니 여의봉을 길게 늘려 밧줄로 삼게 해주시오."

"알았네, 팔계 아우. 그런 일쯤이야 누워서 떡 먹기지."

저팔계는 한 걸음, 한 걸음 서둘러 우물 속으로 내려갔다. 얼마쯤 시간이 흘렀을까? 저팔계 앞에 우물들을 지키는 정용왕(井龍王)이 나타났다. 비록 메마른 우물이기는 해도 정용왕이 그곳을 떠나지 않는 데는 그만한 이유가 있었다.

"너는 누군데 이곳에 왔느냐?"

정용왕의 물음에 저팔계는 보물을 가져가지 못하게 될까봐 내심 긴장했다.

"나는 삼장 법사님의 제자이자 제천대성의 아우인 저팔계라 하오."

저팔계의 대답을 들은 정용왕이 반색했다.

"그게 정말인가?"

"내가 왜 거짓말을 하겠소?"

저팔계가 시큰둥하게 되물었다.

"그렇다면 천만다행이군. 어서 저기 있는 시신을 업고 우물 밖으로 나가도록 해라. 내가 그의 입에다가 정안주(定顔珠)를 넣어놓았기 때문에 3년이 지났지만 조금도 부패하지 않았다.

아마도 너의 사형 손오공이라면 시신을 되살릴 수 있을 것이다."

정용왕이 가리키는 쪽으로 저팔계가 고개를 돌려보니, 과연 시신 하나가 반듯하게 뉘어져 있었다. 그것은 바로 오계국 임금의 시신이었다.

"뭐야? 저 시체를 두고 보물이라고 한 거야? 아이고 분해, 사형이 나를 속였군!"

몹시 기분이 상한 저팔계는 우물 밖을 향해 줄행랑을 치기 시작했다. 하지만 정용왕이 그리 만만한 상대인가. 정용왕은 힘 센 신하를 불러 자신의 말을 듣지 않고 내빼는 저팔계 쪽으로 시신을 던지도록 했다. 우물 안이 컴컴한 탓에 저팔계는 자기 옆에 무엇이 '쿵!' 하고 떨어졌는지 쉽게 알아차리지 못했다. 그때 우물 밖에서 여의봉을 잡고 있던 손오공이 소리쳤다.

"팔계야, 보물을 찾았느냐?"

사형의 말에 저팔계는 부아가 치밀었다.

"에이, 씨! 대체 뭐가 있다고 자꾸 보물 타령을 하는 거요?"

그런데 손오공은 우물 밖에서도 정안주가 한 말과 행동을 훤히 알고 있었다.

"내 옆을 한번 더듬거려봐."

저팔계는 한 번 더 속는 셈 치고 어둠 속으로 손을 뻗어 이곳저곳 살펴보았다. 그러자 놀랍게도 물컹한 것이 만져졌다.

"에구머니! 시신이 왜 여기 있지?"

"팔계야, 이제 그 시신을 업고 얼른 우물 밖으로 나와라. 억울하게 죽은 오계국 임금님의 원혼을 우리가 달려줘야 하지 않겠니?"

손오공의 말에 저팔계는 더 이상 대거리를 하지 못했다. 사형이 거짓말로 보물 이야기를 해서 자기를 속였다는 사실에 여전히 화가 났지만 끝까지 재화만 탐내는 욕심쟁이처럼 굴 수는 없는 노릇이었다.

"일단 사형이 시키는 대로 해야겠다. 그러나 나도 당하고만 있지는 않을 거야."

저팔계가 혼잣말을 중얼거렸다.

잠시 뒤, 손오공은 오계국 임금의 시신을 둘러업은 저팔계와 함께 삼장이 머무는 요사채로 돌아왔다.

"모두 수고했다."

삼장이 두 제자를 반갑게 맞이하고 나서 측은한 눈길로 시신을 쳐다보았다. 그때 저팔계가 속으로 쾌재를 부르며 삼장을 부추겼다.

"스승님, 정용왕이 이르길 사형의 재주라면 이 시신을 거뜬히 되살릴 수 있을 것이라고 했습니다. 오계국의 임금님에게 생명을 불어 넣으라고 사형에게 지체 없이 명하십시오."

아우의 갑작스런 말에 손오공이 깜짝 놀라며 손사래를 쳤다.

"아닙니다, 스승님. 제가 술법이 뛰어난 것은 사실이지만, 그렇다고 해서 죽은 목숨을 쉽게 되살릴 수는 없습니다."

하지만 저팔계도 물러서지 않았다.

"지금 사형이 다른 꼼수가 있어 오계국의 임금님을 선뜻 되살리지 않는 것입니다. 당장 긴고주를 읊으십시오, 스승님. 그러면 사형이 깜짝 놀랄 술법으로 생명을 불어 넣을 것입니다."

"스승님, 미련하기 짝이 없는 팔계의 말을 듣지 마세요. 죽은 지 3년이나 지난 목숨을 살리는 방법은 저도 모릅니다."

손오공과 저팔계는 한동안 실랑이를 벌였다.

두 제자 사이에서 어떻게 해야 좋을지 몰라 머뭇거리던 삼장이 결국 저팔계의 손을 들어주었다. 손오공이 이따금 거짓말을 하는 것을 잘 알고 있었고, 무엇보다 임금을 되살리면 모든 일이 일사천리로 해결되리라 믿었기 때문이다.

"오공아, 빨리 시신에게 새 생명을 불어 넣어 주거라."

하지만 손오공은 진짜 그 방법을 몰랐다.

"정말 섭섭합니다, 스승님……."

삼장은 손오공이 명을 따르지 않자, 저팔계의 말대로 긴고주를 읊기 시작했다. 손오공은 참기 힘든 고통에 몸부림치다가 숨이 넘어갈 듯 소리쳤다.

"알겠습니다, 스승님! 스승님이 시키시는 대로 할 테니, 제 발 주문을 멈춰 주십시오!"

저팔계는 괴로워하는 사형 곁에서 터져 나오려는 웃음을 간신히 참았다. 그것으로 손오공이 자신을 속인 것에 대해 충분히 앙갚음을 했다고 생각했다. 삼장은 이내 긴고주를 거두고 제자를 채근했다.

"진작 그럴 것이지. 어서 내 명을 따르도록 해라."

"스승님, 조금만 기다려주십시오. 곧 죽은 오계국 임금님을 살려놓겠습니다."

손오공은 겨우 시간을 벌고 나서 도솔궁으로 태상노군을 찾아갔다.

"지난번에 내가 순순히 연화동 요괴들의 보물을 드렸으니, 이번에는 태상노군께서 나를 좀 도와주시오."

"하하하, 그렇게 하지. 기꺼이 자네를 돕겠네."

태상노군은 오계국에서 일어난 일을 모두 전해 듣고 약속대로 신비의 약 한 알을 내주었다. 그것은 죽은 이를 되살리는 환혼단(還魂丹)이었다.

손오공이 보림사로 돌아와 삼장에게 아뢰었다.

"스승님, 기뻐하십시오. 제가 죽은 이에게 생명을 불어 넣을 수 있는 약을 가져왔습니다."

"거참 잘됐구나."

그때 저팔계가 시신의 목구멍으로 약을 밀어 넣을 수 있도록 부드러운 나뭇가지를 구해오겠다고 나섰다. 이미 복수를 다했다고 생각한 저팔계는 진심으로 사형을 도우려고 했다. 하지만 손오공은 일부러 그 말을 못 들은 척 시치미를 떼며 사오정을 불렀다.

"오정아, 내게 부드러운 나뭇가지를 하나 구해다주렴."

보림사에서 요사채를 내준 것이 고마워 스스로 마당을 쓸고 있던 사오정이 한달음에 달려와 그 말을 따랐다. 저팔계에게 화가 났던 손오공이 그렇게 소심한 복수를 했던 것이다.

잠시 뒤, 환혼단을 삼킨 시신의 코에서 따스한 김이 새어나왔다. 그리고 몇 번 밭은기침을 해대더니 곧이어 크게 날숨을 내쉬었다.

"와, 신기해! 죽은 지 3년 된 시신이 되살아났다!"

저팔계가 제일 큰 소리로 감탄을 감추지 못했다. 삼장과 사오정 역시 눈으로 보고도 못 믿겠다는 듯 벌어진 입을 한동안 다물지 못했다. 손오공은 무엇보다 다시 긴고주를 듣지 않아도 된다는 생각에 가슴을 쓸어내렸다.

"아, 내가 다시 살아났구나!"

오계국 임금이 자신의 몸을 이곳저곳 살펴보고 나서 삼장과 제자들에게 예를 갖추었다. 한 나라의 국왕이라 해도 목숨을 살려준 은인에게 고개를 숙이지 못할 까닭이 없었다.

"어제는 꿈속에서 만났는데 오늘은 이렇게 이승의 인사를 나누게 되었구려. 스님과 제자들의 은혜를 잊지 않겠소."

이제 남은 것은 요괴를 물리치고 임금에게 왕위를 되찾아 주는 일이었다. 그 날 밤, 삼장과 제자들은 새로운 책략을 마련하느라 느지막이 잠자리에 들었다. 이튿날 날이 밝자마자 삼장 일행은 궁궐로 향했다. 그런데 일행 중에는 삼장 말고 승려가 한 사람 더 있었다. 그는 다름 아닌 오계국 임금으로, 손오공의 작전에 맞춰 스님의 모습으로 변장을 한 것이었다. 삼장 일행이 궁궐에 도착해 임금을 뵙기를 청하자, 문지기가 달려가 요괴에게 알렸다.

"불경을 가지러 서천으로 가는 삼장과 손오공이라는 자가 폐하께 인사를 올리겠다고 합니다."

"뭐, 손오공이라고?"

요괴는 익히 손오공의 명성을 들은 적이 있었다. 요괴를 한 눈에 알아보는 재주가 있다는 소문을 들어 궁궐에 들이는 것이 꺼려졌다. 그때 요괴의 정체를 알고 있는 태자가 나섰다.

"아바마마, 일부러 찾아와 인사를 올리겠다는 손님을 내치시면 안 됩니다. 더구나 서천으로 불경을 가지러 가는 승려라 하니 차라도 한잔 대접하시지요."

태자의 말에 요괴는 어쩔 수 없이 삼장 일행을 맞이했다.

그런데 임금 앞에 선 일행은 당돌하게도 뻣뻣한 자세로 서서 입으로만 인사를 올렸다.

"이런 무엄한 놈들을 봤나!"

머리 꼭대기까지 화가 치민 요괴는 곁에 있는 장수들을 시켜 삼장 일행을 포박하려고 했다. 그때 요괴의 생각을 알아챈 태자가 다시 나섰다.

"참으십시오, 아바마마. 일단 저 자들이 누군지 자세히 알아보고 벌을 내리셔도 늦지 않습니다."

그러면서 태자는 손오공을 향해 일행 모두를 요괴에게 정중히 소개하라고 말했다. 손오공은 먼저 삼장부터 시작해 저팔계와 사오정에 대해 이야기했다. 물론 자기 자신에 대한 소개도 빼놓지 않았다. 잔뜩 거드름을 피우는 손오공의 버릇없는 태도를 바라보며 요괴는 간신히 화를 삭였다.

'이놈들, 태자 때문에 내가 잠시 참고 있다만 모조리 목을 베어주마.'

그때 손오공이 스님으로 변장한 임금을 마지막으로 소개하기 위해 더욱 목소리를 높였다.

"궁궐 안의 모든 신하와 장수들은 잘 들으시오! 이제부터 이 스님이 누군지 밝히겠소. 이 분으로 말할 것 같으면 오계국의 진짜 임금님이오! 3년 전에 봄나들이를 갔다가 사악한 요괴 때문에 목숨을 잃으셨으나, 내가 환혼단을 구해 생명을

되찾게 해드렸소. 모두 잘 살펴보시오. 오계국의 진짜 임금님
은 백옥규를 갖고 계시니 말이오!"

손오공의 말이 끝나자마자, 간밤에 삼장이 돌려준 백옥규
를 진짜 임금이 품에서 꺼내 높이 쳐들었다. 왕후는 물론이고
그것을 본 신하와 장수들이 탄식을 내뱉었다. 그 순간, 정체
가 탄로 난 요괴는 구름을 타고 하늘로 달아났다. 하지만 가
만히 앉아 요괴를 놓칠 손오공이 아니었다. 이내 하늘에서는
손오공과 요괴의 치열한 싸움이 벌어졌다.

"네 이놈! 왜 나를 못 살게 구느냐?"

요괴의 투정에 손오공은 콧방귀를 꼈다.

"나는 못된 짓을 일삼는 요괴를 때려잡는 게 취미거든, 헤
헤."

둘의 싸움은 예상보다 쉽게 결판이 났다. 손오공을 당해내
지 못한 요괴는 다시 궁궐로 내빼 삼장의 모습으로 둔갑했다.
그 술법이 얼마나 기묘했는지, 이번에는 손오공을 비롯한 두
아우조차 진짜 스승을 제대로 가려내기 어려웠다. 그때 미련
하다고 자주 놀림을 받던 저팔계가 한 가지 꾀를 생각해냈다.

"사형, 스승님께 긴고주를 읊어보시라고 하면 간단히 해결
될 문제 아니오?"

그런데 긴고주라는 단어를 듣자마자 손오공의 등줄기로 땀
이 줄줄 흘러내렸다. 그 이유를 단박에 알아차린 저팔계가 덧

붙여 말했다.

"진짜 스승님을 가려내려면 사형이 그만한 고통쯤 참아야 하지 않겠소? 나와 오정이가 한 사람씩 꼭 붙들고 있을 테니 어서 긴고주를 외워보라고 하시오."

처음에 손오공은 또다시 저팔계가 자기를 골탕먹이려고 허튼수작을 부리는 것이라고 생각했다. 하지만 곰곰이 궁리해 봐도 그것 말고 다른 방법이 없었다.

저팔계의 꾀는 금세 효과를 봤다. 사오정이 붙잡은 진짜 삼장은 긴고주를 술술 읊었지만, 저팔계가 힘껏 팔뚝을 낚아챈 가짜 삼장은 입을 벙긋거리며 시늉만 하기에 바빴다. 저팔계의 손아귀 힘이 얼마나 센지 어디로 달아날 수도 없었다. 머리가 너무 아파 데굴데굴 구르며 괴로워하던 손오공은 진짜와 가짜가 밝혀지자마자 냅다 소리를 내질렀다.

"그만! 제발 그만하세요, 스승님!"

그때 저팔계가 먼저 요괴를 향해 갈퀴를 휘둘렀다. 곧이어 정신을 차린 손오공이 여의봉을 꺼내 요괴를 공격했다. 사오정까지 지팡이 무기인 항요장(降妖杖)을 들어 거들고 나섰다. 그야말로 요괴의 목숨이 바람 앞에 놓인 촛불 같았다. 마침내 손오공이 최후의 일격을 가하려는 순간, 별안간 문수보살(文殊菩薩)이 나타나 요괴 앞을 막아섰다.

"보살님께서 이곳에 어쩐 일이십니까?"

삼장이 고개를 숙이고 합장했다. 세 제자도 스승을 따랐다. 그런데 손오공은 문수보살이 마지막에 나타나 다 된 밥에 코를 빠뜨리려 한다고 생각해 기분이 언짢았다. 그런 마음을 헤아리고도 남는 문수보살이 손오공에게 다가가 말문을 열었다.

"오공아, 이 요괴는 본디 나의 청모(靑毛) 사자란다. 내가 오계국의 임금에게 깨우침을 주려고 일부러 이곳에 보냈지. 오계국의 임금은 심성이 착해 백성들을 잘 다스렸으나, 언젠가부터 불사에 소홀한 모습을 보여 가르침을 주려고 한 것이다. 지난 3년 동안 우물에 갇혀 큰 고통을 겪다가 삼장과 제자들의 도움으로 다시 생명을 얻었으니 한 나라의 임금으로서 뭔가 느끼는 바가 있겠지. 하여 아무쪼록 너는 요괴로 변신해 나의 명을 받들었던 청모 사자를 용서하도록 해라."

지난 일의 사정을 알게 된 손오공은 그제야 언짢았던 기분이 풀렸다.

"아무튼 네가 삼장을 잘 보필하고 있어 마음이 놓이는구나. 남은 여정도 지금까지 그래왔듯, 어떤 고난이 닥치더라도 스승과 함께 꿋꿋이 헤쳐 나가기 바란다."

손오공은 문수보살의 칭찬에 가슴이 벅차올랐다. 삼장과 함께하는 것에 여느 때보다 더 사명감이 느껴지기도 했다.

문수보살이 주문을 외자, 요괴가 곧 본래의 청모 사자로 모

습을 바꾸었다. 푸른 털의 사자에 올라탄 문수보살은 어딘가
로 홀연히 사라졌다. 삼장 일행은 너나없이 합장으로 문수보
살을 배웅했다. 그 날 오계국의 임금은 큰 잔치를 벌여 그들
을 정성껏 대접했다. 하지만 삼장 일행은 궁궐에 오래 머물지
않고 이내 서천으로 발걸음을 재촉했다.

흑수하 요괴 소타룡

오계국을 떠난 지 달포가 조금 더 지났다. 삼장 일행 앞에 물살이 올렁올렁 굽이쳐 흐르는 큰 강이 나타났다. 흑수하(黑水河)란 곳이었다.

"과연 이름 그대로 강물이 검구나."

삼장이 드넓은 강을 어떻게 건널까 염려하며 중얼거렸다.

"그러게요. 누가 먹물이라도 풀어놓은 것 같네요."

손오공도 검은 강이 낯설어 한동안 눈을 떼지 못했다.

"강 너비가 적어도 십 리는 되겠군. 배가 있어야 건널 수 있을 텐데 어쩌지?"

저팔계 역시 강의 너비를 가늠하며 걱정스런 표정을 지었다. 그때 사오정이 강 한쪽을 가리키며 소리쳤다.

"스승님, 저기를 좀 보세요. 배가 있습니다!"

삼장 일행의 눈길이 일제히 사오정이 가리키는 곳으로 향했다. 아니나 다를까, 그리 멀지 않은 위치에 사공이 노를 젓고 있는 배 한 척이 보였다.

"오공아, 네가 가서 배를 좀 태워줄 수 있겠느냐고 물어보아라."

잠시 뒤, 손오공의 부탁을 들은 사공이 노를 저어 삼장에게 다가왔다. 그런데 손오공의 표정이 어딘가 찜찜해 보였다. 그 이유는 금세 밝혀졌다. 배가 너무 작아 한 번에 둘 이상은 탈 수 없었기 때문이다.

"스승님, 아무래도 두 번에 걸쳐 배를 나눠 타야 할 듯합니다."

두 번에 걸쳐 강을 건너야 해서 시간도 두 배나 더 필요했지만, 해결 방법이 복잡한 것은 아니었다. 손오공이 아우들을 바라보며 물었다.

"누가 먼저 스승님을 모시고 강을 건너겠니?"

저팔계가 망설임 없이 손을 번쩍 들었다.

"내가 스승님을 모시겠소, 사형"

그러면 두 번째로 사오정이 용마와 짐을 챙겨 배를 타고 강을 건너면 될 일이었다. 손오공은 굳이 배를 탈 필요가 없었다. 왜냐하면 제천대성에게는 근두운이 있으니까, 그것을 타고 훌쩍 강을 건너면 그만이었다.

그렇게 첫 번째 순서로 삼장과 저팔계가 배에 올랐다. 사공이 힘껏 노를 젓자, 배는 미끄러지듯 강 건너편을 향해 나아 갔다. 모든 일이 순조롭게 풀리는 것 같았다. 하지만 방심은 금물이라고 했던가. 배가 강 한가운데에 이르자 갑자기 풍랑 이 일면서 물살이 솟구쳐 올랐다. 그뿐 아니라 하늘도 컴컴해 지면서, 작은 배가 전후좌우 분간 없이 이리저리 휩쓸려 다녔 다. 잠시 후 강물은 잠잠해졌지만, 배는 어디에도 보이지 않 았다. 배에 타고 있던 삼장과 저팔계, 사공의 모습도 흔적 없 이 사라졌다. 그 사공은 바로 흑사하의 요괴였는데, 삼장 일 행을 발견하고 입맛을 다시다가 그와 같은 계략을 꾸민 것이 었다.

먼발치에서 그 광경을 지켜본 사오정이 안절부절 못하며 근심에 잠겼다. 손오공도 내심 걱정스러웠지만 침착함을 잃 지 않으며 아우를 안심시켰다.

"만약 배가 뒤집혀 스승님이 물속에 빠졌다고 해도 팔계가 구해서 나올 거야. 팔계가 덩치는 커도 헤엄을 아주 잘 치잖 아."

그러나 시간이 좀 더 흐르면서 손오공도 불안감에 휩싸였 다.

"아, 팔계가 스승님을 업고 모습을 드러낼 때가 됐는 데……. 혹시 그 사공이 요괴였던 걸까?"

손오공은 사공을 좀 더 꼼꼼히 살펴보지 못한 것이 후회됐다. 배가 작은 것에 신경이 쓰여 사공의 얼굴은 건성으로 보아 넘겼던 것이다. 사형의 말을 들은 사오정이 뭔가 결심한 듯 단호한 목소리로 입을 열었다.

"사형, 내가 물속에 한번 다녀올게요."

물속에서라면 사오정의 재주가 둘째가라면 서러울 정도로 뛰어났다. 그것을 잘 아는 손오공이 굳이 아우를 말리지 않았다. 얼마쯤 물속을 헤엄쳐 갔을까? 어디서 시끌벅적한 소리가 들려 앞을 보니 높이 솟은 문루에 '형양욕 흑수하 신부(衡陽峪 黑水河 神府)'라는 현판이 걸려 있었다. 사오정이 다가가 거기에서 들려오는 소리에 귀를 기울였다.

"흐흐흐, 이번에 잡아온 중놈의 고기를 먹으면 불로장생할 수 있겠지?"

"그렇습니다, 대장님. 우리에게 갈퀴를 휘두르며 덤비던 돼지 녀석의 고기도 맛이 끝내줄 것 같아요."

사오정이 듣자 하니, 그것은 요괴와 졸개들이 나누는 대화였다. 스승님을 잡아먹고 불로장생하려고 한다니 기가 찰 노릇이었다. 요괴의 목소리가 또 새어나왔다.

"이번에 중놈 고기로 잔치를 벌일 때는 외삼촌을 초대해야겠다. 아주 좋아하실 거야."

그 말을 들은 사오정은 더 이상 참을 수가 없었다. 혹시나 싶어 강물 속으로 들고 간 지팡이 무기를 휘둘러 요괴의 거처로 들어가는 문을 마구 부쉈다. 그 소란에 잔뜩 화가 난 요괴가 길길이 날뛰며 소리쳤다.

"어느 놈이 나의 집을 엉망진창으로 만드느냐? 가만두지 않겠다!"

요괴와 맞닥뜨린 사오정도 물러서지 않았다.

"빨리 나의 스승님과 팔계를 풀어주어라! 그렇지 않으면 내가 너의 머리통을 박살내주겠다!"

하지만 사오정의 엄포에 요괴는 조금도 겁을 먹지 않았다. 오히려 철채찍을 능숙하게 휘두르며 사오정을 위협했다.

"그렇지 않아도 고기가 좀 부족하지 않나 싶었는데 잘됐다. 너까지 함께 삶아 먹어주마!"

사오정과 요괴는 수십 합을 맞서 싸웠다. 좀처럼 승부가 나지 않자, 사오정이 요괴를 강물 밖으로 끌어내기 위해 슬슬 뒷걸음질을 쳤다. 그 작전이 성공하면 손오공이 단박에 요괴를 끝장내줄 것이라고 믿었던 것이다. 그런데 기대와 달리 요괴는 사오정을 쫓아오지 않았다.

"흐흐흐, 잘 가라. 네 놈과 싸우느라 시간을 허비하느니 빨리 손님들을 불러놓고 잔치를 벌여 중놈의 고기 맛이나 즐겨야겠다."

사오정은 요괴를 쫓아 다시 강물 속으로 들어갈까 고민했지만, 일단 손오공에게 자기가 본 것을 설명하는 편이 낫겠다고 판단했다. 사오정의 이야기를 들은 손오공은 분한 마음을 감추지 못해 두 주먹을 부르르 떨었다.

"뭐, 스승님을 어떻게 하겠다고? 외삼촌이란 작자는 또 누구야?"

그때 갑자기 흑수하의 하신(河神)이 나타나 손오공 앞에 무릎을 꿇고 정중히 인사를 올렸다.

"네가 무슨 일로 나를 찾아왔느냐?"

손오공의 물음에 하신이 눈빛을 반짝거렸다.

"흑수하의 요괴 때문입니다."

"그래?"

손오공이 관심을 보이자 하신의 말이 빨라졌다.

"제천대성님, 저는 오랜 세월 이 강에서 살아왔습니다. 한데 작년에 그 요괴가 서해에서 밀물을 타고 이곳으로 와 형양욕 흑수하 신부를 강제로 **빼앗았지요**. 제가 맞서보려고 했으나 역부족이었습니다. 그래서 서해 용왕에게 달려가서 그놈의 만행을 일러바치며 도움을 청했지요."

하신은 그때의 억울함이 새삼 떠올랐는지 한숨을 푹 내쉬었다.

"계속 이야기해 보아라."

손오공이 재촉했다.

"하지만 서해 용왕은 저를 도와주지 않았습니다. 알고 보니, 서해 용왕이 그 요괴의 외삼촌이지 뭡니까. 저는 더 이상 형양욕 흑수하 신부를 되찾을 방법을 찾지 못했지요. 제 미천한 신분에 옥황상제님을 찾아가 하소연할 수도 없는 노릇이고 말입니다. 그러던 중 제천대성님께서 이곳에 오신 것을 알게 되어 이렇게 찾아뵙는 것입니다. 아무쪼록 저를 좀 도와주시면 고맙겠습니다."

하신의 말에 손오공은 요괴가 얼마나 못된 놈인지 알게 되었다. 아울러 녀석이 외삼촌이라고 일컬은 자가 누군지 그 정체도 파악하게 되었다. 손오공은 짐짓 고상한 목소리로 하신에게 말했다.

"그래, 내가 너를 돕도록 하마. 서해 용왕을 찾아가 그 못된 요괴를 여기서 쫓아내라고 얘기해주마."

손오공은 그 길로 근두운을 타고 서해로 갔다. 그리고 냅다 물속에 들어가 용궁을 향해 헤엄쳤다. 손오공의 수영 솜씨는 평범한 수준이었지만, 일단 목표가 생기면 물불 가리지 않고 뛰어들기 일쑤였다. 얼마나 헤엄을 쳤을까? 저만치 앞서 비단 두루마리를 들고 분주히 헤엄쳐 나아가는 요괴의 졸개가 보였다.

'저 놈이 들고 가는 것은 흑수하 요괴의 초대장이 틀림없어.'

그 초대장은 요괴가 외삼촌인 서해 용왕에게 보내는 것이었다. 손오공은 재빨리 졸개에게 다가가 여의봉을 휘둘렀다. 단 한 방에 졸개는 숨통이 끊겼다. 비단 두루마리를 펼쳐 초대장의 내용을 읽어본 손오공은 얼굴이 벌게질 만큼 화가 치밀어 올랐다.

"뭐가 어쩌고 어째! 스승님을 삶아 잔치를 벌일 테니 흑수하로 놀러오라고? 이 초대장을 내밀면 용왕도 딴 소리를 하지는 못하겠군."

잠시 뒤, 손오공은 아예 여의봉을 꺼내 들고 용궁으로 들어섰다. 몹시 화가 난 손오공은 닥치는 대로 이것저것 발로 걷어차며 용왕이 있는 방을 찾았다. 장수 몇이 달려 나와 제지하려고 했지만 상대가 되지 못했다. 한 신하가 용왕에게 급히 그 사실을 알렸다.

"용왕님, 큰일 났습니다! 원숭이 한 마리가 용궁에 들어와 마구 행패를 부리고 있습니다."

"뭐라고? 혹시 그 원숭이가 금테를 두른 화관을 쓰고 있더냐?"

"네, 그렇습니다."

"이런, 제천대성이로구나. 그 자가 성질을 부리면 막을 방법이 없는데……."

서해 용왕은 서둘러 방을 나와 손오공을 만났다.

"오랜만이오, 제천대성. 갑자기 무슨 일로……."

"그걸 몰라서 묻소?"

손오공의 말투가 이전과 달리 공손하지 않았다. 손오공은 품속에서 요괴가 보낸 초대장을 꺼내 보였다. 그것을 읽은 용왕이 털썩 무릎을 꿇고 애원했다.

"제천대성, 나를 용서해주시오. 흑수하의 그 아이는 내 누나의 아홉 번째 아들인 소타룡(小鼉龍)이라 하오. 부모를 모두 잃고 방황하기에, 내가 흑수하에 가서 마음을 추스르라 타일렀지요. 그곳에서 고서를 읽으며 수양하라고 보냈던 것인데, 그런 못된 짓을 일삼으리라고는 생각지 못했다오. 내가 당장 그 아이를 이리로 붙잡아와 제천대성께 넘기겠소."

서해 용왕은 사태가 심각한 것을 직감했다. 조카를 잡아들이지 않고서는 손오공의 화가 가라앉지 않을 것이라고 판단했던 것이다. 용왕은 곧 태자 마앙(摩昻)을 불렀다.

"애야, 네가 500명의 군사를 이끌고 가서 소타룡을 잡아오너라."

마앙은 용왕의 명을 받자마자 군사들과 함께 흑수하로 떠났다.

서해 용왕은 괜히 마음이 초조했다. 혹시라도 마앙이 일을 잘못 처리하면 큰일이 날 것 같았기 때문이다. 용왕이 손오공의 눈치를 살피며 말했다.

"제천대성, 맛있는 음식으로 술상을 차릴 테니 한잔 하시겠소?"

평소의 손오공 같으면 그 제안을 거절할 리 없었다. 그런데 웬 일인지 이번만큼은 달랐다. 손오공이 손사래까지 치며 단호하게 말했다.

"아니, 됐소. 스승님이 목숨을 잃을지도 모르는 긴박한 상황에 제자 된 도리로 어떻게 술을 마신단 말이오? 사양하겠소."

그러면서 손오공은 여의봉을 챙겨들면서 말을 이었다.

"차라리 나도 태자 마앙을 따라가 소타룡 잡는 일을 돕는 것이 낫겠소."

여느 때와 다른 손오공의 모습이 용왕은 너무나 낯설었다. 그러거나 말거나, 손오공은 근두운을 타고 마앙을 쫓아갔다. 마앙과 부하들은 뜻밖의 상황에 어리둥절해했다.

"내가 자네를 도와주려고 왔지."

그제야 마앙은 손오공이 자기를 따라온 이유를 알게 되었다.

"아닙니다, 제천대성. 제가 그 일을 잘해낼 수 있습니다."

그 말에 손오공은 일단 마앙이 하는 것을 지켜보기로 했다. 잠시 뒤, 흑수하에 다다른 마앙은 군사들을 이끌고 물속으로 들어갔다. 손오공은 강기슭에 앉아 그를 기다리기로 했다.

마앙은 먼저 부하를 보내 자기가 왔다는 사실을 알렸다. 소타룡이 이해할 수 없다는 듯 고개를 갸우뚱했다.

"외삼촌한테 초대장을 보냈는데, 외사촌이 왔다고?"

요괴의 졸개 하나가 재빨리 밖으로 나가 주변을 살피고 돌아왔다.

"대장님, 아무래도 수상합니다. 외사촌이 군사들까지 잔뜩 데리고 왔습니다."

졸개의 말에 소타룡은 외사촌을 의심했다. 그는 갑옷을 챙겨 입더니 철채찍까지 들고 직접 밖으로 나가 보았다.

"아이고, 이게 누구야? 나의 외사촌 마앙 태자 아닌가!"

소타룡은 괜히 호들갑을 떨며 마앙을 맞이했다.

"인사는 천천히 나누기로 하지. 네가 서천으로 불경을 가지러 가는 삼장 법사를 해치려고 한다는 말을 듣고 이렇게 왔어. 어서 그 승려와 제자를 풀어주게."

"뭐라고? 네가 뭔데 감히 나에게 이래라 저래라 하는 거야?"

마앙의 요구에 소타룡은 어처구니없다는 표정을 지었다.

"다시 한 번 말하지. 빨리 삼장 법사와 그의 제자를 풀어주도록 해!"

하지만 소타룡은 호락호락 물러서지 않았다. 요괴가 철채찍을 단단히 움켜쥐며 크게 소리쳤다.

"이놈, 네가 벌써 서해 용왕이라도 된 듯 까부는구나! 나한테 혼이 나야 정신을 차리겠느냐!"

그러면서 소타룡은 냅다 철채찍을 휘둘렀다. 마앙도 그 공격을 피하면서 쇠몽둥이로 반격을 시작했다.

"네가 흑수하에서 못된 짓을 일삼는다더니 예의를 모르는구나."

"예의? 이놈이 주제에 태자라고 허세를 부리네."

둘의 싸움은 수십 합이나 계속되었다. 철채찍과 쇠몽둥이가 부딪힐 때마다 '쨍! 쨍!' 하는 소리가 강물 밖까지 울려 퍼졌다. 마앙의 군사들과 요괴의 졸개들도 한데 뒤엉켜 난리법석을 떨었다. 쉽게 승부가 나지 않자, 마앙이 한 가지 꾀를 생각해냈다.

'이놈은 쉴 새 없이 무작정 철채찍을 휘둘러대는구나. 내가 도망가는 척하다가 방심하는 틈을 노려야겠다.'

마앙의 작전은 효과가 있었다. 그가 일부러 등을 보이며 후퇴하는 시늉을 하자, 소타룡이 두 손으로 번쩍 철채찍을 들더니 있는 힘껏 내리치려고 했다. 그 순간, 마앙이 날래게 자세를 바꿔 요괴에게 쇠몽둥이를 휘둘렀다. '퍽!' 하는 소리와 함께 소타룡은 비명을 지르면서 바닥에 나뒹굴었다.

"됐다. 저놈을 잡아라!"

마앙은 기회를 놓치지 않고 군사들에게 명령했다. 여럿이 덤벼들어 쇠줄로 몸통을 묶자, 아직 쇠몽둥이에 맞은 충격이

가시지 않은 소타롱은 입으로만 저항을 했다.

"다들 죽고 싶어 환장했구나. 나를 놓아주지 않으면 전부 고깃덩어리로 만들어주마!"

하지만 그것은 패자의 마지막 발악이었다. 대장이 붙잡히 자 졸개들도 여기저기 뿔뿔이 흩어졌다. 마앙은 쇠줄에 꽁꽁 묶인 요괴를 강기슭에서 기다리고 있던 손오공에게 데려갔 다.

"제천대성님, 요괴 소타롱을 생포해왔으니 마음대로 하십 시오."

손오공은 마앙의 말이 끝나기 무섭게 여의봉을 높이 쳐들 었다. 한 방에 요괴를 쳐 죽일 셈이었다. 그러다가 문득 삼장 과 저팔계가 어디에 갇혀 있는지 모른다는 데 생각이 미쳤다. 손오공이 가까스로 감정을 다스리며 애써 부드러운 말투로 물었다.

"이놈, 나의 스승님과 아우가 지금 어디에 있느냐? 순순히 털어놓으면 목숨만은 살려주겠다."

물론 요괴를 쳐 죽이고 흑수하를 샅샅이 뒤지면 삼장과 저 팔계를 찾지 못할 것도 없었다. 하지만 그들이 갇혀 있는 장 소를 알아내면 일이 훨씬 수월해질 것이 틀림없었다. 게다가 소타롱이 요괴이기는 해도 서해 용왕의 조카라는 사실이 목 숨까지 빼앗는 행동은 망설이게 만들었다.

어느새 몸이 꽁꽁 묶여 전의를 상실한 소타룡이 손오공의 제안을 받아들였다.

"그 중과 돼지는……."

"뭐, 중과 돼지? 그분은 삼장 스님이며, 돼지가 아니라 나의 사랑하는 아우 저팔계이다!"

소타룡은 괜히 손오공의 심기를 건드릴까 봐 서둘러 말을 바꿨다.

"네, 삼장 스님과 저팔계는 수부(水府)의 가장 구석진 방에 갇혀 있습니다."

요괴의 자백을 들은 손오공은 사오정을 불러 함께 물속으로 들어갔다. 그 방을 찾는 일은 어렵지 않았다. 손오공과 사오정을 만난 삼장이 반색하며 기뻐했다.

"너희들이 나를 구하러 왔구나. 고맙다."

저팔계도 목숨을 구했다는 생각에 기분이 무척 좋았다.

"아이고, 배고파 죽겠네. 사형, 왜 이렇게 늦게 왔소? 오정이 너도."

손오공은 너스레를 떨어대는 저팔계에게 아무런 대꾸도 하지 않았다. 그것은 아우에 대한 미운 마음 때문에 그런 것이 아니라 스승이 걱정되었기 때문이다. 그렇지 않아도 삼장은 요괴에게 죽임을 당할지 모른다는 두려움뿐만 아니라, 서천으로 가는 일정이 늦어져 이만저만 걱정이 아니었다. 곧 손오공은 삼장을 업고, 사오정은 저팔계를 부축해 강물 밖으로 나왔다. 마앙이 아직 돌아가지 않고 손오공을 기다리고 있었다. 그 앞에 요괴 소타룡이 모든 것을 체념한 듯 고개를 푹 숙인 채 앉아 있었다.

"스승님을 구하셨군요, 제천대성님."

"자네 덕분일세."

손오공이 의젓하게 공을 돌렸다. 마앙이 쑥스러운 표정을 지으며 말했다.

"제천대성님, 저는 이만 소타룡을 데리고 용궁으로 돌아가 보겠습니다. 아마도 아바마마께서 큰 벌을 내리실 것입니다."

마앙은 삼장과 제자들을 향해 공손히 작별 인사를 올렸다. 그리고 쇠줄에 묶인 소타룡을 끌고 서해 쪽으로 사라졌다. 500명의 군사들이 길게 줄지어 서서 그 뒤를 따랐다. 그때, 하신이 다시 모습을 드러냈다.

"감사합니다, 제천대성님. 형양옥 흑수하 신부를 되찾게 해 주신 은혜 절대 잊지 않겠습니다."

하신이 얼마나 고마워하는지, 평소 공치사 듣기를 즐기는 손오공이 머쓱해질 정도였다. 하신은 서둘러 강물을 양쪽으로 막아 건너편으로 가는 길을 열었다. 그 덕분에 삼장 일행은 무사히 흑수하를 건널 수 있었다.

통천하의 영감 대왕

서천으로 가는 길에 발걸음을 가로막는 드넓은 강은 흑수하 말고도 더 있었다. 삼장 일행은 계절이 바뀌도록 걷고 또 걸었다. 그들의 눈앞에 다시 커다란 강이 나타났다.

"이곳은 어디냐?"

삼장이 난감한 얼굴로 제자들에게 물었다. 사오정이 강어귀에 세워져 있는 비석을 살펴보니, 통천하(通天河)라는 글씨가 쓰여 있었다. 그뿐 아니라 아래쪽에도 작은 글씨가 적혀 있었는데 흙먼지가 들러붙어 잘 보이지 않았다. 사오정이 손바닥으로 비석을 쓱쓱 문지른 다음 큰 소리로 그 내용을 읽었다.

"강의 너비 800리, 예로부터 건너려는 이가 없네."

그것을 들은 삼장이 자기도 모르게 한숨을 내쉬었다.

"서천으로 가는 길은 정말 고난의 연속이구나⋯⋯."

삼장의 혼잣말에 제자들 역시 그렇지 않아도 피곤한 두 다리가 천근 만근 무겁게 느껴졌다. 그때, 음식 냄새라면 기가 막히게 알아채는 저팔계가 갑자기 코를 킁킁 거렸다.

"스승님, 어디서 부침개 부치는 냄새가 솔솔 납니다. 어디서 잔치라도 벌이나 본데, 오늘은 그 집을 찾아가 하룻밤 신세를 지도록 하시지요."

다른 일행도 저팔계의 말에 동의했다. 주린 배를 채우고 피로를 풀어야 통천하를 건널 묘책도 생각날 것 같았다. 삼장 일행은 환히 불빛을 밝힌 강변의 집을 발견해 그곳으로 걸음을 옮겼다. 그 집에서는 웬 일인지 북소리가 새어나왔고, 문밖에 세워진 높다란 깃대에서 깃발이 펄럭이고 있었다. 저팔계가 다짜고짜 문을 두드리며 크게 소리쳤다.

"주인장 계시오?"

금세 인기척이 들리더니 대문이 열렸다.

"누구십니까?"

집 안에서 나온 남자는 문 앞에 서 있는 삼장 일행을 보고 화들짝 놀랐다.

"앗, 요괴들이구나……."

"아니오, 우리는 요괴가 아니란 말이오!"

저팔계가 서둘러 손사래를 쳤지만, 남자는 겁먹은 얼굴로 뒷걸음질을 쳤다. 삼장이 허둥지둥 사태를 수습하기 위해 앞으로 나섰다.

"주인장, 저는 서천으로 불경을 가지러 가는 승려 삼장이라 합니다. 여기 있는 이들은 모두 저를 따르는 제자들이고요. 비록 겉모습은 요상해 보여도 요괴가 아니라, 요괴를 물리치는 재주를 지닌 훌륭한 제자들입니다."

그제야 남자는 안심하며 삼장 일행을 찬찬히 훑어보았다. 비록 먼 길을 걸어 차림새가 후줄근하고 몸에서는 땀내가 났지만, 결코 요괴로 보이지는 않았다.

"미안합니다. 저는 진청이라고 합니다."

오래 전부터 불심이 깊은 남자가 옷매무새를 가다듬으며 정중히 인사했다. 그리고는 삼장 일행을 집 안으로 안내했다.

"스승님과 이 집 주인의 성(姓)이 같구려. 오늘 밤 거하게 한 상 차려주려나 몰라."

저팔계가 목소리를 낮춰 슬그머니 손오공에게 말했다.

그런데 집 안 분위기가 잔칫집과는 거리가 멀었다. 그때 또 다른 남자가 모습을 나타내며 하인들에게 명했다.

"시간이 다 되어간다. 서둘러 제(祭)를 올릴 준비를 마쳐라."

진청이 그 남자에게 다가가 삼장 일행을 소개했다. 남자가 합장을 하며 자신의 이름을 밝혔다.

"저는 진징이라고 합니다. 진청의 형이지요."

형제는 삼장 일행을 방으로 안내한 뒤, 이리저리 바쁘게 움직였다. 그런데 그들의 낯빛이 매우 어두웠다. 잠시 뒤, 형제가 방으로 들어오자 삼장이 물었다.

"오늘 밤 댁에서 조상께 제사를 지내나 보군요."

"아니오, 조상이 아니라……."

잠시 머뭇거리던 진청이 말을 이었다.

"실은 통천하 강변에 영감묘(靈感廟)라는 사당이 있습니다. 그곳에 일 년에 한 번씩 영감 대왕으로 불리는 요괴가 나타나는데, 그때마다 마을에서 어린아이를 제물로 바쳐 제를 올리지 않으면 큰 재앙을 내린답니다."

저팔계가 진청의 이야기를 듣고 부아가 치밀어 씩씩거렸다.

"뭐 그런 되먹지 못한 요괴가 있어!"

"그러게. 어떻게 어린아이를 잡아먹는 못된 짓을 할 수 있지?"

사오정도 안타까운 마음으로 거들고 나섰다.

저팔계와 사오정의 말에 진청의 눈에서 갑자기 눈물이 흘러내렸다.

"한데…… 이번에는 저희 집 아이들이 제물로 바쳐질 차례입니다……."

형제는 각각 한 명씩 어린 자식을 두었다. 동생 진청에게는 일곱 살 난 아들 진관보가 있었고, 형 진징에게는 여덟 살 난 딸 일칭금이 있었다. 두 아이 중 누구 하나라도 제물로 바쳐지면 안타깝기 짝이 없는 노릇이었다. 하물며 올해는 마을 회의를 통해 특별히 아이를 둘이나 바치기로 결정되어 있었다.

바로 그런 참담한 상황에 손오공이 나서지 않으면 이상하지 않겠는가.

"주인장께서 우리에게 호의를 베풀어주시는데 가만히 있을 수 없지요. 나한테 아이들을 살릴 기발한 생각이 있으니, 먼저 사내아이를 좀 데려오십시오."

그 날 밤 자식들을 잃게 된 형제는 지푸라기라도 잡고 싶은 심정이었다. 혹시나 하는 마음으로 진청이 아들 진관보를 데리러 갔다. 그 사이 손오공이 저팔계에게 자기의 계획을 설명했다.

"팔계야, 나는 두 주인장 가운데 동생인 진청의 아들로 둔갑할 것이다. 그리고 너를 형인 진징의 딸 일칭금으로 둔갑시킬 것이니 그리 알아라."

"아니, 왜 하필 나요? 오정이도 있는데."

저팔계는 단박에 사형의 속셈을 알아챘다. 자신들이 두 아이들 대신 요괴 앞에 제물로 바쳐지는 것이 손오공의 기발한 책략이었다.

잠시 뒤, 아버지의 손을 잡은 진관보가 천진난만하게 웃으며 방 안으로 들어왔다. 손오공이 주문을 외우며 몸을 한 바퀴 돌렸더니 순식간에 진관보의 모습으로 바뀌었다. 아이는 자기와 똑같이 생긴 사람이 나타나자 어리둥절해했다. 형제도 진짜 진관보와 가짜 진관보를 구분하지 못하고 깜짝 놀랐다.

"자, 이제 일칭금을 데려오십시오."

저팔계가 진징을 쳐다보며 마뜩치 않은 얼굴로 말했다. 곧이어 일칭금이 방으로 들어오자마자, 손오공이 주문을 외워 저팔계의 모습을 여덟 살 소녀로 바꾸었다. 누가 보아도 가짜 소녀가 배불뚝이 저팔계라고는 짐작조차 할 수 없었다. 아버지 진징 역시 진짜 딸과 가짜 딸을 번갈아 바라보며 헷갈려 했다.

"정말 똑같습니다. 어쩌면 이렇게 감쪽같을 수 있지요?"

형제는 손오공의 둔갑술에 감탄을 금치 못했다. 그들은 손오공과 저팔계가 자식들 대신 제물로 바쳐질 것이라는 설명을 듣고 몇 번이나 머리를 조아리며 감사한 마음을 표했다. 뻔히 죽을 줄 알았던 자식들을 기적적으로 구하게 됐으니 그럴 만도 했다.

"고맙습니다, 고맙습니다! 죽어서도 이 은혜를 절대 잊지 않겠습니다!"

곁에서 모든 일을 지켜본 삼장이 흐뭇한 미소를 지었다.

그렇게 밤이 깊어지자, 대문 밖에서 웅성거리는 소리가 들려왔다. 마을 사람들이 제물로 쓸 아이들을 데려가려고 찾아온 것이었다. 아이들로 둔갑한 손오공과 저팔계가 한껏 슬픈 표정을 지으며 밖으로 나가자, 그 제물을 옮기기 위해 젊은 사내가 두 명씩 달라붙었다. 그들은 부침개 같은 음식까지 챙겨 뒤도 돌아보지 않은 채 영감묘로 걸음을 재촉했다. 아이들의 아버지인 두 형제가 대문에 기대서서 그 광경을 바라보며 일부러 대성통곡을 했다.

해마다 영감묘에서 올리는 제는 일사천리로 진행됐다. 마을에서 가장 나이 많은 노인이 두 아이를 제단에 올려놓고 기도했다.

"영감 대왕님, 저희의 제물을 받아주시고 올해도 마을에 재앙을 내리지 말아 주십시오. 이번에는 특별히 아이 둘을 바치니, 풍년이 드는 기쁨도 맛보게 해주십시오."

손오공은 노인의 기도 소리를 들으며 어이가 없어 쓴웃음을 지었다.

마을 사람들은 서둘러 제를 올리고 나서 영감묘를 떠났다. 괜히 머뭇거리다가 요괴를 만나면 낭패라고 생각했기 때문이다.

마침내 횃불도 다 꺼져 캄캄해진 영감묘에 두 아이, 아니 손오공과 저팔계만 남았다. 그때 갑자기 회오리바람 소리가

'휘잉!' 하고 들리면서 음산한 기운이 퍼졌다. 마침내 영감 대왕이 모습을 드러낸 것이다.

"흐흐흐, 올해는 특별히 아이를 둘이나 바쳤다니 너무나 신나는걸."

영감 대왕은 먼저 가짜 일칭금에게 털북숭이 손을 뻗쳤다.

"우와, 맛있겠다!"

영감 대왕이 설레는 마음으로 군침을 질질 흘렸다. 그 순간, 요괴에게 잡혀 먹힐까 봐 깜짝 놀란 저팔계가 미리 숨겨 두었던 갈퀴를 꺼내 들며 소리쳤다.

"어디에 손을 대려고 하느냐, 이 나쁜 놈아!"

그런데 여덟 살 여자아이로 둔갑한 저팔계는 갈퀴를 드는 일이 버거웠다. 그것을 알아챈 손오공이 재빨리 주문을 외워 아우가 본래의 모습을 되찾게 해주었다. 저팔계는 영감 대왕에게 와락 달려들면서 마구 갈퀴를 휘둘렀다. 손오공도 제 모습으로 돌아와 여의봉으로 공격을 해댔다.

"어이쿠, 이게 무슨 일이야!"

영감 대왕은 반격할 엄두를 내지 못했다.

"못된 요괴 놈아, 제천대성이 너를 박살내주마!"

손오공은 스스로 신분을 밝히며 엄포를 놓았다. 얼떨결에 기습 공격을 당한 영감 대왕은 줄행랑을 쳤다. 요괴가 몸을 숨긴 곳은 다름 아닌 통천하였다.

"싸움도 못하는 주제에 까불고 있어!"

저팔계가 의기양양한 표정으로 요괴를 쫓아 물속에 뛰어들려고 했다. 그런데 손오공이 흥분한 아우를 말리며 말했다.

"그만둬라, 팔계야. 보아 하니 이놈은 통천하에서 도망갈 배짱도 없는 놈이다. 오늘은 밤이 깊었으니까 스승님께 돌아갔다가 내일 다시 와서 끝장을 내주자."

저팔계 역시 사형의 말이 옳다고 생각해 형제의 집으로 발길을 돌렸다. 진징과 진청 형제는 자식들을 살려준 은인을 반갑게 맞이했다. 그 날 삼장 일행은 제에 올리려고 준비했던 음식들을 배불리 먹으며 편안한 밤을 보냈다.

그 시각, 영감 대왕은 졸개들을 불러놓고 분을 삭이고 있었다.

"제천대성이라면, 서천으로 불경을 가지러 가는 중을 보필하는 원숭이 아닙니까?"

요괴의 졸개 하나가 아는 척을 했다.

"그놈은 보통 원숭이가 아니다."

"대왕님께서는 그 자들을 두려워할 필요가 전혀 없습니다."

"그게 무슨 말이냐? 뭐 좋은 방책이라도 있느냐?"

요괴가 귀를 쫑긋하자 그 졸개는 신바람이 나서 떠들어댔다.

"대왕님께서는 비바람과 눈보라를 부르고 순식간에 강물이 꽁꽁 얼어붙게 만드는 술법을 알고 계시지 않습니까?"

"그야 그렇지."

"그러면 간단히 중놈과 제자들을 혼내줄 수 있습니다. 대왕님께서 통천하를 꽁꽁 얼어붙게 한 다음에, 그들이 안심하고 강을 건너는 순간 얼음을 녹여 물속에 빠지게 하면 됩니다."

졸개의 잔꾀에 요괴는 눈이 번쩍 뜨였다.

"그렇구나! 내가 왜 진작 그 생각을 못했는지 몰라."

요괴는 그 길로 당장 술법을 부려 통천하를 거대한 얼음 덩어리로 만들어버렸다.

이튿날, 형제의 집에서 잠이 깬 삼장은 방문을 열어보고 깜짝 놀랐다. 밤새 눈이 내려 온 세상이 하얗게 변했기 때문이다.

"당나라에서는 12월은 돼야 폭설이 내리는데, 이곳은 벌써 눈 세상이 되었구나. 어제와 달리 날씨도 무척 추워졌고 말이야."

삼장은 매서운 추위를 뚫고 길을 갈 것이 걱정되었다. 그때 손오공이 삼장을 안심시켰다.

"스승님, 날씨는 춥지만 너비가 800리나 되는 통천하를 건너기는 오히려 좋을 것입니다. 강물이 꽁꽁 얼어붙었을 테니까 말이에요."

삼장은 제자의 말을 듣고 나서야 마음이 편안해졌다. 비록 찬바람이 불어 몸은 추워도 그 넓은 강을 쉽게 건널 수만 있다면 충분히 참을 만했다. 형제의 극진한 대접을 받아 맛있게 아침 식사를 마친 삼장 일행이 통천하로 향했다. 과연 손오공의 말대로 강물이 돌처럼 단단하게 얼어붙어 있었다. 손오공이 시험 삼아 여의봉을 꺼내 얼음을 쾅쾅 두드려보아도 실금 하나 가지 않았다.

"이만 하면 안심해도 됩니다. 용마를 타고 달려간다 해도 얼음이 깨질 것 같지 않습니다."

손오공의 장담에 일행은 일제히 얼어붙은 강물 위로 올라 걸음을 뗐다. 처음에는 혹시나 하는 마음에 불안감이 완전히 가시지 않았지만, 곧 땅 위를 걷듯 아무 걱정도 되지 않았다.

"강물이 얼어붙어서 어제 놓친 요괴를 붙잡을 수는 없게 됐지만, 정말 신나는걸!"

저팔계는 미끄럼을 타며 콧노래를 부르기까지 했다.

그런데 삼장 일행이 강물 한가운데에 다다랐을 무렵, 어디선가 '쩡!' 하는 소리가 들리면서 얼음이 갈라지기 시작했다.

"어이쿠, 이게 웬 일이냐?"

덜컥 두려움을 느낀 삼장이 바짝 긴장하며 물었다. 손오공도 뭔가 심상치 않은 일이 벌어질 것 같은 예감이 들었다. 그것은 곧 현실이 되었다. 사방에서 훈풍이 불어오더니 꽁꽁 얼어붙었던 강물이 빠르게 녹았다. 강물 속에서도 뭔가 뜨거운 기운이 솟구치는 듯했다. 그 모든 것이 영감 대왕의 농간이었다.

"히이잉!"

갑자기 용마의 울음소리가 울려 퍼지더니, 가장 먼저 그 자리에 잡채만한 구멍이 뻥 뚫렸다. 삼장 일행은 손을 쓸 새도 없이 모두 물속에 빠지고 말았다. 물론 손오공과 두 아우는 그만한 위기쯤 손쉽게 벗어날 수 있었다. 손오공은 날쌔게 근두운에 올라타 하늘로 날았고, 저팔계와 사오정은 노련하게 수영을 해 강물 가운데 솟아 있는 바위로 몸을 피했다. 용마도 제 힘으로 강물을 가르며 헤엄치더니 금세 바위로 올라왔다. 그런데 제자들이 아무리 주위를 살펴봐도 삼장이 보이지 않았다.

"아무래도 요괴에게 당한 것 같아. 놈이 얼음 덫을 쳐놓고 우리를 기다린 거야."

손오공은 물에 빠진 삼장이 요괴에게 붙잡혀 갔을 것이라고 확신했다.

"아우들아, 수부로 가서 스승님을 구해오자."

저팔계와 사오정은 사형의 제안에 각자 무기를 챙겨 들었다. 그런데 문제가 하나 있었다. 두 아우에 비해 손오공의 수영 실력이 조금 부족한 편이었다. 강물 속으로 잠수해 헤엄을 치려면 힘이 많이 든다는 것을 잘 아는 손오공이 꾀를 냈다.

"팔계야, 네가 나보다 수영 하나는 잘하잖아. 그러니까 네가 나를 등에 업고 수부로 가면 안 되겠니? 그렇게 아껴둔 힘으로, 내가 요괴를 때려잡는 데 앞장설게."

그 말을 들은 저팔계는 이것저것 곰곰이 따져보았다. 자신과 사오정이 빠르게 헤엄쳐 수부에 다다라 먼저 싸움을 벌이면, 나중에 오는 손오공만 손 안 대고 코 푸는 격이 될 것 같았다. 고민 끝에 저팔계는 손오공의 제안을 따르기로 했다. 그렇게 셋은 동시에 영감 대왕의 통천하 수부에 도착했다.

"너희들은 이 근처에 숨어 있도록 해. 내가 새우로 둔갑해서 안에 들어가 무슨 일이 있나 정찰하고 올 테니까."

그렇게 새우로 변신한 손오공이 수부 안에 잠입해 보니, 마침 요괴가 졸개들을 모아 놓고 수다 삼매경에 빠져 있었다.

"대왕님, 중놈을 언제 잡아먹으실 건가요?"

"흐흐흐, 곧 날을 잡아야지. 놈을 푹 삶아 먹을까, 아님 불판에 구워 먹을까? 너희들 생각은 어떠냐?"

"그야 뭐, 어차피 저희 몫은 없을 테니 대장님 입맛대로 하시지요."

손오공은 막말을 쏟아내는 요괴와 졸개들을 당장 혼내주고 싶었지만 꾹 참았다. 아우들과 함께 공격해야 일을 더 확실히 마무리 지을 수 있다고 판단했기 때문이다. 손오공은 부르르 떨리는 가슴을 간신히 진정시키고 나서 스승이 갇혀 있는 곳을 찾아보았다. 삼장은 수부 가장 안쪽에 있는 비좁은 동굴에 앉아 있었다. 다행히 그곳에는 물이 차올라 있지 않았지만, 언제 요괴의 밥이 될지 모른다는 두려움에 삼장의 눈가에는 눈물이 글썽거렸다.

"스승님, 오공이가 왔습니다. 제가 보이세요?"

새우가 내는 목소리는 속삭임처럼 들렸다. 덕분에 그 말은 삼장만 겨우 알아들을 수 있었다. 새우로 변신한 제자를 알아 본 삼장의 얼굴에 기쁨의 빛이 번졌다.

"오공아, 어서 나를 구해주려무나."

"네, 제가 밖에 나가서 팔계와 오정이를 데려올 테니까 조 금만 기다리세요."

손오공은 삼장을 안심시키고 나서 서둘러 수부를 빠져나왔 다. 그리고 두 아우에게 요괴를 없앨 작전을 설명했다. 그것 은 아우들이 수부 안으로 들어가서 요괴를 자극해 강물 위로 유인해내는 전략이었다. 당연히 강물 위에는 손오공이 대기 하고 있다가 여의봉으로 끝장을 내줄 생각이었다. 손오공의 여의봉은 물속에서도 엄청난 힘을 발휘하지만, 물 밖에서는 그 위력이 10배는 더 강력했다. 그것 한 방이면 세상의 어떤 요괴도 목숨을 부지하기 어려웠다.

"걱정 마요, 사형. 우리를 믿으라고."

저팔계는 설레발을 치며 수부 안으로 쳐들어갔다. 사오정도 망설임 없이 그 뒤를 따랐다. 곧 수부 안에서는 우당탕 물건들 부서지는 소리가 진동했다.

"어린애들을 잡아먹는 못된 요괴야, 내 갈퀴를 받아라!"

저팔계는 영감 대왕과 맞닥뜨리고도 전혀 기가 죽지 않았다.

"웬 돼지 같은 녀석이 나타나 소란을 피우느냐? 주둥이를 납작하게 뭉개주마!"

요괴는 붉은빛이 선명한 쇠방망이를 들고 저팔계에게 맞섰다. 이번에는 사오정이 요괴의 신경을 건드렸다.

"어제 네가 팔계에게 혼쭐이 나서 줄행랑을 쳤다며? 그런 싸움 솜씨로 나한테 덤비겠다는 거냐?"

"어제는 워낙 기습 공격을 당해 도망을 쳤지, 너희 두 녀석쯤 요절을 내는 것은 식은 죽 먹기다!"

저팔계와 사오정은 이제 때가 되었다고 생각했다. 두 제자는 뒷걸음질을 치며 몹시 흥분한 요괴를 유인했다. 그리고 마침내 등을 보이고 달아나는 시늉을 하자, 조금의 의심도 하지 못한 요괴가 강물 위까지 쫓아왔다.

"이제 사형이 나설 차례요."

먼저 물 위로 모습을 드러낸 저팔계가 손오공을 향해 외쳤다.

"걱정 마, 팔계야."

드디어 요괴가 강물 위로 흉측한 몰골을 드러내는 순간, 손오공의 여의봉이 크게 원을 그리면서 허공을 갈랐다. 살짝 스치기만 해도 머리통이 박살날 만한 위력이었다. 그런데 요괴는 기습 공격을 당했던 지난밤과 달리 그 공격을 어렵게나마 피해 목숨을 부지했다. 잔뜩 위험을 느낀 요괴가 한달음에 물속으로 사라졌다.

"에이, 사형은 그것도 하나 똑바로 못하는 거요?"

요괴를 놓친 손오공에게 저팔계가 빈정거렸다. 그리고는 사오정의 손목을 잡아끌며 말했다.

"오정아, 우리가 수부로 가서 놈을 박살내버리자."

사오정은 저팔계의 힘을 못 이겨 얼떨결에 다시 강물 속으로 들어가게 되었다. 그런데 수부로 들어가는 문이 아까와는 달라 보였다. 요괴가 졸개들을 시켜 나무 문 대신 커다란 바윗덩어리로 입구를 막아놓았던 것이다. 힘이라면 누구에게도 뒤지지 않는 저팔계가 용을 써봤지만 열리지 않았다. 사오정은 항요장으로 바위 문을 부수려고 시도했지만 역시나 헛수고였다.

"쳇, 우리가 무섭기는 되게 무서운가 보군."

"그나저나 큰일인걸. 수부 안에 계신 스승님을 어떡하지?"

한참 동안 끙끙대던 저팔계와 사오정은 강물 밖으로 나올 수밖에 없었다. 아우들이 강물 위로 유인해온 요괴에게 여의봉 공격을 성공시키지 못한 손오공은 그때까지 크게 상심해 있었다.

사오정이 사형에게 다가가 바윗덩어리로 막혀 있는 수부의 입구에 대해 말했다. 그 이야기를 들은 손오공은 번뜩 정신이 들었다.

"내가 이러고 있을 때가 아니구나. 아무리 커다란 바윗덩어리라도 우리 셋이 힘을 합치면 결국 치워버릴 수 있겠지만, 시간이 제법 걸릴 테니 스승님의 목숨이 어떻게 될지 모른다. 어서 관음보살님께 가서 도움을 청해야겠다."

근두운에 올라탄 손오공은 쏜살같이 날아 낙가산에 다다랐다. 그런데 마침 관음보살이 출타 중이었다.

"이거 큰일이구나. 어디 가야 관음보살님을 만날 수 있을까?"

하지만 관음보살은 이미 손오공이 찾아올 것을 알고 있었다. 그래서 미리 대나무밭에 가서 무엇인가를 만들어둘 참이었다. 얼마 지나지 않아 낙가산으로 돌아온 관음보살의 손에는 자줏빛이 감도는 채그릇 하나가 들려 있었다.

"자세한 이야기는 가면서 말씀드리겠습니다, 관음보살님. 지금 스승님의 목숨이 경각에 달렸으니 저와 함께 통천하로 가시지요."

관음보살은 재촉하는 손오공을 바라보며 빙긋이 미소를 지었다. 잠시 뒤 통천하에 다다른 손오공이 관음보살에게 물었다.

"이 채그릇은 왜 들고 오셨습니까?"

"두고 보면 알 것이다. 이것은 보통 채그릇이 아니다."

손오공은 내심 불쾌했다. 요괴들이 언제 삼장을 잡아먹을지 모르는데, 한가하게 채그릇이나 만들고 있던 것도 모자라 통천하까지 들고 왔으니 말이다. 그런데 관음보살이 채그릇에 줄을 묶더니 이상한 주문을 외며 강물 속에 던지는 것이 아닌가.

"대체 뭐 하시는 겁니까?"

"글쎄, 두고 보라니까."

그렇게 얼마쯤 시간이 지난 뒤, 관음보살은 천천히 줄을 당겨 채그릇을 끌어 올렸다. 그랬더니 놀랍게도 그 속에 금빛으로 반짝거리는 잉어 한 마리가 들어 있었다.

관음보살이 손오공을 바라보며 인자하게 말했다.

"삼장 법사의 충실한 제자야, 이제 수부로 가서 스승을 구해 오거라."

"아니, 그게 무슨 말씀이십니까? 요괴가 수부 입구를 바윗덩어리로 막아놓아 관음보살님께 도움을 청한 것인데, 무작정 스승님을 모시고 나오라니요?"

"모든 일이 다 해결되었다."

"네?"

그제야 손오공은 문득 채그릇에 갇힌 잉어에게 눈길이 갔다.

"그럼 이것이……."

"그렇다. 이 잉어가 바로 통천하를 어지럽히던 요괴니라. 본래 이 녀석은 낙가산 연화지(蓮花池)에 살았는데, 매일 경(經)을 듣고 자라 어느새 도를 터득했노라. 그러다가 몇 해 전 큰 비가 내려 연못이 넘친 틈을 타서 통천하까지 와 요괴로 둔갑한 것이다. 나는 삼장 법사가 이 녀석의 술법에 속아 위기에 빠진 것을 알고 미리 채그릇을 만들며 너를 기다리고 있었던 것이다."

관음보살의 말에 손오공은 절로 고개가 숙여졌다. 손오공은 삼장을 구하기 위해 두 아우와 함께 당장 강물 속으로 뛰어들었다. 과연 그곳에 입구를 막고 있던 커다란 바윗덩어리는 보이지 않았다. 손오공이 삼장을 업고 강물 밖으로 나왔을 때, 관음보살은 이미 낙가산으로 돌아가 보이지 않았다.

"관음보살님, 고맙습니다."

손오공은 낙가산을 향해 합장을 하며 뒤늦게나마 관음보살에게 예를 갖췄다.

그렇게 영감 대왕은 물리쳤지만, 삼장 일행에게는 여전히 고민이 남았다. 아직 통천하를 건너지 못했기 때문이다. 진정과 진청 형제가 소문을 듣고 달려와 도움을 주겠다고 나섰다.

"저희가 배를 한 척 준비하겠습니다. 아이들의 목숨을 구해 주신 것에 비하면 별것 아니지만 말이지요."

형제의 호의에 삼장 일행은 마음이 놓였다. 그런데 그때, 자라 한 마리가 강물 속에서 모습을 드러냈다. 자라는 삼장에게 넙죽 절을 하고 말했다.

"저는 본디 통천하 수부의 주인이었습니다. 갑자기 나타난 영감 대왕의 횡포에 집을 빼앗겼었는데, 스님과 제자들 덕분에 이렇게 기쁜 날을 맞이하게 됐네요. 배를 마련하려면 시간이 걸릴 테니 제 등에 업혀 강을 건너시지요. 저도 꼭 은혜를 갚고 싶습니다."

자라의 말에 삼장은 흐뭇한 미소를 지었다. 결국 삼장과 제자들은 자라의 등에 업혀 무사히 통천하를 건너게 되었다. 강 건너편에 이르러 삼장 일행과 헤어질 때, 자라가 한 가지 당부를 했다.

"서천에서 불경을 가져오시면 석가여래님을 뵙겠지요? 그럼 제가 언제까지 자라의 몸으로 통천강에서 살아야 하나 여쭤봐 주십시오."

삼장은 자라의 부탁에 고개를 끄덕였다. 자라에게는 어떤 사연이 있을까 궁금했지만, 굳이 그것을 캐묻지는 않았다.

태상노군의 잃어버린 금강탁

서천으로 가는 길은 멀고 또 멀었다. 강과 강을 건너자 가파르게 솟아 있는 산이 나타났다. 며칠 동안 인가(人家)라고는 만나지 못해 봇짐 속의 먹을거리도 거의 떨어진 상태였다. 삼장의 뱃속에서 자꾸만 꼬르륵거리는 소리가 들렸다.

"스승님, 시장하시지요?"

"어…… 그렇구나."

삼장이 민망한 얼굴로 대답하는 순간, 저팔계가 산꼭대기를 가리키며 소리쳤다.

"사형, 저길 보시오. 누각이 있소. 오늘은 저곳 주인에게 부탁해 요기도 하고 쉬어가도록 합시다."

"그럴까? 내가 일단 주변을 좀 살펴볼 테니 잠시 기다려라."

손오공은 여정이 계속될수록 조심성이 점점 많아졌다. 곧 근두운을 타고 하늘로 높이 올라가 가파른 산을 휘둘러본 손오공은 뭔가 찜찜한 느낌을 받았다.

"음, 웬 일인지 여기에 음산한 기운이 감도는걸. 누각으로 가기 전에 구석구석 좀 더 살펴봐야겠다."

일단 손오공은 일행에게 돌아와 주변을 살펴본 느낌에 대해 이야기했다. 그리고 여의봉을 꺼내 들어 땅바닥에 커다랗게 원을 그린 다음, 삼장과 아우들을 그 자리에 들어가 앉게 했다. 그것은 안신법(安身法)이라는 술법이었다.

"아무래도 불안한 마음을 지울 수 없네요. 이 동그라미 안에 있으면 모두 안전할 겁니다. 제가 주변을 좀 더 살펴보고 먹을 것도 구해올 테니 여기서 기다리십시오."

손오공은 삼장에게 단단히 당부하고 나서 어디론가 사라졌다. 그런데 저팔계의 낯빛이 영 좋지 않았다.

"쳇, 사형은 늘 자기 마음대로라니까. 그냥 누각에 가서 아쉬운 소리 좀 하면 될 텐데 뭐가 그리 복잡해?"

얼마 지나지 않아, 결국 저팔계는 배고픔과 답답함을 참지 못하고 삼장에게 채근했다.

"스승님, 언제까지 이곳에서 무작정 사형을 기다리실 겁니까? 우리가 먼저 누각에 가서 간단히 요기라도 한 뒤 쉬고 있으면, 사형이 근두운을 타고 금방 쫓아올 것입니다."

삼장은 저팔계의 제안에 귀가 솔깃했다. 배가 몹시 고픈데

다, 원래 남의 말에 마음이 잘 흔들리는 성격이었기 때문이
다.

"네 말이 일리 있구나, 팔계야……."

"그럼 고민하지 말고 저를 따르십시오, 스승님. 사형은 지
금쯤 음식을 구해 자기 먼저 배를 채우고 나서 늘어지게 낮잠
을 한숨 자고 있는지 모를 일입니다."

"……."

사오정 역시 꼼짝없이 동그라미 안에 갇혀 있는 것이 답답
하던 참이었다. 그렇게 삼장과 두 제자는 손오공이 신신당부
한 동그라미를 벗어나 누각에 다다르게 되었다.

사형이 곁에 없어 문득 책임감이 생겼는지, 저팔계가 사오
정을 바라보며 말했다.

"오정아, 스승님을 잘 보호하고 있어. 내가 먼저 주인장을
만나볼게."

저팔계가 문 앞에서 주인을 찾았다.

"이보쇼, 하룻밤 쉬어갈 수 있겠소?"

그런데 누각 안에서는 아무런 인기척이 들리지 않았다. 저
팔계가 더욱 목청 높여 소리쳤다.

"거기 아무도 안 계시오?"

누각에서는 여전히 침묵만 흐를 뿐이었다. 저팔계는 잠시
머뭇거리다가 살그머니 문을 열고 누각 안으로 발을 들였다.

"에헴!"

저팔계가 일부러 헛기침을 했다. 그래도 누구 하나 코빼기조차 내보이지 않자, 저팔계는 고개를 갸웃거리며 누상(樓上)으로 올라갔다. 그곳 역시 집주인은 보이지 않았다. 대신 알록달록 채색한 탁자 위에 놓인 비단옷 세 벌이 눈에 띄었다. 하나같이 말끔하게 만들어진 배자(褙子)였다.

"저걸 입으면 겨울 추위도 한결 견디기 낫겠는걸. 이 누각에는 주인이 없는 듯하니 모두 가져가서 스승님과 오정이한테도 하나씩 줘야겠다."

저팔계는 아무 거리낌 없이 세 벌의 비단 배자를 챙겨 들었다. 그리고 이제는 발소리까지 쿵쿵 울리며 제 집처럼 자연스럽게 누각을 빠져나왔다.

"주인장을 만나봤느냐, 팔계야?"

삼장이 제자를 반기며 물었다.

"아니요, 아무도 없더라고요. 그래서 이걸 갖고 나왔습니다. 스승님께서 추위를 많이 타시잖아요."

평소 저팔계는 손오공이 삼장의 칭찬을 들을 때면 괜히 심술이 나곤 했다. 그래서 이번에는 자기가 비단옷을 선물해 칭찬을 받게 될 것이라고 기대했다. 저팔계는 삼장과 사오정에게 비단 배자를 하나씩 나눠주었다. 그때 예상치 못했던 삼장의 호통 소리가 울려 퍼졌다.

"남의 물건에 허락 없이 손을 대다니, 왜 이런 못된 짓을 했느냐?"

"스승님, 이 누각에는 아무도 살지 않습니다. 주인 없는 물건이나 마찬가지라고요."

하지만 삼장은 비단 배지에 손을 대지 않았다. 스승이 그러거나 말거나 저팔계는 냉큼 비단 배지를 걸쳐 보았다.

"그럼 스승님은 입지 마세요, 뭐. 저는 닥쳐올 겨울에 대비해 이 옷을 가져갈 것입니다."

사오정도 비단 배지가 아주 마음에 든 눈치였다. 다만 삼장이 저팔계를 꾸짖어 잠시 망설였는데, 곧 욕심을 참지 못하고 그 역시 비단 배지를 입어 보았다. 그런데 바로 그 순간 놀라운 일이 벌어졌다. 비단 배지가 두 제자의 몸을 꽉 조여 꼼짝도 하지 못하게 만들어버린 것이다. 두 눈이 휘둥그레진 삼장이 달려들어 비단 배지를 벗기려고 했지만 소용없는 노릇이었다.

그때, 어디 숨어 있었는지 요괴의 졸개들이 후다닥 한꺼번에 달려 나와 삼장과 두 제자를 생포했다. 사실 누각은 요괴가 만들어놓은 함정이었다. 손오공이 산을 둘러보고 찜찜한 느낌을 받은 것은 우연이 아니었다.

"이 자들을 동굴로 데려가자. 대왕님이 기뻐하실 거야."

저팔계와 사오정은 때 늦은 후회를 하며 발버둥쳤다. 삼장은 또다시 닥친 위기에 낯빛이 백짓장처럼 하얘졌다.

요괴는 동굴 안 높다란 의자에 앉아 음흉한 미소를 짓고 있었다.

"내가 아끼는 비단 배지들을 훔치려들다니 용서할 수 없다. 그 죄를 물어 너희들을 잡아먹겠다!"

요괴는 자기가 함정을 파놓고 뻔뻔하게 시치미를 뗐다. 그리고 삼장을 바라보며 군침을 흘렸다.

"요 중놈 먼저 삶아 먹을까?"

그러자 저팔계가 악을 쓰듯 소리쳤다.

"흉측한 요괴 놈아, 스승님의 첫 제자이자 나의 사형이 누군지 아느냐?"

"누군데?"

"그 분은 바로 제천대선 손오공이시다!"

그 말에 요괴가 겁먹은 표정을 지었다. 이미 손오공이 여러 요괴를 때려잡았다는 소문을 듣고 있었기 때문이다. 하지만 금세 기분 나쁜 웃음을 지으며 말했다.

"흐흐흐, 이번 기회에 내가 그 원숭이도 잡아먹어버리겠다. 그 놈만 살려두면 언제 복수하러 올지 모르니까 말이야."

저팔계는 자신의 엄포가 먹혀들지 않아 곤혹스러웠다.

그 시각, 손오공은 일단 허기를 달래려고 과일을 한 아름 구해 안심법을 썼던 자리로 되돌아왔다. 그런데 스승과 아우들이 보이지 않아 이만저만 걱정이 아니었다.

"모두 어디로 간 거야?"

손오공은 자신의 느꼈던 찜찜한 기분이 분명 이유가 있을 것이라고 생각했다. 그래서 주문을 외워 그곳의 산신을 불러냈다.

"내 스승님이 어디 계신지 말해주게."

산신은 한때 천궁까지 어지럽혔던 손오공의 신출귀몰한 재주를 잘 알고 있었다. 행여나 그를 화나게 했다가는 무슨 일이 벌어질지 몰라 공손하게 사실을 털어놓기로 마음먹었다.

"제천대성님, 이 산은 금두산(金頭山)인데 동굴 속에 독각시 대왕(獨角兕大王)이 살고 있습니다. 정말 술법이 신통하여 누구도 감히 상대하지 못하지요. 그가 제천대성님이 모시는 승려와 두 제자를 잡아갔습니다."

"흥, 대왕은 무슨. 그깟 놈이 술법을 부려봤자 요괴일 뿐이지, 뭐."

늘 자신만만한 손오공은 대수롭지 않다는 듯 콧방귀를 뀌며 독각시 대왕이 살고 있는 동굴로 재빨리 날아갔다. 그리고 여의봉을 꺼내 거칠게 문을 두드렸다.

"못된 요괴 놈아, 어서 스승님과 아우들을 내보내라! 그렇게 하지 않으면 나한테 혼쭐이 나 뼈도 못 추릴 것이다!"

그 소리를 들은 요괴는 무지막지하게 생긴 기다란 창을 챙겨 들고 동굴 밖으로 나와 손오공에게 맞섰다.

"원숭이 놈이 제 발로 찾아왔구나! 네 스승과 함께 푹 삶아 먹어주마!"

"이런 요망한 요괴 같으니라고. 군소리 말고 덤벼라!"

둘의 싸움은 쉽게 결판이 나지 않았다. 힘이 부친 요괴가 졸개들에게 명령했다.

"모두 한꺼번에 달려들어 원숭이 놈을 생포해라!"

하지만 가만히 당하고 있을 손오공이 아니었다. 손오공은 달려드는 요괴의 졸개들을 향해 부메랑처럼 여의봉을 내던졌다.

"네 놈들 다 죽었어!"

그런데 현실은 손오공의 기대와 다르게 펼쳐졌다. 요괴가 손목에 차고 있던 둥그런 고리를 냉큼 빼서 공중으로 던지자, 그만 그 속으로 여의봉이 빨려 들어가고 마는 것이 아닌가. 요괴가 고리를 다시 챙겨들고 의기양양한 표정을 지었다.

"어떠냐, 원숭이 놈아? 다시 덤비겠느냐?"

"……."

미처 예상치 못한 상황에 손오공은 당황했다. 여의봉을 빼앗겼으니 섣불리 요괴에게 덤벼들었다가는 무슨 봉변을 당할지 모를 노릇이었다. 손오공은 허탈한 마음으로 뒷걸음질을 칠 수밖에 없었다.

"아, 이런 치욕이 있나……. 그 요괴의 정체가 무엇인지 천궁으로 가서 옥황상제님께 물어봐야겠다."

손오공은 그 길로 근두운을 타고 하늘나라로 가서 옥황상제를 만났다.

"옥황상제님, 지금 제 스승님과 아우들이 요괴에게 잡혀 먹힐 위험에 처했습니다. 혹시 천상의 어떤 자가 금두산으로 내려가 요괴가 되었는지 알아봐주시겠습니까?"

"그래, 알겠다. 조금 기다려보아라."

그러나 손오공은 마음이 급했다. 삼장과 두 아우가 언제 요괴의 밥이 될지 몰랐기 때문이다.

"옥황상제님, 제게 천군을 지원해 요괴를 무찌르도록 도와주십시오. 여의봉을 빼앗겨 혼자서는 감당하기 쉽지 않습니다."

"그 또한 알겠다. 네가 말썽을 뉘우치고 서천 천축국으로 불경을 가지러 가는 승려를 보필한다니 특별히 그 청을 들어주마."

손오공은 옥황상제의 호의에 머리를 조아려 예를 갖췄다. 그렇게 천궁의 탁탑천왕 이정과 나타태자 그리고 장번(張蕃), 정화(鄭化), 두 뇌공(雷公)이 손오공을 도와 독각시 대왕을 무찌르는 것을 돕게 되었다.

첫 번째 원병으로 나선 것은 나타태자였다. 그는 머리가 셋에 팔이 여섯인 요물로 둔갑해 독각시 대왕에 맞섰다. 여섯 개나 되는 팔에는 감요검, 박요삭, 참요도, 풍화륜, 항마오, 화륜아 같은 무기들이 잔뜩 들려 있었다. 그 무기들에 햇볕이 닿자 반짝거리는 무지개빛이 사방으로 번졌다.

"요괴 놈아, 이제 너는 끝이다!"

손오공은 나타태자의 무기들을 황홀한 눈으로 바라보았다. 그러나 장비만 많다고 일을 잘해내는 것은 아닌 법. 요괴가 다시 손목에 차고 있던 둥근 고리를 빼내 공중으로 던지자 그 많은 무기들이 일제히 빨려들고 말았다.

"아니, 저것이 뭐지?"

나타태자는 너무 허망하게 싸움이 막을 내려 쥐구멍이라도 찾고 싶은 심정이었다. 잇달아 앞으로 나선 장번, 정화, 두 뇌공도 모두 무기를 빼앗긴 채 후퇴할 수밖에 없었다. 그 모습을 지켜본 탁탑천왕이 손오공에게 말했다.

"우리가 예상했던 것보다 훨씬 술법이 뛰어난 요괴인 듯하오. 지금 당장 남천문을 지키는 광목천왕에게 가서 화덕성군 (火德星君)이 있는 곳을 물어보시오. 그가 도와주면 요괴를 물리칠 수 있을지 모르겠소."

화덕성군은 불을 이용하는 무기를 여러 개 갖고 있었다. 화궁, 화도, 화마, 화룡, 화서, 화전 같은 것들이었다. 손오공은 만난 화덕성군은 흔쾌히 부탁을 들어주었다. 금두산으로 달려온 화덕성군은 숨 돌릴 새도 없이 동굴에 찾아가서 호통을 쳤다.

"네 이놈, 서천으로 불경을 가지러 가는 승려를 괴롭히다니 살려두지 않겠다!"

그러나 이번에도 요괴는 여유만만했다. 그도 그럴 것이 그의 손목에는 세상에 둘도 없는 신비한 고리가 있었기 때문이다. 아무리 막강한 무기도 공중에 던져진 고리 속으로 일순간 빨려들고 말았다. 그것은 마치 메마른 땅에 스며드는 한 바가지의 물처럼 보였다. 화덕성군 역시 제대로 붙어보기도 전에 싸움이 막을 내리고 말았다.

탁탑천왕이 다른 수를 이야기했다.

"불로 안 된다면 물을 써봐야 하지 않겠소? 수덕성군(水德星君)에게 가서 도움을 청해보시오."

혹시나 하는 마음으로 손오공은 다시 수덕성군을 찾아가 부탁했다. 그 또한 삼장의 첫 제자가 하는 말을 가볍게 여기지 않았다. 수덕성군은 옥으로 만든 병에 황하의 물을 가득 담아와 금두산이 잠기게 만들었다. 하지만 요괴가 미리 동굴 문을 꽉 막아버려 아무런 효과를 보지 못했다. 급기야 수덕성군이 잠시 한눈을 파는 사이에 요괴가 동굴 밖으로 고리를 던져 옥으로 만든 병마저 빨려들게 했다. 그것으로 이번에도 허무하게 싸움이 끝났다.

"흐흐흐, 내 술법에 도전할 자 또 누구냐?"

요괴는 기고만장해져 완전히 안하무인이었다. 손오공을 비롯한 여러 패잔병들은 씁쓸하게 입맛을 다실 수밖에 없었다.

하지만 그냥 패배를 인정할 수는 없었다. 손오공과 천군의 장수들이 머리를 맞대고 대책을 상의했다. 나타태자가 침통한 얼굴로 한 가지 의견을 냈다.

"요괴에게 고리가 있는 한 누구도 당해낼 재간이 없소. 일단 그것을 훔쳐낸 다음에 공격을 해야 이길 수 있을 것이오."

그 말을 들은 손오공이 무릎을 탁 쳤다.

"옳거니! 그러면 되겠군."

손오공은 금세 파리로 변신해 동굴 안으로 숨어들었다. 몇 번의 전투에서 승리한 요괴는 술을 잔뜩 마시고 단잠에 빠져 있었다. 졸개들도 승리감에 도취되어 주변 경계를 허술히 한 채 거듭 술잔을 기울였다. 손오공은 곰곰이 생각한 끝에 다시 벼룩으로 변신했다. 그리고는 코까지 골면서 낮잠을 자고 있는 요괴의 팔뚝으로 살금살금 기어올랐다.

'내가 요괴 놈의 팔뚝을 깨물면 손목에 찬 고리를 빼서 내던질지 몰라. 잠결에 자기도 모르게 말이지.'

그러나 그 작전은 성공하지 못했다. 벼룩으로 변신한 손오공이 팔뚝을 깨물자, 요괴는 욕설을 내뱉으며 아예 팔짱을 꼈다. 그 다음에 한 번 더 깨물었을 때는 등을 보인 채 벽 쪽으로 돌아눕기까지 했다.

'쳇, 이것도 쉽지 않군. 다음 기회를 노려야겠어.'

손오공은 다시 파리로 변신해 동굴 안 구석구석을 살폈다. 그런데 삼장과 아우들의 모습이 어디에도 보이지 않았다. 그냥 별 기대하지 않고 들어가 본 창고에서 자신과 천군의 장수들이 빼앗긴 무기들을 발견했을 뿐이다.

'이놈, 내 여의봉을 여기다 두었구나. 고리를 훔치지 못하고 스승님과 아우들을 찾지도 못했으니, 일단 이것들이라도 갖고 나가야겠다.'

그것은 일종의 작전상 후퇴였다. 파리에서 본래의 모습으로 돌아온 손오공이 여의봉을 챙긴 뒤 가슴에서 털을 한 움큼 뽑아 주문을 외웠다. 그러자 수십 마리의 원숭이들이 나타나 손오공의 명을 기다렸다.

"너희들은 서둘러 이 무기들을 동굴 밖으로 옮기도록 해라."

손오공이 털로 만든 원숭이들은 잘 훈련된 병사들 같았다. 창고에는 제법 많은 무기가 있었는데, 요괴와 졸개들이 전혀 눈치채지 못하게 동굴 밖으로 갖고 나올 수 있었다. 천군의 장수들이 되찾은 무기를 받아들며 잃어버렸던 전의를 불태웠다.

"제천대성, 우리가 힘을 합쳐 동시에 요괴를 공격하면 어떻겠소? 그러면 놈도 당해내지 못할 거요."

"그럽시다. 한번 해보지요!"

천군의 장수들이 용기를 내자 손오공도 신바람이 났다. 게다가 여의봉을 되찾았으니 이번에는 요괴와 진검승부를 펼칠 수 있으리라 믿어 의심치 않았다.

이튿날 새벽, 동이 채 트기 전에 손오공과 천군의 장수들이 동굴로 몰려갔다. 그런데 그 시각 독각시 대왕도 만반의 대비를 하고 있었다. 저녁나절에 목이 말라 잠에서 깨어났다가 창고 문이 활짝 열린 것을 보고 무기들이 사라진 것을 알게 됐던 것이다.

"그 원숭이 놈이 천군의 장수들과 함께 다시 공격해올 것이 틀림없다. 너희들은 나를 도와 놈들을 물리쳐야 한다."

"네, 대왕님!"

졸개들은 전리품들을 잃어버리고도 사기가 충천했다. 독각시 대왕이 여전히 손목에 고리를 차고 있는 것을 보았기 때문이다.

그때, 동굴 문을 두드려대는 요란한 소리가 들려왔다. 손오공과 천군의 장수들이 공격을 시작한 것이다.

"요괴 놈아, 다시 한 번 붙어보자. 이번에는 너한테 당하지 않을 것이다!"

"그래, 얼마든지 덤벼라!"

요괴는 손오공과 천군의 장수들이 한꺼번에 공격하는데도 긴장하는 기색이 전혀 없었다. 동굴 밖으로 달려 나온 요괴는 각양각색의 무기들에 맞서 기다란 창을 휘둘러댔다. 하지만 아무리 그래도 정공법으로 여럿을 상대하는 것은 무리였다. 요괴는 도망치듯 하늘로 날아오르면서 손목에 차고 있던 고리를 내던졌다. 그 위력은 실로 대단했다. 손오공과 천군 장수들의 무기가 일제히 그 속으로 빨려들고 말았다.

　"이놈들, 내 술법의 맛을 보고도 어리석게 또 덤비는 거냐?"

　"도저히 어쩔 수가 없구나……."

　그 고리를 갖고 있는 한, 독각시 대왕은 천하무적이었다. 손오공과 천군의 장수들은 또다시 후퇴할 수밖에 없었다.

　"아, 창피해. 이제 남은 방법은 단 하나, 석가여래님께 도움을 청해야겠다."

　손오공은 무척 자존심이 상해 혼잣말을 중얼거렸다. 곁에 있던 누구도 그보다 나은 방법을 제시하지 못했다.

　그 길로 손오공은 극락으로 가서 석가여래를 만났다. 오랜 전 석가여래에게 까불다가 오행산에 갇혔던 일을 떠올리면 여전히 모골이 송연했지만, 요괴를 물리치고 삼장과 아우들을 구하려면 어쩔 도리가 없었다. 그런데 석가여래는 뜻밖의 이야기를 했다.

"내가 나한(羅漢)들을 보내 너를 돕는다 한들 별 소용이 없을 것이다. 차라리 태상노군에게 가서 그 요괴의 정체를 묻고 도움을 청하도록 하라."

"태상노군에게 가보라고요?"

손오공은 얼마 전 오계국에서 태상노군의 도움을 받은 것이 생각났다. 물론 그 전에는 악연이 있기도 했지만, 연화동 요괴들의 보물을 순순히 내주는 등 서로 좋은 관계를 이어오고 있었다. 손오공은 석가여래에게 작별 인사를 올리고 나서 근두운을 타고 도솔궁으로 향했다.

"자네가 또 웬 일인가?"

"이번에도 부탁할 일이 있어 왔소. 나를 좀 도와주시오."

태상노군은 호탕하게 웃으며 손오공의 방문을 반겼다. 하지만 곧 예상 밖의 질문을 받고 심각한 표정으로 바뀌었다.

"금두산 독각시 대왕의 정체 뭔지 아시오?"

"그것을 왜 묻느냐?"

태상노군이 선뜻 대답을 하지 않자, 손오공은 그간에 있었던 일을 낱낱이 이야기했다. 그제야 태상노군은 원하는 답을 들려주었다.

"얼마 전에 내 외양간에서 검정 소 한 마리가 사라졌다네. 녀석이 내 보물인 금강탁을 훔쳐 하계(下界)로 달아난 것이지."

"그런 일이 있었군요. 그럼 태상노군께서 나랑 함께 금두산으로 가서 놈을 붙잡아 와야 하지 않겠소?"

손오공은 요괴가 갖고 있는 고리가 금강탁인 것을 알고 깜짝 놀랐다. 태상노군이 그것을 던져 머리에 맞아본 고통이 새삼 떠올랐다.

그 모든 소동이 자기가 외양간 관리를 소홀히 해서 일어난 일이었으므로, 태상노군은 손오공의 부탁을 거절할 명분이 없었다. 그는 손오공에게 함께 금두산으로 가자고 말하면서 파초선을 챙겨들었다.

"자네는 이제 아무 걱정 말게."

태상노군은 내심 불안감을 감추지 못하는 손오공을 안심시켰다. 과연 오랜만에 태상노군과 맞닥뜨린 독각시 대왕의 행동이 이전과는 180도 달라졌다.

"주인님이 웬 일이십니까?"

요괴는 무릎을 꿇고 앉아 떨리는 목소리로 물었다.

"그 이유를 몰라서 묻느냐?"

태상노군이 엄한 얼굴로 되물었다.

그때, 요괴가 손목에 차고 있던 고리로 슬그머니 손을 가져갔다. 밑져야 본전인 셈 치고, 자기 주인에게 고리를 던져볼 작정이었던 것이다. 하지만 그런 수작이 누구나에게 통하는 것은 아니었다. 태상노군이 얼른 낌새를 알아채고 요괴를 향해 파초선을 훨훨 부쳤다. 그러자 요괴의 흉측한 몰골이 순식간에 검정 소로 바뀌어 두 눈을 끔뻑거렸다.

"잘못했습니다, 주인님! 저를 용서해주세요."

"금강탁은 본래 내 것이거늘, 어찌 그것을 훔쳐 함부로 사용했느냐?"

"죽을죄를 지었습니다……."

그렇게 금두산 요괴의 만행은 막을 내렸다. 태상노군은 금강탁을 코뚜레 삼아 검정 소의 코에 꿰고 도솔궁으로 돌아갔다.

이제 남은 과제는 요괴의 졸개들을 쓸어버리고 삼장과 두 제자를 구해내는 일이었다. 손오공이 천군의 장수들에게 말했다.

"댁들도 모두 천상으로 돌아가시오. 남은 졸개들은 내가 단박에 없애버릴 수 있으니 말이오. 별 소득은 없었지만, 어쨌듯 나를 도와줘서 고맙소."

"우리도 이만 돌아가고 싶지만, 무기를 되찾아야 하오……."

그러고 보니, 어렵게 되찾은 무기들을 요괴에게 다시 빼앗긴 상태였다. 손오공도 자기 귓속에 여의봉이 없다는 사실을 깜빡 잊고 있었다. 그래서 천군의 장수들과 함께 서둘러 동굴로 들어갔다. 대왕을 잃은 요괴의 졸개들은 그야말로 오합지

졸이었다. 대충 주먹을 휘둘러도 여기저기 무방비로 얻어터지다가 앞다퉈 줄행랑을 치기 바빴다. 손오공이 창고로 가보니 먼젓번처럼 수많은 무기가 가지런히 놓여 있었다. 그렇게 탁탑천왕과 나타태자, 장번, 정화, 두 뇌공은 자신들의 무기를 챙겨 금두산을 떠났다. 그 뒤를 이어 화덕성군과 수덕성군도 발길을 돌렸다. 손오공은 작별 인사를 하는 둥 마는 둥 건성으로 두어 번 손을 흔들고 나서 다시 동굴 안으로 달려갔다.

손오공은 한참 만에 삼장과 두 아우를 발견했다. 요괴가 동굴 가장 깊은 곳에 일행을 가둬두었기 때문이다. 첫 제자를 만난 삼장은 선뜻 미안하다는 말도 못하고 쩔쩔맸다.

"오공아, 네가 안심법으로 그려놓은 동그라미 밖으로 나가지 말았어야 하는데……."

삼장은 평소답지 않게 말꼬리를 흐렸다. 저팔계와 사오정 역시 사형을 쳐다볼 면목이 없었다. 특히 저팔계는 꿀 먹은 벙어리가 되어 한동안 아무 말도 하지 못했다.

가짜 손오공의 등장

삼장 일행은 서천으로 불경을 가지러 간다는 대의(大義)가 있었지만, 여정이 길어지다 보니 종종 지루함을 느낄 때가 있었다. 하루는 산길을 가다가 저팔계가 살짝 짜증을 냈다.

"금방 날이 저물 텐데 이렇게 게으름을 피워서야 언제 인가를 찾겠소?"

사실 저팔계는 삼장을 태우고 걷는 용마에 대해 불만이 있었다. 그냥 전속력으로 달려도 자신과 손오공, 사오정은 충분히 따라갈 수 있는데 걸음이 너무 느리다고 생각했던 것이다. 하지만 용마에게는 그럴 만한 사정이 있었다. 험한 산길을 신나게 달리다가 삼장이 낙마라도 하면 어떡한단 말인가. 그런 점을 저팔계 역시 잘 알고 있었지만 가도 가도 끝이 없는 길에 괜히 심술이 났던 것이다.

"이랴! 넌 신나게 달릴 줄 알기는 하니?"

저팔계가 용마를 채근하며 빈정거렸다. 그러나 용마는 들은 척 만 척 자기가 걷던 속도대로 천천히 걸음을 옮겼다.

"쳇, 내 말을 귓등으로도 안 듣는구먼."

저팔계는 용마를 흘겨보며 투덜거렸다. 그 모습을 지켜보던 손오공이 우스워 죽겠다는 듯 깔깔거리며 말했다.

"팔계야, 넌 말을 몰 줄 모르는구나. 잘 보렴, 이렇게 하는 거야."

그러면서 손오공이 여의봉을 꺼내 채찍처럼 허공에 휘둘렀다. 그 순간 용마는 여의봉이 몸에 닿지도 않았는데 쏜살같이 내달리기 시작했다. 저팔계는 무척 자존심이 상했다.

"사형은 한때 필마온으로 일했잖소. 그러니 말이 겁을 먹은 것이겠지."

"너는 형이 뭘 가르쳐주면 '고맙습니다.' 하고 공손히 배우면 안 되니?"

두 제자는 별 것 아닌 일에 이러쿵저러쿵 가벼운 말싸움을 해댔다.

용마는 10리나 더 달려간 뒤에야 겨우 속도를 늦추었다. 갑작스런 상황에 삼장의 낯빛이 하얗게 질렸다.

"왜 이리 빨리 달리느냐? 정말 십년감수했구나."

삼장이 말 잔등을 쓰다듬으며 간신히 마음을 진정시킬 때, 숲속에서 바스락거리는 인기척이 들려왔다. 그리고 이내 수십 명의 산적 떼가 함성을 지르며 우르르 몰려나왔다.

"누가 허락도 없이 우리 땅에 들어왔느냐?"

깜짝 놀란 삼장이 말머리를 돌리려고 했지만 소용없는 일이었다. 험상궂게 생긴 산적 하나가 삼장을 용마에서 내리도록 했다. 그리고는 도끼를 치켜들며 협박했다.

"봇짐 속에 든 재물을 모두 내놓아라! 조금이라도 감추는 것이 있으면 오늘이 너의 제삿날이 될 것이다."

하지만 승려에게 이렇다 할 재물이 있을 리 없었다. 삼장의 낯빛은 이제 아예 사색이 되어 있었다. 가까스로 정신을 가다듬은 삼장이 꾀를 냈다.

"조금 기다리면 저의 제자들이 올 것입니다. 그들에게 노잣돈이 몇 푼 있을 테니 기꺼이 내놓도록 하지요."

"그 말이 사실이겠지? 행여 거짓말이면 모두 다 죽음을 면치 못할 것이다!"

산적들은 삼장의 몸을 상수리나무에 꽁꽁 묶었다. 겨우 시간을 벌게 된 삼장은 곧 제자들이 달려와서 자신을 구출해줄 것이라고 믿어 의심치 않았다.

그 시각, 손오공은 내심 스승이 걱정되었다. 용마가 어디까지 내달렸는지 높다란 바위에 올라가 주변을 휘둘러보았다. 그때 상수리나무에 몸이 묶여 옴짝달싹 못하고 있는 삼장의 모습이 눈에 들어왔다.

"얘들아, 스승님께 변고가 생긴 듯하구나."

"무슨 일인데 그러시오?"

손오공은 두 아우에게 자기가 본 것을 이야기했다. 저팔계와 사오정이 당장 그곳으로 달려가려 하자, 무슨 까닭인지 손오공이 말렸다.

"내게 짚이는 것이 있으니, 너희들은 천천히 따라오너라."

그러고 나서 손오공은 젊은 승려의 모습으로 둔갑해 상수리나무가 있는 곳으로 가보았다. 아니나 다를까, 산적들이 뛰쳐나와 순식간에 손오공을 둘러쌌다.

"젊은 중놈이 웬 일로 이 산속에 들어왔느냐? 가진 것을 순순히 내놓으면 목숨만은 살려주겠다."

"네, 알겠습니다. 제 봇짐에 금과 은이 한 덩이씩 들어 있는데 모두 내놓겠습니다. 부디 저와 상수리나무에 묶여 있는 스승님을 살려주십시오."

짐짓 손오공은 겁먹은 표정을 지으며 부들부들 몸을 떨었다. 금과 은이 있다는 이야기에 산적들은 기쁨을 감추지 못했다.

"우리는 재물을 탐낼 뿐이지, 너희 같은 중놈들에게는 관심 없다. 어서 봇짐을 내려놓고 썩 꺼져라!"

손오공은 미리 봇짐 안에 돌멩이를 넣어 금과 은으로 보이게 만들어놓았다. 그 사실을 알 리 없는 산적들은 봇짐을 받아들고 냉큼 숲속으로 모습을 감추었다. 그렇게 삼장은 손오공 덕분에 또다시 목숨을 구하게 되었다.

"스승님, 여기서 잠깐만 기다리세요. 산적들에게 뜨거운 맛 좀 보여주겠습니다."

삼장이 제자를 말리려고 했지만 말을 듣지 않았다. 손오공이 산적들이 사라진 숲속을 향해 크게 소리쳤다.

"이 바보들아, 봇짐 안에 든 것은 금과 은이 아니라 돌멩이다!"

산적들이 그 말을 듣고 얼른 봇짐 안을 살펴보았다. 그런데 아까 확인할 때와 달리 봇짐 안에는 한 무더기의 돌멩이가 들어 있을 뿐이었다.

"우리가 당했다…… 중놈이 우리를 속였어!"

불같이 화가 난 산적들은 한달음에 숲속을 나와 손오공을 포위했다.

"중놈아, 네 머리통을 박살내주마!"

그러나 머리가 깨진 것은 손오공이 아니라 산적들이었다. 손오공이 본래의 모습으로 돌아와 여의봉을 휘두르자 산적들이 추풍낙엽처럼 땅바닥에 나뒹굴었다. 그 중 둘은 머리에 치명적인 공격을 당해 아예 숨통이 끊어지고 말았다. 그것을 본 다른 산적들은 들고 있던 도끼와 칼을 내던지며 뿔뿔이 줄행랑을 쳤다.

"녀석들, 어디 할 일이 없어서 도적질이야? 한 번 더 내 눈에 띄면 전부 죽은 목숨인 줄 알아라!"

손오공은 옷에 묻은 먼지를 툭툭 털며 거드름을 피웠다. 그때 삼장이 엄한 목소리로 불호령을 내렸다.

"오공이 너는 정말 구제불능이구나. 사람의 목숨을 그리 쉽게 빼앗다니, 언제 참회하고 죗값을 받겠느냐?"

전혀 생각지 못했던 스승의 질책에 손오공은 말문이 막혔다. 그제야 삼장이 있는 곳에 도착한 저팔계와 사오정이 한눈에 상황을 파악하고 눈치를 살폈다.

"팔계야, 오정아, 네 사형이 또 살생을 저질렀구나. 이 노릇을 어떡하느냐……."

삼장은 두 아우에게 명해 산적들의 시체를 땅에 묻어주도록 했다. 그리고 침통한 표정으로 가던 길을 재촉했다.

해가 뉘엿해질 무렵, 삼장 일행은 농부가 사는 것으로 보이는 인가에 다다랐다. 그곳에서 하룻밤 묵어갈 것을 청하자 집주인이 흔쾌히 허락했다. 그런데 간단히 저녁 식사를 마치고 호롱불 앞에 마주앉은 집주인의 얼굴이 매우 어두워 보였다.

"무슨 걱정거리라도 있습니까?"

삼장이 물었다.

"네, 스님……. 하나뿐인 아들 녀석이 농사일은 내팽개친 채 산적들과 어울려 다녀 너무 속이 상합니다."

그랬다. 농부의 아들은 그 날 산길에서 삼장과 손오공에게 도적질을 하려고 했던 산적들 중 하나였다. 손오공은 스승에게 꾸중을 들은 터라 아무 말도 하지 않고 잠자코 있었다. 삼장도 농부가 속상해할까 봐 낮에 있었던 일을 이야기하지 않았다.

"주인장께서 근심이 크시겠습니다."

"그렇습니다, 스님. 어느 때는 남의 재물을 빼앗는 자식 놈이 미워 차라리 죽어버렸으면 하는 마음일 때도 있을 정도입니다."

그렇게 한동안 농부의 하소연은 계속됐다. 밤이 깊어 모두 잠자리에 들었을 때, 농부의 아들이 패거리 몇을 데리고 집 안으로 들어섰다. 그들은 손오공에게 혼쭐이 난데다 끼니까지 걸러 몰골이 말이 아니었다. 뭔가 요깃거리라도 찾아 부엌으로 가던 아들이 마당에 매어놓은 백마를 보고 멈칫했다.

"아니, 이것은 낮에 만났던 중놈의 말이잖아?"

아들의 말을 전해들은 산적들은 복수의 기회가 찾아왔다며 쾌재를 불렀다. 그들은 일단 주린 배를 채운 다음 삼장 일행이 더 깊은 잠에 빠져들면 기습 공격을 감행하기로 했다. 그런데 마침 변소에 가려고 밖에 나왔던 농부가 산적들의 꿍꿍이를 엿듣게 되었다.

'큰일났네. 아들 녀석이 스님까지 해치는 죄를 지으면 안

되는데…….'

농부는 아들 걱정에 슬그머니 삼장 일행을 깨워서 사정을 설명하고 뒷문으로 달아나게 했다. 하지만 이내 그 사실을 알게 된 산적들이 횃불을 밝혀 들고 삼장 일행을 쫓아왔다.

"멈춰라! 어디로 도망가느냐?"

산적들의 외침을 들은 손오공이 쥐고 있던 말고삐를 저팔계에게 넘겼다.

"네가 스승님을 모시고 있어라. 놈들이 계속 따라올 모양이니 호통이라도 쳐서 쫓아버려야겠다."

삼장은 아직 잠이 덜 깬 눈으로 손오공에게 당부했다.

"오공아, 네 말대로 호통만 쳐서 돌려보내도록 해라. 겁을 줘서 우리를 쫓아오지 못하게만 하면 된다."

"네, 스승님."

손오공은 짧게 대답하고 산적들을 향해 달려갔다.

"이놈들! 목숨을 살려줬으면 착하게 살아야지 또 못된 짓을 하려 드느냐?"

산적들은 손오공의 위세에 머리털이 쭈뼛했다. 하지만 낮에 죽임을 당한 두 친구를 생각하면 그대로 발길을 돌릴 수 없었다. 산적들은 칼과 도끼를 들어 일제히 손오공에게 달려들었다. 처음에 손오공은 방어만 하며 산적들의 힘을 뺄 작정이었다. 겁만 줘서 산적들을 쫓아 보내겠다고 한 약속을 지킬 생각이었던 것이다.

그런데 그때, 농부의 아들이 손오공의 자존심을 건드렸다.

"우리 집에서 밥을 얻어먹고 잠을 잤으면 돈을 내야지, 어디로 도망을 가느냐? 너는 세상에 둘도 없는 사기꾼이다, 이 못된 원숭이 놈아!"

"우리 집? 네가 바로 농부의 아들이구나."

문득 손오공은 차라리 아들이 죽었으면 좋겠다고 했던 농부의 말이 떠올랐다. 그것은 농부가 실제로 바란 것이 아니라 속이 상해서 했던 하소연인데, 인간의 속마음을 손오공은 제대로 헤아리지 못했다.

"사기꾼 원숭이 놈아, 내 칼을 받아라!"

농부의 아들이 용기를 내 손오공에게 달려들었다.

"뭐, 사기꾼이라고? 더는 못 참겠구나! 네 아버지의 소원을 들어줘야겠다."

마침내 방어 작전을 버리고 여의봉을 꺼내든 손오공을 산적 몇이 당해낼 수는 없었다. 그들은 순식간에 싸늘한 시신으로 변하고 말았다. 무슨 생각을 했는지, 손오공이 그 가운데 아들의 시신을 찾아 목을 베었다. 그리고 피가 뚝뚝 흐르는 머리통을 들고 삼장에게 돌아왔다.

"스승님, 어지간하면 놈들에게 겁만 주려고 했는데 상황이 좀 달라졌습니다. 몇 번이나 알아듣게 이야기했는데도 반성하는 기미가 전혀 없지 뭡니까. 또 우리에게 친절을 베푼 농부가 고마워 소원대로 아들 녀석의 목을 베어버렸습니다."

삼장은 끔찍한 광경에 까무러칠 듯 놀랐다. 농부가 고마워 그런 짓을 했다는 손오공의 말이 너무나 어처구니없었다.

"도저히 더 이상 너를 두고 볼 수 없다! 어쩜 사람을 죽이고도 그렇게 뻔뻔하단 말이냐!"

그제야 손오공은 번뜩 정신이 들었다. 다 그럴 만한 이유가 있어서 한 행동이었지만, 스승을 이해시킬 수는 없다는 생각이 들었다. 저팔계가 삼장을 위해 손오공의 손에서 농부 아들의 잘린 머리를 빼앗아 땅에 묻었다.

"스승님, 제발 용서하십시오. 저는 다만 스승님을 안전하게 보호하려는 마음에……."

"시끄럽다! 핑계대지 마라!"

삼장은 버럭 고함을 지르고 나서 긴고주를 읊었다.

"아악! 살려주세요, 스승님. 제발요!"

화관이 조여들수록 손오공의 고통은 더욱 커졌다. 삼장은 한참 만에야 주문을 멈추고 단호하게 말했다.

"너는 당장 내 곁을 떠나 화과산으로 돌아가라."

"스승님, 저 없이 어떻게 서천까지 가시려고 그럽니까?"

"그것은 네가 상관할 바 아니다. 팔계와 오정이가 나를 도울 것이다."

사오정이 사형 편에 서서 스승을 설득해볼까 잠시 망설였지만, 이미 되돌릴 수 없는 일이었다. 손오공은 어쩔 수 없이 삼장에게 작별 인사를 하고 근두운에 올라타 혼잣말을 중얼거렸다.

"스승님이 내 진심을 몰라주시니 안타깝구나……. 한데, 또다시 화과산으로 돌아가면 부하들이 나를 비웃지 않을까?"

어디로 가야 할지 몰라 근두운을 탄 채 이곳저곳 날아다니던 손오공이 고민 끝에 행선지를 결정했다.

"그래, 관음보살님께 가자. 관음보살님이라면 나의 답답한 심정을 헤아려주실 거야."

얼마 후, 남해 낙가산에 손오공이 나타났다. 그는 관음보살을 만나자마자 무릎을 꿇고 정중히 인사했다.

"그간 평안하셨는지요, 관음보살님?"

"네가 나를 또 찾아오다니, 무슨 일이냐?"

관음보살의 목소리를 듣는 순간, 손오공은 왠지 울컥한 기분이 들었다.

"스승님께 쫓겨나서 이리로 오게 됐습니다. 저는 스승님과 아우들을 지키느라 어쩔 수 없이 살생을 했을 뿐인데…… 너무 서운하고 억울합니다."

손오공이 눈물을 글썽거리자 관음보살이 인자한 목소리로 달랬다.

"너무 상심하지 마라. 부처님을 모시는 삼장 입장에서 요괴라면 모를까, 사람을 함부로 죽인 것은 그냥 넘길 수 없었을 것이다."

"아무리 그래도 그동안 제가 세운 공이 얼마인데……."

몇 번이나 관음보살이 다독여도 손오공은 쉽게 흥분을 가라앉히지 못했다.

"오공아, 네가 원한다면 당분간 여기서 머물도록 해라. 아마도 머지않아 삼장이 너를 다시 찾게 될 것이다. 서천까지 가는 길에는 너무나 많은 위험이 따르게 되니까 말이다."

그제야 손오공은 기분이 좀 나아졌다. 일단 머물 곳이 생겼고, 삼장이 먼저 자기를 다시 찾게 될 것이라는 말을 들었기 때문이다.

한편 삼장은 손오공을 쫓아낸 뒤 두 제자와 함께 발걸음을 재촉했다. 용마의 고삐는 저팔계가 쥐고 있었다. 그렇게 50리쯤 쉬지 않고 길을 갔을 무렵, 삼장의 배에서 꼬르륵거리는 소리가 들렸다.

"팔계야, 오래 걸었더니 몹시 시장하구나. 어디 가서 먹을 것을 좀 구해보려무나."

"네, 스승님."

마침 저팔계도 배가 고팠던 터라, 얼른 낮게 떠가는 구름에 올라타 주변을 살펴보았다. 그것은 마치 근두운을 타고 사방을 휘둘러보던 손오공을 흉내내는 것 같았다. 그런데 어디에도 인가가 보이지 않았다. 저팔계가 구름에서 내려와 그 사실을 전하자, 삼장이 못내 아쉬워하며 다시 말했다.

"그렇다면 어쩔 수 없지. 지금 수통까지 바닥이 났으니, 일단 물이라도 길어오면 좋겠구나. 오가는 길에 과일을 따올 수 있다면 더 바랄 나위 없고."

삼장의 배에서 또다시 꼬르륵거리는 소리가 들려왔다. 저팔계는 스승의 명을 받자마자 수통을 챙겨 들고 숲속으로 들어갔다. 그렇게 한 시간, 두 시간 시간이 흘렀다. 문득 저팔계가 걱정된 삼장이 사오정을 바라보며 말했다.

"물을 떠올 시간이 이미 지났는데, 팔계에게 무슨 일이 생긴 것이 아닐까?"

"제가 팔계를 찾아볼까요?"

"그러려무나. 숲속에는 워낙 많은 위험이 도사리고 있으니까 말이다."

그렇게 사오정 역시 저팔계를 찾아 숲속으로 사라졌다. 홀로 남겨진 삼장은 알 수 없는 두려움과 긴장감에 마른침을 꿀꺽 삼켰다. 제법 시간이 흐른 뒤에도 두 제자 중 누구도 돌아오지 않자 염불을 외며 불안감을 달래기 시작했다. 바로 그때였다. 어디선가 '휘잉!' 하는 바람 소리가 들리더니, 손오공이 불쑥 나타나 물이 담긴 대접을 두 손으로 공손히 받쳐 삼장에게 권했다.

"스승님, 제가 없으니까 물조차 쉽게 구할 수 없지요? 우선 이것으로 목을 축이시면 곧 먹을거리도 구해다 드리겠습니다."

삼장은 갑작스런 손오공의 등장에 적잖이 놀랐다. 그럼에도 애써 침착함을 잃지 않으며 제자를 꾸짖었다.

"내가 화과산으로 돌아가라 했거늘, 아직도 이곳을 얼쩡거렸느냐? 설령 갈증 때문에 더한 낭패를 볼지언정 네가 권하는 물은 마시지 않을 것이다."

"그것이 정말입니까, 스승님?"

"그렇다마다. 나는 툭하면 살생하는 너 같은 제자를 둔 적 없으니 썩 꺼져라!"

삼장의 입에서 '썩 꺼져라!'와 같은 속된 표현은 거의 들을 수 없었다. 그만큼 삼장의 화가 아직 풀리지 않았다는 증거였다. 그런데 그 말을 듣자마자, 마치 기다렸다는 듯 손오공의 태도가 돌변했다.

"당신은 내가 없으면 서천에 갈 수 없어."

"오공이 너, 지금 내게 뭐라고 했느냐?"

제자의 입에서 터져 나온 뜻밖의 말에 삼장은 얼굴이 시뻘겋게 달아올랐다. 손오공의 무례는 그것으로 끝이 아니었다.

"왜, 당신이라고 해서 그래? 너 같은 중놈이 제천대성인 나를 모욕할 수는 없지!"

그와 동시에 손오공은 귓속에서 여의봉을 꺼내들었다. 놀랍게도, 이번 공격 대상은 연약하기 짝이 없는 삼장이었다. 손오공은 삼장의 등짝을 여의봉으로 내리쳐 땅바닥에 고꾸라지게 만들었다. 두 번도 필요 없이, 단 한 방에 삼장은 죽은 듯 뻗어버렸다. 손오공은 스승을 거들떠보지도 않은 채 곁에 놓여 있던 봇짐을 챙겨들고 어디론가 자취를 감추었다.

그 무렵, 저팔계는 멀리 인가 하나가 있는 것을 우연히 발견해 그곳으로 향했다. 아까 구름 위에 올라 둘러보았을 때는 보지 못한 집이었다.

"내가 아직 손오공 사형만큼 스승님을 잘 보필하려면 멀었나 봐."

저팔계는 혼잣말로 자책하며 그 집에 다다랐다. 시간이 너무 많이 지나 삼장이 걱정할 것 같았지만 먹을거리를 구해가면 이해해주리라 믿었다. 저팔계는 자신의 몰골을 보고 집주인이 놀랄까 봐 둔갑술을 펼쳐 늙은 승려의 모습으로 변신했다. 손오공에게 비할 바는 아니지만, 저팔계도 그만한 둔갑술은 진작 익혀두었다.

"집에 누구 계십니까?"

저팔계가 조심스럽게 대문을 두드리자 중년의 여인이 나와 합장했다.

"스님, 무슨 일이신지요?"

"그게…… 시주를 좀 받을 수 있을까 해서 왔습니다."

평소 안 하던 아쉬운 소리를 하려니 저팔계의 목소리가 자꾸 움츠러들었다. 용케 그 말을 알아들은 여인이 집 안으로 들어갔다가 보리밥이 담긴 밥그릇을 들고 다시 나왔다.

"보시다시피 제 형편이 넉넉지 않아 드릴 것이 이것밖에 없네요, 스님."

"아이고, 그거면 충분합니다. 고맙습니다."

오랜 시간 배를 채우지 못한 저팔계는 차갑게 식은 맨 보리밥을 보고도 군침을 꿀꺽 삼켰다. 얼른 바리때를 내밀어 밥을 옮겨 담은 저팔계는 여인에게 합장한 뒤 삼장이 있는 곳으로 재빨리 걸음을 옮겼다. 예전 같으면 냉큼 자기 배부터 채웠을지 모르지만, 이제는 손오공 대신 스승을 잘 보살펴야 한다는 책임감이 있었다. 그때 어디선가 사오정의 목소리가 들려왔다.

"팔계야, 여기 있었구나!"

"응, 네가 웬 일이야? 스승님 곁에 있지 않고."

사오정은 삼장이 저팔계를 걱정해 자신을 보냈다고 이야기해주었다. 저팔계는 스승의 마음씀씀이에 살짝 감동했다. 두 제자는 더욱 걸음을 재촉했다. 조금 뒤, 숲속에서 운 좋게 옹달샘을 발견해 수통도 가득 채울 수 있었다. 저팔계와 사오정은 방금 전 스승에게 일어난 끔찍한 일을 상상도 하지 못했다.

"스승님! 제가 먹을 것을 구해왔습니다!"

저팔계는 멀리서부터 삼장을 부르며 크게 소리쳤다. 하지만 잠시 후, 땅바닥에 엎어져 미동조차 하지 않는 스승을 발견하고 두 눈이 동그래졌다. 커다란 나무에 고삐가 묶인 용마만 이리저리 허둥대며 어쩔 줄 몰라 하고 있었다.

"아니, 이게 무슨 일입니까? 정신 차리세요, 스승님!"

사오정도 깜짝 놀라 삼장의 가슴에 귀를 대보았다.

"팔계야, 스승님이 숨을 쉬지 않는 것 같아……."

"뭐라고? 그럼 스승님이 돌아가셨단 말이야?"

저팔계는 당장이라도 울음이 터질 듯했다. 사오정이 혹시나 싶어 손바닥으로 삼장의 가슴을 몇 번 세게 눌러보았다. 순간, 삼장의 입에서 약하게 숨소리가 들리더니 콧구멍에서도 더운 김이 새어나왔다.

"스승님, 스승님이 깨어나셨어!"

여태껏 사오정이 그토록 흥분하는 모습은 처음이었다. 두 제자는 기쁨에 겨워 삼장을 얼싸안았다. 사오정이 수통에 담아온 물을 마시게 하자 비로소 삼장의 말문이 트였다.

"내가 아직 살아 있나? 고맙다……."

저팔계는 바리때에 든 보리밥을 물에 말아 삼장에게 미음처럼 먹였다. 그 덕분에 머지않아 삼장이 기력을 되찾았다.

"대체 무슨 일이 있었던 겁니까, 스승님?"

두 제자가 귀를 쫑긋 세우고 물었다.

"너희들이 없는 사이에 괘씸한 원숭이 놈이 나를 찾아왔단다."

"네? 어떤 원숭이를 말씀하시는 겁니까?"

"손오공 말이다……. 놈이 물 한 대접을 들고 와서 접근하더니, 내가 반기지 않자 여의봉을 휘두르더구나. 너희들이 조금만 늦었어도 나는 이미 이 세상 사람이 아닐 것이다. 봇짐까지 훔쳐간 걸 보면, 한때 나의 제자였던 녀석이 이제 날강도나 다름없이 변한 것 같구나."

삼장의 말을 들은 저팔계는 냅다 갈퀴를 움켜쥐며 소리쳤다.

"이런, 버르장머리 없는 원숭이 놈을 봤나! 내가 당장 쫓아가서 요절을 내주마."

그러나 삼장이 저팔계를 말렸다.

"참아라, 팔계야. 내가 죽은 줄 알고 있을 테니 다시 찾아와 말썽을 부리지는 않을 것이다. 이제 와서 누구를 원망하겠느냐? 내가 제자 복이 없어서 그런 것이거늘."

다만 삼장은 봇짐만은 꼭 찾아와야 한다고 이야기했다. 그것이 없으면 서천으로 가는 길이 불편할 수밖에 없었기 때문이다. 더구나 봇짐 안에는 금실로 짠 가사를 넣어두지 않았던가. 삼장은 성질이 불같은 저팔계 대신 사오정을 화과산에 보내기로 했다.

"네가 가서 그 원숭이 놈을 잘 설득해보려무나. 지금쯤 화과산에서 무용담을 떠벌이며 잔치를 벌이고 있을 것이다."

"네, 스승님. 그래도 한때 저의 사형이었으니 순순히 봇짐을 내줄 것입니다."

아직 사오정은 손오공에 대한 기대를 완전히 버리지 않았다. 화과산으로 떠날 채비를 마친 사오정에게 삼장이 거듭 당부했다.

"그 고약한 원숭이에게 봇짐을 내달라고 말하되, 절대 싸움을 벌이지는 말아라. 아무리 사정해도 봇짐 내놓기를 거부하면 관음보살님을 찾아가 부탁하면 된다."

"명심하겠습니다, 스승님."

사오정은 곧 구름을 잡아타고 동승신주의 화과산으로 향했다. 손오공의 근두운만큼은 속도가 나지 않아 그곳에 도착하는 데 사흘 밤낮이 걸렸다.

"휴, 저기 사형의 모습이 보이는군."

마침 화과산에서는 손오공이 원숭이 무리에 둘러싸여 일장 연설을 하고 있었다. 사오정은 삼장이 예상한 대로 무용담을 늘어놓는 중이라 생각하며 큰 소리로 손오공을 불렀다.

"사형! 나예요, 오정이가 왔습니다!"

그래도 적지 않은 시간 동안 형제처럼 지냈으니 자기를 홀대하지는 않을 것이라고 사오정은 생각했다. 그러나 그것은 착각이었다. 화과산의 손오공은 사오정을 처음 만난 것처럼 거칠게 대했다.

"저놈은 누군데 나를 부르는 거야?"

화과산의 손오공은 부하들에게 사오정을 잡아오라고 명했다. 그 사정을 모르는 사오정이 구름에서 내리는 순간 원숭이들이 우르르 달려들어 팔과 다리를 붙잡고 늘어졌다. 그나마 다행이라면 원숭이들이 밧줄을 사용하지는 않았다. 그곳이 자신들의 집이므로 사오정이 함부로 날뛰지는 못할 것이라고 생각했기 때문이다.

손오공 앞에 강제로 무릎을 꿇게 된 사오정이 옛 정을 떠올리며 미소지었다.

"사형, 오랜만입니다. 스승님의 봇짐을 가져가셨다더군요. 그것을 돌려주세요."

"네놈이 누군데 나보고 봇짐을 내놓으라는 거냐?"

"왜 그러십니까, 사형? 시간이 없으니 농담하지 말고 봇짐을 내주세요."

그러나 화과산의 손오공은 진심으로 사오정을 모르는 눈치였다. 아니, 정확하게 말해 사오정의 존재를 알고는 있었으나 대화를 나누는 것은 처음이었다. 제대로 알지도 못하면서 괜히 친한 척을 했다가 귀찮은 일에 휘말릴까 봐 조심했던 것이다. 그랬다. 화과산의 손오공은 우리가 아는 진짜 손오공이 아니었다. 가짜 손오공은 서서히 본색을 드러내기 시작했다.

"나도 서천 천축국으로 불경을 가지러 갈 것이다. 그러니 봇짐을 내줄 수 없어."

그 말을 들은 사오정은 황당하기 짝이 없었다.

"사형, 스승님이 가셔야 불경을 받을 수 있어요."

"힝, 그깟 중이라면 여기에도 있다."

가짜 손오공은 콧방귀를 뀌며 옆에 있던 원숭이에게 한쪽 눈을 찡긋했다. 그러자 몇몇 원숭이들이 어딘가로 가서 삼장이 앉아 있는 백마를 끌고 나왔다. 그 뒤에는 저팔계와 사오정의 모습도 보였다.

"이럴 수가!"

사오정은 두 눈이 등잔만큼 커졌다. 더구나 자기와 똑같이 생긴 가짜 사오정을 보고는 분노가 치밀어 항요장을 움켜쥐고 달려들었다.

"넌 누군데 이런 요상한 술법을 쓰느냐?"

가짜 사오정은 생김새만 똑같았지 싸움 실력이 형편없었다. 지팡이 무기인 항요장 한 방에 머리통이 깨져 즉사하고 말았다. 그제야 드러난 가짜 사오정의 정체는 원숭이였다. 화과산의 가짜 손오공이 그 같은 술법을 부려놓았던 것이다.

"네가 감히 내 집에서 소란을 피워? 얘들아, 저놈을 붙잡아 혼쭐을 내줘라!"

가짜 손오공의 명령에 원숭이들이 일제히 사오정에게 덤벼들었다. 절대 싸움을 벌이지 말라는 삼장의 당부는 이미 지킬 수 없게 되었다. 사오정은 순조롭게 봇짐을 되찾지 못할 경우 관음보살을 찾아가라는 스승의 말을 떠올리며 지체 없이 화과산을 빠져나왔다. 그가 올라탄 구름이 이번에는 남해의 낙가산으로 향했다.

"관음보살님, 그간 안녕하셨습니까?"

사오정은 옛날에 영소보전을 지키다가 하늘나라에서 쫓겨날 무렵, 관음보살의 가르침을 받아 불문에 들게 된 인연이 있었다.

"그래, 네가 이곳까지 웬 일이냐?"

"실은 저의 스승님께서 소중한 봇짐을 잃어버려 도움을 청하러 왔습니다."

사오정은 그 사이 일어났던 일을 관음보살에게 자세히 이야기해주었다. 그런데 그때, 관음보살 곁으로 낯익은 얼굴이 모습을 드러냈다. 다름 아닌 손오공이었다.

"어이쿠, 네 놈이 여기까지 따라왔구나! 관음보살님까지 속이려 드는 것이냐?"

재빨리 항요장을 움켜쥔 사오정은 손오공을 공격했다. 그 역시 가짜라고 오해했기 때문이다. 진짜 손오공은 오랜만에 만난 아우에게 반격하지 않고 살짝 몸을 피했다.

　"나한테 왜 이러느냐?"

　"그것을 몰라서 물어? 또다시 내 눈을 속일 생각일랑 하지 마!"

　그때 관음보살이 둘 사이에 끼어들었다.

　"오정아, 여기 있는 손오공은 너의 사형이 맞다. 삼장에게 쫓겨난 뒤 이곳에 와서 한 발짝도 밖으로 나간 적이 없느니라."

　"관음보살님의 말씀이 맞아. 난 근래 화과산에 간 적도 없는걸."

　손오공은 억울한 표정으로 결백을 강조했다. 그럼에도 사오정은 의심을 완전히 거두지 못했다. 관음보살이 사태를 해결하기 위해 다시 나섰다.

　"네가 자꾸 사형을 의심하니 어쩔 수 없구나. 오정아, 오공이와 함께 화과산으로 가서 이번 일의 진상을 알아보아라. 어느 쪽이 가짜이든 진실이 곧 밝혀질 것이다."

　사오정은 관음보살의 권유대로 진짜 손오공과 함께 화과산으로 날아갔다. 구름을 타고 길을 가는 내내 사오정은 손오공의 손을 꼭 잡고 놓지 않았다. 그냥 두면 손오공 혼자 근두운을 타고 빨리 가서 어떤 속임수를 부릴지 모른다고 생각했기 때문이다. 명명백백히 진실이 밝혀질 때까지 사오정은 누구도 믿지 않기로 작심했다.

진짜 손오공과 사오정이 화과산에 도착해 보니, 가짜 손오공은 한바탕 술판을 벌이려던 참이었다. 그것을 목격한 진짜 손오공이 팜을 수 없다는 표정으로 소리쳤다.

"이 버르장머리 없는 요괴 놈아! 여기가 어디라고 내 흉내를 내면서 악행을 일삼느냐!"

진짜 손오공은 여의봉을 꺼내들어 가짜 손오공에게 달려들었다. 그러자 가짜 손오공도 지지 않고 여의봉으로 되받아쳤다.

"허허, 적반하장도 유분수지! 지금 사기극을 벌이고 있는 것은 바로 너다!"

두 손오공이 뒤엉켜 싸움을 벌이자 화과산의 원숭이들은 어리둥절한 얼굴로 어쩔 줄 몰라 했다. 사오정도 누가 진짜이고 가짜인지 전혀 분간하지 못했다. 눈, 코, 입뿐만 아니라 몸짓과 목소리, 머리에 쓴 화관의 모양까지 무엇 하나 똑같지 않은 것이 없었기 때문이다. 그때 진자인지 가짜인지 모를 손오공이 사오정을 바라보며 말했다.

"오정아, 아무래도 관음보살님께 가야 내가 진짜인 것을 밝힐 수 있을 것 같구나. 너는 스승님께 돌아가서 여기서 일어난 어처구니없는 일을 알려드려라."

그렇지 않아도 진짜와 가짜를 구별하느라 머리가 깨질 듯 아팠던 사오정은 그 말을 따르기로 했다. 사오정이 발길을 돌리는 것을 본 두 손오공도 싸움을 멈추고 낙가산으로 향했다. 두 손오공이 타고 가는 근두운 역시 그 모양이 똑같았다.

"이런, 나도 어느 쪽이 진짜인지 모르겠구나……."

얼마 뒤, 관음보살은 낙가산에 나타난 두 손오공을 번갈아 쳐다보며 고개를 갸웃거렸다.

"좀 더 자세히 살펴보십시오, 관음보살님."

다시 한 번 두 손오공은 한 목소리로 부탁했다. 하지만 아무리 봐도 어느 쪽이 진짜이고 어느 쪽이 가짜인지 구별할 수가 없었다. 한참 동안 고민하던 관음보살이 시중을 드는 동자 둘을 불러 명했다.

"너희들이 저기 두 오공이를 하나씩 붙잡고 있어라. 내가 긴고주를 읊어 진짜를 가려보겠다."

그러나 관음보살의 시도는 성과를 거두지 못했다. 긴고주를 읊자마자, 두 손오공 모두 땅바닥을 데굴데굴 구르며 괴로워했기 때문이다.

"제발 멈춰주세요, 관음보살님! 머리가 아파서 죽겠습니다!"

결국 관음보살은 진짜 손오공을 가리는 것을 포기했다. 그리고 영소보전으로 가서 옥황상제에게 그 일을 부탁해보라고 권했다. 두 손오공은 관음보살에게 동시에 절을 올리고 나서 하늘나라로 향했다. 하지만 그곳에서도 누가 진짜 손오공인지 밝혀내지 못했다. 옥황상제가 이랑신을 불러 조요경을 비춰보라고도 했지만 아무 소용이 없었다.

"아, 헷갈리는구나. 어느 쪽이 진짜 제천대성인지 정말 모르겠다."

옥황상제는 머리를 감싸쥐며 손사래를 쳤다. 두 손오공은 누가 먼저라고 할 것도 없이 서로의 얼굴을 쳐다보며 말했다.

"옥황상제님도 모르시겠다니 어쩔 수 없네. 그래도 오랜 시간 내가 보필했던 스승님을 찾아가 부탁드려 볼 수밖에."

두 손오공은 다시 각자의 근두운에 올라타 서천으로 가는 산길을 향해 날아갔다. 그 시각 삼장은 화과산에 다녀온 사오정으로부터 믿기 어려운 이야기를 전해 듣고 있었다.

"오공이가 둘이라는 말이 정말이냐?"

삼장이 화들짝 놀라며 물었다.

"네, 스승님."

"그렇다면 일전에 내게 무례한 언사를 하며 여의봉을 휘둘렀던 오공이는 가짜이겠구나?"

"아마도 그럴 것입니다."

"그럼 그렇지. 내가 꾸중을 하여 쫓아냈기로서니, 그처럼 못된 짓을 할 오공이는 아니다."

그제야 삼장은 손오공에게 함부로 대한 것이 후회되었다. 물론 살생을 한 것은 용서할 수 없지만, 아무런 의심 없이 자기를 죽이려 했다고 오해한 것은 미안하기 짝이 없었다.

그때 두 손오공이 삼장과 아우들 앞에 모습을 드러냈다.

"스승님, 그간 평안하셨는지요? 우리 둘 가운데 누가 스승님의 진짜 제자인지 밝혀주십시오."

두 손오공은 똑같이 삼장 앞에 머리를 조아렸다. 누가 보아도 삼장을 죽이려고 했던 가짜 손오공을 분간해낼 수 없었다.

"어이쿠, 어지러워. 어느 쪽이 진짜 사형이요?"

저팔계는 몇 번이나 이리저리 번갈아 쳐다본 탓에 현기증을 느꼈다.

"거봐, 내 말이 틀림없지?"

방금 전까지만 해도 어떻게 진짜 사형을 구별하지 못하느냐며 한심해하던 저팔계에게 사오정이 말했다.

"음, 어쩔 수 없구나. 마지막 방법을 써볼밖에."

삼장은 고민 끝에 긴고주를 읊어보기로 결심했다. 그것을 너무나 싫어하는 손오공에게 미안했지만 다른 방법을 찾을 수 없었다. 저팔계와 사오정이 두 손오공을 하나씩 맡아 어디로 달아나지 못하게 팔목을 꼭 붙들었다. 그러자 이내 삼장이 읊는 긴고주가 울려 퍼졌다.

"으악! 스승님, 제가 뭘 잘못했다고 이러세요? 살려주세요!"

그러나 고통의 몸부림을 치면서도 두 손오공 중 어느 쪽도 자기가 가짜인 것을 실토하지 않았다. 삼장이 '언제까지 버티나 보자.' 하는 심정으로 오랫동안 긴고주를 읊었지만 진짜 손오공과 가짜 손오공을 밝히는 일은 끝내 수포로 돌아갔다. 삼장도 할 수 없이 주문을 그만둘 수밖에 없었다.

"나는 더 이상 어떻게 해볼 도리가 없구나. 삼라전으로 염라대왕을 찾아가서 진짜와 가짜를 가려달라고 해보아라."

그렇게 삼장은 두 손오공을 떠나보내게 되었다. 비록 제자의 자리에서 내치기는 했지만, 그는 하루 빨리 진짜 손오공이 누구인지 밝혀져 자신이 오해했던 것을 사과하고 싶었다.

얼마 뒤, 두 손오공은 삼라전에 다다랐다. 한때 유명계의 섭리까지 무시하고 행패를 부렸던 손오공이 둘이나 나타나자 염라대왕과 저승사자들은 내심 긴장한 빛이 역력했다.

"염라대왕님, 지난날의 잘못은 용서하시고 우리 둘 중 누가 진짜인지 가려주세요."

두 손오공은 염라대왕 앞에 얼굴을 들이밀며 간절히 부탁했다. 하지만 관음보살과 옥황상제가 못한 일을 염라대왕이라고 해낼 수는 없었다.

"나는 정말 모르겠구나. 혹시 뇌음사(雷音寺)에 계시는 석가여래님이라면 분간하실지 모르겠다."

그 말을 들은 두 손오공은 동시에 무릎을 탁 쳤다.

"녀석, 이것까지 흉내를 내는구나."

"누가 할 소리. 잔말 말고 석가여래님을 찾아가기나 하자."

두 손오공은 계속 말다툼을 하며 삼라전을 나서 뇌음사로 갔다. 마침 석가여래는 여러 대성(大聖)들 앞에서 설법 중이었다. 그때 두 손오공이 나타나자 대성들은 눈이 휘둥그레져 진짜와 가짜를 가리지 못했다.

"이들은 같은 허울을 썼으되, 속은 전혀 다른 존재로구나."

석가여래의 말을 들은 진짜 손오공은 이번에야말로 기대해도 좋겠다는 생각이 들었다. 그와 달리 가짜 손오공은 마음속으로 흠칫 놀랐다. 그러나 여전히 겉으로는 가짜의 말과 행동에 한 치의 허점도 내비치지 않았다.

그때, 갑자기 낙가산에서 관음보살이 찾아와 석가여래에게 합장을 하며 예를 갖췄다.

"그대가 어인 일인가?"

석가여래가 물었다.

"얼마 전 두 손오공이 찾아와 진짜와 가짜를 가려 달라 청했는데 분간하지 못했습니다. 하여 여래님께 그 지혜를 얻으러 찾아왔는데, 마침 그들이 이곳에 와 있군요."

관음보살의 이야기에 석가여래는 신비로운 미소를 지으며

화답했다.

"세상에는 하늘과 땅과 신과 사람 말고 사후혼세(四猴混世)라는 것이 있다네. 영명석후(靈明石猴)와 적고마후(赤尻馬猴), 통비원후(通臂猿猴), 육이미후(六耳獼猴)가 그것이지. 그 가운데 가짜 손오공이 바로 육이미후의 족속이네."

석가여래의 말을 들은 가짜 손오공은 온 몸의 털이 쭈뼛거릴 만큼 깜짝 놀랐다. 자기의 정체를 정확히 꿰뚫어보았기 때문이다. 그럼에도 짐짓 시치미를 떼고 있자 석가여래의 말이 이어졌다.

"육이미후는 천 리 밖의 일을 알고 만물의 이치를 헤아리는 능력이 있지. 그리하여 진짜 손오공의 겉모습뿐만 아니라 목소리와 술법도 똑같이 구사할 수 있는 것이네."

그러면서 석가여래는 한쪽의 손오공을 넌지시 바라보았다. 그런 상황이 되자 가짜 손오공은 슬그머니 눈길을 피하는가 싶더니 공중으로 몸을 솟구쳐 황급히 달아나려 했다. 그것을 가만히 지켜보고 있을 진짜 손오공이 아니었다.

"네 이놈, 이제야 본색을 드러내는구나!"

진짜 손오공은 여의봉을 꺼내들어 상대의 머리를 내리치려고 했다. 그 사이 가짜 손오공은 둔갑술을 펼쳐 꿀벌로 변신했다. 그 꿀벌의 몸놀림이 얼마나 날쌘지 손오공의 여의봉이 몇 번이나 허공을 갈랐다.

그 순간, 조용히 지켜보던 석가여래가 꿀벌을 향해 금주발을 던졌다.

"악!"

손오공 행세를 하며 소란을 피웠던 육이미후의 원숭이는 그렇게 단말마를 내지르며 금주발에 갇히는 신세가 되고 말았다. 그런데 아직도 화가 풀리지 않은 손오공이 기어이 일을 저지르고 말았다. 여의봉을 쥔 채 냉큼 금주발을 뒤집더니 그 안에 갇혀 있는 꿀벌을, 그러니까 육이미후의 원숭이를 아주 짓이겨버렸던 것이다

"굳이 이럴 필요까지 있었느냐?"

석가여래의 얼굴에 측은지심이 어렸다.

"이 녀석을 살려두면 또 어떤 못된 짓을 범하며 세상을 기만할지 모릅니다."

손오공은 자신의 행동에 전혀 후회가 없어 보였다. 석가여래는 애처로운 눈으로 손오공을 바라보다가, 곁에 있던 관음보살에게 말했다.

"이미 벌어진 일은 돌이킬 수 없는 법. 그대가 삼장에게 오공이를 데려가 다시 제자로 받아들이라 설득하게. 무사히 서천으로 가려면 이 아이의 도움이 반드시 필요하네."

"분부 받들겠습니다, 석가여래님."

관음보살은 석가여래에게 합장하며 작별 인사를 건넸다.

손오공도 귓속에 여의봉을 집어넣고 그 어느 때보다 정중히 예를 갖췄다. 그들은 곧 삼장이 다시 길을 떠날 채비를 하고 있는 산길에 다다랐다.

관음보살이 삼장에게 다가가 석가여래의 당부를 전했다.

"오공이가 살생을 범하는 큰 죄를 지었으나, 한 번 더 용서해주게. 앞으로 만나게 될 요괴들을 오공이가 아니라면 어찌 물리치겠는가."

그렇지 않아도 삼장은 그때쯤 손오공에 대한 노여움이 제법 가라앉은 상태였다. 게다가 석가여래의 뜻을 알고도 또다시 매정하게 제자를 내칠 수는 없는 노릇이었다. 삼장이 관음보살에게 명을 따르겠다 말하며 작별 인사를 건넸다.

잠시 후, 삼장이 우여곡절 끝에 돌아온 손오공의 손을 따뜻하게 잡았다.

"오공아, 네가 나를 해치려 했다는 엉뚱한 오해를 했단다. 정말 미안하구나. 앞으로 살생만 금한다면 우리는 다시 사이 좋은 스승과 제자로 지낼 수 있을 것이다."

"네, 명심할게요. 저도 그동안 섭섭했던 마음을 잊고 성심껏 스승님을 모시겠습니다."

삼장과 손오공이 화해하는 모습을 보고 사오정은 흐뭇한 표정을 지었다. 그런데 방금 전까지 옆에 있던 저팔계가 보이지 않았다. 지난 일을 모두 알게 된 저팔계가 가짜 삼장과 가짜 저팔계를 때려잡으러 씩씩거리며 화과산으로 달려갔던 것이다. 얼마 뒤 돌아온 저팔계의 손에는 그토록 찾던 삼장의 봇짐이 들려 있었다.

20

구두층을 물리치고 되찾은 보물

어느덧 삼장 일행이 제새국(祭賽國)에 다다랐다. 그곳은 지금까지 걸어왔던 험한 길들과 달리 수많은 사람들과 수레가 오가는 제법 번화한 지역이었다.

"이야, 이게 얼마만이야? 맛있는 먹을거리가 지천으로 널렸네."

모두 마찬가지였지만, 특히 저팔계는 두 눈을 반짝거리며 여기저기 휘둘러보느라 정신을 못 차렸다. 그런데 한참 즐거워하는 일행 앞에 이상한 광경이 펼쳐졌다. 10여 명의 승려들이 목에 칼을 쓰고 구걸을 하는 것이 아닌가. 그것은 누가 봐도 엄청나게 나쁜 짓을 저지른 중죄인의 모습이었다.

"대체 저 승려들이 무슨 죄를 지었단 말이냐?"

삼장은 너무나 마음이 아파 한숨을 푹 내쉬었다.

"제가 저들에게 가서 그 이유를 알아볼까요?"

스승의 기분을 헤아린 손오공이 물었다.

"그래, 그렇게 하려무나."

삼장은 가능한 승려들을 돕고 싶었다. 하지만 승려라고 해서 무조건 도와줄 수는 없는 노릇이었다. 손오공이 그들에게 가까이 다가가 귓속말을 건넸다.

"댁들은 어떤 죄를 지었기에 이처럼 참혹한 벌을 받고 있나요?"

그 물음에 승려들은 긴장한 얼굴로 주위를 살필 뿐 선뜻 대답하지 않았다. 다만 한 승려가 슬그머니 손오공의 옷깃을 잡아당기며 속삭였다.

"우리의 사연이 궁금하면 금광사(金光寺)로 따라오십시오."

금광사는 다름 아닌 그 승려들의 거처였다. 삼장 일행은 일부러 멀찍이 거리를 두고 그들을 따라갔다. 잠시 뒤 금광사에 도착하자 비로소 승려들이 말문을 열었다.

"우리는 지금 억울한 누명을 쓰고 이와 같은 벌을 받고 있습니다."

삼장은 '그러면 그렇지.' 하는 표정으로 승려들을 가련하게 바라봤다. 자신들의 말을 믿어준다는 생각에 들뜬 목소리로 말을 이었다.

"비록 지금은 볼품없이 변했으나, 원래 이 사찰에는 부처님의 은혜 가득한 보물이 있어 보탑(寶塔) 위에 늘 상서로운 기운이 감돌았습니다. 낮에는 채기(彩氣)가 번져 먼 나라에서도 알아봤고, 밤이면 하광(霞光)이 흩뿌려 만 리 밖까지 아름답게 물들였지요. 그 덕분에 사방의 여러 나라들이 스스로 조공을 바치며 제새국을 우러러봤습니다. 우리를 상방(上邦)이라 여겨 해마다 조공까지 바쳐왔지요."

"어쩐지 거리가 매우 번화하다 했습니다."

저팔계가 아는 척을 하며 승려들의 말에 끼어들었다.

"네, 그렇습니다. 그게 다 금광사 덕분이지요."

승려들은 은근히 자신들의 사찰에 대한 자부심을 내비쳤다. 그들의 말이 계속됐다.

"그런데 삼 년 전 음력 칠월 초하룻날, 불길한 사건이 일어났습니다. 별안간 하늘에서 새빨간 피 비가 내려 보탑의 상서로운 기운을 완전히 덮어버렸지요. 우리가 갖은 수를 다 써가며 그것을 닦아내려고 해봤지만 소용없었습니다. 나중에 살펴보니 부처님의 은혜 가득한 보물까지 사라졌지 뭡니까. 그 후 이웃나라들이 태도를 바꿔 조공을 바치지 않았지요. 처음에 제새국 임금님께서는 군사를 이끌고 가서 이웃나라들을 벌할 작정이었지만, 이내 생각을 바꿨습니다. 왜냐하면 간신배들이 부처님의 은혜 가득한 보물을 이곳의 승려들이 훔쳐 피 비가 내린 것이라고 모함했거든요. 임금님은 아무 의심 없이 간신배들의 말을 믿어 우리를 잡아들이고는 가혹한 형벌을 내리셨지요. 극심한 고문을 견뎌내지 못한 노승들은 세상을 뜨셨고, 젊은 우리들만 겨우 살아남아 이렇게 칼을 쓴 채 구걸을 다니는 신세가 되고 말았습니다."

금광사 승려들의 사연을 들은 삼장은 안타까운 마음으로 탄식했다. 다른 사람들이 억울한 일을 당해도 그냥 보아 넘기지 못하는 성품인데, 하물며 함께 부처의 뜻을 받드는 수행자로서 어떻게든 도움을 주고 싶었다.

"도반(道伴)들의 말을 들으니 마치 내 일처럼 답답한 심정입니다. 저는 여기 세 제자의 도움을 받으며 서천 천축국으로 불경을 가지러 가는 길인데, 내일 제새국 국왕을 만나 인사를 올리는 김에 스님들이 누명을 벗을 수 있도록 애써보겠습니다."

삼장의 말에 금광사의 승려들은 기쁨을 감추지 못했다.

"어쩐지 아까부터 법력이 보통이 아니신 분이라 생각되었습니다. 우리가 누명을 벗게만 해주신다면 더 바랄 것이 없지요."

"진실은 꼭 밝혀지는 법이니 희망을 잃지 마십시오."

삼장은 승려들을 다독이며 덧붙여 말했다.

"그런데 스님들이 경황이 없어 오랜 시간 금광사를 돌보지 못하셔서 그런지 주변이 너무 황량하군요. 지금은 어디를 봐도 과거의 찬란했던 영광을 짐작조차 하지 못하겠습니다. 하여 조심스럽게 드리는 말씀인데, 실례가 되지 않는다면 제가 보탑을 청소해도 되겠는지요? 부처님 모시는 곳을 이렇게 놔두자니 마음이 영 편치 않아서 그럽니다."

"어이쿠, 실례라니요. 저희는 칼을 쓰고 있어 몸을 놀리기도 쉽지 않은데, 대신 청소를 해주신다면 감사하고 또 감사한 일이지요."

그때 손오공이 삼장 곁으로 다가서며 스스로 청소를 돕겠다고 나섰다.

"이곳에 피 비가 쏟아진 지 삼 년이 지났지만 어떤 위험이 도사리고 있을지 모릅니다. 게다가 보탑이 높아 혼자서 전부 청소하기는 어려울 듯합니다."

물론 손오공도 피곤한 터라 군이 시키지도 않은 청소를 하고 싶지는 않았다. 하지만 양심상 밤이 깊어 가는데 스승 혼자 놔두고 잠자리에 들 수는 없었다. 손오공의 말을 들은 저팔계가 괜히 눈알을 굴리며 헛기침을 두어 번 해댔다. 그러나 사형처럼 스스로 스승을 돕겠다고 나서지는 않았다.

금광사의 승려들은 삼장과 손오공이 청소를 하기 전에 저녁 식사를 대접했다. 구걸로 얻은 음식이라 변변치 않았지만, 시장이 반찬이라서 모두 허겁지겁 배를 채웠다. 저팔계의 머릿속에는 거리에서 보았던 맛있는 음식들이 빙빙 맴돌았으나 남의 떡이니 어쩔 도리가 없었다. 식사를 마친 삼장은 먼저 불공을 드린 뒤 빗자루를 챙겨 들고 청소를 시작했다. 손오공도 스승을 도와 한 층 한 층 보탑을 청소하며 흡족한 기분을 느꼈다. 비록 몸은 피곤했지만 마음이 홀가분했던 것이다.

그런데 보탑을 10층까지 청소하고 나자, 삼장의 체력이 바닥을 드러냈다.

"휴, 허리가 끊어질 듯 아프구나. 이 보탑이 몇 층쯤 되는 것 같으냐, 오공아?"

"제가 보기에 13층은 되는 듯합니다."

"큰일이구나. 꼭대기까지 전부 다 청소하고 싶은데, 한 발짝도 더는 못 올라가겠으니 말이다……."

삼장은 그렇게 말하면서도 젖 먹던 힘을 다해 한 층을 더 청소했다. 그리고는 온몸의 힘이 빠져 바닥에 털썩 주저앉았다. 허리의 통증까지 더해져 '아이구, 아이구!' 하는 소리가 자기도 모르게 터져 나왔다.

"스승님은 여기 계십시오. 제가 나머지 층을 청소하고 오겠습니다."

이번에도 손오공은 스스로 청소를 도맡겠다고 나섰다. 삼장은 미안했지만, 그러는 편이 낫겠다고 고개를 끄덕였다.

손오공은 다시 비질을 하며 12층으로 올라갔다. 쓱쓱 빗자루가 지나가면 뽀얗게 먼지가 내려앉았던 보탑 바닥이 막 세수를 한 얼굴처럼 깨끗해졌다. 이제 한 층만 더 청소하면 마무리가 될 참이었다. 그런데 손오공이 13층으로 올라가려는 순간, 두런두런 수다를 떨어대는 말소리가 들렸다.

'이 시각에 누구지? 승려들이 와 있을 리도 없는데.'

손오공은 고개를 갸웃거리며 발소리를 죽였다. 그리고 살그머니 13층으로 올라가 살펴보니, 요괴 두 마리가 마주앉아 술판을 벌이고 있었다.

"캬아! 오늘 술맛이 유난히 좋은걸."

"그러게 말이야. 우리 화투라도 한판 쳐볼까?"

요괴들은 술기운이 올라 누가 자기들을 쳐다보는지 눈치채지 못했다. 손오공이 그들 곁으로 다가가 벼락같이 외쳤다.

"이놈들! 너희들이 금광사의 보물을 훔쳐갔지?"

"누구신데……? 제발 목숨만 살려주십시오!"

요괴들은 손오공이 만만치 않은 상대인 것을 한눈에 알아봤다. 섣불리 무기를 꺼내들었다가는 뼈도 못 추릴 것이라는 예감이 들었던 것이다. 손오공은 잔뜩 겁에 질린 요괴들의 멱살을 움켜쥐고 삼장이 있는 11층으로 내려왔다.

"스승님, 제가 이 사찰의 보물을 훔쳐간 도적놈들을 붙잡았습니다!"

삼장은 갑자기 나타난 요괴들을 보고 움찔했다. 그러나 손오공이 한쪽 팔에 하나씩 요괴들의 멱살을 꽉 움켜쥐고 있는 것을 보고 금세 진정했다.

"너희들이 정말 보물을 훔쳐갔느냐?"

요괴들에게 질문하는 삼장 곁에서 손오공이 인상을 찌푸리며 거들고 나섰다.

"사실대로 말하지 않으면 나의 여의봉 맛을 보게 될 거다!"

손오공의 위협에 요괴들은 두 손을 싹싹 비비며 살려달라고 애원했다. 그리고 한 요괴가 순순히 정체를 털어놓기 시작했다.

"저희들은 난석산(亂石山) 벽파담(碧波潭) 만성(萬聖) 용왕님의 명령으로 금광사 보탑을 순찰하는 임무를 맡았습니다. 이친구는 메기 요괴이고, 저는 가물치 요괴지요."

"쯧쯧, 별볼일없는 물고기들이 흉측한 허물을 뒤집어쓰고 있구나."

여전히 인상을 찡그린 손오공이 한심하다는 듯 혀를 찼다. 순간 가물치 요괴가 멈칫하다가 말을 이었다.

"만성 용왕님은 만성 공주라고 하는 따님을 두셨습니다. 그공주님이 혼례를 올려 구두부마(九頭駙馬)라는 사위를 얻으셨지요. 신통력이 대단한 터라, 만성 용왕님이 사위를 아주 좋아하셨습니다. 그러던 중 삼 년 전, 용왕님이 사위와 함께 이곳에 와서 새빨간 피 비를 쏟아 부으셨지요. 그리고는 보탑안에 있던 보물인 사리불보(舍利佛寶)까지 훔쳐갔습니다."

이제 제새국의 상서로운 기운이 사라진 진실이 밝혀졌다.

삼장은 승려들의 누명을 벗길 수 있다는 생각에 마음이 가벼워졌다. 그런데 손오공이 곰곰이 생각해보니까, 잘 이해되지 않는 점이 하나 있었다.

"너희들, 아직도 사실대로 털어놓지 않은 이야기가 있지? 만성 용왕은 보물까지 다 가져간 마당에 왜 금광사 보탑을 순찰하라는 임무를 맡겼을까?"

손오공의 예리한 질문에 요괴들은 바짝 긴장한 표정이 역력했다. 이번에는 메기 요괴가 말문을 열었다.

"실은 용왕님뿐만 아니라 만성 공주님도 물욕이 대단합니다. 그 분은 대라천상(大羅天上)의 영소전에 올라가 왕모낭랑(王母娘娘)의 영지초(靈芝草)를 훔쳐 자신의 연못에 키우고 계시지요. 그 기운이 얼마나 찬란한지 밤낮없이 사방을 훤히 비춘답니다."

"얼씨구, 그 아비의 그 딸이구나."

메기 요괴의 말을 들은 손오공이 입을 삐죽거리며 비아냥댔다. 그러면서 다시 한 번 요괴들을 채근했다.

"만성 용왕이 너희들에게 왜 보탑 순찰의 임무를 맡겼느냐고 물었다. 한데 어째서 묻지도 않은 소리만 늘어놓는 거야?"

메기 요괴가 당황해하며 말을 이었다.

"그게 말이지요…… 만성 용왕님이 얼마 전에 서천으로 불경을 가지러 간다는 손오공에 대한 소문을 들으셨습니다. 그

때부터 금광사에서 가져온 사리불보와 공주님의 영지초 때문
에 이만저만 걱정을 하신 것이 아닙니다."

"왜? 그게 손오공과 무슨 상관인데?"

손오공은 자신의 정체를 감춘 채 넌지시 물었다.

"듣자 하니, 손오공의 술법이 매우 뛰어나다고 합니다. 게
다가 불의를 보면 못 참는 성격이라고 하더라고요. 만성 용왕
님은 혹시나 손오공이 찾아와서 자신이 한 일을 나무랄까 봐
크게 걱정하는 것입니다. 그래서 저희들을 이곳에 보내 손오
공이 오는지 지켜보라고 명령하신 것이지요."

만성 용왕이 자신을 두려워한다는 말에 손오공은 어깨가
으쓱했다. 당장이라도 자랑스럽게 정체를 밝히고 싶었지만
삼장 앞이라 꾹 참으며 요괴들을 기둥에 묶어두었다. 날이 밝
는 대로 궁궐로 찾아가 승려들의 누명을 벗겨줄 생각이었다.

이튿날, 삼장은 제자들과 함께 궁궐로 향했다. 두 요괴를
꽁꽁 묶은 밧줄은 힘 좋은 저팔계가 움켜쥐었다. 금광사의 승
려들이 달려 나와 간절한 마음으로 삼장 일행을 배웅했다.

얼마 뒤, 제새국 임금은 서천으로 불경을 가지러 가는 승려
가 왔다는 말에 흔쾌히 궁궐 방문을 허락했다. 이미 먼 길을
여행한 삼장을 통해 평소 궁금해 하던 다른 나라의 사정을 묻
고 불법도 전해들을 생각이었다. 따뜻한 찻잔을 두고 마주앉
은 임금과 삼장은 이런저런 화제로 이야기꽃을 피웠다. 그렇

게 분위기가 무르익을 무렵, 삼장이 임금에게 물었다.

"금광사 보탑에 피 비가 내리고, 보물까지 잃어버리는 난처한 일이 있었다지요?"

"스님도 알고 계시는군요. 못된 승려들이 보물을 훔쳤는데, 어디에 팔았는지 행방이 묘연합니다. 벌써 삼 년이나 지났는데 말이에요."

임금의 표정에 아직도 아쉬움이 가득했다. 삼장은 기회가 되었다 싶어 간밤의 일을 모두 털어놓았다. 그러자 임금이 화들짝 놀라서 들고 있던 찻잔을 놓칠 뻔했다.

"그게 만성 용왕과 사위 구두부마의 짓이라고요? 스님의 제자가 붙잡아두었다는 요괴들이 지금 어디 있습니까?"

삼장은 임금과 신하들이 두 요괴를 보고 겁을 먹을까 봐 제자들과 함께 궁궐 밖에서 기다리게 했다. 그런데 임금이 요괴들을 만나고 싶어 하자, 제자들이 몸을 묶은 밧줄을 힘껏 틀어쥔 채 궁궐 안으로 들어섰다. 임금은 요괴들로부터 직접 사태의 전말을 듣고 싶었던 것이다.

"이놈들, 어서 임금님께 진실을 고하라!"

손오공이 다그치자, 요괴들은 지난밤에 했던 이야기를 일사천리로 다시 읊어댔다. 가만히 그들의 말을 끝까지 들은 임금이 무릎을 치며 탄식했다.

"이런, 내가 간신배들의 모함에 속았구나. 사건의 진상도

제대로 파악하지 않은 채 죄 없는 승려들을 희생양으로 삼았
어……."

임금은 진심으로 자신의 잘못을 뉘우쳤다. 곧 신하들에게
명을 내려 승려들의 목에 채워진 칼을 풀어주었고, 얼렁뚱땅
진실을 덮어버리려고 했던 간신배들을 감옥에 가두었다. 두
요괴 역시 그냥 둘 수는 없었으므로 간신배들 옆방에 가두어
단단히 문단속을 했다.

자신이 바라는 대로 사태가 수습되는 것을 지켜본 삼장의
얼굴에 미소가 번졌다. 그러나 임금에게는 아직 해결하지 못
한 문제가 남아 있었다.

"법사님, 제 부탁을 들어주시겠습니까?"

"말씀해보시지요."

물론 손오공은 임금이 어떤 말을 할지 짚이는 데가 있었다.
아니나 다를까, 임금이 삼장과 세 제자를 바라보며 간곡히 부
탁했다.

"가는 길이 바쁘신 줄 알고 있습니다만, 만성 용왕이 훔쳐
간 보물을 되찾아주시면 고맙겠습니다. 그것을 제자리로 가
져다놓아야 제새국이 더욱 융성할 것입니다."

삼장은 서천이 아직 멀리 있어 잠깐 망설였다. 그러나 이내
임금의 바람대로 하는 것이 부처의 뜻을 따르는 것과 다르지
않다는 데 생각이 미쳤다.

"모름지기 사리불보란 사찰에 있어야 하지요. 기꺼이 폐하의 청을 받들겠습니다. 제게는 재주가 출중한 세 제자가 있으니 아무 걱정 마십시오."

그제야 임금은 십 년 묵은 체증이 내려간 듯 얼굴이 환해졌다. 그는 요괴들을 붙잡아온 공로를 치하하고, 자신의 부탁을 들어주기로 한 것에 대한 감사의 표현으로 삼장 일행을 위해 잔치를 베풀었다. 그 날 하루는 손오공과 저팔계, 사오정 모두 맛있는 음식을 배불리 먹고 따뜻한 잠자리를 가질 수 있었다. 제자들이 즐거워하자 삼장도 무척 흐뭇했다.

다음날, 손오공이 일찌감치 아우들을 잠에서 깨웠다.

"자, 이제 제새국 국왕이 베풀어준 잔치에 보답할 시간이 됐다. 오정이는 이곳에 남아 스승님을 보필하고, 팔계는 나와 함께 사리불보를 찾으러 가자."

저팔계는 내심 귀찮았지만 사형이 자신의 무예 솜씨를 인정하는 것 같아 별 불만 없이 갈퀴를 움켜쥐었다. 손오공은 감옥에서 요괴들을 꺼내 벽파담으로 가는 길을 안내하도록 했다. 요괴들은 이러지도 못하고 저러지도 못하는 주눅 든 모습으로 길잡이에 나섰다. 그들은 만성 용왕에게 혼날 것을 상상만 해도 오줌이 지릴 지경이었는데, 그렇다고 손오공의 말을 거역할 수도 없는 노릇이었다.

얼마 뒤, 요괴들은 푸른 물이 넘실대는 물가에 다다라 걸음을 멈추었다.

"이곳입니다."

요괴들이 손가락으로 벽파담을 가리키자, 손오공은 여의봉을 꺼내 날이 잘 드는 칼로 둔갑시켰다. 그리고는 가물치 요괴의 귀를 자르고 메기 요괴의 아랫입술을 베어낸 후, 요괴들을 물속으로 집어던졌다.

"빨리 용궁으로 가서 만성 용왕에게 알려라. 금광사 보탑에서 훔쳐간 보물을 당장 내놓지 않으면 이 제천대선 손오공 나리가 일족을 멸할 것이라고 말이야!"

요괴들은 손오공이라는 말을 듣고 깜짝 놀랐다. 상처 난 얼굴에서 피가 줄줄 흐르는데도 너무 당황해 고통을 느끼지 못하는 듯 허둥지둥 물속으로 헤엄쳐 들어가기 바빴다.

그것을 본 저팔계가 눈살을 찌푸렸다. 손오공이 불필요하게 잔인한 행동을 한다고 생각했기 때문이다.

"팔계야, 이렇게 해야 만성 용왕이 겁을 집어먹어. 일종의 경고장이지. 내가 방금 전에 쓴 칼은 요괴들의 잘못을 꾸짖은 계도(戒刀)인 셈이야."

그 말을 듣고 나서야 저팔계는 마지못해 손오공을 이해했다.

한편, 물속 깊숙이 용궁으로 헤엄쳐 들어간 두 요괴는 만성 용왕 앞에 넙죽 머리를 조아렸다.

"용왕님, 부디 저희를 용서하십시오. 손오공이 나타나 저희들의 얼굴을 이렇게 만들었습니다……."

"뭐, 손오공이 나타났다고?"

"네, 그 자가 금광사 보탑의 사리불보를 돌려주지 않으면 용왕님과 공주님 내외분을 모두 죽여버리겠다고 합니다."

만성 용왕은 요괴들의 얼굴 상처에 아무런 관심이 없었다. 손오공이라는 이름을 듣고 이 난관을 어떻게 해결해야 하나 고민에 빠졌을 뿐이다. 그때 구두부마가 장인 앞으로 나섰다.

"제가 그 원숭이 놈을 해치우겠습니다!"

구두부마는 손오공의 명성을 미처 못 들었는지 자신만만한 표정이었다. 갑옷을 걸쳐 입고 자신의 무기인 월아산(月牙鏟)을 챙겨들더니 한달음에 물 밖으로 솟구쳐 올랐다.

"손오공이 누구냐? 내가 버르장머리를 고쳐주마!"

그런 호통을 듣고 잠자코 있을 손오공이 아니었다.

"용왕이 사위를 먼저 보냈구나. 내가 기꺼이 상대해주마!"

손오공의 여의봉과 구두부마의 월아산이 수십 차례나 허공에서 부딪쳐 굉음을 냈다. 처음에는 둘의 싸움을 지켜보기만 하던 저팔계가 손오공을 돕기 위해 갈퀴를 쳐들었다.

"가만있자니 시끄러워 못 살겠네. 도적놈아, 내가 너의 몸을 갈기갈기 찢어주마!"

저팔계의 갈퀴는 구두부마의 등을 향해 섬뜩하게 날아들었다. 누구라도 거기에 걸리면 죽음을 면치 못할 것이 뻔했다. 그런데 구두부마는 눈이 아홉 개나 있는 괴물이라 등 뒤에서 벌어지는 일도 정확히 살필 수 있었다. 저팔계의 갈퀴를 재빨리 피한 구두부마는 공중으로 몸을 날린 뒤 본래의 모습을 드러냈다. 그는 바로 구두충(九頭蟲)이었다. 머리가 아홉 개나 달린 흉측한 몰골이 손오공과 저팔계의 공격을 요리조리 잘도 피해 다녔다.

"어이, 나 잡아봐라!"

손오공 하나만 상대하기도 벅찬데 저팔계까지 끼어들자 구두충은 작전상 후퇴를 했다. 손오공은 그 잔꾀를 눈치챘지만, 저팔계는 흥분해 무작정 그를 쫓아갔다. 그리고 저팔계가 다시 한 번 등을 노리는 순간, 구두충은 몸 한쪽에 숨겨두었던 다른 머리통을 불쑥 내밀어 상대의 목덜미를 꽉 깨물었다. 미처 예상하지 못한 상황에 화들짝 놀란 저팔계가 비명을 내지르며 빠져나오려고 했으나 쉽지 않았다. 그렇게 용궁으로 돌아온 구두충은 저팔계를 외진 곳의 기둥에 꽁꽁 묶은 뒤 다시 구두부마의 모습으로 변신했다.

"내 사위가 장한 일을 해냈구나. 아무리 손오공이라 해도 이제는 함부로 이곳에 얼씬거리지 못할 것이다."

만성 용왕이 흡족한 얼굴로 사위를 칭찬했다. 외진 구석에 홀로 남겨진 저팔계가 자신을 묶은 밧줄을 풀라며 고래고래

소리를 질러댔지만 아무도 신경 쓰지 않았다.

그 시각, 저팔계가 물속으로 끌려가는 것을 지켜본 손오공은 만성 용왕과 구두부마가 만만치 않은 적이라고 판단했다. 그래서 일단 물속으로 들어가 적진을 염탐해볼 필요성을 느꼈다. 곧 주문을 외워 참게로 둔갑한 손오공이 용궁으로 잠입했다. 마침 용궁에서는 구두부마의 승리를 축하하며 잔치를 벌이고 있었다. 만성 용왕과 딸 내외가 깔깔거리며 주거니 받거니 술잔을 기울였다. 그런데 그곳에 저팔계의 모습은 보이지 않았다.

'팔계는 어디 있는 거야?'

아우가 걱정된 손오공은 다른 참게들이 모여 이야기를 나누고 있는 곳으로 다가갔다. 그 참게들은 모두 요괴였다. 손오공이 요괴들의 말투를 흉내내며 넌지시 물었다.

"부마께서 잡아온 돼지 같은 놈은 죽었겠지? 중놈의 제자라고 하는 주둥이 기다란 놈 말이야."

손오공의 물음에 한 참게가 그것도 모르느냐는 듯 퉁명스럽게 대꾸했다.

"넌 그 놈이 고래고래 소리 지르는 것도 못 들었어? 저기 구석진 곳에서 꿀꿀대고 있잖아."

"아, 그랬지……."

참게로 변신한 손오공은 일부러 머리를 긁적이며 그 자리를 벗어났다. 그리고는 게걸음으로 재빨리 구석진 곳을 향해 달려갔다. 과연 그곳에 저팔계가 있었다.

"아우야, 내가 왔다."

"반갑소, 사형. 어서 나를 구해주시오."

손오공은 집게를 들어 저팔계를 묶은 밧줄을 싹둑싹둑 잘라냈다. 그런데 저팔계의 무기인 갈퀴가 보이지 않았다.

"사형, 내 갈퀴는 보지 못했소? 이왕 도와주는 거, 그것도 좀 찾아주시오."

그야말로 물에 빠진 사람 구해주었더니 보따리 내놓으라는 격이었다. 손오공은 죽자 사자 큰 소리로 악을 써대느라 지쳐버린 저팔계를 먼저 물 밖으로 내보냈다. 그리고 다시 잔치가 벌어진 자리로 가보았다. 그곳 한쪽에 저팔계의 갈퀴가 비스듬히 세워져 있었다. 모두 흥이 올라서 떠들어대느라 갈퀴에는 신경조차 쓰지 않았다. 손오공은 별 어려움 없이 그것을 들고 물 밖으로 나올 수 있었다.

"헤헤, 역시 사형이 최고요. 내 갈퀴까지 찾아줘서 정말 고맙소."

저팔계는 본래의 모습으로 돌아온 손오공에게 넙죽 절을 했다. 그리고는 이내 갈퀴를 움켜쥐더니 결연하게 외쳤다.

"사형, 이제 복수에 나설 차례요! 내가 용궁으로 들어가 닥치는 대로 부숴버리겠소!"

"너 혼자?"

"그렇소. 사형은 내 솜씨를 못 믿는 거요?"

"그게 아니고, 너도 봤지만 구두부마가 보통내기는 아니잖아. 게다가 다른 놈들까지 덤벼들면 감당할 수 있겠어?"

손오공의 걱정에 저팔계도 슬그머니 두려운 생각이 들었다. 화가 치민다고 다짜고짜 일을 벌이는 것은 바람직하지 않았다.

"좋아요. 그럼 내게 곤란한 상황이 닥치면 적들이 물 밖으로 따라 나오도록 유인하겠소. 사형이 이곳에서 기다리고 있다가 뜨거운 맛을 보여주시오."

"응. 그렇게 하자, 팔계야."

그렇게 작전을 짠 저팔계는 몸집에 어울리지 않게 부드럽게 헤엄을 쳐서 용궁으로 갔다. 사형 앞에서 장담한 대로 순식간에 용궁 문을 박살냈고, 잔치 음식이 차려진 상이며 의자까지 닥치는 대로 산산조각 내버렸다. 잔뜩 화가 치밀어 마구 갈퀴를 휘둘러대는 저팔계를 누구도 쉽게 제지하지 못했다.

그런데 그처럼 다급한 상황에서도 구두부마는 퍼뜩 정신을 차렸다. 그는 서둘러 만성 공주를 안전한 곳에 대피시킨 다음 구두충으로 변신해 저팔계에게 맞서기 시작했다. 만성 용왕 역시 큰 소동이 벌어진 것을 알고, 용자(龍子)와 용손(龍孫)을 거느리고 달려와 칼을 겨누며 덤벼들었다.

"네 놈이 어떻게 밧줄을 끊고 달아났는지 몰라도 이번만큼은 절대 살려두지 않겠다!"

구두충의 공격은 전광석화 같았다. 머리가 아홉 개나 달려 있다 보니 조금이라도 빈틈을 보이면 여지없이 공격이 들어왔다. 더구나 만성 용왕을 비롯해 용자와 용손까지 합세한 바람에 거칠 것이 없던 저팔계의 기세가 금세 수그러들었다.

'어휴, 못 당하겠는걸. 사형과 작전을 짜두지 않았으면 큰일날 뻔했어.'

결국 저팔계는 뒷걸음질을 칠 수밖에 없었다. 그러나 물 밖에서 손오공이 기다리고 있으니 싸움은 아직 끝난 것이 아니었다. 그 사실을 알 리 없는 용왕이 맨 앞에 서서 저팔계를 쫓았다. 그는 비록 나이가 들었어도 성질만큼은 여전히 거칠었다.

손오공은 저팔계가 용궁으로 간 뒤부터 물속을 주시하며 잠시도 경계를 늦추지 않았다. 그러다 보니 일찌감치 도망 나오는 저팔계를 발견했고, 뒤따르던 만성 용왕이 물 밖으로 모습을 드러내자마자 냅다 여의봉을 휘두를 수 있었다.

"쩍!"

커다란 바위가 쪼개지듯 요란한 소리가 울려 퍼졌다. 손오공의 여의봉이 용왕의 머리를 두 쪽으로 갈라놓았던 것이다. 금방 피가 솟구쳐 벽파담 물이 붉게 물들었고, 그 위로 숨통이 끊어진 용왕의 시체가 둥둥 떠올랐다.

"앗, 손오공이다! 달아나자!"

만성 용왕을 바짝 뒤따르던 용자와 용손이 황급히 물속으로 모습을 감추었다. 그래도 구두충은 물속에서 호시탐탐 기회를 엿보다가 손오공과 저팔계가 승리의 기쁨을 만끽하는 틈을 타서 용왕의 시체를 거두어 갔다.

"아니, 저 놈이……."

장인의 시신을 메고 가는 구두충을 저팔계가 쫓아가려고 했으나 손오공이 말렸다. 아무런 계획 없이 물속으로 따라 들어갔다가는 전세가 역전될 것이라고 판단했기 때문이다.

"섣불리 용궁을 다시 쳐서는 사리불보를 가져올 수 없어. 뭔가 확실한 방법을 찾아야 해."

그때 갑자기 거센 바람이 휘몰아치면서 안개가 구름처럼 밀려왔다. 무슨 일인가 싶어 손오공이 유심히 살펴보니까, 매산의 여섯 형제들과 함께 매와 개를 데리고 사냥에 나선 이랑신이 그곳을 지나가는 중이었다.

"관강구의 이랑신이구나. 오래 전에 내가 천궁을 어지럽힐 때 한번 맞붙어 싸운 적이 있지. 나는 둔갑술에 관한 한 누구에게도 지지 않는다고 생각하는데, 이랑신의 솜씨도 정말 만만치 않더라고."

손오공이 다른 이의 실력을 인정하는 것은 흔치 않은 일이었다. 저팔계가 '웬 일이지?' 싶은 표정으로 바라보자, 손오공이 난데없이 어깨동무를 하며 말했다.

"팔계야, 저기 칠성형제(七聖兄弟)들이 도와주면 구두충을 간단히 물리칠 수 있을 거야. 한데 나는 옛날에 다퉜던 기억이 있어서 다짜고짜 부탁하기가 망설여지네. 네가 먼저 가서 나와 잠시 이야기를 나눌 수 있겠느냐고 물어보렴."

"알겠소. 그만한 일쯤이야 문제없지."

저팔계는 이랑신을 향해 성큼성큼 다가가 손오공의 말을 전했다. 그러자 순간 이랑신의 얼굴에 환한 미소가 번졌다.

"제천대성이 나를 만나고 싶어 한다니 기쁘군. 사형을 어서 이리로 모시게."

이랑신은 뜻밖에 만나게 된 손오공을 진심으로 반겼다. 사냥을 하러 나선 길임에도 그 자리에 여장을 풀고는 달콤한 과일즙을 대접하며 인사를 나누었다.

"한때 우리가 맞서 싸우기는 했지만 다 지나간 일이오. 오랜 세월 오행산에 갇혔던 제천대성이 이제는 서천으로 불경을 가지러 가는 거룩한 불사를 수행한다니 내 가슴이 다 벅차구려. 꼭 큰 뜻을 이루게 되기를 기원하겠소."

"감사합니다. 저 역시 지난 일은 잊었습니다. 이제 스승님을 잘 모시고 서천으로 가서 불경을 가져오는 것이 저의 가장 큰 과업이지요. 한데 제새국을 지나다가 국왕으로부터 거절할 수 없는 부탁을 들었습니다. 금광사 보탑에 있던 사리불보를 되찾아주기로 했는데, 그것을 훔쳐간 구두부마의 저항이 너무 거세 고민입니다."

손오공은 이랑신에게 그동안 있었던 일을 자세히 들려주었다. 그리고 정중하게 자신을 도와줄 수 있겠느냐고 물었다.

"그런 일이라면 기꺼이 돕겠소. 우리 형제가 힘을 보태면 어렵지 않게 보물을 되찾을 수 있을 것이오."

미리 예상했던 것보다 이랑신의 반응은 훨씬 협조적이었다. 그처럼 일이 술술 풀려나가자 저팔계가 신바람을 내며 떠들어댔다.

"사형, 이제 용궁을 다시 쳐도 되겠지? 이랑신과 형제분들이 도와주신다니까 나를 말리지 마시오!"

저팔계는 자기 할 말을 마치자마자 손오공의 대답은 듣지도 않은 채 물속으로 풍덩 뛰어들었다. 제 깐에는 다시 구두부마를 비롯한 패거리들을 물 밖으로 유인해낼 속셈이었다.

마침 용궁에서는 만성 용왕의 장례식이 열리고 있었다. 용왕의 노모가 용자와 함께 빈소를 지켰고, 용손과 구두부마는 잠시 다른 일을 살피느라 그 자리에 없었다. 여전히 흥분을 가라앉히지 못한 저팔계가 대뜸 용자에게 달려들어 갈퀴를 휘둘렀다. 갑작스런 공격을 피하지 못한 용자의 머리에서 분수처럼 피가 솟구쳤다.

"악! 돼지 같은 놈이 다시 나타났다!"

장례식에 모인 이들이 놀라서 허둥지둥 어쩔 줄 몰라 했다. 그 소란을 알게 된 구두부마와 용손이 서둘러 무기를 챙겨들고 저팔계에게 맞섰다.

"네 이놈, 이번에는 정말 끝장을 내주마!"

구두부마가 구두충으로 모습을 바꾸어 사력을 다해 저팔계를 공격했다. 용손도 용왕의 노모를 대피시킨 뒤 싸움에 끼어들었다. 그러자 원래 계획대로 저팔계는 못 이기는 척하며 뒷걸음질을 쳤다. 구두충과 용손이 그 뒤를 바짝 쫓아갔다.

"미련한 돼지가 똑같은 꼼수를 부리는구나. 좋다, 이번에는 손오공 녀석도 함께 박살내주마!"

구두충은 물 밖에서 손오공이 기다리는 것을 알고 있었지만, 장인의 원수를 갚겠다는 생각에 계속 저팔계의 뒤를 쫓았다. 용손 역시 머뭇거리지 않았다. 하지만 잠시 뒤 그들이 저팔계의 뒤를 이어 물 밖으로 모습을 드러냈을 때는 미처 상상하지 못했던 일이 벌어졌다. 이랑신과 형제들이 기다리고 있었던 것이다. 구두충은 간신히 칠성형제의 공격을 피했지만, 용손은 처참히 몸이 찢어져 목숨을 잃고 말았다.

"으, 분하다⋯⋯."

구두충은 갑작스런 상황에 당황하는 빛이 또렷했다. 그 순간을 놓치지 않고 이랑신과 형제들이 다시 집중적으로 공격을 시도했다. 먼저 이랑신이 금궁(金弓)을 꺼내들고 화살을 날려 명중시켰다. 구두충은 고통에 겨워 비틀거리면서도 머리 하나를 불쑥 내밀어 이랑신을 물려고 했다. 먼젓번에 저팔계를 제압한 것과 같은 공격 전술이었다. 그러나 이번에는 이랑신의 개가 달려들어 그 머리통을 물어뜯는 바람에 공격이 성공하지 못했다.

"내가 방심했어. 지난번처럼 손오공만 있을 줄 알았는데……."

몸에 큰 부상을 당한 구두충은 어쩔 수 없이 멀리 달아나기로 마음먹었다. 그 괴물이 북해(北海) 쪽으로 꽁무니를 빼는 것을 본 저팔계가 갈퀴를 휘두르며 뒤쫓으려고 했다. 그러자 손오공이 아우를 막아섰다.

"팔계야, 놈을 없애는 것보다 중요한 일이 있잖아."

"그게 뭐요?"

"용궁으로 가서 사리불보를 찾아야지."

저팔계가 생각하기에도 손오공의 판단이 옳았다. 제세국 임금의 부탁대로 빨리 보물을 되찾아준 다음 서천으로 걸음을 재촉해야 했기 때문이다.

"내가 가서 용궁을 마저 박살낼 테니 사형은 사리불보를 찾아보슈."

"아니야, 그럴 필요 없어. 내게 좋은 수가 있거든."

"뭐, 사형은 언제나 꾀가 많지. 그게 뭔지 말해보시오."

"내가 구두부마로 둔갑해 용궁으로 갈 테니, 너는 나를 뒤쫓는 시늉을 하렴. 만성 공주를 속여서 보물을 찾는 거야."

손오공의 작전을 들은 저팔계가 고개를 끄덕였다. 사실 겉으로는 그 정도 반응을 보였지만, 마음속으로는 사형의 기발한 꾀에 감탄을 금치 못했다. 항상 힘으로 문제를 해결하려는 자신과 너무나 다르다는 것을 느꼈기 때문이다.

잠시 뒤, 구두부마로 둔갑한 손오공이 갈퀴를 든 저팔계에게 쫓기는 척하며 용궁으로 들어갔다. 마침 만성 공주가 난장판이 되어버린 용궁을 들러보며 망연자실한 표정을 짓고 있었다.

"여보, 돼지 같은 놈이 나를 쫓아오고 있으니 우리 함께 달아납시다. 참, 보물은 잘 간직하고 있소?"

"그럼요. 제 방에 감춰두었으니까 갖고 나올게요."

만성 공주는 아무런 의심 없이 꼭꼭 숨겨두었던 보물을 들고 나왔다. 공주는 사리불보를 금상자에 담았고, 연못에서 키우던 영지초는 은상자에 담아 보관하고 있었다.

"그동안 보물을 잘 간수하고 있었구려. 내가 좀 더 안전한 곳에 숨겨둘 테니 이리 줘보시오."

손오공은 누구라도 속을 만큼 감쪽같이 연기해 공주로부터 금상자와 은상자를 건네받았다. 그리고 이제 더 이상 구두부마로 둔갑하고 있을 이유가 없어 본래의 모습으로 변신했다.

"아니, 너는……."

만성 공주가 깜짝 놀라며 후회했지만 이미 돌이킬 수 없는 일이었다. 공주는 품속에 감춰두었던 칼을 꺼내들어 보물을 빼앗으려고 달려들었다.

"손오공, 너를 죽여버릴 테다!"

그런데 손오공은 아무런 방어 자세도 취하지 않은 채 실실 웃기만 했다. 공주의 등 뒤에서 갈퀴를 든 저팔계가 달려오고 있었기 때문이다. 공주의 칼이 손오공에게 닿기 전에, 저팔계의 갈퀴가 먼저 공주의 몸을 내리쳤다. 단 한 방으로 끝이었다.

그때 용손이 피신시켰던 용왕의 노모가 방망이를 들고 나타나 소리쳤다.

"이놈들, 용궁을 엉망으로 만들다니 용서하지 않겠다!"

하지만 가만있어도 골골거리는 노모가 손오공과 저팔계의 적수가 될 수는 없었다. 저팔계가 가소롭다는 듯이 웃으며 노모를 향해 갈퀴를 치켜들자 손오공이 말렸다.

"멈춰라, 팔계야! 벽파담의 용왕과 공주 내외, 그리고 요괴 졸개들이 어떤 못된 짓을 일삼았는지 제새국 국왕에게 얘기해주려면 한 놈쯤 살려두는 편이 낫다. 증인으로 말이야."

"그럽시다, 사형."

저팔계는 손오공의 말을 순순히 따랐다.

금상자와 은상자를 소중히 챙겨들고 물 밖으로 나온 손오공은 먼저 이랑신에게 감사 인사를 전했다. 이랑신과 형제들의 얼굴에 환한 미소가 번졌다.

"삼장 법사에게도 안부 전해주시오. 아무쪼록 모두 무탈하게 불경을 가지고 돌아올 수 있기를 기원하겠소."

그리고 이랑신과 형제들은 곧 사냥 길을 떠났다. 그들의 뒷모습이 보이지 않을 때까지 손오공과 저팔계는 손을 흔들어 주었다.

얼마 후, 제새국 궁궐에서는 성대한 환영 행사가 열렸다. 임금이 몸소 궁궐 문 앞까지 나와 보물을 되찾아온 손오공과 저팔계를 맞이했다. 삼장 역시 중요한 임무를 완수한 제자들이 자랑스러워 그 어느 때보다 가슴 벅찬 표정이었다.

"오공아, 팔계야, 수고했다. 너희들 덕분에 금광사의 보물이 제자리를 찾게 되었구나."

오랜만에 듣는 스승의 칭찬에 손오공은 기분이 무척 좋았다. 저팔계는 꼿꼿이 목을 세우고 어찌나 우쭐거리는지 쳐다보기 부담스러울 정도였다.

"오늘은 더없이 기쁜 날이다. 삼장 법사님과 제자들을 위해 잔치를 벌이도록 하라!"

제새국 임금은 신하들에게 명해 맛있는 음식과 술을 내오도록 했다. 그때 손오공이 손사래를 치며 앞으로 나섰다.

"폐하, 아직 할 일이 남았습니다. 잔치는 그 일을 마친 다음에 열어주셔도 늦지 않습니다."

손오공이 말한 남은 일이란, 보물을 제자리에 가져다 놓는 것이었다. 은상자에서 영지초를 꺼낸 손오공이 그것을 빗자루 삼아 13층까지 보탑을 전부 깨끗이 쓸었다. 그리고 금상자에 담겨 있던 사리불보를 꺼내 보병(寶瓶)에 넣은 다음 보탑 맨 꼭대기에 안치했다. 그러자 곧 옛날처럼 상서로운 기운이 사방으로 널리 퍼져나갔다.

"아, 정말 감격스럽구나……."

임금은 너무나 감동한 나머지 눈가에 눈물이 그렁했다. 삼장은 조용히 합장하며 제새국의 앞날을 축복했다.

그 날 밤, 잔치 분위기가 무르익을 무렵 손오공이 임금에게 뜻밖의 말을 꺼냈다.

"폐하, 제가 보기에 금광사의 '금광'이란 이름이 좋지 않습니다. 두 글자 모두 화려하게 번쩍이는 것이라 탐을 내는 이들이 많은 것이지요. 하여 드리는 말씀인데, '복룡(伏龍)'이라는 이름으로 바꾸는 것이 어떻겠습니까?"

만약 손오공이 보물을 되찾기 전에 그와 같은 말을 했다면 임금이 귀 담아 듣지 않았을 것이다. 그 전에 삼장이 제자를 말리고 나섰을지도 모른다. 저팔계와 사오정마저 콧방귀를 껴을 것이 틀림없다. 하지만 그때만큼은 누구도 손오공의 이야기를 가볍게 여기지 않았다.

"복룡이라…… 복룡사(伏龍寺), 그것 참 좋구나!"

임금은 손오공의 제안을 흔쾌히 받아들였다. 손오공의 눈에 기쁨이 가득했다.

다음날, 임금은 다시 서천으로 떠나는 삼장 일행에게 적지 않은 금붙이와 먹을거리를 내놓았다. 그러나 삼장은 금붙이를 모두 사양하고, 먹을거리는 용마가 지고 가기 힘들지 않을 만큼만 챙겼다. 저팔계가 내심 아쉬워하면서 얼굴을 찡그렸지만, 손오공과 사오정은 개의치 않았다. 제새국 백성들이 길 떠나는 삼장 일행을 만날 적마다 박수를 치며 환호했다.

21

썩은 감이 풍기는 악취

길을 걷다 보면 하루가 짧았다. 하기야 인생을 일컬어 일장춘몽이라고 하니, 하루가 짧은 것은 당연한 이치일 것이다. 삼장 일행의 발걸음이 타라장(駝羅莊)이라는 마을에 닿았을 무렵, 또다시 서녘으로 뉘엿뉘엿 해가 저물었다.

"스승님, 오늘은 이곳에서 하룻밤 묵어가야겠습니다."

손오공이 용마의 안장에 앉은 삼장에게 말했다.

"그러자꾸나. 마침 마을이 있어 다행이다."

길을 가다 보면 비바람을 맞으며 노숙을 해야 되는 날이 흔했다. 그래도 이번처럼 마을을 만나면 운이 좋은 경우에 속했다. 손오공이 주변을 휘둘러보니 불을 밝힌 집 하나가 보였다. 말고삐를 사오정에게 건넨 손오공이 그 집으로 다가가 문을 두드렸다.

"계십니까? 아무도 안 계세요?"

잠시 후 대문이 살짝 열리며 한 남자가 고개를 내밀었다.

"왜 그러십니까?"

"스승님을 모시고 서천으로 가는 길인데 하룻밤 잠자리를
내주시면 고맙겠습니다."

"서천에 간다고요?"

"네, 그렇습니다."

순간 남자의 얼굴이 일그러졌다.

"이쪽으로는 서천에 가기 어려워요. 여기서 30리쯤 더 가
면 희시동(稀柿洞)이 나오는데, 그곳에 칠절산(七絕山)이라는
높은 산이 길을 막아서고 있지요. 둘레도 자그마치 800리나
되어 에둘러가는 것조차 쉽지 않습니다. 그러니 지금이라도
다른 길을 찾아보는 편이 나을 거예요."

집주인과 손오공이 몇 마디 대화를 나누는 사이에 삼장과
두 아우도 대문 앞에 이르렀다. 삼장이 남자의 이야기를 듣고
걱정스럽게 물었다.

"칠절산이 그렇게 웅장합니까?"

"그 산은 높고 넓기도 하지만, 감나무 천지라 해마다 수없
이 많은 감이 열린답니다. 마을 사람들이 아무리 애써도 백분
의 일, 천분의 일조차 따먹지 못할 만큼 엄청난 양이지요. 그
래서 해마다 그 감들이 그대로 땅에 떨어져 썩는 바람에 악취
가 진동합니다. 뒷간에서 나는 냄새는 저리가라 할 만큼 지독

해서, 서풍이라도 불어올라치면 마을 사람들이 구역질을 해대기 바쁘지요. 오죽하면 사람들이 희시동이라는 이름에 감나무 시(柿) 자가 아니라 똥 시(屎) 자를 써야 한다고 말하겠어요."

그때 손오공이 불쾌한 낯빛을 내보이며 대화에 끼어들었다.

"아니, 잠자리를 내줄 수 있느냐고 물어보는데 뭐 그리 말이 많은 거요? 그깟 칠절산쯤 우리는 문제없이 지나갈 것이니 상관하지 마시오!"

"아니, 나는 그저 당신들이 걱정되어서……."

손오공이 무례하게 굴자, 삼장이 당황해하며 사태를 수습하려고 나섰다.

"저의 제자가 몹시 피곤해서 예민하게 구는 것이니 괘념치 마십시오. 우리는 서천으로 불경을 가지러 가는 길인데, 오늘밤 묵을 곳이 마땅치 않네요. 그래서 이렇게 신세를 지려고 하는 것입니다."

"서천으로 불경을 가지러 가신다고요?"

"네, 그렇습니다. 여기까지 오면서 이런저런 요괴들을 만나는 난관도 있었지만, 저의 제자들의 남다른 재주로 모두 이겨낼 수 있었지요."

그 순간, 오랫동안 기다리던 반가운 친구를 만난 듯 남자의 눈빛이 반짝였다.

"서천으로 불경을 가지러 가신다면 법력이 대단한 스님이 겠군요?"

"아이고, 과찬이십니다."

"게다가 제자 분들이 요괴를 물리치는 재주를 갖고 있다고 요?"

"네, 그건 분명히 그렇습니다만……."

그러자 남자가 반색을 하며 대문을 활짝 열었다.

"모두들 어서 안으로 들어오십시오. 제가 몰라 봬서 죄송합 니다."

그렇게 삼장 일행은 따뜻한 방 안에서 하룻밤 묵을 수 있게 되었다. 남자가 차를 내오겠다며 잠시 자리를 비운 틈을 타 손오공이 삼장에게 말했다.

"스승님, 가만 보니까 저 주인장이 우리에게 부탁할 것이 있는 듯합니다."

"내가 보기에도 그렇소, 사형."

저팔계도 맞장구를 쳤다. 잠시 뒤 남자가 차를 가져오자 삼 장이 단도직입적으로 물었다.

"혹시 저희에게 부탁하실 일이라도 있는지요?"

"네, 그게……. 법력 높으신 스님과 제자 분들이 우리 마을 의 요괴를 물리쳐주시면 고맙겠습니다!"

그때 밖에서 인기척이 들렸다. 남자가 마을 사람들에게 아들을 보내 삼장 일행이 자기 집에 온 사실을 알렸던 것이다. 마을 사람들 가운데 한 노인이 대표로 방 안에 들어와 삼장에게 예를 갖추고 나서 거듭 부탁했다.

"스님, 모쪼록 마을 사람들을 가엽게 여기셔서 요괴를 없애 주십시오."

그런 부탁을 냉정히 거절할 삼장이 아니었다. 세 제자들도 요괴를 잡는 일이라면 언제나 망설임이 없었다.

"알겠습니다, 주인장. 여기 어르신께서도 간곡히 부탁하시니 제자들에게 요괴를 물리치라 말하겠습니다."

삼장의 허락에 집주인 남자와 노인은 몇 번이나 고개를 숙이며 감사의 인사를 전했다. 그때 저팔계가 대뜸 집주인 남자에게 물었다.

"대체 어떤 요괴가 이 마을에서 말썽을 부리는 겁니까?"

그 물음에 남자가 자세를 고쳐 앉으며 지난 사연을 이야기하기 시작했다.

"어느 해 여름, 마을 사람들이 한창 농사일을 하고 있는데 갑자기 먹구름이 밀려왔습니다. 우리는 소나기라도 내리려는 줄 알고 집으로 달려가 열어두었던 장독 뚜껑을 덮고 널어두었던 빨래를 걷었지요. 그런데 나중에 보니 그 먹구름은 요괴가 우리 마을에 들어서면서 뿜어낸 나쁜 기운이었습니다. 요괴는 닭이며 오리며 소며, 심지어 개까지 가축들을 수십 마리나 잡아먹었지요. 그 날 이후 배가 고파지면 한 번씩 나타나 마을을 아주 쑥대밭으로 만들어버린답니다."

"그 못된 요괴를 가만두었단 말이오?"

저팔계가 씩씩거리며 자기 일처럼 흥분했다. 남자는 저팔계를 흘깃 쳐다보고 나서 삼장과 눈을 맞추며 이야기를 이어갔다.

"마을 사람들이 회의를 한 끝에 이웃마을의 용하다는 스님을 한 분 모셔다가 요괴를 물리치기로 했습니다. 그 스님은 서낭당에 제단을 차리고 하루 종일 염불을 외면서 홀로 요괴가 나타나기를 기다렸지요. 그 날 밤, 드디어 기다리던 요괴가 모습을 드러냈습니다. 마을 사람들은 이제 갑자기 먹구름이 밀려오고 음산한 웃음소리가 들리기만 해도 요괴가 온 것을 알거든요. 우리는 밤새 집 안에 숨어 있다가 날이 밝자마자 서낭당에 가보았지요. 그런데 그곳에 요괴는 물론이고 스님의 모습도 보이지 않았습니다. 높다란 느티나무를 올려다보니 나뭇가지 끝에 스님이 쓰고 다니던 모자만 대롱대롱 매달려 있지 뭐예요. 요괴가 스님을 잡아먹고 모자만 달랑 남겨놓았던 것입니다."

남자는 그 날 일을 떠올리기만 해도 소름이 돋는지 목소리가 떨렸다. 함께 방 안에 있던 노인 역시 두려움을 느낀 탓에 얼굴이 붉게 달아올랐다.

"듣자 하니 만만히 볼 요괴는 아닌 듯하네……."

저팔계가 말끝을 살짝 흐렸다. 그러나 손오공은 아무렇지 않은 듯 자신만만하게 큰소리를 쳤다.

"모두들 걱정 말고 돌아가세요. 그 요괴는 내가 박살을 내줄 테니 이제 잠 좀 잡시다."

그제야 집주인 남자는 노인과 함께 방에서 나갔다. 그들의 설명을 들은 마을 사람들도 안심하며 각자의 집으로 돌아갔다. 그렇게 삼장 일행은 이부자리에 누워 하나둘 잠에 빠져들었다. 그런데 얼마쯤 시간이 지났을까? 집주인이 다급히 삼장 일행이 잠자고 있는 방으로 찾아와 문을 두드렸다.

"스님, 어서 일어나세요! 아까 말씀드린 요괴가 찾아왔습니다!"

그 소리에 삼장과 손오공이 번쩍 눈을 떴다. 저팔계와 사오정도 자리에서 일어나기는 했지만 여전히 비몽사몽 정신을 차리지 못했다.

"너희 둘은 스승님을 지키고 있어. 내가 밖으로 나가서 요괴의 정체를 알아볼게."

손오공은 밖으로 나가 재빨리 주위를 둘러보았다. 밤하늘에 반짝거리는 두 개의 불빛이 떠 있었다. 그것은 자세히 살펴보나 마나 요괴의 눈에서 뿜어져 나오는 빛이었다. 손오공이 순식간에 하늘로 솟구쳐 올라 요괴에게 따지듯 물었다.

"이놈, 너는 어디서 굴러먹다 온 요괴냐?"

그런데 요괴가 아무런 대꾸도 하지 않았다.

"이런 버르장머리 없는 놈을 봤나! 나는 제천대성 손오공이다. 너는 누구냐?"

손오공은 자신의 신분을 먼저 밝히며 다시 물었다. 그럼에도 요괴는 묵묵부답이었다. 화가 머리끝까지 치민 손오공이 요괴를 향해 여의봉을 휘둘렀다. 그 사이 잠이 깬 저팔계가 달려 나와 공격에 가세했다.

"사형, 내가 왔소. 스승님은 오정이가 잘 보호하고 있으니 걱정 말아요."

저팔계는 타라장에 요괴가 하나뿐인 것을 알았기 때문에 손오공을 도와 빨리 싸움을 끝낼 생각이었다. 그러면 곧 스승과 함께 다시 단잠에 빠질 수 있다고 믿었다. 그런데 요괴의 싸움 실력이 만만치 않았다.

"이놈, 제법인걸. 한데 아무런 말도 하지 않는 걸 보니까, 아직 사람 흉내를 내지는 못하나 보네."

시간이 흐를수록 손오공과 저팔계의 표정이 심각하게 굳어졌다. 여의봉과 쇠갈퀴, 그리고 요괴가 휘두르는 날카로운 창이 밤하늘에서 부딪칠 때마다 불꽃이 튀었다. 그렇게 백 합하고도 수십 합이 계속되자 어느새 희붐히 날이 밝아왔다. 그 순간 요괴가 등을 내보이며 서쪽으로 달아나기 시작했다.

"거기 서지 못해!"

손오공과 저팔계는 앞뒤 가리지 않고 요괴를 쫓아갔다. 그런데 어느 산에 이르자 고약한 냄새가 코를 찔렀다.

"어이쿠, 누가 방귀라도 뀌었나?"

"아니야, 이렇게 지독한 방귀가 어디 있어?"

온갖 술법에 능수능란한 손오공도 어떻게 할 도리가 없는 냄새였다. 그저 손으로 코를 꽉 움켜쥐는 수밖에 다른 방법이 없었다. 그곳은 다름 아닌 희시동이었고, 높게 솟은 산은 칠절산이었다. 구름을 타고 산을 넘은 뒤에야 냄새는 조금씩 잦아들었다.

그때 앞서 달아나던 요괴가 갑자기 몸을 뒤틀며 본색을 드러냈다. 그것은 붉은 비늘이 온 몸을 감싼 거대한 구렁이였다. 그 크기가 얼마나 대단한지 머리 쪽에 서서 꼬리 쪽을 쳐다보면 까마득해 보일 정도였다. 게다가 두 눈에서는 사람의 정신을 홀리는 기분 나쁜 빛이 번져 나오고, 콧구멍은 연통처럼 자꾸만 검은 연기를 뿜어냈다.

"이제야 정체를 드러냈군."

"그러게 말이오, 사형. 이렇게 직접 보니까 한꺼번에 수십 마리의 가축을 잡아먹었다는 말이 절대 과장은 아니었구려."

손오공이 더욱 속력을 내며 쫓아가 요괴에게 여의봉을 휘둘렀다. 그러나 이번에도 요괴는 기다란 몸을 꿈틀거리며 공격을 피하더니, 멀지 않은 곳에 있던 동굴 속으로 머리를 들이밀면서 숨어들었다. 그것을 본 저팔계가 급한 마음에 갈퀴를 내던지고 달려가 두 손으로 꼬리를 움켜쥐었다.

"이놈, 어디로 달아나려고?"

하지만 힘만큼은 둘째가라면 서럽다는 저팔계조차 구렁이를 당해내지 못했다. 단지 구렁이가 꼬리를 몇 번 뒤틀었을 뿐인데, 저팔계는 훌쩍 내던져져 땅바닥에 고꾸라진 채 끙끙 앓는 소리를 냈다. 손오공이 어디 다친 데는 없는지 아우의 몸을 살피며 한 가지 꾀를 냈다.

"팔계야, 나랑 함께 반대편으로 가서 또 다른 동굴 구멍을 찾아보자."

"여기는 어떻게 하고?"

"어차피 이놈은 몸집이 거대해 동굴 안에서 뒤로 돌아서지는 못할 테니까 그냥 두어도 괜찮아. 틀림없이 출구로 쓰이는 구멍이 더 있을 거야."

"사형의 말을 듣고 보니 그렇긴 하겠구려."

반대편에서 동굴의 출구를 찾는 일은 어렵지 않았다. 손오공이 발소리를 죽이며 다가가 동굴 안을 살펴보자 어둠 속에서 구렁이의 두 눈이 반짝거렸다. 그때 갑자기 손오공이 동굴 안으로 들어가 구렁이를 약올리기 시작했다.

"이런 겁쟁이를 봤나. 덩치 값도 못하고 여기 숨어 있는 것이 창피하지도 않니?"

손오공은 나뭇가지를 주어 와 구렁이의 몸을 쿡쿡 찌르기까지 했다. 몇 번이나 그런 행동을 반복하면서 조롱을 멈추지 않자, 마침내 구렁이는 아가리를 쩍 벌려 손오공을 통째로 삼켰다.

"아이고, 우리 사형 불쌍해서 어떡해!"

그 광경을 지켜본 저팔계가 안타까워하며 폴짝폴짝 발을 굴렀다. 그러나 동굴 안으로 들어가서 구렁이를 때려잡을 엄두는 내지 못했다.

하지만 그것은 손오공의 계략이었다. 구렁이의 뱃속으로 삼켜진 손오공은 여의봉을 꺼내 이곳저곳 두들겨대기 시작했다. 그러다가 지루하면 여의봉을 꼬챙이처럼 날카롭게 만들어 장기들을 마구 찔러댔다. 워낙 거대한 몸집이라, 한동안 구렁이는 별다른 반응을 보이지 않았다. 그러나 매에는 장사가 없는 법이고, 낙숫물이 바위를 뚫는다고 했던가. 마침내 고통을 견디다 못한 구렁이가 몸을 꽈배기처럼 뒤틀면서 동굴을 빠져나가 공중으로 솟구쳐 올랐다. 그 기회를 놓치지 않고 손오공은 최후의 일격을 가했다. 여의봉을 번쩍 치켜들어 구렁이의 심장을 힘껏 내려찍은 것이다.

"크아아악!"

결국 구렁이는 단말마 같은 비명을 내지르며 땅바닥으로 나동그라졌다. 얼마나 몸집이 컸던지 '쿵!' 하는 소리가 칠절산을 흔들 정도였다. 저팔계는 그제야 구렁이에게 달려들어 수십 번이나 갈퀴를 휘둘러댔다.

"이놈, 사형의 복수다!"

그런데 그때 구렁이의 아가리를 벌리며 손오공이 밖으로 나왔다.

"그만 해라, 팔계야. 요괴는 이미 죽었다!"

"아이고, 깜짝이야! 사형, 이게 꿈이요 생시요?"

저팔계는 무사히 살아 나온 손오공이 반가웠다. 그러면서도 구렁이에게 겁을 집어먹었던 것이 생각나 왠지 쑥스러웠다. 만약 손오공이 겁쟁이라고 비아냥대기라도 했다면 무척 속이 상했을 것이다. 다행히 손오공은 별 말 없이 숨통이 끊어진 구렁이의 혓바닥을 잘라 마을로 돌아왔다. 막상 마을 사람들을 만나자, 저팔계는 구렁이의 혓바닥 앞에서 손오공보다 더 의기양양한 표정을 지으며 무용담을 늘어놓기 바빴다.

"정말 대단하십니다! 역시 서천으로 불경을 가지러 가시는 분답네요."

"저야 뭐 한 것이 있나요. 모두 제자들의 공입니다."

마을 사람들이 감사한 마음에 절을 올리자, 삼장이 손사래를 치며 겸손하게 말했다.

그런데 요괴를 없앴다고 해서 모든 문제가 해결된 것은 아니었다. 지독한 냄새가 나는 칠절산을 어떻게 넘어간단 말인가. 능선을 따라 에둘러 간다고 한들, 감 썩는 냄새를 피할 수는 없었다. 하룻밤 신세를 졌던 집주인은 또다시 다른 길을 찾는 편이 낫다고 조언했다. 하지만 그랬다가는 시간이 너무 지체되고, 다른 길이라고 해서 순탄하기만 하다는 보장도 없었다. 그때 손오공이 다시 책략가다운 기지를 번뜩여 마을 사람들에게 말했다.

"우리가 요괴를 때려잡았으니 잔치 한번 해줄 수 있지요?"

"그럼요, 잔치라면 몇 날 며칠이라도 열어 드리지요."

"아니, 그렇게까지 할 필요는 없고 여기 있는 팔계 아우가 좋아하는 음식이나 한상 차려주면 됩니다."

손오공의 말을 듣고 저팔계는 무척 기뻤다. 자신을 위하는 사형의 마음씀씀이가 너무 고마워 감동 그 자체였다. 하지만 그렇게 하는 데는 손오공의 꿍꿍이가 있었다. 저팔계의 몸집을 거대하게 키워 칠절산에 산더미같이 쌓인 썩은 감을 밀어내면서 길을 내려는 속셈이었던 것이다.

곧 마을 사람들은 고기며 떡이며 부침개를 쉴 새 없이 차려냈다. 모두 저팔계가 좋아하는 음식인데다 술도 빠지지 않았다. 오랜만의 포식에 저팔계는 얼굴 가득 웃음이 떠나지 않았다. 먹고 또 먹고, 마시고 또 마시고, 어느새 저팔계의 몸집이 어지간한 산만큼 커졌다. 마을 사람들은 그처럼 신기한 일이 벌어지는 것도 다 서천 가는 길을 돕는 부처님의 뜻이라고 여겼다. 피둥피둥 살이 쪄 어마어마하게 큰 하얀 돼지로 변한 저팔계가 씩씩 거친 숨을 내뱉으며 손오공에게 말했다.

"사형, 이제 나도 더는 못 먹겠소. 운동도 할 겸 이만 길을 떠납시다."

"운동 좋지. 네 덩치에 어울리게 엄청 커진 주둥이로 칠절산에 가득 쌓인 썩은 감들을 싹 밀어버리렴. 그럼 스승님께서 길을 가시기 편할 테니까 말이야."

그제야 저팔계는 손오공의 꾀에 넘어간 것을 알았다. 하지만 이미 되돌릴 수 없는 일이었고, 맛있는 음식을 실컷 먹었으니 크게 억울할 것도 없었다.

저팔계는 손오공의 말대로 거대해진 주둥이를 내밀어 썩은 감들을 밀어내기 시작했다. 저팔계의 주둥이가 지나간 자리는 그대로 길이 되어 용마를 탄 삼장이 안전하게 갈 수 있게 해주었다. 비록 감 썩은 냄새가 완전히 사라지지는 않았지만, 그 덕분에 손오공과 사오정도 별 어려움 없이 서천을 향해 걸음을 옮기게 되었다. 타라장 사람들은 삼장 일행의 모습이 보이지 않을 때까지 합장을 하는 것으로 마지막 인사를 전했다.

거미 여인들과 지네 요괴

아침 일찍부터 비가 부슬부슬 내리더니 오후가 되어서야 날이 갰다. 화창한 날씨에도 오래 걷다 보면 힘이 드는데, 비까지 맞아 몸이 더 무거웠다.

"오늘은 좀 일찍 쉬기로 하자꾸나."

제자들이 모두 삼장의 말을 반겼다.

"그럼 제가 하룻밤 묵어갈 집을 찾아보겠습니다."

말고삐를 쥔 손오공이 뒤돌아 스승을 바라보며 말했다.

"아니다, 오공아. 너희도 피곤할 텐데, 오늘은 내가 알아보마."

"그럴 수야 있나요. 스승님 체면에……."

"체면은 무슨. 너희만 고생하라는 법이 어디 있느냐?"

삼장은 손오공이 만류하는 것도 뿌리치고 말에서 내렸다. 다행히 멀지 않은 곳에 인가가 하나 보였다.

"스승님, 그럼 저기만 다녀오세요. 저 집에서 허락하지 않으면 제가 다른 곳을 찾아보겠습니다."

"알겠다, 오공아."

평소 해보지 않은 일이었지만, 삼장은 별로 걱정하지 않았다. 대부분의 사람들은 승려에 대해 좋은 감정을 갖고 있다고 믿었기 때문이다. 그런데 막상 인가 앞에 다다르자, 삼장이 우뚝 걸음을 멈추었다. 창가에 앉아 수를 놓고 있는 네 명의 여자들을 보았던 것이다.

'웬 보살들이 이리 많지? 남자는 안 계신가?'

삼장은 집 주변을 휘둘러보았다. 마당에서 세 사람이 공놀이를 하고 있었는데, 그들도 전부 여자가 아닌가. 여기저기 아무리 살펴봐도 남자는 그림자도 보이지 않았다.

'할 수 없구나. 제자들한테 큰소리 치고 왔는데 일단 부딪쳐봐야지.'

삼장은 긴장을 가라앉히느라 깊은 숨을 한 번 내쉬고 여자들에게 다가갔다.

"보살님들, 제자들과 함께 서천으로 불경을 가지러 가는 길인데 하룻밤 쉬어갈 수 있겠는지요? 부담스러우시면 편히 거절하셔도 됩니다."

여자들은 간신히 용건을 말하는 삼장에게 미소를 지어 보였다. 수를 놓던 네 명의 여자들은 바느질을 멈추었고, 공놀이를 하던 세 명의 여자들은 어느새 삼장 곁으로 달려왔다.

"부담스럽다니요? 스님을 모시는 것만큼 영광스런 일이 어디 있다고요. 어서 안으로 들어오시지요."

자신을 너무나 반갑게 맞이하는 여자들 때문에 삼장은 감격했다. 그 바람에 제자들의 존재를 깜빡 잊고 혼자 집 안으로 걸음을 옮겼다. 여자들의 집은 나무로 만들어졌는데, 왠지 냉기가 가득했다. 게다가 집 안으로 쑥 들어가 보니까 어울리지 않게 동굴이 있었다. 한 여자가 그곳으로 삼장을 안내하더니 돌문을 밀어젖혔다.

"스님, 여기서 쉬고 계십시오. 시장하실 텐데 먹을 것을 좀 내오겠습니다."

"네, 고맙습니다."

그렇게 여자들 몇은 음식을 마련하러 부엌으로 갔다. 그리고 나머지 여자들은 삼장 곁에 둘러앉아 질문 공세를 퍼부었다.

"스님, 언제 출가하셨어요?"

"……."

"지금 나이는요?"

"……."

"좋아하는 음식은 뭔가요?"

"……."

삼장이 미처 대답하기도 전에 여자들은 앞다퉈 궁금한 것을 물어봤다. 평소 여자들과 이야기할 기회가 많지 않은 삼장은 머쓱해하며 자꾸 헛기침만 해댔다.

잠시 뒤, 부엌으로 갔던 여자들이 한 상 가득 음식을 차려 가져왔다. 그런데 웬 일인지 비릿한 냄새가 코를 찔렀다. 삼장이 자세히 살펴보니, 모두 인육(人肉)을 절이거나 삶아놓은 것이었다.

'이럴 수가! 이 여자들의 정체가 심상치 않구나.'

왠지 불길한 예감을 느낀 삼장이 동굴 밖으로 나가려고 자리에서 일어났다. 그러자 여자들이 일제히 달려들어 삼장을 덮친 다음 이상한 밧줄로 꽁꽁 묶어 대들보에 매달았다. 그 밧줄은 알고 보니 여자들의 배꼽에서 나오는 실로 만든 것이었다. 여자들은 계속 배꼽에서 실을 뽑아내 동굴 입구를 막아 버렸다.

한편, 삼장의 세 제자는 여기저기 편한 대로 누워 지친 몸을 쉬고 있었다. 저팔계는 풀밭에 벌렁 자빠졌고, 사오정은 커다란 나무에 등을 기대고 앉았으며, 손오공은 나뭇가지에 누워 콧노래를 흥얼거렸다. 용마도 그 곁에서 한가롭게 풀을 뜯으며 허기를 달랬다. 그런데 시간이 훌쩍 지났는데도 삼장이 돌아오지 않자, 손오공이 몸을 일으켜 나뭇가지에 선 채 인가 쪽을 살펴보았다. 순간 손오공의 눈이 동그래졌다.

"아우들아, 아무래도 큰일 난 것 같다! 스승님께서 가신 집이 수상해."

그 말에 배를 훤히 드러내놓고 풀밭에 누워 있던 저팔계가 기지개를 켜며 몸을 일으켰다.

"대체 뭐가 수상하다는 거요?"

"아까 저 집은 평범한 인가 같았는데, 지금 보니까 마치 눈에 덮인 것처럼 흰빛이 감싸고 있어. 겨울도 아닌데 말이야. 혹시 요괴 소굴인 걸까?"

요괴 소굴이라는 말에 사오정도 벌떡 몸을 일으켰다.

"그럼 스승님이 위험하실 텐데, 어서 가봐야지요."

사오정이 항요장을 챙겨들려고 하자 손오공이 말렸다.

"아직 확실한 것은 아니니까 내가 혼자 가볼게."

"그러는 편이 낫겠수."

편히 쉬고 있다 보니까 만사 귀찮아진 저팔계가 괜히 손오공의 말에 맞장구를 쳤다. 그런 속셈을 뻔히 아는 손오공이 별다른 대꾸를 하지 않고 삼장이 찾아간 인가로 향했다. 그런데 가까이 다가가 보니 의심이 더욱 커질 수밖에 없었다. 놀랍게도 지붕이며 벽이 온통 하얀 실로 뒤덮여 있었던 것이다.

'이게 뭐지?'

손오공은 고개를 갸웃거리며 가로로 세로로 어지럽게 뒤엉켜 있는 하얀 실을 만져보았다. 그 느낌이 뭐랄까, 설탕물에 절여놓은 무명실처럼 끈적끈적했다. 아무리 생각해봐도 손오공은 그 실이 무엇인지 알 수 없었다. 여태껏 한 번도 느껴보지 못한 야릇한 촉감이었다. 손오공은 고민 끝에 주문을 외워 그곳의 토지신을 불러냈다.

"나는 일찍이 수많은 술법을 익혀 천상천하를 떠돌아 다녔지만 이렇게 끈적끈적한 실은 본 적이 없다. 대체 이것이 무엇인가?"

토지신은 오래 전부터 손오공에 대한 소문을 들어 알고 있었다. 귀찮다고 모른 척했다가는 어떤 곤경에 처할지 모를 일이었다. 토지신이 공손한 자세로 말문을 열었다.

"이 집은 반사동(盤絲洞)이라는 동굴이지요. 여자 요괴 일곱이 살고 있는데, 그 정체는 거미입니다."

"거미 요괴라……. 술법은 어떤가?"

"저는 별볼일없는 토지신에 지나지 않아 자세한 것은 모릅니다. 다만 이 근방에 칠선고(七仙姑)가 내려와 목욕하는 연못이 있었는데, 여자 요괴들이 빼앗아버렸지요. 칠선고가 이렇다 할 저항도 없이 순순히 물러난 것을 보면 신통력이 대단한 듯합니다."

토지신의 이야기를 들은 손오공은 일단 아우들이 있는 곳으로 돌아왔다. 함부로 공격했다가는 삼장이 어떻게 될지 몰랐기 때문이다. 하지만 저팔계는 항상 몸이 먼저 반응하는 성격이었다. 손오공으로부터 여자 요괴가 일곱이나 있다는 말을 듣자마자 갈퀴를 집어들고 반사동으로 달려갔다. 사오정이 사형과 작전을 짠 다음 함께 가자는 말도 듣지 않았다.

그런데 반사동에는 일곱이나 있다는 여자 요괴가 하나도 보이지 않았다. 저팔계가 주변을 둘러보니 연못이 있었다. 그곳에서 깔깔거리는 여자들의 웃음소리가 들려왔다. 발소리를 죽이며 저팔계가 연못으로 다가가 보았다.

"언니들, 오늘 잡은 중놈은 아주 먹음직스럽더라고. 목욕을 마치고 나서 푹 삶아먹자."

"그러자꾸나. 얼마 만에 맛보는 중놈인지 몰라."

여자 요괴들의 말을 엿들은 저팔계는 화들짝 놀랐다. 겉보기에는 아름답게 생긴 여자들의 입에서 어쩌면 그토록 끔찍한 이야기가 나올 수 있단 말인가. 어물쩍대다가는 삼장의 목숨이 어떻게 될지 몰랐다. 저팔계는 당장 갈퀴를 움켜쥐고 여자 요괴들에게 달려들었다.

"앗, 이놈은 뭐야?"

여자 요괴들은 목욕을 하다 말고 허둥지둥 연못 밖으로 뛰어나왔다. 진짜 사람들이었다면 부끄러워 망설였을 텐데, 요괴들은 아무런 거리낌이 없었다. 오히려 저팔계가 눈을 어디에 둘지 몰라 당황했다. 그때를 놓치지 않고 여자 요괴들이 배꼽에서 실을 뽑아 저팔계의 몸을 친친 감았다. 그야말로 순식간이었다. 저팔계가 빠져나가려고 발버둥쳤지만 그럴수록 몸이 더욱 조여들었다. 나중에는 온 몸에 실이 엉켜 제대로 서 있을 수도 없었다. 얼핏 보면 딱 누에고치라고 할 만했다.

"으앙, 이게 대체 뭐야?"

저팔계가 애써 몸을 감은 실그물을 뜯어내려고 했지만 헛수고였다. 한 움큼 실을 움켜쥐면 손바닥에 끈적끈적하게 달라붙어 기분만 더 나빠졌다. 그 모습을 보며 여자 요괴들은 아까보다 더 크게 깔깔거렸다.

"이놈도 중이랑 같이 삶아먹을까?"

"아니, 돼지고기는 충분히 있잖아. 괜히 중놈 맛만 이상해질지 몰라."

여자 요괴들은 끔찍한 소리를 아무렇지 않게 내뱉으며 못다한 목욕을 하러 연못으로 들어갔다. 그리고 잠시 뒤 모두 어디론가 사라졌다. 실그물에 갇힌 신세가 되어버린 저팔계는 숨이 막혀 컥컥대다가 정신을 잃고 말았다.

그렇게 얼마쯤 시간이 흘렀을까? 저팔계가 가까스로 정신을 차려 눈을 떠보니 몸을 감싸고 있던 실그물이 보이지 않았다. 여자 요괴들 중 하나가 실이 아깝다며 걷어가 버렸던 것이다. 덕분에 저팔계는 손오공과 사오정이 있는 곳으로 돌아올 수 있었다.

"사형, 여자 요괴들이 배꼽에서 뽑아내는 실을 우습게 여겼다가는 큰 코 다치겠소."

저팔계가 한숨까지 내쉬며 호들갑을 떨자 손오공이 나무랐다.

"그러기에 오정이 말을 들었어야지. 너는 늘 행동이 앞서서 문제야."

누구에게든 잔소리를 들으면, 저팔계는 금방 표정부터 달라졌다. 하지만 틀린 말이 아니니 뭐라고 말대꾸를 할 수가 없었다. 삼장의 세 제자는 힘을 합쳐 여자 요괴들을 때려잡기로 마음먹었다. 우선 상대의 숫자가 적지 않은데다 끈적끈적한 실그물에 갇히게 될까 봐 걱정스러웠기 때문이다.

삼장의 세 제자는 더 이상 지체할 시간이 없었다. 아마도 지금쯤 삼장을 삶을 물이 가마솥에서 펄펄 끓고 있는지 모를 일이었다. 세 제자는 일부러 괴성을 내지르면서 반사동으로 달려갔다. 그 소리를 들은 여자 요괴들이 깜짝 놀라면 요리를 멈추고 자신들에게 달려 나올 것이라고 생각했기 때문이다.

그런데 세 제자의 예상은 빗나갔다. 여자 요괴들은 보이지 않고 졸개들만 잔뜩 쏟아져 나온 것이다. 졸개들은 독개미와 살인진드기로 변신해 제자들의 몸에 들러붙었다.

"으악! 따가워 죽겠네!"

독개미와 살인진드기가 마구 살점을 물어뜯는 바람에 저팔계가 고래고래 비명을 질러댔다. 사오정도 온 몸을 벅벅 긁어대며 괴로워했다. 그것을 본 손오공이 아우들을 위해 둔갑술을 펼쳤다. 벌레들을 잡아먹는 딱따구리로 변신한 것이다. 딱따구리는 이리저리 날쌔게 날아다니며 독개미와 살인진드기를 전부 먹어치웠다.

"휴, 고맙소. 사형이 아니었으면 이깟 것들에게 물려 죽을 뻔했구려."

저팔계가 진심으로 손오공에게 고마워했다. 그런데 한가하게 그런 인사나 주고받고 있을 상황이 아니었다. 얼른 본래 모습으로 돌아온 손오공이 반사동으로 뛰어들었다. 두 아우도 무기를 치켜든 채 사형의 뒤를 따랐다.

"사악한 요괴들아, 덤벼라!"

그런데 반사동에 여자 요괴들은 보이지 않았다. 아마도 삼장의 제자들이 졸개들을 손쉽게 물리치는 것을 보고 자리를 피한 듯했다. 그들이 생각하기에 서천으로 불경을 가지러 가는 삼장은 보통 승려가 아니었다. 따라서 그 제자들도 무예 솜씨와 술법이 매우 뛰어날 것이라고 짐작했던 것이다.

손오공이 반사동 안을 살펴보니, 아니나 다를까 가마솥에서 물이 펄펄 끓고 있었다. 조금만 늦었어도 삼장은 목숨을 잃고 푹 삶아질 위기였다. 동굴 대들보에 매달려 있던 삼장이 제자들을 발견했다.

"오공아, 여기다. 팔계야, 오정아, 내가 여기에 있다⋯⋯."

세 제자는 일제히 동굴 천장을 올려다봤다. 그토록 걱정했던 스승이 밧줄에 묶여 대롱대롱 흔들리고 있었다. 손오공이 서둘러 밧줄을 끊고 삼장을 구했다. 역시나 밧줄을 잡았던 손바닥이 끈적거려 양 손을 부비며 몇 번이나 털어내야 했다. 오랜 시간 대들보에 매달려 있어 제대로 몸을 가누지 못하는 삼장을 사오정이 부축했다.

"팔계야, 너는 나랑 같이 이 주변을 샅샅이 뒤져 요괴들을 찾아내자."

"그럽시다, 사형. 나도 갚아줘야 할 빚이 있으니까."

그러나 반사동 안팎에서 여자 요괴들을 발견할 수는 없었다. 실그물에 갇히는 수모를 당했던 저팔계는 분을 삭이지 못하고 반사동에 불을 질렀다. 여기저기 온통 하얀 실이 얽히고 설킨 탓에 불길은 금방 거세게 타올랐다. 그제야 조금 화가 풀렸는지, 저팔계가 불을 붙이느라 땅바닥에 잠시 내려놓았던 갈퀴를 집어 들며 손오공에게 말했다.

"사형, 이제 그만 갑시다."

"그러자, 팔계야. 오늘 여기서 쉬는 것은 글렀으니 다른 곳을 찾아봐야겠구나."

그렇게 삼장 일행은 다시 서천 방향으로 걷기 시작했다. 얼마 지나지 않아 일행 앞에 황화관(黃花觀)이라고 쓴 현판을 내건 누각이 나타났다. 곧 날이 저물 시각이라, 삼장 일행은 일부러 인기척을 내며 안으로 들어가 보았다. 마침 수염을 길게 기른 한 도인이 환약을 만들고 있다가 소리가 나는 쪽으로 고개를 돌렸다.

"뉘시오?"

"저희는 서천으로 불경을 가지러 가는 길인데, 하룻밤 신세를 질 수 있겠는지요?"

삼장의 말에 도인은 자리에서 일어나 옷매무새를 정돈했다.

"제가 귀한 분들을 못 알아봤군요. 어서 안으로 드시지요."

"고맙습니다, 선령(仙靈)님."

도인의 환대에 삼장은 합장으로 예를 갖췄다. 세 제자도 스승을 따라 인사했다.

그런데 그 도인은 사실 반사동의 여자 요괴들과 함께 술법을 익힌 도반이었다. 삼장을 잡아먹으려다가 뜻을 이루지 못하고 도망친 여자 요괴들이 바로 그 누각에 숨어 있었다.

삼장 일행이 누각에 다다르기 전, 여자 요괴들은 가쁜 숨을 내쉬며 달려와 도인 앞에 무릎을 꿇고 애원했다.

"오라버니, 서천으로 불경을 가지러 간다는 중놈과 제자들이 우리를 죽이려 합니다. 졸개들은 이미 놈들에게 모두 목숨을 빼앗겼지요. 소문을 듣자 하니, 그들에게 당한 이가 한둘이 아니라고 합니다. 놈들을 살려두면 오라버니께도 언제 화가 미칠지 모릅니다. 부디 그 자들을 죽여 후한을 남기지 마십시오."

"알겠다. 나의 사랑스런 누이들을 괴롭혔다면 결코 살려둘 수 없지."

그렇게 황화관의 도인은 삼장 일행이 자신에게 찾아올 것을 알고 있었다. 다양한 효능의 환약을 만들 줄 아는 도인은 미리 독약을 만들어 시중을 드는 선동에게 맡겨둔 상태였다. 삼장 일행과 마주앉은 도인이 선동에게 차를 내오라고 시키며 몰래 눈짓을 했다. 아무도 그것을 알아차리지 못했으나, 손오공만은 심상치 않은 낌새를 느꼈다.

잠시 뒤 선동이 차를 내오자, 삼장과 두 제자는 아무런 의심도 없이 맛있게 받아 마셨다. 그리고는 이내 낯빛이 하얗게 질리며 입에 거품을 물더니 하나둘 쓰러지기 시작했다. 마침 목이 말라 벌컥벌컥 차를 들이켰던 저팔계가 가장 먼저 쓰러졌고, 사오정과 삼장이 뒤이어 정신을 잃었다. 다만 의심의 눈초리를 거두지 않은 손오공은 차를 마시는 시늉만 해 도인의 꾐에 걸려들지 않았다.

"내가 이럴 줄 알았어! 왜 원한도 없이 우리를 해치려 드느냐?"

손오공이 들고 있던 찻잔을 도인의 얼굴을 향해 내던졌다. 도인이 머리를 숙여 그것을 피하자 벽에 부딪친 찻잔이 와장

창 깨져버렸다.

"원한이 왜 없어? 나의 누이들을 죽이려 한 것이 나를 죽이려 한 것과 다르지 않다!"

"우리가 당신의 누이들을 죽이려 했다고?"

"그렇다, 반사동의 여인들이 내 누이들이란 말이다!"

그제야 손오공은 앞뒤 사정을 헤아릴 수 있었다.

"먼저 나의 스승님을 해치려 든 것이 그 요괴들인 것을 몰랐느냐?"

손오공은 벼락같이 고함을 내지르며 여의봉을 꺼내들었다. 그러자 도인도 도포 속에 감춰두었던 보검을 꺼내들고 맞섰다. 그 순간 어디에 숨어 있었는지 일곱이나 되는 여자 요괴들도 일제히 뛰쳐나와 배꼽에서 실을 뽑아내기 시작했다. 저 팔계로부터 실그물의 위력을 전해들은 손오공이 재빨리 몸을 피하며 공중으로 솟구쳐 올랐다.

"나는 너희들의 정체를 알고 있다, 거미 요괴들아!"

"역시 제법이구나. 그렇다면 이것이 거미줄인 것도 알 테니, 맛 좀 봐라!"

여자 요괴들은 배꼽에서 뽑은 실을 손오공에게 내던졌다. 그러나 손오공이 이리저리 피해 다니는 바람에 거미줄 뭉치가 그대로 바닥에 나뒹굴었다. 공격이 뜻하는 대로 풀리지 않자 여자 요괴들은 배꼽에서 뽑은 실로 몇 겹이나 되는 보호막을 친 다음 그 안에 숨어버렸다. 그 사이 도인은 독약을 먹고 쓰러진 삼장과 두 제자를 누각의 구석진 방으로 몰래 끌고 가 숨겨두었다.

"그깟 방어막을 친다고 내가 물러설 줄 아느냐?"

손오공은 일단 여자 요괴들, 그러니까 거미 요괴들을 때려 잡은 후 도인을 상대할 작정이었다. 자칫 도인과 맞붙어 싸우다가 거미 요괴들의 실그물 공격을 받으면 꼼짝없이 붙잡힐 수밖에 없었기 때문이다. 손오공이 가슴 털을 한 움큼 뽑아 입으로 바람을 불었다. 그러자 수십 마리의 가짜 손오공이 나타나 주인의 명을 기다렸다.

"너희들은 당장 저 방어막을 뜯어내라!"

혼자 하면 어려운 일이 여럿이 함께하면 손쉽게 끝나는 법. 수십 마리의 가짜 손오공이 달려들어 거미줄을 뜯어내자 보호막에는 금방 커다란 구멍이 뚫렸다. 그곳을 통해 보호막 안으로 달려 들어간 손오공이 여자 요괴들을 향해 여의봉을 휘둘러댔다.

"내 스승님을 어떻게 하겠다고? 어디 가마솥 물보다 더 뜨거운 맛 좀 봐라!"

여자 요괴들은 손오공의 여의봉에 얻어맞는 순간 하나둘 본래의 모습을 드러냈다. 아름다운 미모의 여인들 대신 징그럽게 생긴 커다란 거미들이 바닥에 나뒹굴었던 것이다. 당연한 이치지만, 숨통이 끊어진 거미들은 더 이상 거미줄을 뽑아내지 못했다. 그때 삼장과 두 제자를 숨기고 온 도인이 보검을 치켜들며 소리쳤다.

"네 놈이 결국 나의 누이들을 해쳤구나. 용서하지 않겠다!"

"너도 누이들과 똑같이 만들어줄까? 목숨이라도 구하고 싶으면 당장 해독제를 내놓아라!"

독약이 든 차를 마시고 쓰러진 스승과 아우들을 구하려면 해독제가 필요했다. 그것을 잘 아는 손오공이 도인과 협상을 벌였다. 하지만 순순히 해독제를 내놓을 도인이 아니었다.

"내가 해독제를 내놓을 리 있겠느냐? 잔말 말고 덤비기나 해라. 너를 죽인 다음에 내가 중놈을 삶아먹어야겠다."

"오누이가 전부 끔찍한 소리를 해대는구나. 너도 이 여의봉에 얻어맞고 정체나 드러내라!"

만약 수십 마리 가짜 손오공들의 도움을 받았다면 싸움이 쉽게 끝났을지 모른다. 하지만 자존심 강한 손오공이 그것을 바라지 않았다. 손오공은 즉시 수십 마리의 가짜 손오공을 다시 가슴 털로 변신시킨 다음 도인을 향해 공격을 퍼붓기 시작했다.

그런데 도인은 결코 만만한 상대가 아니었다. 그가 두 팔을 번쩍 들어올리자, 양쪽 겨드랑이에 있는 천 개의 눈에서 엄청난 빛이 뿜어져 나왔다.

"악! 이것은 처음 보는 술법인데……."

도인의 갑작스런 강공에 손오공은 맥을 추지 못했다. 눈이 부셔 앞을 볼 수 없었고, 지독한 현기증이 느껴져 제대로 서 있기조차 힘들었다. 두 손으로 눈을 가려보려고 해봤지만, 그러기에는 빛이 너무나 강렬했다.

'이대로 있다가는 도인의 보검에 목이 달아날지 모르겠는 걸.'

도저히 위기를 벗어날 방법을 찾지 못한 손오공은 일단 그 자리를 피하기로 마음먹었다. 그래서 단단한 껍질을 두른 벌레로 변신해 땅속으로 파고들었다. 빛이 스며들지 못할 만큼 깊숙한 곳까지 들어간 뒤에도 20리나 더 달아나고 나서야 비로소 한숨을 돌릴 수 있었다. 그만큼 도인의 빛 공격이 막강했던 것이다.

잠시 뒤, 땅 밖으로 모습을 드러낸 손오공이 망연자실해하며 넋을 놓고 있었다. 그대로 다시 황화관에 찾아가봤자 스승과 두 아우를 구해낼 자신이 없었다. 설령 그들을 구해낸다 한들 해독제가 없으면 소용없는 일이었다.

그때 등 뒤에서 누군가 말을 붙여 왔다.

"댁은 무슨 고민이 있어 그처럼 막막한 표정을 짓고 있수?"

때마침 그곳을 지나가던 토속신 여산노모(黎山老姆)였다. 손오공은 답답한 마음에 그동안 일어났던 일을 전부 이야기해주었다. 그러자 토속신이 도인의 정체와 함께 그를 물리칠 수 있는 방법을 알려주었다.

"그 도인은 다목괴(多目怪)라고 불리는 요괴인데, 자운산(紫雲山) 천화동(千花洞)의 비람파(毗藍婆) 신선에게 도움을 청하면 기꺼이 들어줄 것이오."

토속신의 말에 손오공은 다시 얼굴이 밝아졌다. 도인을 때려잡고 스승과 두 아우를 구해낼 희망이 생겼기 때문이다. 손오공은 즉시 근두운을 타고 천화동으로 날아갔다. 그곳에 한 여자 신선이 여유롭게 꽃밭을 가꾸고 있는 것이 보였다. 다름 아닌 비람파였다. 손오공은 신선 앞에 무릎을 꿇고 도움을 청했다.

"저의 재주가 미천해 다목괴를 물리치기 쉽지 않습니다. 또한 그놈을 물리친다 한들 독약을 먹고 사경을 헤매는 스승과 아우들을 구할 수 없습니다. 부디 저를 도와주시면 그 은혜 잊지 않겠습니다."

손오공의 부탁에 비람파는 부드러운 미소를 지어 보였다. 그리고 흔쾌히 손오공의 청을 들어주겠다고 말했다.

"다목괴라면, 내게 비책이 있네. 불법을 행하는 승려를 해치려 한다니 두고 볼 수 없지."

그렇게 손오공은 비람파와 함께 황화관으로 돌아오게 되었다. 일단 비람파는 커다란 바위 뒤에 몸을 숨겼고, 손오공 혼자 누각의 문을 두드렸다.

"요괴 놈아, 이번에는 제천대성의 여의봉 맛을 제대로 보여 주마!"

그 소리를 들은 도인이 누각에서 달려 나와 포악하게 소리쳤다.

"네 녀석이 아직 혼이 덜 났구나. 막 중놈을 잡아먹으려던 참인데, 너까지 가마솥에 집어넣고 푹 삶아야겠다!"

도인은 다시 두 팔을 들어올려 양쪽 겨드랑이에 있는 천 개의 눈으로 강렬한 빛을 뿜어냈다. 그 순간 바위 뒤에서 비람 파가 뛰어나와 바늘 하나를 공중에 집어던졌다. 그 바늘이 천 개의 눈에서 나온 빛과 만나자 천둥이 치듯 요란한 소리가 울려 퍼졌다. 그리고는 이내 그토록 강렬했던 빛이 완전히 사라졌다.

"악, 눈이 안 보여!"

비람파가 던진 바늘의 위력은 상상을 초월했다. 천 개의 눈에서 나온 엄청난 빛을 없애버렸을 뿐만 아니라, 도인의 얼굴에 있는 두 눈도 멀게 만들었다. 도인은 괴로움에 몸부림치며 땅바닥을 뒹굴었다. 잠시 그 광경을 지켜보던 비람파가 곁으로 다가가서 머리를 쓰다듬자, 도인이 더는 견디지 못하고 정체를 드러냈다. 그것은 거대한 지네 요괴로, 온 몸의 기운이 쭉 빠진 채 수십 개의 짧은 다리만 간신히 꼼지락거렸다.

"이놈, 숨통은 내가 끊어주마!"

손오공이 아무런 저항도 하지 못하는 지네 요괴를 향해 여의봉을 집어 들었다. 마지막 일격을 가할 작정이었던 것이다. 그런데 비람파가 손오공을 말렸다.

"이럴 시간이 없네. 내가 해독제를 줄 테니, 늦기 전에 얼른 스승과 아우들을 찾아 먹이도록 하게."

비람파의 말에 손오공은 고개를 끄덕이며 환약 세 알을 받아들었다. 그리고 누각 안을 샅샅이 뒤져 삼장과 두 아우를 찾아낸 다음 그것을 삼키게 했다.

"왝!"

가장 먼저 반응을 보인 것은 사오정이었다. 뒤이어 삼장이 차와 함께 마신 독약을 게워내며 가까스로 정신을 차렸다. 맨 마지막에 저팔계가 깨어났는데, 구역질하는 소리가 얼마나 컸던지 누각이 쩌렁쩌렁 울릴 정도였다.

손오공이 삼장에게 비람파의 공을 이야기해주었다. 삼장뿐만 아니라 저팔계와 사오정도 생명의 은인 앞에 공손히 머리를 조아렸다.

"고맙습니다. 신선님 덕분에 다시 서천으로 갈 수 있게 되었습니다."

비람파는 손오공을 처음 만났을 때 보였던, 부드럽고 인자한 미소로 대답을 대신했다. 그리고는 겨우 숨만 쉬고 있는

지네 요괴를 거두어 천화동으로 돌아갔다. 어떤 이유로 지네 요괴를 데려갔는지 알 수 없으나, 손오공은 신선에게 깊은 뜻이 있을 것이라고 여기며 다시 길을 떠날 채비를 했다. 삼장과 두 아우도 서둘러 봇짐을 챙겼다.

"쳇, 오늘은 또 노숙을 해야겠구먼."

저팔계는 요괴들 때문에 목숨을 잃을 뻔했던 사실을 금세 잊은 듯했다. 그저 따뜻한 잠자리를 찾지 못하게 된 것이 불만이었다.

거위장에 갇힌 아이들

다음에 삼장 일행이 발을 들인 곳은 비구국(比邱國)이었다. 그곳은 여느 지역에 비해 거리가 깨끗하고 행인들의 옷차림새도 번듯해 보였다.

"여기서 쉬었다 가면 좋겠구려, 사형."

저팔계가 말했다. 그 말에 어떤 뜻이 담겨 있는지, 이제 삼장과 다른 제자들은 굳이 설명을 듣지 않아도 알 수 있었다. 하기야 근방에 꽤 많은 집들이 있어 하룻밤 묵어가기를 청하면 어렵지 않게 잠자리를 구할 수 있을 것 같았다.

그런데 가만히 살펴보니 이상한 점이 눈에 띄었다. 집집마다 대문 앞에 거위장이 놓여 있었는데, 하나같이 아름다운 오색 비단으로 덮개를 만들어 씌워놓았다.

"이곳 거위들은 햇빛을 싫어하나?"

"그럴 리가 있나. 조용히 알을 품게 하려고 가려놓은 것 아닐까?"

저팔계와 사오정이 온갖 추측을 하며 궁금해 했다. 거위장에 오색 비단을 덮어놓은 이유를 알고 싶은 것은 손오공도 마찬가지였다. 삼장 역시 고개를 갸웃거리며 도무지 이해할 수 없다는 표정을 지었다.

"스승님, 제가 한번 알아보겠습니다."

손오공이 삼장을 바라보며 말했다. 그리고는 꿀벌로 둔갑해 덮개 틈으로 비집고 들어가 거위장 안을 살펴보았다.

'아니, 이게 무슨 일이야?'

거위 장을 들여다본 손오공은 오히려 궁금증이 더 커졌다. 왜냐하면 집집마다 놓아둔 거위장 안에는 대여섯 살 정도 되어 보이는 사내아이들이 들어앉아 있었기 때문이다. 아이들은 잔뜩 겁을 집어먹었거나, 답답해서 울다가 지쳐 잠들었거나, 앞으로 어떤 일이 벌어질지 몰라 불안한 표정으로 어둠 속에 멀뚱히 앉아 있었다.

본래의 모습으로 돌아온 손오공이 삼장에게 그 사실을 이야기해주었다.

"거참, 이상하구나. 아이들이 가축도 아니고 왜 그런 짓을 한단 말이냐?"

삼장은 왠지 불길한 생각이 들어 그 일에 대해 좀 더 알아보기로 했다. 그래서 금정관(金亭館)이라는 팻말이 붙어 있는 역관(驛館)으로 가 그곳을 관리하는 역승(驛丞)을 만났다.

"소승이 거리를 지나다가 기이한 것을 보았습니다."

"아, 그거요……."

역승은 삼장이 무엇을 물으려는지 알고 있는 듯했다.

"어째서 거위장에 아이들이 갇혀 있는지요?"

삼장이 진지하게 캐묻자, 역승은 어쩔 수 없다는 얼굴로 믿기 어려운 이야기를 털어놓기 시작했다.

"삼 년 전 이 나라에 한 도인이 찾아와 열여섯 살쯤 되어 보이는 요녀(妖女)를 국왕에게 바쳤습니다. 국왕에게는 원체 후궁이 많았던 터라, 아무도 그 일에 시비를 걸지 않았지요. 국왕은 요녀가 마음에 들어 미후(美后)라고 부르면서 무척 아꼈습니다. 자주 국사를 내팽개친 채 하루 종일 방에 틀어박혀 요녀와 시간을 보내고는 했지요. 그러다 보니 갈수록 몸이 허약해졌고, 근래 들어서는 병색이 완연할 만큼 쇠약해졌습니다."

"국왕이 지나치게 색(色)을 가까이 했군요."

저팔계가 아는 체를 하며 끼어들었다. 손오공이 자기 입술에 손가락을 가져다대며 저팔계를 조용히 시켰다. 잠시 말이 끊겼던 역승의 이야기가 이어졌다.

"제가 도인이 벼슬을 받았단 말씀을 안 드렸지요? 그 도인은 아름다운 요녀를 바친 공을 인정받아 국장(國丈)에 임명되었습니다. 어찌나 권세가 센지 다른 신하들과 달리 아무 때나 국왕을 만날 수 있었지요. 자기 마음대로 말이에요. 물론 국왕도 도인에게 크게 의지해 이런저런 일을 상의했고요. 국왕의 몸이 쇠약해지면서부터는 아예 도인의 말만 들을 정도였습니다. 그러던 어느 날, 도인이 국왕에게 건강을 회복하고 불로장생할 수 있는 비법을 알고 있다고 귀띔했지요. 한데 그 비법이란 것이……."

"그 비법이란 것이……."

저팔계가 손오공의 주의를 잊고 다시 끼어들었다. 역승은 이야기가 끊긴 김에 물을 한 모금 마시고 다시 말문을 열었다.

"도인이 알려준 비법이란, 대여섯 살 난 사내아이들 천백열한 명의 심장으로 신비의 환약을 지어 먹으면 된다는 것이었습니다. 그래서 지금 거위장에 아이들을 가둬놓고 최고의 약효를 보일 때까지 키우고 있는 것이랍니다. 그러니까 그 아이들이 국왕의 불로장생을 위한 약재라는 말이지요."

"어떻게 그런 짓을 할 수 있습니까?"

삼장은 차마 믿을 수 없다는 얼굴로 고개를 절레절레 흔들었다.

"그럼 부모가 직접 아이들을 키운단 말인가요?"

손오공이 물었다.

"그건 아니지요. 시골이나 산골에 사는 가난한 가정의 아이들을 데려와 집집마다 한 명씩 맡겨놓은 것입니다. 거위처럼 키우라고요."

역승의 이야기를 들은 삼장의 눈에서는 마침내 눈물이 흘러내렸다. 제자들 역시 국왕을 홀려 스스럼없이 못된 짓을 일삼는 도인을 욕하며 화를 냈다.

"아마도 그 도인은 요괴가 아니겠소?"

"두말 하면 잔소리지. 내 이놈을 가만두지 않겠다!"

저팔계의 물음에 손오공은 당연한 말을 한다는 듯 쏘아붙였다. 그리고는 역관 밖으로 나가 그 주변의 토지신과 산신, 서낭신 등을 불러 모았다.

"자네들은 이 나라에서 일어나고 있는 황당한 사건을 알고 있나?"

손오공이 늠름한 자세로 서서 꾸짖듯 물었다.

"네……. 그렇습니다만, 우리 힘으로는 도인의 술법에 맞서 볼 도리가 없습니다."

토지신과 산신, 서낭신 등은 손오공의 기세에 눌려 잔뜩 주눅이 들었다. 그러자 손오공이 애써 흥분을 가라앉히며 중요한 일을 당부했다.

"도인의 술법이 대단해봤자 한낱 요괴인걸, 뭐. 내가 놈을 때려잡아 줄 테니, 자네들도 나를 돕도록 해."

"어떤 일을 하면 됩니까?"

"자네들은 지금 당장 거위장에 갇힌 아이들을 구출한 다음 안전한 곳에서 보호하고 있게. 때가 되면 내가 다시 연락할 테니 말이야."

토지신과 산신, 서낭신 등은 곧 손오공의 명을 따랐다. 집집마다 대문 앞에 거위장을 내놓았기 때문에 어렵지 않게 그 일을 할 수 있었다.

그 날 밤을 역관에서 보낸 삼장 일행은 날이 밝자마자 궁궐로 향했다. 비구국 임금에게 인사를 올리겠다는 것이 이유였지만, 실은 임금이 얼마나 쇠약해졌는지 살펴보고 기회가 닿으면 도인도 만나볼 작정이었다. 그런데 혹시 도인이 삼장 일행을 경계할까 봐 제자들은 궁궐에 들어가지 않기로 했다. 다만 손오공은 자그마한 초파리로 둔갑해 삼장의 가사에 달라붙어 궁궐로 숨어들었다.

잠시 뒤, 임금이 초췌한 얼굴로 삼장을 맞이했다. 그야말로 피골이 상접한 몰골이었다.

"반갑습니다, 법사님. 비구국에 오신 것을 환영합니다."

"폐하, 저는 서천으로 불경을 가지러 가는 삼장이라고 합니다. 무사히 비구국을 지나갈 수 있게 배려해주셔서 감사합니다."

"뭘요, 제가 건강을 회복하도록 부처님께 기도해주십시오."

임금은 몇 마디 대화를 나누지도 않았는데 가쁜 숨을 몰아쉬었다. 그때 한 신하가 임금에게 큰 소리로 아뢰었다.

"폐하, 국장께서 뵙기를 청하십니다."

"그래? 들어오시라 하게."

그런데 도인을 만나려는 임금의 행동이 이상했다. 마치 아랫사람이 윗사람을 알현하는 것처럼 옷매무새를 가다듬고 허리를 펴 공손히 자세를 고쳐 앉았다. 삼장이 그것을 못 본 척 일부러 시선을 돌리며 작별 인사를 건넸다.

"저는 이만 가보겠습니다, 폐하. 모쪼록 건강을 되찾으시길 기원하겠습니다."

"안녕히 가십시오, 법사님. 차라도 한 잔 대접해야 하는데, 지금 국장께서 찾아오신다니 이해해주시기 바랍니다."

그렇게 삼장은 뒷걸음질을 치며 임금 앞에서 물러났다. 바로 그때 도인이 고개를 빳빳이 쳐들고 들어서면서 밖으로 나가는 삼장의 얼굴을 흘깃 살폈다. 그 순간 초파리로 변신했던 손오공이 삼장의 가사에서 날아올라 문틀에 내려앉았다.

'이 요괴 놈이 뭐라고 지껄이는지 엿들어봐야겠다.'

임금은 도인을 보자마자 자리에서 벌떡 일어나 반갑게 맞이했다. 몸이 불편한 임금이 그렇게 예의를 갖추는데도, 오히려 도인은 귀찮다는 듯 먼저 자리에 앉으며 짜증 섞인 말투로 투덜거렸다.

"폐하, 보고는 받았습니까?"

"보고라니요?"

임금이 바짝 긴장한 목소리로 되물었다.

"간밤에 거위장에 가둬두었던 아이들이 모두 사라졌습니다."

"뭐라고요?"

도인이 아이들의 심장으로 신비의 환약을 만들어줄 날만 기다렸는데, 임금은 이만저만 실망스러운 것이 아니었다. 너무나 낙심한 나머지 천하를 잃은 듯 슬퍼 보였다. 그때 도인이 뜻밖의 말을 꺼냈다.

"아이들이 사라지기는 했지만, 방법이 영 없는 것은 아닙니다."

"그게 뭡니까?"

"방금 전에 여기서 나간 승려의 심장으로 환약을 만들면 약효가 훨씬 뛰어날 것입니다."

그 말에 임금의 눈이 동그래졌다. 그런데 곰곰이 생각해보니, 서천으로 불경을 가지러 가는 승려의 심장이라면 뭔가 특별한 기운을 갖고 있을 것이라 생각되었다. 임금은 당장 삼장을 잡아들이라는 명을 내렸다.

'이거 큰일났구나!'

궁궐에서 벌어지는 상황을 모두 지켜본 손오공은 얼른 문틀에서 날아올라 궁궐 밖으로 나왔다. 그리고 본래의 모습으로 돌아와, 임금의 명을 받은 군사들보다 빨리 역관에 머물고 있는 삼장에게 달려왔다.

"큰일났습니다. 비구국 국왕이 요괴의 꾐에 빠져 스승님을 해치려고 합니다."

손오공으로부터 자초지종을 들은 삼장은 덜컥 겁이 났다. 자기 심장으로 환약을 만들겠다는데 소스라치게 놀라지 않을 사람이 누가 있겠는가.

"이 노릇을 어떻게 하면 좋겠느냐, 오공아?"

"스승님, 시간이 없습니다. 곧 군사들이 들이닥칠 테니, 일단 스승님과 저의 모습을 바꿔야겠습니다. 제가 대신 잡혀가면서 좋은 수를 생각해보겠습니다."

"오공아, 네가 나를 위해 고초를 겪겠구나……."

삼장은 제자가 애처로워 눈물을 글썽였다. 그러나 손오공의 말대로 하지 않으면 더 큰 어려움이 닥칠 것이 뻔했다. 손오공이 주문을 외자, 스승과 제자의 모습이 감쪽같이 뒤바뀌었다. 손오공의 모습으로 바뀐 삼장은 뒷문을 통해 서둘러 역관을 빠져나갔다. 금세 군사들이 들이닥쳤고, 삼장의 모습을 한 손오공은 순순히 궁궐로 끌려갔다. 호랑이를 잡으려면 호랑이 굴로 들어가야 하는 법. 손오공은 큰 소리로 염불을 하면서 머릿속으로는 어떻게 요괴를 물리칠 수 있을까 계략을 짜기 바빴다.

궁궐에는 임금과 도사가 나란히 앉아 삼장을 기다리고 있었다. 군사들이 그 앞으로 삼장을 데려가 무릎을 꿇게 했다. 당연히 그들은 삼장이 실은 손오공이라는 사실을 눈치채지 못했다.

"폐하, 왜 저를 함부로 대하십니까?"

손오공이 짐짓 억울한 표정을 지으며 따졌다. 임금은 내심 미안했지만 자기 코가 석 자다 보니 어쩔 수 없었다. 임금이 가쁜 숨을 쌕쌕거리며 말문을 열었다

"법사님, 나는 몸이 쇠약해져 언제 죽게 될지 모릅니다. 한데 법력 높은 스님의 심장으로 환약을 만들어 먹으면 건강을 되찾을 수 있다는군요. 그래서 부탁드리는데, 법사님의 심장으로 보시를 하시면 고맙겠습니다. 내가 병이 나으면 법사님을 위해 사당을 차리고 해마다 제사를 올려드리지요."

"아니, 누가 그런 헛소리를 한단 말입니까?"

손오공이 다시 따져 물었다.

"여기 계신 국장께서 하신 말씀입니다. 이분은 온갖 술법과 비책에 통달해서 모르시는 것이 없답니다."

임금의 말에 도인은 거만한 자세로 어깨를 으쓱했다. 손오공이 갑자기 모든 것을 체념한 듯 한숨을 내쉬었다.

"온갖 술법과 비책에 능한 분이 하신 말씀이라면 헛소리가

아니겠지요. 중생을 구제하는 것도 불자의 사명이니 기꺼이 폐하의 명을 받들겠습니다. 한데 저는 심장이 하나가 아닌데, 어느 것을 원하시는지요?"

"심장이 하나가 아니라고요?"

"네, 저는 오랫동안 수행을 한 터라 심장이 몇 개 더 있습니다. 측은지심(惻隱之心), 수오지심(羞惡之心), 사양지심(辭讓之心), 시비지심(是非之心)이 그것이지요. 어느 것을 내어드리면 되겠습니까?"

그것은 얼토당토않은 수작이었지만, 임금은 사실이라고 철석같이 믿어 고민에 빠졌다. 불로장생을 위한 신비의 환약을 만드는 데 어느 것이 필요한지 몰라 슬며시 도인의 얼굴을 쳐다봤다. 그러자 도인이 품속에서 칼을 꺼내 들며 손오공을 향해 소리쳤다.

"신비의 환약을 만들려면 너의 흑심(黑心)이 필요하다. 내가 직접 배를 갈라 꺼낼 것이니 가까이 오도록 하라!"

그러나 요괴가 의도하는 대로 당하고 있을 손오공이 아니었다. 삼장의 모습을 한 손오공이 빙긋 웃으며 너스레를 떨었다.

"나는 흑심이 없어. 흑심을 갖고 있는 것은 바로 당신이잖아!"

손오공의 말에 임금은 어리둥절해하며 도인을 바라보았다.

만약 신비의 약을 만들 흑심이 도인에게 있다면 어떻게 해야 되나 고민스러운 표정이었다. 도인은 예기치 않은 상황이 벌어지자 삼장을 날카롭게 쩨려보며 괴상한 주문을 외웠다. 그러자 겉모습 속에 감춰진 속모습, 그러니까 삼장의 실체가 손오공이라는 것을 알아챌 수 있었다.

"아니, 너는 천궁을 어지럽혔던 제천대성……."

"하하하! 내 명성을 들어 알고 있구나, 이 요괴 놈아!"

도인은 정체가 탄로나자 몹시 당황해하며 하늘로 솟구쳤다. 그리고 삼장의 배를 가르기 위해 꺼내들었던 칼을 마구 휘둘렀다.

"이놈, 어디서 감히 칼부림이야?"

손오공이 본래의 모습으로 돌아와 여의봉을 꺼내들고 도인에게 맞섰다. 다른 것은 몰라도 무예 솜씨는 도인이 손오공의 상대가 되지 못했다. 결국 기력이 다한 도인은 한 줄기 빛이 되어 어디론가 달아났다. 그가 꽁무니를 내뺀 곳은 궁궐 뒤편에 있는 내원(內苑)이었다. 그곳은 자기가 임금에게 바쳤던 요녀의 거처였다.

"어서 이리 오너라. 나의 정체가 탄로났으니 함께 달아나자."

요녀는 아무런 대꾸도 하지 않은 채 도인을 따라나섰다. 둘은 이내 냉기가 도는 빛줄기로 변해 어디론가 사라졌다.

한편 손오공은 한 줄기 빛으로 변해 달아난 도인을 쫓아가지 않았다. 굳이 뒤를 밟지 않아도 그 요괴의 소굴을 알아낼 방법이 있다고 생각했기 때문이다. 손오공이 하늘에서 내려와 임금 앞에 예를 갖췄다.

"폐하, 이제 도인에게 속은 것을 아시겠지요?"

"그렇구나……. 내가 그동안 어리석었다."

임금은 한심하게 지내온 지난날을 뉘우치며, 신하들에게 명해 삼장 일행을 궁궐로 데려오도록 했다. 잠시 뒤 궁궐 안에는 똑같은 손오공이 둘이나 되는 진풍경이 펼쳐졌다. 누구도 어느 쪽이 진짜인지 분간하지 못했다. 저팔계와 사오정도 양쪽의 손오공을 번갈아 바라보며 고개를 갸웃거렸다.

"스승님, 이제 본래의 모습을 찾아드리겠습니다."

한쪽 손오공이 다른 쪽 손오공에게 공손히 말하며 주문을 외웠다. 그러자 마침내 삼장 일행의 구성원이 전부 모습을 드러내게 되었다.

"법사님, 제가 몸이 쇠약해져 씻을 수 없는 죄를 지을 뻔했습니다. 사죄의 의미로 음식을 내올 테니 마음껏 드시고 푹 쉬다가 서천으로 가십시오."

사실 진짜 삼장은 그 말이 무슨 뜻인지 몰랐다. 심장을 꺼내달라는 요구를 들은 것은 삼장 흉내를 낸 손오공이었기 때문이다. 손오공이 자신은 모르는 일이라는 양 임금 앞에서 일부러 눈길을 돌렸다.

잠시 뒤, 식사를 마친 손오공이 임금에게 물었다.

"혹시 도인의 거처, 아니 요괴의 소굴을 아십니까?"

"알다마다. 매일같이 그곳으로 음식과 보물을 보냈는데 모를 리가 없지."

"어디입니까?"

"유림파(柳林坡) 청화장(淸華莊)에 가보아라. 궁궐 남쪽 방향으로 가면 있을 것이다."

요괴의 소굴이 어디 있는지 알게 된 손오공은 저팔계를 불렀다.

"팔계야, 나랑 같이 가서 요괴를 박살내버리자."

"왜 하필 또 나요? 아직 음식도 많이 남았는데."

저팔계는 궁궐에서 차려낸 음식 맛에 홀딱 반했다. 언제 또 그렇게 고급스런 음식을 먹게 될지 알 수 없는 일이었다. 그런데 손오공은 투덜거리는 저팔계를 꼬드기는 방법을 정확히 알고 있었다.

"네 갈퀴 솜씨를 누가 당해내겠니, 팔계야? 오정이는 스승님을 보호하고, 너는 나를 도와 요괴를 무찌르러 가자. 나는 내가 곁에 있어야 마음이 든든하단다."

"쳇, 사형이 정 그렇다면 어쩔 수 없지. 함께 갑시다."

그렇게 손오공은 저팔계를 데리고 유림파로 가게 되었다.

하지만 그곳에 도착해서도 좀처럼 정확한 청화장의 위치를 알 수 없었다.

"이 근방 같기는 한데, 어딘지 잘 모르겠네……."

이리 갔다가 저리 갔다가 헤매 다니는 손오공을 바라보며 저팔계가 다시 주둥이를 내밀고 투덜거렸다.

"사형은 국왕의 말을 제대로 듣기나 한 거요? 차라리 이곳의 토지신을 불러내 요괴의 소굴이 어딘지 물어봅시다."

"그래, 아무래도 그래야겠구나."

손오공은 스스로 요괴의 소굴을 찾는 것을 단념하고 주문을 외웠다. 금방 토지신이 모습을 드러내 인사를 올렸다.

"웬 일이십니까, 제천대성님?"

"내가 물어볼 것이 있어서 불렀네. 혹시 요괴가 살고 있는 청화장이 어딘지 알고 있나?"

"청화동(淸華洞)을 말씀하시나 보군요?"

"난 청화장으로 들었는데, 청화동이 맞나 보지?"

"아니오, 둘 다 맞습니다. 청화장에 가서 대문을 열면 청화동이 나타나니까요. 요괴가 자신의 거처를 깊이 숨기느라 그렇게 만들어놓았지요."

토지신의 말을 들은 손오공은 도인 행세를 했던 요괴가 제법 주도면밀하다고 느꼈다. 그래서 대문을 여는 방법도 따로 있을 것이라고 짐작했다. 손오공이 그것을 묻자, 저팔계는 그깟 대문쯤 갈퀴로 때려 부수면 그만이라고 큰 소리를 쳤다.

"사형은 걱정도 팔자요!"

하지만 힘으로 모든 문제를 해결할 수는 없었다. 청화장의 대문을 열려면 특별한 행동을 하면서 주문을 외워야 했다. 토지신이 그곳으로 가는 길과 대문을 여는 방법을 자세히 알려주었다. 청화장에 이르는 길은 미로 같아서 손오공이 헷갈린 것도 무리는 아니었다.

잠시 뒤, 손오공과 저팔계는 토지신이 알려준 방법으로 손쉽게 청화동에 들어서게 되었다. 그곳에는 맑은 시냇물이 흘렀고, 양 옆으로 무수히 많은 버드나무가 늘어서 있었다.

"팔계야, 어떠냐? 갈퀴로 때려 부수려고 했다가는 종일 헛고생만 할 뻔했지?"

"……."

저팔계는 아무 말도 하지 않은 채 손오공 뒤를 따랐다. 입은 있으나 할 말이 없다는 유구무언이 어떤 것인지 몸소 상황극을 보여주는 것 같았다. 그렇게 얼마쯤 버드나무 아래를 걸어가고 있는데, 아직도 도인의 모습을 한 요괴가 자신의 무기인 반룡장(蟠龍杖)을 들고 달려들었다.

"내 집에는 허락도 없이 무슨 일로 왔느냐?"

잠시 방심했던 손오공은 가까스로 반룡장을 피한 뒤 여의봉을 휘두르며 맞섰다. 저팔계도 갈퀴를 들어 사형을 거들었다. 먼젓번에도 그랬듯 무예 솜씨가 부족한 도인은 금세 지친 기색이 역력했다. 손오공 혼자와 싸워도 힘겨워했는데, 이번에는 저팔계까지 상대해야 해서 더 일찍 기력을 소진했던 것이다. 반룡장이라는 훌륭한 무기도 별 도움이 되지 못했다. 이제 도인이 할 수 있는 것은 단 하나, 한 줄기 빛으로 변신해 달아나는 것뿐이었다.

"이놈, 아까는 내가 너를 일부러 놓아준 것이다. 빛의 속도로 달아난들, 내가 못 따라잡을 줄 알았느냐?"

손오공의 말은 허풍이 아니었다. 한 줄기 빛으로 변신해 달아나던 도인은 얼마 가지 못해 까마득히 높은 절벽을 만나 제자리에 우뚝 멈춰 섰다. 근두운을 타고 뒤쫓아온 손오공이 여의봉을 들어 끝장을 내려는 순간, 남극수성(南極壽星)이 그 앞을 가로막았다.

"제천대성, 멈추게!"

깜짝 놀란 손오공이 그 이유를 묻자, 남극수성이 말을 이었다.

"이 녀석은 본래 내가 타고 다니던 백록(白鹿)이었네. 뿔이며 몸이며 발굽이며 온통 백설처럼 하얀 것이 참 영물이었는데, 어느 날 멀리 달아나서 요괴가 되고 말았지. 내가 데려가 두 번 다시 그런 짓을 못 하도록 잘 타이를 테니 목숨만은 살려주게."

그러면서 남극수성은 갈 곳 잃은 한 줄기 빛을 돌돌 뭉쳐 땅바닥에 내려놓고는 주문을 외웠다. 그러자 그것이 하얀 사슴으로 본 모습을 드러내더니 남극수성 앞에 무릎을 꿇었다.

"저를 용서하십시오……."

주인을 만나 잘못을 뉘우치는 하얀 사슴에게 여의봉을 내려칠 수는 없는 노릇이었다. 뒤늦게 따라온 저팔계가 다짜고짜 갈퀴를 휘두르려고 했지만 손오공이 말렸다. 그렇다고 남극수성과 하얀 사슴을 그대로 돌려보낼 수는 없었다.

"남극수성, 아직 요녀를 붙잡지 못했으니 잠깐 기다리시오. 요녀까지 본색을 드러내게 한 다음에 비구국 국왕에게 함께 가서 모든 진실을 이야기해줍시다. 안 그러면 나도 못된 요괴 짓을 했던 하얀 사슴을 살려줄 수 없소."

손오공의 엄포에 하얀 사슴은 겁이 나서 부들부들 몸을 떨었다. 남극수성은 돌아갈 길이 멀었지만, 손오공의 말을 따르지 않을 수 없었다.

삼장의 두 제자는 청화동을 샅샅이 뒤졌다. 제법 시행착오를 겪기는 했지만, 더 이상 도망갈 데 없는 요녀를 찾는 일은 시간 문제였다. 저팔계가 갈퀴로 덤불을 들쑤시자, 그곳에 몸을 숨기고 있던 요녀가 한 줄기 냉랭한 빛으로 변해 달아나려고 했다. 그것을 붙잡아 손오공 앞에 놓아준 이는 남극수성이었다. 그리고 주문을 외자, 요녀가 하얀 여우였던 본 모습을 드러냈다.

"이 아이는 백록과 가까이 지내던 영물이었네. 백록이 달아난 이듬해 갑자기 행적이 묘연해졌는데, 이곳에 와 있었군. 남은 일을 마저 처리하고 나면 내가 이 아이도 데려가겠네."

"그건 남극수성 맘대로 하시오. 나는 국왕에게 모든 진실을 밝힌 뒤, 스승님을 모시고 여기를 떠나면 그만이니까."

이번에도 저팔계는 하얀 여우를 때려죽이고 싶어 손이 근질근질했다. 하지만 사형이 하지 말라는 행동을 바로 눈앞에서 할 수는 없는 노릇이었다. 손오공은 청화동을 나오면서 불을 놓았다. 요괴의 소굴이 순식간에 활활 불타올랐다.

얼마 후, 손오공과 저팔계는 의기양양한 걸음걸이로 궁궐에 들어섰다. 그 뒤를 남극수성이 하얀 사슴과 하얀 여우를 앞세워 따라왔다. 남극수성은 임금에게 요괴와 요녀의 정체를 하나도 빠짐없이 이야기해주고, 손오공에게 그랬듯 목숨만은 살려달라며 용서를 빌었다. 모든 사실을 알게 된 임금은 다시 한 번 부끄러움을 느끼며 몸 둘 바를 몰라 했다.

"그동안 내가 이깟 미물들에게 속았다니 한심하기 짝이 없구나. 이놈들 잔꾀에 놀아나느라 몸만 축내고 말이야……."

임금이 자책하며 가쁜 숨을 몰아쉬었다. 이제는 건강이 더 나빠졌는지 쉴 새 없이 기침까지 해댔다.

그러자 남극수성이 임금에게 대추 세 알을 내밀었다.

"뭡니까, 이게?"

임금이 미심쩍은 얼굴로 물었다.

"얼핏 보기에는 평범한 대추 같지만 영약입니다."

남극수성의 말은 사실이었다. 속는 셈 치고 대추 세 알을
꿀꺽 삼킨 임금의 낯빛이 전에 없이 환해졌다. 그리고 얼마
지나지 않아 건강했을 때와 다름없는 활력을 되찾았다. 거친
숨소리가 잦아들고, 기침이 멎은 것은 당연했다.

손오공이 요구한 대로 모든 일을 마치고, 임금의 건강까지
회복시켜준 남극수성은 곧 구름을 타고 궁궐을 떠났다. 말하
나 마나 그 구름에는 하얀 사슴과 하얀 여우도 올라탔다. 그
렇게 남극수성을 배웅한 뒤, 죽음의 문턱에서 간신히 살아 돌
아온 임금이 삼장 일행에게 머리를 숙여 정중히 인사했다. 그
모습을 보고 삼장이 손사래를 쳤지만, 제자들 덕분에 흐뭇해
진 마음은 감출 수가 없었다.

그런데 갑자기 손오공이 자리에서 벌떡 일어나 밖으로 나
가려고 했다. 삼장이 동그래진 눈으로 제자에게 물었다.

"오공아, 서천으로 떠나려면 나도 데려가야 하지 않느냐?"

그러자 손오공이 우스워 죽겠다는 표정으로 깔깔거렸다.

"스승님을 두고 저 혼자 서천에 가서 뭐 합니까? 거위장에
갇혀 있던 아이들을 부모에게 돌려보내야지요."

"아, 그렇구나. 내가 아이들을 깜빡 잊고 있었어."

실은 저팔계와 사오정도 임금이 건강을 되찾은 궁궐 분위기에 취해 아이들의 존재를 까맣게 잊고 있었다. 그저 임금이 얼마나 크게 잔치를 벌여줄까 상상하느라 바빴던 것이다. 삼장과 두 제자는 손오공을 바라보기 부끄러웠다.

궁궐 밖으로 나간 손오공은 서둘러 토지신과 산신, 서낭신 등을 불러냈다. 그리고 천백열한 명이나 되는 아이들을 한 사람도 빠짐없이 자기 집에 데려다주게 했다. 한때 천궁까지 어지럽혔던 제천대성의 명성을 익히 알고 있는 그들이 손오공의 명령을 허투루 들어 넘길 일은 결코 없었다. 얼마 후, 아이들이 돌아간 천백열한 집에서는 오랜만에 식구들의 밝은 웃음소리가 크게 울려 퍼졌다.

구천구백구십구 명의 승려를 살해한 임금

시간이 흐르고 흘러 무더운 여름이 되었다. 삼장 일행이 땀을 뻘뻘 흘리며 산길을 걷고 있는데, 저만치 앞에서 한 노파가 어린아이의 손을 잡고 다가왔다. 삼장이 용마에 탄 채 공손히 합장하자, 노파도 합장을 하며 인사를 건넸다.

"이 땡볕에 어디로 가십니까, 스님?"

노파가 삼장에게 물었다.

"저는 제자들과 함께 서천으로 불경을 가지러 갑니다."

"서천이라고요? 그럼 이 길로 계속 가셔야 하는데, 이제라도 말머리를 돌리십시오."

"그게 무슨 말씀입니까, 어르신?"

삼장은 노파의 말이 이해되지 않아 그 이유를 물었다. 그와 동시에, 곁에 있던 저팔계가 먹을거리라도 빼앗긴 양 억울한 표정으로 노파에게 쏘아붙였다.

"우리가 지금까지 얼마나 먼 길을 걸어왔는지 아시기는 합니까? 그런데 불경도 없이 돌아가라고요?"

저팔계의 불평을 듣고 삼장이 재빨리 노파에게 사과했다.

"부디 저의 제자가 하는 말을 노엽게 여기지 마십시오. 날씨가 무더워 짜증이 나서 그런 것이지, 원래 심성이 거친 아이는 아닙니다. 한데 저도 어르신께서 왜 말머리를 돌리라고 하시는지 궁금하기는 합니다. 그 까닭이 무엇인지요?"

그제야 노파는 찬찬히 그 이유를 설명해주었다.

"여기서 서쪽으로 십 리쯤 더 가면 멸법국(滅法國)이라는 나라가 나옵니다. 예로부터 풍광이 아름다워 많은 사람들이 살고 싶어 하는 곳이지요. 그런데 수년 전부터 국왕이 상상을 초월하는 악행을 벌이고 있습니다. 어지간한 폭군은 이름도 내밀지 못할 정도이지요. 멸법국 국왕은 무슨 원한을 품었는지 승려만 보면 함부로 목숨을 빼앗는데, 그 수가 지금까지 무려 구천구백구십구 명에 달한답니다. 그것도 모자라 지금은 한 명의 승려를 더 죽여 만 명을 채우겠다며 벼르고 있지요. 그러니 만약 스님께서 이 길을 계속 가 멸법국에 도착하게 되면 목숨을 부지하시기 어려울 것입니다."

노파의 이야기는 그야말로 충격적이었다. 잠자코 있던 손오공이 걱정스럽게 물었다.

"그럼 멸법국을 피해 서천으로 가는 길은 없나요?"

그때 다시 저팔계가 나섰다.

"사형, 뭐 그런 쓸데없는 질문을 하슈? 그깟 나라 내가 확 쓸어버리겠소."

그러자 삼장이 더는 참지 못하고 저팔계를 나무랐다.

"팔계야, 너는 어찌 모든 문제를 힘으로만 해결하려 드느냐? 네 갈퀴질에 얼마나 많은 사람들이 다치게 될지 생각도 못하느냐?"

"그게 아니라……. 스승님, 저는 다만……."

저팔계는 당황해서 슬금슬금 뒷걸음질을 쳐 용마의 엉덩이 쪽으로 물러났다. 가볍게 처신하는 제자를 바라보며 안타까워하던 삼장이 손오공과 똑같은 질문을 했다.

"정녕 멸법국을 피해 서천으로 가는 길은 없습니까, 어르신?"

삼장이 간절하게 물었지만, 노파는 서천으로 갈 수 있는 다른 길이 없다고 대답했다. 그때 손오공이 깜짝 놀라며 노파 앞에 머리를 조아렸다.

"관음보살님, 일찍 알아보지 못해 죄송합니다."

사실 손오공은 무더운 한낮에 한적한 산길을 가고 있는 노파를 이상하게 생각했다. 그래서 화안금정(火眼金睛)을 사용해 그 정체를 꿰뚫어보았던 것이다. 그것은 요괴를 식별하는 비법으로, 둔갑술을 펼친 상대의 실체를 알아내는 데 안성맞

춤이었다. 노파가 손을 잡고 있던 아이는 다름 아닌 선재동자였다.

삼장과 두 아우는 손오공의 행동을 보고 어리둥절해했다. 갑자기 관음보살을 찾으며 넙죽 인사를 올리니 그럴 만도 한 상황이었다. 그때 노파가 자애로운 미소를 지으며 관음보살의 모습을 드러냈다. 그제야 삼장은 급히 말에서 내려 예를 갖췄고, 저팔계와 사오정 역시 사형처럼 머리를 조아렸다.

"오공이가 용케 나를 알아봤구나. 너희의 발걸음이 멸법국에 거의 다다른 것을 보고 근심을 거둘 수가 없었다. 불경을 가지러 가는 일도 중요하지만, 행여 너희가 큰 화를 입을까 봐 이만 말머리를 돌리라고 한 것이다."

여러 차례 그랬듯, 관음보살은 이번에도 삼장 일행을 돕기 위해 먼 길을 달려왔다. 삼장이 감격해 말문이 막힌 것을 보고 손오공이 나섰다.

"관음보살님, 늘 저희를 살펴주셔서 고맙습니다. 하지만 위험이 도사리고 있다고 해서 말머리를 돌릴 수는 없습니다. 그동안 숱한 요괴들을 물리치며 여기까지 왔으니 저희를 믿어주십시오. 반드시 스승님을 모시고 서천으로 가 불경을 가져오겠습니다."

관음보살은 점점 의젓해져가는 손오공을 보며 마음이 매우 흐뭇했다. 한때 대단한 말썽쟁이였던 삼장의 첫 제자를 바라보는 표정이 더없이 자애로웠다.

"오공아, 네 뜻이 정 그렇다면 어쩔 수 없구나. 모쪼록 이 난관을 슬기롭게 헤쳐 나가기 바란다. 앞으로도 스승을 잘 모셔라."

마지막 당부의 말을 남긴 관음보살은 곧 선재동자와 함께 구름을 타고 남해의 낙가산으로 돌아갔다. 그제야 말문이 트인 삼장이 합장을 하며 인사를 건넸다.

"감사합니다! 감사합니다, 관음보살님!"

삼장 일행은 관음보살이 돌아가고도 한동안 발걸음을 내딛지 못했다. 관음보살의 마음씀씀이가 여전히 감격스러운데다, 어떻게 멸법국을 무사히 지나갈지 묘책이 떠오르지 않았기 때문이다. 그럴 때마다 앞장서서 문제를 해결하려는 제자는 단연 손오공이었다.

"스승님, 제가 먼저 멸법국으로 가서 주변을 둘러보겠습니다. 그러다 보면 좋은 방법이 떠오를지 모릅니다."

그렇게 손오공은 근두운을 타고 혼자 멸법국으로 향했다. 그곳에 도착해서는 불나방으로 둔갑해 여기저기 거리를 돌아보았다.

'이렇게 멀쩡해 보이는 나라에 함부로 승려를 죽이는 폭군이 살고 있다니 안타깝군.'

그때 손오공의 눈에 나무 팻말 하나가 보였다. 가까이 다가가 살펴보니, '왕소이 주막'이라고 쓰여 있었다. 마침 두건을 쓴 네 명의 장사꾼이 주거니 받거니 술잔을 돌리며 잔뜩 취해 있었다. 그 모습을 본 손오공이 마음속으로 쾌재를 불렀다.

'옳거니, 그러면 되겠구나!'

그 날 밤, 술에 취한 사내들은 방으로 들어가 아무렇게나 뻗어버렸다. 날이 무더운 탓에 옷과 두건은 사방으로 획획 던져 내팽개친 상태였다. 그들은 손오공이 본래 모습으로 돌아와 방 안을 막 휘젓고 다녀도 전혀 낌새를 알아차리지 못했다. 무슨 생각인지, 손오공은 사내들의 옷과 두건을 챙겨 삼장에게 돌아왔다. 커다란 나무 아래에서 노숙을 준비하던 아우들이 의아해하며 물었다.

"이게 다 뭐요, 사형?"

"천천히 설명할 테니까 입고 있는 옷을 벗고 이것으로 갈아입도록 해. 스승님도요."

"나도 말이냐?"

"네, 두건도 쓰시고요."

손오공을 비롯해 삼장과 사오정은 별 어려움 없이 옷을 갈아입었다. 그런데 저팔계는 그런 일조차 쉽지 않았다. 옷이 작아 배꼽이 다 드러난 것은 물론이고, 두건도 맞지 않아 머리에 쓴 것인지 올려놓은 것인지 헷갈릴 지경이었다. 아무튼 모두 옷을 갈아입은 다음에 손오공이 그 이유를 설명했다.

"멸법국 국왕이 승려만 보면 목숨을 빼앗는다 하지 않았습니까? 우리가 평소 입고 있는 옷차림으로 그냥 가면 낭패를 당할 것이 뻔하지요. 제가 가져온 이런 옷을 입고 가야 장사치인 줄 알고 해치지 않을 것입니다. 두건은 왜 써야 하는지, 스승님께서 누구보다 잘 아실 테지요?"

제자의 농담에 삼장은 괜히 자신의 민머리를 매만졌다. 어쨌든 모두 손오공의 말에 일리가 있다고 생각했다. 그렇게 산속에서 하룻밤 노숙을 한 삼장 일행은 날이 밝자마자 멸법국으로 향했다. 물론 옷차림새는 손오공의 말대로 장사꾼 모습 그대로였다. 그들의 발길이 왕소이 주막 앞에 이르렀을 때, 사람들이 다투는 소리가 들려왔다.

"아니, 당신들 옷을 나보고 어디서 찾아내라는 거요?"

그 목소리는 왕소이 주막의 주인이었다.

"방 안에 벗어둔 옷들이 없어졌으니 주인장이 책임져야지!"

"뭐, 이런 어이없는 경우가 있어? 자기들이 술에 취해 옷을 잃어버려놓고 웬 행패야!"

왕소이 주막의 주인과 다투는 상대는 네 명의 사내들이었다. 그들은 아랫도리에 겨우 속옷 하나씩만 걸친 채 어쩔 줄 몰라 하고 있었다. 삼장 일행은 사내들이 자신들을 보고 쫓아올까 봐 날랜 걸음으로 멀찍이 떨어져 있는 다른 주막에 들어섰다. 마침 끼니때가 되어 국밥이나 한 그릇씩 먹고 갈 작정이었다. 그곳은 '조 과부 주막'이었는데, 주인이 달려나와 호들갑을 떨며 반겼다.

"어서 오세요. 어디 장사라도 하러 가시나 보군요?"

어떻게 둘러댈까 잠시 고민하던 손오공이 용마를 가리키며 짐짓 시큰둥하게 대꾸했다.

"뭐, 우리는 조그맣게 말 장사를 하는 장사치들이요. 내일 다른 일행이 수십 마리쯤 말들을 몰고 올 테니 넓은 방을 비워두시오. 일단 우리가 먹을 국밥도 좀 내주시고 말이요."

손오공은 다른 손님들이 많으면 자칫 정체가 탄로날까 봐 넓은 방을 비워두라는 거짓말을 했다. 그 말을 믿은 주인은 당장 부엌으로 달려가 국밥을 준비하면서 허드렛일을 맡아 하는 하녀에게 수다를 떨어댔다.

"이번 손님들은 제법 큰 장사치 같아. 수십 마리 말을 팔러 다니면서 조그맣게 장사를 한다고 얘기하는 것 좀 봐. 아무튼 이번에 목돈 한번 벌어보자고! 저 치들 돈이 많을 테니 바가지를 씌워도 모를 거야."

그런데 주인의 말을 들은 하녀의 눈빛이 예사롭지 않았다. 사실 그녀는 근방의 산적들과 내통하는 사이로, 강도질을 할 만한 손님들의 정보를 비밀리에 알려주곤 했다.

잠시 뒤, 조 과부 주막의 주인이 국밥 네 그릇을 챙겨들고 삼장 일행이 머물고 있는 방으로 들어왔다.

"우리 집 국밥은 맛있다고 소문이 자자하지요. 한번 드셔보세요, 호호호."

주인은 여느 때보다 과장되게 친절을 베풀며 웃음을 흘렸다. 그것이 부담스러웠던 삼장이 얼른 화제를 바꿨다.

"혹시 이것 말고 다른 방이 있습니까?"

"어떤 방을 찾으시는데요?"

"여기는 마당 가까이 있어 시끄러울 것 같고, 방 안이 너무 환하네요. 잠귀가 밝아서 되도록 외지고 어두운 방이면 좋겠는데요."

삼장은 장사꾼들의 옷과 두건이 영 어색했다. 그래서 누가 자신이 승려라는 사실을 눈치챌까 봐 걱정됐던 것이다.

"우리 집에는 외지고 어두운 방이 없는데 어떡하지요? 참, 뒤채에 커다란 궤짝이 하나 있는데 그 안에 들어가 주무시면 아무런 방해도 받지 않을 것입니다. 여기 계신 네 분이 다 들어가실 만한 넓은 궤짝이지요."

"아니, 편한 방 놔두고 웬 궤짝?"

어느새 국밥 그릇을 깨끗하게 비운 저팔계가 마뜩치 않은 표정을 지었다. 그러나 스승의 속마음을 알아차린 손오공은 주인의 말을 반겼다.

"그 궤짝이 좋겠소. 돈은 똑같이 낼 테니 오늘 밤 그곳에서 묵읍시다."

주막 주인 입장에서 어차피 비어 있는 궤짝을 내주는 것은 이익이었다. 방 하나를 삼장 일행 대신 다른 손님들에게 내어 줄 수 있으니까 말이다. 잠시 후 주인이 빈 국밥 그릇들을 들고 나가자 손오공이 말했다.

"스승님, 오늘은 여기서 쉬어가는 편이 낫겠습니다. 잘못하면 왕소이 주막의 사내들 눈에 띌 수 있고, 어차피 하룻밤 묵을 궤짝도 빌렸으니까요."

"그래, 네 말대로 하자꾸나."

그렇지 않아도 옷차림이 불편했던 삼장은 흔쾌히 제자의 말을 따랐다.

그 날 밤, 삼장 일행은 궤짝 안에 들어가 몸을 뉘었다. 주막 주인 말대로 꽤나 속이 넓은 궤짝이었다. 잠자리를 가리지 않는 저팔계가 먼저 꿈나라에 갔고, 사오정과 삼장이 그 뒤를 이었다. 그런데 낯선 잠자리 탓인지 손오공은 쉬 잠이 오지 않았다. 행여 누가 열어보기라도 할까 봐 주막 주인한테 부탁해 궤짝에 자물쇠를 채워둔 터라 밖으로 나가기도 어려웠다.

한두 시간쯤 흘렀을까? 갑자기 개 짖는 소리가 요란하더니 수상한 사내들의 목소리가 들려왔다. 그들은 다름 아닌 산적들이었는데, 하녀의 연락을 받고 삼장 일행의 돈을 빼앗기 위해 주막으로 숨어들었던 것이다. 그들은 삼장 일행이 말장수라서 큰돈을 갖고 다닐 것이라고 믿었다.

"이놈들이 대체 어디 있는 거야?"

산적들은 주막 곳곳을 뒤졌지만 삼장 일행을 발견하지 못했다. 주인과 하녀가 함께 쓰는 방을 살펴보지는 않았지만, 그곳에서 삼장 일행이 자고 있을 리는 없었다.

"이년이 우리한테 헛소리를 한 건가?"

산적들은 몹시 실망스러워하며 주막을 나가려고 했다, 그런데 때마침 산적 졸개 하나가 뒤채에 놓인 궤짝을 발견했다. 자물쇠까지 채워놓았으니 누가 보아도 그 속이 궁금할 만했다.

"두목, 장사치들한테 돈을 빼앗지 못했으니까 저거라도 들고 갑시다. 혹시 알아요? 주막 손님들이 귀중품이라도 맡겨두었을지."

그 말에 누구보다 험상궂게 생긴 산적이 고개를 끄덕였다. 산적들이 일제히 달려들어 궤짝을 짊어졌고, 두목으로 보이는 산적은 뒤채 기둥에 묶어 놓은 용마의 고삐를 풀어 손에 쥐었다.

하지만 그 날, 산적들은 운이 따르지 않았다. 근래 들어 주막 근처에서 주정뱅이들끼리 자주 싸움을 벌인 탓에 궁궐 군사들이 특별 순찰을 나왔던 것이다. 커다란 궤짝을 짊어진 산적들이 그들의 눈을 피할 수는 없었다.

"너희는 뭐 하는 놈들인데 이 밤중에 궤짝을 옮기느냐?"

"……."

산적들은 아무런 핑계도 대지 못한 채 서로의 얼굴만 바라봤다.

"이 녀석들 수상하구나!"

군사들이 일제히 산적들을 향해 창을 겨누었다. 아무리 산적들이라도 궁궐 군사들과 맞붙어 싸움을 벌일 만큼 무모하지는 않았다. 게다가 수적으로도 완전한 열세였다.

"안 되겠다. 모두 도망가자!"

가장 험상궂게 생긴 산적이 작심한 듯 용마의 고삐를 내던지며 명령했다. 산적들은 누가 먼저라고 할 것도 없이 짊어지고 있던 궤짝을 내팽개친 채 줄행랑을 치기 시작했다. 원체매일같이 산 속을 뛰어다니는 터라 걸음 하나는 빨라서, 산적들은 곧 어둠 속으로 모습을 감추었다. 궁궐 군사들을 이끄는병마사(兵馬使)는 더 이상 그들을 쫓아가지 않았다.

"아쉽지만, 놔두어라. 다음에 저들을 소탕할 기회가 있을것이다. 이만 궤짝과 백마를 챙겨 궁궐로 돌아갔다가, 내일폐하께 보고할 때 보여드리도록 하자."

그때 궤짝 안에서는 삼장과 두 제자가 난리가 난 줄도 모르고 코까지 골며 꿈나라를 여행하는 중이었다. 오직 잠들지 못한 손오공만이 귀를 쫑긋 세워 밖에서 일어나는 일을 살피고있었다.

'이크, 큰일이네. 내일 국왕이 스승님의 민머리를 보면 승려인 것을 알아채고 가만두지 않을 텐데…….'

병마사는 군사들을 시켜 그 궤짝을 궁궐 창고로 가져갔다. 그리고 용마도 창고 앞에 있는 말뚝에 단단히 매어두었다. 손오공은 그때까지 이 난관을 어떻게 해결해야 하나 고민에 잠겨 있었다. 한참만에야 뭔가 기발한 책략이 떠오른 듯, 손오공이 무릎을 탁 쳤다.

'좋았어, 한번 해보자!'

손오공은 귓속에서 여의봉을 꺼내 끝이 날카로운 송곳처럼 만들었다. 그것으로 궤짝 바닥의 한쪽 귀퉁이를 긁어대자 금세 작은 구멍이 뚫렸다. 손오공은 곧 개미로 둔갑해 그 구멍을 통해서 밖으로 빠져나올 수 있었다.

'이런 일쯤 식은 죽 먹기지.'

개미로 변신했던 손오공은 다시 둔갑술을 펼쳐 본래의 모습을 되찾았다. 그리고 살금살금 발소리를 죽여 궁궐 이곳저곳을 둘러보았다. 밤이 깊어 깨어 있는 사람은 거의 없었다. 궁궐을 경계하는 몇몇 군사들이 보였지만 대부분 졸음에 빠져 주변을 제대로 살피지 못했다.

'자, 이제 2단계 작전이다!'

이미 궤짝 안에서 생각해두었던 책략을 손오공은 하나씩 착착 진행해 나갔다. 다음에 할 일은 가슴 털을 한 움큼 뽑아 그 절반으로 아주 작은 크기의 가짜 손오공들을 만드는 것이었다. 그리고 나머지 절반의 가슴 털로는 잠벌레들을 만들었다. 손오공은 나뭇가지를 꺾어 작은 칼들을 만들어서 가짜 원숭이들에게 준 뒤, 목소리를 낮춰 명령했다.

"모두 잘 들어. 잠벌레들은 궁궐 안의 사람들을 더 깊은 잠에 빠져들게 하고, 너희 작은 원숭이들은 그들의 머리를 박박 깎아놓도록 해라."

손오공의 치밀한 계획은 한 치의 어긋남도 없었다. 잠벌레들과 가짜 원숭이들은 그야말로 전광석화처럼 움직였다. 일이 끝나자, 손오공은 그들을 다시 한 움큼의 가슴 털로 변신시켰다.

이튿날, 가장 먼저 잠에서 깬 궁녀들이 세수를 하다가 화들짝 놀랐다.

"으악! 내 머리카락이 어떻게 된 거야?"

그처럼 잠자리에서 일어나 세수를 하거나 머리를 매만지다가 까무러칠 뻔한 것은 궁녀들만이 아니었다. 이런저런 구실아치들과 신하들, 나아가 왕후들의 머리도 박박 깎여 아침 햇살에 반짝거렸다. 모두 곁에 있는 것들을 황급히 집어 들어 민머리를 감추었지만 놀란 가슴을 진정시키기는 어려웠다.

그렇다면 임금은 어땠을까? 임금은 자신의 시중을 드는 궁녀의 머리카락이 한 올도 남지 않은 것을 보고 버럭 화를 냈다.

"네 맘대로 머리카락을 밀어버리다니, 반역 모의라도 하는
것이냐?"

그러나 더 놀란 쪽은 그 궁녀였다. 누가 감히 임금의 머리
를 승려처럼 만들어놓았단 말인가. 그 날 궁궐에서는 한바탕
난리법석이 벌어졌다.

"무슨 조화로 이런 일이 일어난 것이냐?"

임금이 지끈거리는 머리를 감싸쥐며 신하들에게 물었다.

"아뢰옵기 황공하오나, 폐하께서 그동안 너무 많은 승려들
을 죽여 이런 벌을 받는 것 같습니다."

만약 평소에 그런 말을 했다면, 그 신하는 당장 죽음을 면
치 못했을 것이다. 하지만 하룻밤 새 너무나 이상한 일이 일
어난 터라 임금도 그 말을 진지하게 곱씹어보았다.

"정말 그런 것이라면, 앞으로 더는 승려들을 죽이면 안 되
겠구나……."

"그렇습니다, 폐하. 부디 통촉하여주시옵소서!"

신하들은 승려를 해치다가 또 어떤 재앙이 닥칠지 몰라 두
려움에 떨었다. 궁녀들은 자신의 신세를 한탄하며 눈물을 글
썽이기까지 했다.

그때, 병마사가 간밤에 산적들로부터 빼앗아 온 궤짝을 가
져왔다. 건장한 군사들 여럿이 힘을 써서 들어야 할 만큼 커

다란 궤짝을 보고 임금이 물었다.

"그렇지 않아도 머리가 아픈데, 이건 또 뭔가?"

"어젯밤에 특별 순찰을 나갔다가 산적들이 훔쳐가는 것을 빼앗아 왔습니다. 일단 무엇이 들었는지 폐하께서 살펴보신 다음에 주인을 찾아줘도 늦지 않을 듯합니다."

병마사의 말에 임금은 순간 강한 호기심이 생겼다. 혹시라도 궁궐에서 일어난 사건과 연관이 있지 않을까 생각되었던 것이다.

"그럼 자물쇠를 풀고 뚜껑을 열어보아라."

하지만 그곳에 열쇠가 있을 리 없었다. 임금의 명을 받은 병마사가 연장을 들어 자물쇠를 부숴버렸다. 그러자 그 안에서 저팔계가 기지개를 켜며 불쑥 얼굴을 내밀었다.

"아함, 졸려! 벌써 해가 떴나?"

궤짝 안이 캄캄한 탓에 삼장 일행은 그 시각까지 꿈나라를 여행 중이었다. 늦게 잠이 든 손오공도 그제야 눈을 떴다. 그런데 모두 심하게 몸부림을 치며 자느라 머리에 쓴 두건이 벗겨진 상태였다. 저팔계를 선두로 해서 삼장 일행이 하나둘 궤짝을 나오자 임금과 신하들이 넙죽 머리를 숙이며 물었다.

"스님께서는 어디서 오신 뉘신지요?"

두건이 벗겨진 삼장은 비록 장사꾼의 옷을 입고 있었으나, 누가 봐도 승려의 기품이 넘쳐 보였다. 불과 하루 전만 해도 멸법국에서 승려는 목숨을 부지하기 어려웠다. 그러나 이제는 오히려 국왕이 승려 앞에 머리를 조아리기까지 했다. 간밤에 기발한 책략을 꾸몄던 손오공이 국왕 앞으로 나서며 말문을 열었다.

"나와 두 아우는 스승님을 모시고 서천으로 불경을 가지러 가는 길입니다. 듣자 하니, 멸법국에서는 승려의 목숨을 함부로 빼앗는다던데 그게 사실인가요?"

손오공은 만약의 사태에 대비해 여의봉을 움켜쥐었다. 그것을 본 임금이 잔뜩 겁먹은 얼굴로 지난날의 잘못을 털어놓았다.

"나도 옛날에는 불법을 가르치는 스님들을 공경했다오. 한데 우연히 만난 한 승려가 나를 멸시하는 바람에 증오심이 싹트기 시작했소. 그 후 나는 지금까지 구천구백구십구 명의 스님들을 죽이는 죄를 범하고 말았다오."

임금은 힘들게 진실을 고백하며 울먹였다. 임금의 진심을 헤아린 삼장이 슬며시 둘의 대화에 끼어들었다.

"폐하께서 살해한 승려가 한 사람만 더하면 만 명이로군요. 저를 죽여 그 수를 채우시겠습니까?"

"아니요, 그럴 리가 있나요. 실은 간밤에 궁궐에서 괴이한 일이 벌어져 모두들 민머리가 되었답니다. 아마도 석가여래님께서 제게 깨우침을 주시려는 것이겠지요. 그것도 모르고 다시 법사님을 해친다면 천벌을 받게 될 것이 틀림없습니다."

삼장의 짓궂은 물음에 임금은 다급히 손사래까지 치며 대답했다. 그리고 이제는 땅바닥에 이마가 닿을 정도로 머리를 조아리며 한 가지 청을 덧붙였다.

"법사님, 어리석게 살아온 저를 제자로 받아주십시오."

급기야 임금의 양 볼에 눈물이 흘러내렸다. 아무리 의심하려고 해도 의심할 바가 없는 진심이었던 것이다. 삼장이 임금의 어깨를 잡아 일으켜 세우며 말했다.

"폐하께서 지은 죄는 너무나 큽니다. 하지만 이렇게 뉘우치고 계시니 석가여래님도 용서하실 것입니다. 저는 폐하를 제자로 받아들이기에는 공부가 부족한 승려입니다. 그러니 그 말씀은 거두시고, 앞으로 백성들을 잘 보살피면서 부처님의 뜻을 따르도록 하십시오."

삼장의 말을 들은 임금은 몇 번이나 바닥에 이마를 찧으며 지난날의 잘못을 반성했다.

그렇게 삼장 일행은 별 탈 없이 멸법국을 지나갈 수 있게 되었다. 손오공이 장사꾼들을 찾아가 몰래 옷을 돌려준 뒤 서천으로 떠나는 날, 임금이 신하들을 데리고 나와 배웅했다.

"부디 몸조심하시고, 거룩한 불사를 꼭 이루십시오."

먼저 인사를 받은 삼장이 용마에서 내려와 합장하며 한마디 말을 덧붙였다.

"폐하, 이제는 모두 부처님의 뜻을 따르기로 하셨으니 나라의 이름을 바꾸는 것이 어떻겠습니까?"

"맞는 말씀입니다. 법사님이 마땅한 이름을 하사해주시지요."

임금의 요청을 받은 삼장은 미리 생각해두었던 국호(國號)를 이야기했다.

"제 생각에는 흠법국(欽法國)이 괜찮을 듯합니다."

"흠법국이라, 그것 참 좋군요!"

삼장의 제안을 임금은 흔쾌히 받아들였다. 다시 서천으로 떠나는 삼장 일행의 발걸음이 한결 가벼워졌다.

스승의 무덤을 만든 제자들

　아무리 멀게 생각되는 길도 한 걸음 한 걸음 묵묵히 걷다 보면 목적지에 다다르게 마련이다. 삼장 일행의 여정도 어느 덧 후반부에 접어들고 있었다. 그러나 끝날 때까지는 끝난 것이 아니라고 하지 않던가. 마지막까지 긴장을 늦추는 것은 절대 금물이었다. 실컷 고생은 다해놓고 다 된 밥에 코를 빠뜨릴 수는 없었다.

　한참 산길을 걷고 있는데, 저 멀리 하얀 연기가 뭉게뭉게 솟아오르고 있었다. 손오공이 근두운을 타고 먼저 그곳에 가 보니 요괴 두목이 서른쯤 되는 졸개들을 모아놓고 공놀이를 하는 중이었다. 하얀 연기는 그들이 발을 구를 때마다 솔솔 피어오르는 흙먼지였다.

　'이놈들. 팔자가 아주 늘어졌구나. 내가 여의봉 맛을…….'

　그때, 손오공의 머릿속에 짓궂은 생각이 떠올랐다. 저팔계를 속여 그 요괴들을 일망타진하면 되겠다는 잔꾀였다. 손오공은 여의봉을 거두고 스승과 아우들 곁으로 돌아가 말했다.

"팔계야, 저기 가보니 인가가 있더구나. 마침 식사 때가 되어 밥을 짓고 있던데, 그 냄새가 어찌나 고소한지 군침이 돌아 미치겠더라고."

"그게 정말이요, 사형?"

"그렇다마다. 너도 하얀 연기가 뭉게뭉게 솟아오르는 것을 보지 않았느냐?"

저팔계는 손오공의 거짓말에 이성을 잃었다. 고슬고슬 김이 피어오르는 따뜻한 흰 쌀밥을 한 숟가락 푹 떠서 먹으면 세상에 부러울 것이 없을 듯했다.

"사형, 내가 인가에 가서 밥을 좀 얻어오겠소."

"그래? 근데 사람들이 널 무서워하지 않을까?"

손오공의 말에 저팔계는 은근히 기분이 나빴다. 하지만 객관적으로 틀린 말은 아니었기에 꾹 참을 수밖에 없었다. 애써 화를 가라앉힌 저팔계가 다시 손오공에게 말했다.

"내가 밥을 구해오면 스승님도 좋아하실 거요."

그러면서 저팔계는 삼장의 눈치를 살폈다. 마침 삼장은 자기를 태우고 다니느라 지친 용마의 잔등을 부드럽게 쓸어주고 있어 그 모습을 보지 못했다. 손오공이 터져 나오려는 웃음을 가까스로 삼키며 아우를 부추겼다.

"네 말을 듣고 보니 나의 생각이 짧았구나. 네가 스승님을 그렇게 위하는 줄 몰랐다. 사람들도 너의 착한 마음을 알면 기꺼이 밥을 내줄 것이다."

그렇게 저팔계는 따뜻한 흰 쌀밥을 머릿속에 그리며 인가가 있다는 쪽으로 달려갔다. 하지만 거짓은 곧 밝혀지는 법. 그곳에는 밥을 짓는 인가는커녕 괴팍하게 생긴 요괴들만 수두룩했다. 그들이 갑자기 나타난 저팔계를 그냥 둘 리 없었다.

"네 놈은 뭔데 우리의 공놀이를 방해하느냐?"

요괴들은 칼이며 도끼며 창 같은 무기들을 챙겨들어 일제히 저팔계에게 달려들었다. 하지만 저팔계도 순순히 당하고 있을 위인이 아니었다.

"요괴들아, 다 덤벼라! 이 팔계 형님이 따끔한 맛을 보여주마!"

저팔계는 이렇게 소리치며, 자기에게 거짓말을 한 손오공을 원망했다.

'사형이 나를 속이다니, 어쩜 그럴 수 있어?'

요괴들의 싸움 솜씨는 저팔계를 당해내지 못했다. 더구나 저팔계는 손오공에 대한 분노가 치밀어 그 분풀이라도 하려는 듯 요괴들을 거칠게 상대했다. 갈퀴가 허공을 가를 때마다 요괴들이 비명을 지르면서 땅바닥에 나뒹굴었다.

"이 돼지 같은 녀석, 대단하구나. 일단 후퇴하자!"

요괴 두목은 아무런 전략 없이 싸움을 계속하는 것은 무모하다고 생각했다. 그래서 부하들을 이끌고 자신들의 소굴로 달아났다.

"이놈들, 거기 서지 못하겠느냐!"

저팔계는 도망가는 요괴들을 향해 고래고래 소리를 질렀다. 하지만 귀찮고 배도 고파 굳이 그들의 소굴까지 뒤따라갈 생각은 없었다.

잠시 뒤, 삼장 곁으로 돌아온 저팔계가 손오공에게 따지고 들었다.

"대체 사형은 왜 내게 거짓말을 한 거요?"

"미안하다, 팔개야. 그냥 하루 종일 걷기만 하다 보니까 심심해서 그랬어."

"아무리 심심해도 그렇지, 먹을 것을 갖고 장난치면 되겠소?"

"하하하, 정말 미안해. 그래도 네가 요괴들을 물리쳤으니 잘됐지, 뭐."

만약 손오공이 사과를 하지 않았다면, 저팔계도 가만있지 않을 생각이었다. 하지만 곧바로 뉘우치는 시늉을 하는 사형에게 계속 짜증을 낼 수는 없는 노릇이었다. 더구나 옛날에 자기가 삼장을 부추겨 손오공을 힘들게 한 것을 생각하면 할 말이 없기도 했다. 그때 손오공이 아우의 화를 풀어주기 위해 한 가지 제안을 했다.

"팔계야, 이 산을 넘을 때까지 네가 맨 앞에서 우리를 인도하렴. 이를테면 개로장군(開路將軍)이 되는 것이지."

지금까지 대부분의 경우 삼장 일행의 선두는 손오공의 자리였다. 제자들 중 가장 술법과 비책이 뛰어난 손오공이 맨 앞에서 일행을 이끌었던 것이다. 저팔계도 내심 그 자리를 탐냈지만 사형에게 먼저 말을 꺼낼 수는 없었다. 그런데 손오공이 개로장군이 되어달라며 스스로 그 자리를 내놓았으니 못 이기는 척 받아들이면 그만이었다.

"뭐, 사형의 뜻이 그렇다면 어쩔 수 없지. 내가 선두에 서 보리다."

그렇게 저팔계는 손오공의 거짓말 때문에 치밀었던 화가 사르르 완전히 가라앉았다. 삼장 일행은 다시 기운을 내 서쪽으로 길을 떠났다.

한편, 저팔계에게 쫓겨 도망 온 요괴들은 빙 둘러앉아 대책 회의를 했다.

"우리가 겨우 한 놈한테 당하다니, 분하기 짝이 없구나!"

두목이 주먹을 불끈 쥐며 소리쳤다.

"그러게 말입니다. 이 치욕을 어떻게 갚아주지요?"

졸개들도 흥분하기는 마찬가지였다.

"놈의 싸움 솜씨가 너무 뛰어나 함부로 덤벼들었다가는 뼈도 못 추리겠더구나."

두목은 지금도 저팔계의 갈퀴가 쌩쌩 바람을 가르던 소리가 생생했다.

"뭐, 마땅한 계략이 없을까……?"

"두목님, 제게 좋은 생각이 하나 있습니다."

"그게 뭔데?"

요괴 두목이 머리를 감싸 쥐며 고민에 빠졌을 때, 졸개 하나가 앞으로 나서며 자기의 계략을 설명하기 시작했다.

"분판매화(分瓣梅花) 전략을 써보시지요."

"분판매화 전략이라고? 좀 더 자세히 말해보아라."

요괴 두목이 귀를 쫑긋 세우고 관심을 보이자, 그 졸개가 신나게 말을 이었다.

"두목님, 제가 얼마 전에 소문을 들었는데 돼지같이 생긴 저팔계란 자가 중놈과 함께 서천으로 가고 있답니다."

"아까 우리와 싸운 그 자로구나?"

"네, 맞습니다. 놈의 일행 중에는 손오공과 사오정이라는 도반도 있다더라고요. 그러니 일단 우리 가운데 둔갑술을 할 줄 아는 자를 셋만 뽑으십시오. 그 다음에는 그들을 두목님의 모습으로 둔갑시켜 세 제자들과 맞서 싸우게 하면 됩니다. 그 사이 두목님은 중놈을 잡아 보약으로 삶아 드시면 꿩 먹고 알

먹고 완전한 복수를 하는 것입니다."

졸개는 자신의 계략이 스스로도 마음에 들었는지 의기양양
한 표정이었다. 그렇게 일만 잘 풀리면 두목으로부터 큰 상을
받게 될 것이라고 지레 김칫국을 마셨다. 실제로 두목은 그
계략을 듣자마자 무릎을 탁 치며 웃음을 터뜨렸다.

"거참, 기발한 작전이구나! 아주 좋아, 하하하!"

사실 요괴들 가운데 능수능란하게 둔갑술을 펼칠 줄 아는
이는 많지 않았다. 게다가 막강한 상대들과 맞서 싸워야 한다
는 부담감에 선뜻 나서려는 요괴도 보이지 않았다. 그런 한심
한 졸개들을 모아놓고 두목이 사탕발림을 했다.

"이번 일만 잘 처리하면 금괴 열 개씩을 나눠주겠다. 그것
만 있으면 평생 호의호식할 수 있다는 것을 알지 않느냐?"

그 말을 듣고 분판매화 전략을 생각해낸 요괴가 속으로 쾌
재를 불렀다.

'둔갑술을 펼쳐 싸우는 척만 해도 금괴가 열 개라니! 그럼
나는 어떤 상을 받게 될까? 금괴는 물론이고 부두목 자리도
내주시려나?'

요괴 두목의 사탕발림은 꽤 효과가 있었다. 금세 요괴 셋이
앞으로 나서며 자기들이 분판매화 작전을 해보겠다고 자원했
다. 그들의 둔갑술은 별로 뛰어나지 않았지만, 잠시 요괴 두
목 행세를 하기에는 부족함이 없었다. 어차피 저팔계를 제외

하면 삼장 일행도 요괴 두목의 생김새를 정확히 알지 못했으니 말이다.

얼마 후, 삼장 일행이 산모퉁이를 돌아 오솔길로 접어들었다. 그때 가짜 요괴 두목 하나가 풀숲에서 나타나 저팔계의 머리를 향해 돌멩이를 던졌다.

"미련한 돼지 놈아, 나 잡아봐라!"

뒤통수 한가운데에 정통으로 돌멩이를 맞은 저팔계가 씩씩거리며 가짜 요괴 두목에게 달려들었다. 그러자 그 요괴는 몇 합 싸우는 시늉을 하다가 재빨리 달아나기 시작했다. 저팔계는 그것이 속임수인 줄 모르고 갈퀴를 휘두르며 계속 쫓아갔다.

그리고 삼장 일행이 몇 걸음 더 갔을 때, 또다시 가짜 요괴 두목 하나가 나타났다. 그 요괴는 손오공에게 시비를 걸었다.

"야, 멍청아! 내가 지금까지 본 원숭이들 중에 가장 바보 같아 보이는구나!"

그런 소리를 듣고 참고 있을 손오공이 아니었다.

"뭐야? 네가 제천대성의 여의봉 맛을 보면 정신을 차릴 것이다!"

손오공도 요괴의 잔꾀를 눈치채지 못했다. 몇 번 맞붙어 싸우다가 가짜 요괴 두목이 뒷걸음질을 치자 앞뒤 가리지 않고 추격하기 바빴다.

단지 손오공과 저팔계만 가짜 요괴 두목에게 속은 것은 아니었다. 곧이어 사오정도 세 번째로 등장한 가짜 요괴 두목에게 속아 어딘가로 사라졌다. 이제 그 자리에 남겨진 것은 용마를 타고 있는 삼장 한 사람뿐이었다. 누군가 그 모습을 보고 음흉한 미소를 짓고 있었다.

"드디어 내 보약을 챙겨갈 때가 됐군."

그것은 다름 아닌 요괴 두목이었다. 앞서 삼장의 제자들을 꼬드긴 가짜가 아니라 진짜 요괴 두목이었다. 두목이 삼장을 잡아가는 것은 일도 아니었다. 곧 그 자리에는 주인 잃은 봇짐과 용마만 덩그러니 남게 되었다.

그런데 가짜 요괴 두목을 쫓아간 손오공은 어떻게 됐을까? 손오공은 요괴가 싸울 생각은 하지 않고 계속 도망만 치자 수상한 생각이 들었다.

'이상한데? 이럴 거면 왜 나한테 시비를 건 거야?'

그 순간 문득 삼장이 걱정되었다. 자기가 요괴를 쫓기 시작할 때는 분명 사오정이 곁에 있었지만 지금은 어딘지 수 없는 노릇이었다. 손오공은 추격을 멈추고 얼른 뒤로 돌아 삼장이 있던 곳으로 돌아왔다. 과연 걱정한 대로 삼장이 보이지 않았다.

"스승님께 무슨 변고가 생긴 것이 틀림없어."

손오공은 땅바닥에 내팽개쳐진 삼장의 봇짐을 들어 보며

자신의 어리석음을 자책했다. 그때 사오정과 저팔계도 삼장이 머물던 자리로 돌아왔다. 그들 역시 자꾸 달아나기만 하는 요괴들을 쫓는 데 지쳐 발걸음을 돌렸던 것이다.

"사형, 이게 어떻게 된 일이요?"

저팔계가 휘둥그레진 눈으로 물었다.

"아무래도 우리가 요괴들의 수작에 놀아난 것 같구나."

손오공이 한숨을 내쉬며 대답했다. 그러자 사오정이 거들고 나섰다.

"내 생각도 그래요, 사형. 놈들이 분판매화 술법을 쓴 것 같아요."

"분판매화라고?"

저팔계는 요괴들이 그런 계략을 생각해냈다는 것 자체가 놀라웠다. 한꺼번에 서른 놈이 달려들어도 자기를 이기지 못했는데, 확실히 싸움은 힘으로만 하는 것이 아니라는 사실을 절감했다. 어쨌거나 삼장이 붙잡혀 갔으니, 한가하게 자책이나 하고 있을 때는 아니었다.

"지금쯤 스승님이 우리를 간절히 기다리고 계실 것이다. 이곳을 샅샅이 뒤져 한시 바삐 요괴들의 소굴을 찾아내자."

사형의 말을 들은 저팔계와 사오정은 각자의 무기를 들고 온 숲을 뒤지고 다녔다. 손오공도 근두운을 타고 하늘로 올라가 주변에 수상해 보이는 동굴이 있는지 살폈다. 그렇게 얼마쯤 시간이 흘렀을까? 손오공이 두 아우를 부르며 소리쳤다.

"저기다, 저기 요괴들의 소굴이 있어!"

세 제자가 그곳으로 달려가 보니 누가 봐도 요괴들의 소굴이라고 할 만큼 음침한 기운이 가득했다. 그리고 세로로 길게 놓인 현판에 '은무산(隱霧山) 절악(折岳) 연환동(連環洞)'이라는 글자가 새겨져 있었다.

"요괴 놈들, 가만두지 않겠다!"

저팔계가 다짜고짜 갈퀴를 들어 현판을 박살냈다. 마침 경계를 서고 있던 졸개가 그 소리에 놀라 동굴 문을 살짝 열고 상황을 살폈다.

'아니, 저 자들이 한꺼번에 몰려왔네. 빨리 두목님한테 보고해야겠다.'

아무것도 거칠 것 없는 저팔계의 기세로 미루어 동굴 문이 박살나는 것 역시 시간 문제로 보였다. 졸개는 허둥지둥 두목에게 달려가 자기가 본 것을 알렸다.

"놈들이 이곳을 잘도 발견했구나. 이 위기를 어떻게 벗어나지……?"

두목이 고민에 빠지자, 분판매화를 생각해낸 요괴가 다시 앞으로 나섰다.

"두목님, 저들에게 스승이 이미 죽었다고 하면 실망하여 돌아갈 것입니다. 버드나무 뿌리를 잘 깎고 다듬으면 사람의 머리 같아 보일 테니, 그것으로 놈들을 속여 그냥 물러가게 하십시오."

"그것 참 기발한 꾀로구나! 이번 일이 잘 마무리되면 너에게 큰 상을 내려야겠다."

두목의 칭찬에 요괴는 신바람이 나서 어깨를 으쓱했다. 그 요괴는 한마디로 두목의 모사꾼이라고 할 만했다.

그때 문이 부서지는 소리가 들리는가 싶더니, 세 제자가 동굴 안으로 들어섰다. 재빨리 버드나무 뿌리를 사람의 머리 형태로 만든 모사꾼 요괴가 세 제자에게 달려가 거짓말을 늘어놓았다.

"안타깝지만, 당신들의 스승님은 이미 이 세상 사람이 아닙니다. 이곳에 오자마자 심장마비에 걸려 돌아가시고 말았지요. 우리 모두 배가 고팠던 터라 할 수 없이 시신을 삶아 먹었으니, 부디 넓은 아량으로 용서해주시기 바랍니다. 다만 제자분들이 오면 드리려고 그분의 머리만은 남겨 두었으니 가져가셔도 됩니다."

모사꾼 요괴의 말에 세 제자는 어처구니가 없었다. 서천 천축국이 얼마 남지 않았는데, 여기서 허무하게 목숨을 잃다니 결코 믿고 싶지 않은 비극이었다. 모사꾼 요괴가 눈짓을 해보이자 졸개가 상자 하나를 제자들에게 건넸다.

"흐흑, 우리 스승님 불쌍해서 어떡해……."

상자를 열어본 저팔계가 울음을 터뜨렸다. 사오정도 눈물이 흐르는지 자꾸만 눈가를 훔쳤다. 그런데 손오공은 삼장의 머리라는 것이 아무래도 이상해 보였다.

'요괴들이 또 우리를 속이려는 것 아니야?'

손오공은 갑자기 여의봉을 들어 상자에 담긴 정체불명의 것을 후려쳤다. 그러자 나무 쪼개지는 소리가 나면서 버드나무 뿌리가 반으로 쩍 갈라졌다.

"이놈들, 어디서 나한테 잔꾀를 부리느냐!"

자기의 속임수가 통하지 않은 것을 본 모사꾼 요괴는 얼른 두목이 있는 방으로 달아났다. 그곳에는 돌로 만든 문이 있어 저팔계가 갈퀴를 휘두른다고 해도 쉽게 부서지지 않을 것 같았다.

"두목님, 놈들이 저의 작전을 알아차렸습니다."

"음, 꽤 영리한 작자들이구나. 그렇다면 얼마 전에 우리가 잡아먹었던 진짜 사람의 머리통을 갖다 주도록 해라."

물론 그 머리는 삼장의 것이 아니었다. 그 시각 삼장은 동굴 뒤 정원에 있는 큰 나무에 묶여 있었다. 요괴들은 이튿날 날이 밝는 대로 삼장을 요리할 계획이었다.

두목의 명을 받은 모사꾼 요괴가 죽은 사람의 머리를 들고 방을 나와 다시 세 제자를 만났다. 요괴가 내민 진짜 사람 머리를 보고 세 제자는 화들짝 놀랐다.

"아까는 착오가 있었습니다. 이것은 틀림없이 당신들 스승님의 머리입니다. 시간이 좀 지나 살갗이 다 뭉그러졌지만 분명 승려의 머리가 맞습니다."

이번에도 손오공은 무슨 속임수가 있을까 봐 요괴가 건넨 머리를 유심히 살펴보았다. 그런데 이미 부패가 진행돼 얼굴을 알아보기는 어려웠지만, 머리카락이 하나도 없는 것으로 미루어 승려인 것은 확실했다. 순간 세 제자의 입에서 일제히 통곡이 터져 나왔다.

"아이고! 이렇게 가시면 어떡합니까, 스승님!"

그러나 아무리 울어도 죽은 사람이 되돌아오는 법은 없었다. 세 제자는 슬픔이 가득한 얼굴로 죽은 자의 머리를 들고 나와 무덤을 만들어주었다. 그렇게라도 해야 먼저 떠난 스승에게 최소한의 도리를 하는 것이라고 생각했기 때문이다.

"불쌍한 스승님, 저희가 제대로 모시지 못해 죄송합니다."

"부디 극락왕생하세요……."

세 제자는 무덤을 만들고도 한동안 자리를 떠나지 못한 채 둥그렇게 둘러서서 고인을 추모했다. 그러다가 문득 설움이 북받쳤는지, 손오공이 떨리는 목소리로 외쳤다.

"얘들아, 우리 스승님의 복수를 하자!"

두 아우도 사형의 제안에 동의했다.

"그럽시다. 요괴들의 소굴을 아주 박살내버리자고요!"

몰래 숨어 제자들을 훔쳐보던 모사꾼 요괴는 그 말을 듣고 소스라치게 놀랐다. 삼장이 이미 죽은 것을 알면 그냥 돌아갈 줄 알았는데 예상이 완전히 빗나갔던 것이다. 모사꾼은 서둘러 동굴 안으로 몸을 피했다. 그리고 다른 요괴들에게 비상을 걸어 완전 무장을 시켰다. 두목은 그 사실을 전해 듣고 돌문이 있는 자기 방에서 꼼짝하지 않았다.

그러나 삼장의 제자들이 누구던가. 아무리 완전 무장을 했다고 한들, 요괴들이 세 제자를 당해낼 수는 없었다. 손오공의 여의봉과, 저팔계의 갈퀴와, 사오정의 지팡이 무기가 요괴들의 소굴을 신나게 때려 부쉈다. 머리통이 깨진 요괴들이 땅바닥에 나뒹굴었고, 어떤 요괴들은 뼈가 부러진 팔다리를 움켜쥔 채 비명을 질러댔다. 얼마 지나지 않아 상당수 요괴들이 목숨을 잃었고, 마침내 손오공의 여의봉이 모사꾼 요괴의 머리통을 겨누었다.

"너희들이 감히 스승님을 삶아먹어? 에잇, 죽어라!"

손오공의 여의봉이 허공을 가르자, 이내 '으악!' 하는 단말마가 울려 퍼졌다. 모사꾼 요괴가 숨통이 끊어지면서 정체를 드러냈는데, 날카로운 이빨을 번뜩이는 코요태였다.

이제 남은 것은 두목 요괴와 조무래기 요괴들 몇이었다. 그때 두목은 자기 방에서 졸개들을 닦달하고 있었다.

"어서 돌문 앞에 흙을 더 쌓도록 해라!"

"두목님, 이 방은 돌문이 튼튼해서 끄떡없습니다."

"아니야, 흙을 산더미같이 쌓으라니까!"

두목 요괴는 세 제자가 들이닥칠 것이라는 불안감 때문에 안절부절못했다. 실제로 그 방은 단단한 돌로 문을 만들어 어지간한 공격에는 부서지지 않았다. 그럼에도 두목은 잔뜩 겁을 집어먹어 졸개들을 다그쳤던 것이다.

곧 두목 요괴의 방 앞에 세 제자가 다가섰다.

"사형, 이 문을 부수는 일은 내게 맡겨주시오."

저팔계는 자신만만하게 갈퀴를 휘둘렀다. 그러나 돌문에는 이렇다 할 충격을 주지 못했다. 손오공이 나서서 여의봉을 휘둘러도 불꽃만 튈 뿐 아무런 효과를 거두지 못했다. 사오정의 항요장도 마찬가지였다. 저팔계는 미련을 버리지 못하고 계속 갈퀴질을 해댔지만, 손오공은 일이 뜻대로 안 풀릴 때 다른 방법을 찾을 줄 알았다.

"이대로는 안 되겠다. 요괴들의 동굴이 대부분 그렇듯, 이곳도 뒤로 돌아가 보면 비상구가 있을 것이다. 내가 가볼 테니 너희는 이쪽을 지키고 있어라."

손오공은 아우들에게 당부하고 산을 빙 둘러 뒤편으로 가보았다. 과연 그곳에는 예상대로 동굴의 또 다른 출입구가 있었다. 거기에는 앞쪽과 달리 돌문이 달려 있지 않았다. 위에서 폭포 물이 흘러내렸기 때문에 그것으로 충분히 위장이 된다고 여긴 듯했다. 손오공이 그 안으로 들어가기 위해 둔갑술을 부려 생쥐로 변신했다. 밖에서는 폭포물이 쉴 새 없이 흘러내렸지만, 그 뒤쪽으로는 어두운 동굴이 깊게 펼쳐져 있었다.

생쥐로 변신한 손오공이 부지런히 걸음을 옮겨 보니, 드디어 요괴들의 말소리가 들려왔다. 가만히 귀기울여보니까 졸개들 앞에서 두목이 거드름을 피우는 것 같았다.

"중놈의 제자들이 비범하다는 말을 들었는데 별 것 아니구먼."

"그렇습니다, 누가 두목님을 해칠 수 있겠습니까?"

졸개들이 아부를 떨어대느라 바빴다.

"이 방의 돌문은 아무도 열지 못해. 내가 얼마나 공을 들여서 만들었는데 말이야."

생쥐로 변신한 손오공은 돌문 안쪽에 흙까지 산더미처럼 쌓여 있는 것을 보고 고개를 절레절레 흔들었다.

'쳇, 저렇게 해두었으니까 아무리 두들겨대도 부서지지 않았지. 하지만 내가 이렇게 숨어들어 올 줄은 상상도 못했을 거다.'

손오공은 이제 본 모습으로 돌아와 요괴들을 때려잡아야겠다고 생각했다. 졸개들 앞에서 허풍을 떨어대는 요괴 두목을 더 이상 두고 볼 수가 없었다. 그런데 손오공이 주문을 외우려는 순간, 뜻밖의 말이 들려왔다.

"정원에 묶어둔 중놈은 별 문제 일으키지 않고 잘 있지?"

"네, 두목님."

"바보 같은 놈들. 다른 중놈의 머리통을 스승의 것으로 알고 무덤까지 만들어주다니 생각만 해도 웃겨 죽겠어, 흐흐흐!"

아니, 이것이 무슨 소리란 말인가. 손오공은 요괴들의 대화를 듣고 깜짝 놀랐다. 스승이 아직 살아 있다니 꿈인지 생시인지 모를 일이었다. 모든 진실이 밝혀진 마당에 더는 우물쭈물하며 망설일 까닭이 없었다. 손오공은 얼른 주문을 외워 본래의 모습으로 돌아온 뒤 벼락같이 소리쳤다.

"사악한 요괴들아, 내 여의봉을 받아라!"

전혀 예상하지 못한 상황에 화들짝 놀란 요괴 두목이 칼을 빼들었지만, 이미 말했듯 그곳의 요괴들은 싸움 솜씨가 그다지 뛰어나지 못했다. 두목과 함께 졸개들이 한꺼번에 달려들었으나 손오공의 상대로는 어림도 없었다. 손오공이 날래게 여의봉을 몇 번 휘두르자, 졸개들이 먼저 추풍낙엽처럼 동굴 바닥에 나뒹굴었다. 그리고 마지막으로 일격을 가할 대상은 말하나 마나 요괴 두목이었다.

"제발 살려만 주십시오……."

두목 요괴는 졸개들보다 더 비굴하게 목숨을 구걸했다. 하지만 손오공은 그런 작자에게 인정을 내보일 생각이 전혀 없었다. 손오공의 여의봉이 다시 한 번 허공을 가르자마자 두목 요괴의 정체가 만천하에 드러났다. 그것은 알록달록한 가죽으로 온 몸을 감싼 한 마리 스라소니였다.

"이제 스승님을 구할 일만 남았구나. 살아 계시다는 말이 사실일까?"

아직도 손오공은 삼장이 죽지 않았다는 요괴의 이야기를 반신반의했다. 그래서 서둘러 동굴 안에 있는 정원으로 달려가 보았다. 그곳에 정말, 삼장이 있었다. 비록 커다란 나무에 몸이 묶인 채 몹시 지쳐 보였지만 분명히 살아 있었다.

"스승님!"

삼장이 자기를 부르는 소리에 번쩍 눈을 떴다. 물론 제자들이 구하러 올 것을 믿어 의심치 않았지만, 막상 손오공을 보자 왈칵 울음이 터졌다.

"네가 또 나를 살리는구나……."

그런데 그곳에 잡혀 있는 사람은 삼장만이 아니었다. 나무 반대편을 보니까, 젊은 사내 하나가 삼장과 똑같은 자세로 묶여 있었다. 손오공이 밧줄을 풀어줘 자유의 몸이 된 삼장이 자기 몸을 미처 추스르지도 않고 말했다.

"오공아, 저기 있는 나무꾼도 풀어주려무나. 자칫 잘못했으면 나랑 같이 요괴들의 밥이 될 뻔했다."

젊은 사내는 멀지 않은 곳에서 홀어머니와 함께 살고 있었는데, 나무를 하러 산으로 왔다가 요괴에게 붙잡혔던 것이다. 손오공은 스승의 말에 따라 나무꾼을 친친 묶어 놓은 밧줄을 얼른 풀어주었다. 사내는 곧바로 삼장과 손오공 앞에 머리를 조아렸다.

"고맙습니다. 제 생명의 은인이십니다."

"별 말씀을요. 이 제자가 큰일을 했지, 저는 아무것도 한 것이 없습니다. 이렇게 목숨을 구했으니 어서 어머니께 돌아가 걱정을 덜어 드려야지요."

몇 번이나 섣불리 사람의 목숨을 빼앗는다고 삼장으로부터 꾸중을 들었던 손오공은 묘한 기분이 들었다. 이번에는 자기가 죽음의 문턱에 갔던 사람의 목숨을 구했으니 그런 감정이 생길 만도 했다.

"네가 큰일을 했다, 오공아."

급기야 삼장이 칭찬까지 하자, 손오공은 감격스러워 가슴이 벅차올랐다.

손오공은 한시라도 빨리 삼장이 살아 있다는 희소식을 아우들에게 알리고 싶었다. 그래서 기운이 빠진 삼장을 업고 다시 산을 빙 둘러 동굴 앞쪽으로 갔다. 꽤 먼 거리였는데도 하나도 힘이 들지 않았다. 그곳에서는 저팔계와 사오정이 여전히 돌문을 부수기 위해 갖은 애를 쓰고 있었다. 손오공이 아우들을 보자마자 큰 소리로 외쳤다.

"얘들아, 여기를 봐라! 이분이 누구시냐?"

저팔계와 사오정은 사형의 목소리를 듣고 고개를 돌렸다가 까무러칠 듯이 놀랐다.

"악, 죽은 사람이 어떻게……?"

저팔계가 두 눈을 동그랗게 뜨며 고개를 절레절레 흔들었다.

"죽기는 누가 죽어? 잘 봐, 스승님께서 이렇게 멀쩡히 살아계시잖아!"

"그러게, 이게 대체 어떻게 된 일이야?"

손오공은 너무 놀라 쉽사리 정신을 차리지 못하는 두 아우에게 지난 일을 설명해주었다. 그러자 저팔계가 낯빛을 싹 바꾸며 구시렁거렸다.

"아무리 그래도 하지 말아야 할 거짓말이 있지, 산 사람을 죽었다고 해? 성질 같아서는 이 갈퀴로 요괴 놈들을 다시 한번 싹 다 찍어버리고 싶구먼."

손오공은 그 말을 듣고 뜨끔했다. 왜냐하면 이번 소동의 출발이 자기의 거짓말에서 시작된 것이라고 생각됐기 때문이다. 하지만 곰곰이 따져보면 그 요괴들도 어차피 만나야 할 운명이었는지 모를 일이었다.

그 날 삼장은 다시 길을 떠나기 전에 제자들이 만들었다는 자신의 무덤에 가보았다. 그리고 요괴들에게 희생당한 승려를 위해 기도를 올렸다. 그 역시 누구의 아들이고, 부처님의 제자라고 생각하니 마음이 너무 아팠다.

사목금성의 도움으로 물리친 세 요괴

　세상의 모든 일에는 끝이 있는 법. 삼장 일행의 여정도 때가 되면 끝나게 마련이었다. 아직은 갈 길이 멀지만, 지나온 길은 훨씬 더 멀었다. 여러 날이 지나고 또 여러 날이 더 지나 그들의 발길이 천축국 외군(外郡) 금평부(金平府)에 닿았다.

　"오늘은 이만 쉬어야겠습니다."

　손오공이 말했다.

　"그러자꾸나. 너무 무리하면 머지않아 탈이 나게 마련이지."

　삼장이 제자의 제안을 흔쾌히 받아들였다. 그때 사오정이 환한 얼굴로 외쳤다.

　"저기 절이 하나 보입니다!"

　모두 반가운 마음에 가까이 다가가 보니, 사찰 현판에 자운사(慈雲寺)라고 적혀 있었다. 불사를 수행하는 입장에서, 하룻밤 묵으며 공양 밥을 얻어먹기에 사찰만큼 편한 곳이 없었다. 일행이 사찰 안으로 걸음을 옮기자 행랑채에서 젊은 스님 하나가 걸어 나왔다.

"저희 절에는 무슨 일로 오셨는지요?"

"저는 당승(唐僧)으로, 제자들과 함께 서천에 불경을 가지러 가는 길입니다. 곧 날이 저물 때가 되어 하룻밤 신세를 질까 하고 찾아왔습니다."

삼장이 정중히 예를 갖추며 사정을 이야기했다. 그러자 젊은 스님이 일행을 주지승에게 안내한 뒤 삼장이 했던 말을 그대로 옮겼다.

"당승을 뵙게 되어 영광입니다. 하룻밤이 아니라, 이틀 후면 정월 대보름이니 그때까지 머물다 가십시오."

주지승이 삼장 일행에게 생각지도 못한 호의를 베풀었다. 그 말을 듣고 겉으로 내색을 하며 가장 즐거워한 것은 저팔계였으나, 누구 하나 기쁘지 않은 이가 없었다. 삼장이 합장을 하며 주지승에게 감사 인사를 했다.

"매일 길을 걷다 보니 세월이 얼마나 흘렀는지도 몰랐는데, 벌써 정월 대보름이 다 되어가는 군요. 주지 스님을 비롯한 자운사 스님들 덕분에 이번에는 대보름맞이를 제대로 할 수 있게 되었습니다. 고맙습니다."

"허허, 뭐 그만한 일로 그러십니까. 모쪼록 마음 편히 지내다 떠나십시오."

그렇게 삼장 일행은 오랜만에 꿀맛 같은 휴식을 갖게 되었다. 몇몇 승려들이 삼장을 따르는 제자들의 외모를 보고 수군거렸지만 드러내놓고 눈치를 주는 사람은 없었다. 오히려 대부분의 승려들은 평소 당승을 존경하여 기회가 닿을 때마다 삼장에게 이것저것 물으며 자문을 구했다.

그로부터 이틀 뒤, 주지승이 말한 대로 정월 대보름이 되었다. 아침부터 사찰 안에 종과 북이 울리고 많은 불자들이 몰려들어 분위기가 한껏 들떴다. 그리고 밤이 되자 자운사 승려들이 삼장 일행에게 함께 연등회 구경을 가자고 청했다. 모두 기대에 부풀어 거리로 나가 보니, 수많은 불빛들이 휘황찬란하게 빛나고 있었다.

"이야, 정말 장관인걸!"

"그러게 말이야. 이렇게 멋진 풍광을 즐기는 게 얼마만인지 몰라?"

삼장의 제자들은 길게 늘어선 등불들을 바라보며 감탄을 금치 못했다. 다들 이곳저곳 정신없이 걸어 다니며 화려한 축제를 만끽했다. 그러다가 그들의 발걸음이 금등교(金燈橋)에 다다랐다.

"우와! 저건 또 뭐야?" 깜짝 놀란 손오공의 두 눈이 휘둥그레졌다. 그곳에는 세 개의 금등(金燈)이 밝게 빛나고 있었는

데, 그 크기가 항아리만 했고 외피가 금실로 짜여 있어 보는
이들의 찬사를 듣기에 부족함이 없었다. 게다가 금등의 심지
에서는 향긋한 냄새까지 솔솔 피어오르고 있었다.

"무슨 기름으로 금등의 등불을 밝히기에 이토록 향기롭습
니까?"

손오공만큼이나 두 눈이 휘둥그레진 삼장이 주지승에게 물
었다.

"여기에 쓰인 것은 매우 귀한 향유(香油)입니다. 세 개의 금
등에 각각 오백 근씩 들어가는 데, 한 근에 은자 서른두 냥이
니 모두 사만팔천 냥의 돈이 들어가지요. 그것이 사흘 밤에
다 타버립니다."

"어마어마하게 돈을 잡아먹는 등불이군요!"

곁에서 듣고 있던 저팔계가 입을 쩍 벌리며 소리쳤다.

"그럼 그 비용은 누가 부담하나요?"

삼장이 다시 물었다.

"그야 성 안의 백성들이 내지요."

주지승이 당연한 것을 묻는다는 듯 대답했다. 삼장의 질문
이 이어졌다.

"그렇게 큰돈을 백성들이 기꺼이 내는 이유가 있나요?"

"그럼요. 사람들은 금등의 기름이 다해 불이 꺼지면 부처님
께서 와서 가져가신 것으로 생각합니다. 기름이 다 닳도록 금

등이 불을 밝힌 해는 풍년이 들고, 기름이 남았는데도 금등의 불꽃이 사그라들면 흉년이 들지요. 그래서 사람들은 기름이 부처님의 자비와 비례한다고 생각해 하나도 아깝다는 마음을 갖지 않습니다. 오히려 저마다 기름을 더 많이 바치려고 경쟁을 벌일 정도지요."

삼장의 물음에 대답하는 주지승의 얼굴에 슬며시 미소가 번졌다.

그때였다. 별안간 수상한 바람소리가 들리더니 그곳에 모여 있던 많은 사람들이 뿔뿔이 흩어졌다. 자운사의 승려들도 하나둘 사찰을 향해 발길을 돌렸다. 그 광경이 의아했던 삼장이 주지승에게 물었다.

"다들 왜 이곳을 떠나는지요?"

"이렇게 바람이 불어오는 것은 부처님께서 등불 구경을 하러 오신다는 신호입니다. 모두 자리를 비워드리는 것이 부처님에 대한 예의지요."

그러나 삼장은 그 말을 이해할 수 없었다.

"부처님께서 오신다면 영광스럽게 맞이해야 하는 것 아닙니까? 저는 이곳에 남아 부처님을 알현하겠습니다."

"허허, 정 그러시다면 어쩔 수 없지요. 저는 이만 자운사로 돌아가겠습니다."

주지승마저 금등교를 떠난 뒤, 바람 소리가 더욱 강렬해지면서 금등 근처에 정체불명의 그림자 세 개가 나타났다. 삼장은 그것이 무엇인지 자세히 살피지도 않은 채 넙죽 머리를 조아리며 예를 갖췄다.

"나무아미타불, 나무아미타불!"

삼장은 그것이 부처님이라고 철석같이 믿었다. 하지만 손오공의 생각은 달랐다.

'아무래도 이상한걸. 부처님한테 이토록 음산한 기운이 감돌 리 없잖아.'

손오공은 슬금슬금 삼장 곁으로 다가가 주의를 주려고 마음먹었다. 그런데 그 순간, 금등이 전부 꺼져버리더니 거센 바람이 휘몰아쳤다. 손오공이 정신을 차리고 주변을 둘러보니 삼장이 보이지 않았다.

"스승님, 어디 계십니까?"

손오공이 소리쳤지만 아무런 대답도 들리지 않았다. 저팔계와 사오정도 깜짝 놀라 삼장을 찾아보았으나 어디에서도 그림자조차 보이지 않았다. 금등이 꺼지고 바람이 거세게 휘몰아친 사이에, 요괴들이 삼장을 붙잡아간 것이었다.

"음, 내가 이럴 줄 알았어. 여기서도 요괴들이 못된 짓을 일삼는구나."

손오공의 표정에 분노가 가득했다. 그것을 본 저팔계가 나섰다.

"걱정하지 마슈, 사형. 내가 놈들을 찾아보겠소."

그러나 손오공이 아우를 말렸다.

"아니다, 팔계야. 내가 근두운을 타고 아까 불어왔던 바람의 뒤를 밟아보마. 너는 오정이와 함께 자운사로 돌아가서 용마와 짐 보따리들을 잘 간수해라."

손오공은 아우들에게 당부를 마치고 곧장 하늘로 날아올랐다. 한참 바람의 꽁무니를 쫓아가다 보니, 청룡산(靑龍山)에서 그 기운이 잠잠해졌다.

'여기 어디쯤 요괴들의 소굴이 있나보군.'

그때, 저만치에서 손오공이 있는 쪽으로 다가오는 네 사람의 모습이 보였다. 그들은 세 마리의 양을 몰고 오는 중이었다. 그들의 정체가 궁금해진 손오공이 화안금정으로 자세히 살펴보았다.

'저들은 사치공조(四値功曹)로구나. 사람으로 둔갑하면 내가 모를 줄 알고.'

사치공조란 도교에서 신봉하는 치년(値年), 치월(値月), 치일(値日), 치시(値時)를 일컬었다. 그들의 주된 역할은 하늘나라에 기도문을 전달하는 것이었다.

'옳거니, 저들이라면 이곳에 사는 요괴들에 대해 잘 알겠구나.'

손오공은 곧장 사치공조에게 달려가 자신의 신분을 밝혔

다. 그리고 삼장이 요괴들에게 붙잡혀간 이야기를 전하며 도움을 청했다. 그렇지 않아도 삼장이 수행하는 불사가 성공하기를 바라고 있던 그들이 흔쾌히 요괴들의 정체를 알려주었다.

"이 산의 현영동(玄英洞)이란 곳에 요괴들 셋이 살고 있소. 첫째는 벽한(闢寒) 대왕, 둘째는 벽서(闢署) 대왕, 셋째는 벽진(闢塵) 대왕이란 자들이요. 그들은 이곳에서 무려 천 년 동안 살아왔는데, 최고급 향유를 좋아해서 금평부 백성들을 속여 욕심을 채우고 있소."

"쳇, 요괴 주제에 최고급 향유는 무슨!"

갑자기 콧방귀를 뀌며 어이없어하는 손오공을 바라보며 사치공조가 말을 이었다.

"한데 시간이 별로 없소. 빨리 삼장 법사를 구하지 않으면, 놈들이 기름에 튀겨 몸보신을 하려고 할 것이오."

사치공조의 말에 손오공은 마음이 급해졌다. 빨리 요괴들의 소굴을 찾지 못하면 스승이 목숨을 빼앗길 위기였다. 손오공은 사치공조에게 인사를 하는 둥 마는 둥 청룡산 곳곳을 헤집고 다니기 시작했다. 다행히 얼마 지나지 않아 요괴들의 소굴을 발견할 수 있었다. 그 입구에 졸개 하나가 보초를 서고 있었는데, 손오공이 성큼성큼 다가가 선전포고를 했다.

"나는 제천대성이다. 당장 나의 스승님을 풀어준 뒤 항복하

면 목숨만은 살려줄 터이나, 거부할 경우 이곳을 아주 쑥대밭
으로 만들어버리겠다고 너희 왕초들에게 전해라!"

졸개는 손오공의 기세에 눌려 오줌을 지리다가, 가까스로
정신을 차려 요괴 대왕들을 찾아갔다. 졸개의 보고를 받은 요
괴들은 화가 치밀어 길길이 날뛰었다. 그리고는 이내 무기를
챙겨들고 동굴 밖으로 뛰어 나왔다.

"어느 놈이 건방지게 우리에게 대드느냐?"

비록 상대가 셋이나 됐지만, 손오공은 조금도 주눅이 들지
않았다.

"내가 좋게 말해줬더니 안 되겠구나. 다 덤벼라!"

사실 요괴 대왕들은 손오공이 찾아올 것을 알고 있었다. 겁
에 질린 삼장이 제자들에 관한 이야기를 했기 때문이다. 그래
서 미리 마음의 준비를 하고 있던 요괴 대왕들은 별로 당황하
지 않고 손오공에게 맞섰다. 요괴들의 무기와 손오공의 여의
봉이 공중에서 부딪칠 때마다 '쨍그렁! 쨍그렁!' 하는 소리가
하늘에 울려 퍼졌다.

"다른 두 놈은 어쩌고 너 혼자 왔느냐?"

벽한 대왕이 물었다.

"나 혼자로 충분한데, 아우들이 뭐 하러 여기까지 오겠느
냐?"

손오공이 여의봉을 휘두르며 가소롭다는 듯 되물었다.

그들의 싸움은 수십 합이나 계속되었으나 좀처럼 승부가 나지 않았다. 그때 벽서 대왕이 동굴 쪽을 향해 큰 소리로 외쳤다.

"애들아, 모두 이리 와서 원숭이 놈을 공격해라!"

그러자 동굴 안에서 수십 마리의 졸개들이 일제히 달려 나와 손오공을 에워쌌다.

"비겁한 놈들! 너희 셋으로는 나를 당해내지 못하겠지?"

손오공은 가슴 털을 한 움큼 뽑아 가짜 손오공을 만들어서 졸개들을 물리칠까 생각했다. 그런데 그 순간, 요괴 대왕들이 하나둘 동굴 안으로 사라졌다. 그 뒤를 쫓아 졸개들도 줄줄이 동굴 안으로 들어갔다. 맨 마지막에 들어가던 졸개는 동굴 입구의 문을 단단히 걸어 잠갔다. 그들은 손오공이 두 아우를 데려오도록 유인해 한꺼번에 일망타진할 계획이었다. 손오공 역시 그 수작을 눈치챘지만, 기꺼이 그들의 바람대로 자운사에 있던 아우들을 현영동으로 데려왔다.

"놈들이 어리석게 우리 셋을 다 상대하려 드는구나."

손오공의 말을 들은 저팔계가 씩씩거렸다.

"거, 좋지. 내 갈퀴 맛을 보면 잘못했다고 싹싹 빌 거요."

"저도 동감입니다, 사형. 녀석들이 스승님을 해치기 전에 어서 쳐들어가지요."

사오정도 지팡이 무기를 쳐들며 전의를 불태웠다. 그러나 손오공이 손사래를 쳤다.

"잠깐만, 아우들아. 요괴 대왕들이 무슨 꿍꿍이를 하고 있는지 모르니까 일단 나 혼자 동굴 안에 들어가서 정찰해볼게. 너희들은 이곳에서 잠깐 기다리렴."

여느 때보다 훨씬 기세등등한 아우들을 진정시킨 손오공은 곧 개똥벌레로 변신해 동굴 안으로 숨어들었다. 그렇게 빨리 손오공이 돌아올 줄 몰랐던 요괴들이 낮잠이라도 자는지 뜻밖에 동굴 안은 잠잠했다. 손오공이 이곳저곳 유심히 살펴보니, 후미진 처마 아래 기둥에 밧줄로 꽁꽁 묶인 삼장이 보였다. 개똥벌레로 둔갑한 손오공은 짧은 다리들을 재게 움직여 스승에게 다가갔다.

"스승님, 접니다. 오공이에요."

그런데 두려움에 떨고 있던 삼장은 제자의 목소리를 쉽게 알아채지 못했다. 그냥 자신의 발 쪽으로 다가온 개똥벌레를 흘깃 쳐다보며 혼잣말을 중얼거릴 뿐이었다.

"이곳에는 겨울인데도 개똥벌레가 다 있네……."

한두 번도 아니고, 자신을 구하러 올 때는 손오공이 늘 무언가로 변신하지 않았던가. 아무리 둔갑술을 펼쳤다고는 하나, 충성심 깊은 제자를 못 알아보는 삼장이 답답해 손오공이 목소리를 높였다.

"저라고요, 저! 오공이가 왔다고요!"

그제야 삼장은 첫 번째 제자 손오공을 알아봤다.

"오, 너였구나. 네가 나를 반드시 구하러 올 것이라 믿었다."

"그렇게 믿으시는 분이 한눈에 저를 못 알아보세요?"

"미안하구나, 오공아. 어쨌든 네가 왔으니 나를 빨리 풀어주려무나."

손오공은 짐짓 심통 난 표정을 지었지만 진심으로 화가 난 것은 아니었다. 무엇보다 중요한 것은 스승의 안전이 아닌가. 손오공은 얼른 삼장의 몸을 묶어놓은 밧줄을 풀어주었다. 그런데 가만 보니, 삼장의 양쪽 손목에는 자물쇠도 채워져 있었다.

"오공아, 이번 요괴들은 진짜 지독한 놈들이더구나. 밧줄만 묶어놔도 꼼짝할 수 없는데 수갑처럼 자물쇠까지 채워놓았으니 말이다."

"쳇, 요괴 놈들이 헛수고를 했군요. 제가 해쇄법(解鎖法)을 써서 금방 풀어드릴게요."

손오공의 말은 허풍이 아니었다. 그제야 개똥벌레에서 본 모습으로 돌아온 손오공이 짧은 주문을 외워 삼장의 손목에 채워진 자물쇠를 열었다.

"아이고, 이제야 살 것 같구나!"

다시 자유를 되찾아 몸과 마음이 홀가분해진 삼장에게 손오공이 주의를 줬다.

"스승님, 아직 이곳은 요괴들의 소굴입니다. 조용히 제 등에 업히십시오."

"그래, 내가 깜박했구나. 미안하다."

삼장은 제자의 충고가 부끄러웠는지 낯빛이 발그레해졌다. 손오공은 그런 삼장을 등에 업고 동굴 입구 쪽으로 걸음을 옮겼다. 그러나 얼마 가지 못해 경계를 서고 있던 졸개들에게 발각되고 말았다.

"누구냐? 거기 서라!"

재빨리 여의봉을 꺼내든 손오공이 그들을 때려잡았으나, 용케 목숨을 건진 졸개 하나가 줄행랑을 치면서 목에 걸고 있던 나팔을 불었다.

"뿌우~ 뿌우~ 비상이다, 비상! 괴상하게 생긴 원숭이가 중놈을 데리고 달아난다!"

그 요란한 소리는 고요하던 동굴 안을 발칵 뒤집어놓았다. 낮잠에 빠져 있던 요괴 대왕들도 화들짝 놀라 방에서 뛰쳐나왔다. 순식간에 다른 졸개들까지 우르르 몰려나와 손오공과 삼장을 에워쌌다.

"오공아, 이 노릇을 어떡하면 좋으냐?"

"글쎄요, 이렇게 스승님을 등에 업고 싸울 수는 없으니 큰일이네요."

"내가 문제로구나. 나를 여기 두고, 너라도 얼른 빠져나가 도록 해라."

처음에 손오공은 삼장을 두고 달아날 생각이 전혀 없었다. 그래서 한동안 스승을 등에 업은 채 요괴들을 향해 여의봉을 휘둘렀으나 금방 체력이 달렸다. 문득, 자칫 잘못했다가는 둘 다 목숨을 잃을지 모르겠다는 불안감이 엄습했다.

"스승님, 저를 믿는다고 하셨지요?"

"그렇다마다."

"그럼 잠시만 더 저들에게 붙잡혀 계십시오. 제가 꼭 다시 구하러 오겠습니다."

"……."

삼장은 제자를 향해 말없이 고개만 끄덕였다. 손오공은 아 쉬운 마음을 뒤로 한 채 재빨리 동굴을 빠져나왔다.

"사형, 정찰은 잘 했소?"

저팔계가 손오공을 반기며 물었다. 손오공은 침통한 표정 으로 아우들에게 지난 일을 이야기해주었다. 그러자 저팔계 의 안색이 싹 바뀌었다.

"아무리 상황이 어려워도 그렇지, 어떻게 스승님을 두고 올 수 있단 말이오? 못된 요괴들을 다 때려잡았어야지!"

당시 상황을 손오공이 다시 설명해주어도 저팔계는 막무가 내였다. 사오정이 눈치를 줘도 소용없는 일이었다. 급기야 저팔계는 갈퀴를 들어 동굴 문을 마구 두들겨대기 시작했다. 그 소란을 견디지 못한 요괴 대왕들이 저마다 무기를 집어 들고 밖으로 달려 나왔다.

"옳거니, 이제 다들 모였구나!"

"너희들까지 모두 잡아 중놈과 같이 튀겨주마!"

"펄펄 끓는 기름 속에 들어가 봐야 잘못했다고 싹싹 빌겠지, 이 돼지 같은 놈!"

요괴 대왕들은 삼장의 제자들을 노려보며 빈정거렸다. 그 말에 완전히 이성을 잃은 저팔계와 사오정이 그들에게 달려들었다. 손오공은 아우들이 심리전에 말려들었다고 생각했지만, 가만히 지켜볼 수는 없어 여의봉을 꺼내들어 함께 맞서 싸웠다. 손오공의 여의봉과 벽한 대왕의 장검(長劍)이 부딪쳤고 저팔계의 쇠갈퀴와 벽서 대왕의 도끼가, 사오정의 항요장과 벽진 대왕의 철퇴가 치열하게 승부를 겨루었다. 그때 이전처럼 벽서 대왕이 큰 소리로 졸개들을 불렀다.

"다들 나와서 중놈의 제자들에게 따끔한 맛을 보여줘라!"

요괴 대왕의 졸개들은 일사분란하게 움직였다. 먼저 한 패가 세 제자에게 돌멩이를 집어 던지고 나서 뒤로 물러나면, 다음 패가 활을 겨누어 화살을 날렸다. 또 그 다음 패가 몽둥이를 들고 세 제자에게 달려들면, 다음 패는 일제히 창을 들고 덤벼들었다. 이런 식의 공격이 치밀하게 반복되다 보니 세 제자는 정신을 차리지 못한 채 호되게 당할 수밖에 없었다.

"일단 후퇴하자! 우리도 작전을 짜서 맞서야겠다."

다급해진 손오공이 아우들에게 소리쳤다. 그러나 이미 때가 늦었다. 졸개들에게 잇달아 혼쭐이 나서 기운이 쑥 빠진 저팔계와 사오정을 요괴 대왕들이 포박해 둥글 안으로 끌고 갔다. 손오공도 자칫 붙잡힐 뻔했으나 간신히 근두운을 타고 하늘로 달아났다.

"저들도 일단 중놈 곁에 두어라. 마지막으로 원숭이 녀석까지 잡아 한꺼번에 기름에 튀겨버릴 것이다."

벽서 대왕의 명령을 받은 졸개들은 후미진 처마 기둥에 묶여 있는 삼장 곁으로 두 제자를 데려갔다. 자신을 구해주기는커녕 똑같은 신세가 되어버린 제자들을 바라보며 삼장이 한숨을 내쉬었다.

"너희들까지 잡혀오다니, 이것 참 큰일이구나. 오공이는 어떻게 되었느냐?"

삼장의 물음에 저팔계가 코를 씰룩거리며 퉁명스럽게 대꾸했다.

"사형은 근두운을 타고 하늘로 달아났습니다, 스승님. 저라면 죽어도 같이 죽고 살아도 같이 살았을 텐데 말입니다."

그런데 그 말을 들은 삼장의 얼굴이 환해졌다.

"그렇다면 걱정 없구나. 너희들의 사형이 대책을 마련해 반드시 우리를 구하러 올 것이다."

"스승님은 사형이 죽음을 무릅쓰고 여기에 다시 올 것이라고 믿으십니까?"

"그렇다마다, 오공이는 분명 우리를 버리지 않을 것이다."

저팔계는 스승의 말에 괜히 심통이 났다. 하지만 손오공이 아니면 자기를 구해줄 이가 없으므로 삼장의 말에 희망을 걸 수밖에 없었다.

그 시각, 손오공은 하늘나라의 영소보전으로 옥황상제를 만나러 갔다. 옥황상제는 손오공의 낯빛만 보고도 큰일이 벌어진 것을 짐작했다.

"삼장 법사에게 무슨 일이라도 생겼느냐?"

옥황상제의 물음에 손오공은 금방이라도 눈물을 쏟을 듯 울먹거렸다. 기름이 펄펄 끓고 있는 가마솥과 삼장의 겁먹은 얼굴이 자꾸만 머릿속에 떠올랐기 때문이다. 이번에는 두 아우까지 요괴들에게 붙잡혀 가 안타까움이 훨씬 더 컸다. 손오공으로부터 지난 사연을 전부 전해들은 옥황상제가 현영동 요괴 대왕들의 정체에 대해 먼저 이야기해주었다.

"그놈들은 물소 요괴들이다. 오랫동안 술법을 닦아 땅에서나 물에서나 신출귀몰한 서우(犀牛)의 혼령이 깃들었다고 할 수 있지. 제천대성이 결코 만만치 않은 그들을 물리치려면 사목금성(四木禽星)의 도움을 받아야 할 것이다."

여기서 옥황상제가 말한 사목금성이란 각목교(角木蛟), 두목해(斗木獬), 규목랑(奎木狼), 정목안(井木犴)을 일컫는 것이었다. 옥황상제는 허천사(許天師)를 불러 사목금성이 있는 두우궁(斗牛宮)으로 손오공을 데려다주도록 했다. 허천사의 설명을 들은 사목금성이 흔쾌히 손오공을 따라나섰다.

"저기가 바로 현영동입니다."

"그렇군요."

구름을 타고 청룡산에 다다른 손오공이 요괴들의 소굴을 가리키며 사목금성에게 말했다. 그리고 자기가 요괴 대왕들을 유인해올 테니 혼쭐을 내달라고 부탁했다. 사목금성이 생각하기에도 그 방법이 효과적일 것 같았다. 손오공이 곧 동굴로 다가가 앞서 저팔계가 그랬듯이 여의봉을 꺼내들고 문을 마구 두들겨댔다.

"이놈이 죽고 싶어 제 발로 다시 찾아왔구나!"

요괴 대왕들은 무기를 챙겨들고 한달음에 동굴 밖으로 달려 나왔다. 손오공은 그들과 맞서 몇 합 겨루는 시늉을 하더니 사목금성이 기다리는 쪽으로 줄행랑을 쳤다. 그 작전을 알리 없는 요괴 대왕들이 크게 고함을 내지르며 손오공을 쫓아갔다.

"겁쟁이 놈아, 거기 서라!"

"제 스승과 아우들을 내팽개친 비겁한 놈아, 어디로 달아나느냐?"

하지만 요괴 대왕들의 기고만장한 언행은 오래 가지 못했다. 그들 앞에 사목금성이 나타나자, 마치 고양이를 만난 생쥐처럼 잔뜩 겁에 질린 채 꼼짝하지 못했다.

"너희들이 이곳에서 사람들을 기만하며 못된 짓을 일삼는다는 이야기를 들었다. 이제 그 대가를 치르도록 해라."

사목금성은 목소리조차 높이지 않았지만, 웬 일인지 요괴 대왕들은 극심한 두려움에 몸을 벌벌 떨었다. 그뿐 아니라 하나둘 숨기고 있던 정체를 스스로 드러내기 시작했다. 옥황상제의 말대로, 그들은 모두 물소의 모습을 하고 있었다.

"이놈들, 내가 가만두지 않겠다!"

손오공이 버럭 화를 내며 요괴 대왕들을 향해 여의봉을 치켜들었다. 그제야 겨우 사태 파악을 한 그들이 물소의 모습 그대로 멀리 꽁무니를 내뺐다.

"거기 서지 못해, 요괴들아!"

방금 전과 상황이 정반대로 펼쳐졌다. 이제는 손오공이 뒤를 쫓고, 요괴 대왕들이 달아나는 신세였다. 사목금성 중 각목교와 정목안도 손오공을 돕기 위해 그 뒤를 따라갔다.

"두 분은 남은 졸개들을 무찌르고 저의 스승님과 아우들을 구해주십시오!"

손오공이 물소들을 쫓아가면서 두목해와 규목랑에게 큰 소리로 부탁했다. 요괴 대왕들도 달아난 마당에 졸개들을 해치우는 것은 일도 아니었다. 두목해와 규목랑은 순식간에 졸개들을 몰살시킨 뒤 삼장과 두 제자를 구해주었다.

"고맙습니다. 이 은혜 잊지 않겠습니다."

삼장은 두목해와 규목랑으로부터 손오공이 영소보전에 가서 도움을 청했다는 말을 듣고 가만히 고개를 끄덕였다. 제자를 철석같이 믿은 자신이 틀리지 않았다는 것을 새삼 깨달았기 때문이다. 그 말을 듣고 저팔계는 괜히 입맛만 쩝쩝 다셨다.

"한데 사형은 어디 갔지?"

저팔계가 혼잣말을 중얼거리자, 두목해와 규목랑은 손오공이 요괴 대왕들을 때려잡기 위해 쫓아갔다고 말해주었다. 그리고 자기들도 손오공을 돕겠다면서 서둘러 각목교와 정목안의 뒤를 따랐다.

다시 삼장과 함께 동굴에 남겨진 두 제자가 멀뚱히 서로의 얼굴을 바라보았다.

"팔계야, 우리도 뭔가 할 일이 있지 않을까?"

"그래, 우리만 아무 일도 하지 않은 채 빈둥거릴 수는 없지."

두 제자는 한동안 골똘히 생각에 잠겼다가 눈짓을 주고받더니 동시에 몸을 일으켰다. 그리고는 사오정이 먼저 지친 삼장을 업고 동굴을 빠져나갔다. 그 다음 차례는 저팔계였다. 저팔계는 졸개들의 시신을 모두 동굴 안으로 밀어 넣고 냅다 불을 질렀다. 삼장과 두 제자는 시뻘건 불이 타올라 잿더미가 되어가는 현영동을 바라보면서 자운사로 향했다.

한편 그 무렵, 손오공은 근두운에 올라타 서해 바다를 굽어보고 있었다. 조금 전 물소 세 마리가 바다 속으로 달아나 각목교와 정목안이 따라갔고, 손오공은 물 밖에서 혹시 요괴들이 나타날까 봐 유심히 주변을 살피고 있었던 것이다. 그때 멀리서 두목해와 규목랑이 다가와 물었다.

"물소 요괴들은 어떻게 됐습니까?"

"두 분 사목금성께서 바다 속으로 들어가 쫓고 계십니다."

물론 손오공도 궁금한 것이 있었다.

"스승님과 두 아우는 어떻게 됐습니까?"

"저희가 무사히 구해드려 지금쯤 자운사에 계실 것입니다."

삼장과 아우들이 별 탈 없이 사찰로 돌아갔다는 말에 손오공은 걱정이 사라졌다. 이제 요괴 대왕들만 때려잡으면 모든 문제가 해결되는 것이었다. 그런데 시간이 꽤 흘렀는데도 바다 속으로 들어간 각목교와 정목안에게서 아무런 소식이 없었다.

"아무래도 두 분 사목금성께서 물소들을 잡는 데 애를 먹나 봅니다. 제가 바다 속으로 들어가서 서해 용왕에게 도움을 청해야겠습니다."

"알겠습니다. 바다 위는 저희가 살필 테니 어서 용궁으로 가보시지요."

두목해와 규목랑은 선뜻 손오공의 생각에 동의했다.

손오공은 이전에 흑수하의 소타룡을 무찌를 때도 서해 용왕을 만난 적이 있었다. 용왕은 다시 나타난 손오공을 보고 또 무슨 문제가 생긴 것은 아닐까 싶어 긴장했다. 하지만 이번에는 자기에게 아쉬운 소리를 하러 온 것을 알고 마음을 놓았다.

"태자 마앙은 군사들을 이끌고 제천대성을 돕도록 하라."

서해 용왕의 명을 받은 태자 마앙은 손오공을 보고 활짝 웃으며 인사했다. 손오공 역시 오랜만에 만난 마앙이 무척 반가웠다. 하지만 당장은 한가하게 재회의 기쁨을 나누며 머뭇거릴 여유가 없었다.

"태자가 이번에도 나를 도와줘야겠네."

"당연히 그래야지요, 제천대성님."

그렇게 손오공은 마앙과 함께 각목교와 정목안을 지원하려고 달려갔다. 두 사목금성은 물소들과 한창 싸움을 벌이고 있었다. 막다른 궁지에 몰린 요괴들이 죽을힘을 다해 저항하는 터라 생각만큼 쉽게 승부가 나지 않는 상황이었다.

"이놈들, 제천대성이 돌아왔다!"

물소들은 손오공을 발견하고 깜짝 놀랐다. 마앙과 군사들이 협공을 펼치자, 그렇지 않아도 버겁던 싸움의 승패가 싱겁게 가려졌다. 정목안이 완전히 전의를 상실한 벽한 대왕에게 다가가 마지막 일격을 가했다. 그것을 본 손오공이 숨통이 끊어진 요괴의 뿔을 잘라 품속에 넣어두었다. 첫째 요괴가 목숨을 잃는 것을 지켜본 둘째 벽서 대왕과 셋째 벽진 대왕은 무기를 내려놓고 항복했다. 그제야 손오공이 흡족한 표정으로 마앙에게 작별 인사를 건넸다.

"자네의 도움 덕분에 일이 잘 끝났네. 용궁으로 돌아가면 용왕께도 안부를 전해주게."

마앙은 다음에도 도움이 필요하면 언제든 부탁하라는 말을 남긴 뒤 용궁 쪽으로 사라졌다. 손오공은 사목금성과 함께 사로잡은 두 물소를 앞세워 금평부 자운사로 돌아왔다.

"수고했소, 사형!"

한때 손오공이 혼자 도망갔다며 빈정거렸던 저팔계가 방에서 달려 나와 크게 반겼다. 삼장과 사오정도 손오공을 다시 만나 이만저만 기쁜 것이 아니었다. 삼장은 사목금성에게 합장을 하며 다시 한 번 고마움을 전했다.

그런데 그때, 한동안 잠자코 있던 두 물소가 뿔을 치켜세우며 난동을 피우기 시작했다. 모두 인사를 주고받느라 경계를 늦춘 틈을 타서 본색을 드러냈던 것이다. 하지만 이번에는 저팔계의 갈퀴가 그들을 용서하지 않았다.

"퍽!"

"퍽!"

단 두 번의 갈퀴질에 벽서 대왕과 벽진 대왕은 첫째 벽한 대왕의 뒤를 따르게 되었다. 숨통이 끊어진 물소들 앞에서 저팔계가 잘난 척을 했다.

"내가 누군 줄 알고 감히 까불어? 갈퀴 맛을 보려고 환장했구나!"

사실 요괴 대왕들은 오랜 싸움에 지칠 대로 지친 상태였다. 그렇지 않았다면 갈퀴질 두 번에 허무하게 목숨을 잃지는 않았을 것이다. 하지만 손오공은 기고만장한 아우를 한껏 치켜세워주었다.

"팔계 아우 아니었으면 모두 큰일 날 뻔했어요."

"그렇구나, 오공아."

삼장도 손오공의 마음을 헤아려 짐짓 거들고 나섰다. 사목금성 역시 저팔계의 공을 치하했다.

"물소 요괴들은 술법이 뛰어날 뿐만 아니라 잔꾀도 많습니다. 그대로 살려두었다면 언젠가는 큰 말썽을 일으켰을 것입니다."

"그렇지요? 내가 잘했지요?"

이제 저팔계는 잘난 척을 넘어 거들먹거리기까지 했다. 사오정은 내심 한소리 해주고 싶었지만, 삼장과 손오공 앞이라 꾹 참았다.

잠시 뒤, 사목금성이 두우궁으로 돌아가겠다면서 삼장 일행에게 작별 인사를 전했다. 그러자 손오공이 벽서 대왕과 벽진 대왕의 뿔을 잘라 그들에게 건넸다.

"이 뿔들을 옥황상제님께 가져다 드리십시오. 제천대성의 선물이라고 하면 아주 좋아하실 것입니다."

사목금성은 빙그레 미소지으며 물소들의 뿔을 받아들었다. 그리고는 삼장에게 서천으로 불경을 가지러 가는 길이 무사하도록 기원하겠다는 덕담을 남기고 발걸음을 돌렸다. 사목금성의 모습이 완전히 보이지 않게 되자, 저팔계가 넌지시 손오공에게 물었다.

"사형, 요괴는 셋인데 어째서 뿔은 두 개뿐이요?"

"하나는 내 품속에 있지."

"헤헤, 그걸 어디에 팔려고 그러시오?"

저팔계는 벽한 대왕의 뿔을 팔아 한몫 챙기면 같이 나누자는 속셈이었다. 하지만 손오공의 생각은 달랐다.

"이걸 팔기는 왜 팔아?"

"그럼 뭐 할 거요?"

"우리가 영취산(靈鷲山)에 도착하면 부처님께 바쳐야지."

그때 둘의 대화를 지켜보던 삼장의 얼굴에 부드러운 미소가 번졌다. 괜히 욕심을 내보였던 저팔계만 쥐구멍이라도 찾고 싶은 심정이었다. 물소들을 때려잡고 거드름을 피우는 저팔계 때문에 내심 불쾌했던 사오정도 자꾸만 웃음이 새어나오려는 것을 가까스로 참았다.

이튿날, 삼장 일행은 자운사 주지승에게 부탁해 금평부의 백성들을 금등교로 모이게 했다. 그리고 삼장이 앞으로 나서서 금등을 가리키며 말했다.

"여러분, 그동안 이곳의 향유를 가져간 것은 부처님이 아닙니다. 부처님이 중생의 고혈을 짜내 자신의 잇속을 채울 리 있겠습니까? 여러분을 속여 큰돈을 쓰게 한 것은 물소 요괴들이었습니다. 앞으로는 그처럼 사악한 속임수에 속아 헛된 바람을 갖지 마시기 바랍니다. 풍년과 흉년은 오로지 농부들의 진실한 노력에 달려 있을 뿐입니다. 진인사대천명의 진리를 명심하시면 하늘도 여러분을 도울 것입니다."

삼장 곁에 서 있던 손오공이 품속에서 물소의 뿔을 꺼내 백성들에게 보여주었다. 그것을 본 사람들은 조금의 의심도 없이 삼장의 말을 믿었다. 자운사 승려들까지 존경해 마지않는 당승이자, 서천으로 불경을 가지러 가는 고매한 법사의 말을 믿지 않을 까닭이 없었다.

그 날 금평부 백성들은 앞으로 아예 금등의 불을 켜지 말 것을 다짐했다. 미래에 대해 쓸데없는 불안감을 가지며 큰돈을 낭비했던 사람들 입장에서 그 결정을 반대할 이는 한 명도 없었다. 사람들은 요괴들을 물리쳐준 삼장 일행에게 감사해하며 생사당(生祠堂)을 짓고 비석까지 세워주었다. 그것은 후손 대대로 삼장 일행의 업적을 기리면서, 두 번 다시 헛된 신념에 마음을 빼앗기지 말라는 경고의 의미를 담고 있었다.

구원외의 불심에 대한 보답

세상에는 많은 부자들이 있다. 그들 중에는 오로지 돈만 밝히는 사람이 있고, 깊은 신심(信心)으로 이웃과 수행자들에게 적극적으로 보시를 하는 사람도 있다. 동태부(銅台府) 지령현(地靈縣)의 구홍(寇洪)이란 자의 경우는 후자에 속하는 인물이다. 그는 주로 본명보다 구원외(寇員外)라는 별칭으로 불렸는데, 특히 수행자들을 잘 대접한다는 소문이 자자하여 그곳을 지나는 승려들마다 며칠씩 묵어가기 일쑤였다.

서천으로 향하던 삼장 일행의 발걸음이 지령현에 다다랐다. 구원외에 관한 소문은 삼장 일행의 귀에도 들려왔다.

"스승님, 우리도 구원외의 집으로 가서 하룻밤 신세를 질까요?"

손오공이 삼장에게 물었다.

"그러자꾸나. 아무래도 불심이 깊은 사람이 우리를 반기겠지."

삼장이 제자의 제안을 흔쾌히 받아들였다. 곁에 있던 저팔
계는 벌써부터 입맛을 다셨다. 구원외가 수행자들에게 음식
대접도 넉넉히 한다는 이야기를 들었기 때문이다.

얼마 후, 삼장 일행이 구원외의 집 앞에 멈춰 섰다. 그곳은
그냥 집이 아니라 저택이라고 할 만큼 크고 화려한 외관을 뽐
내고 있었다. 곧 집 안에서 하인이 달려 나와 삼장 일행을 귀
한 손님으로 맞이했다. 하인은 허리 숙여 정중히 인사부터 한
뒤, 일행을 주인인 구원외에게 안내했다.

"어서오십시오, 법사님. 어디로 가시는 길입니까?"

삼장을 대하는 구원외의 태도는 더없이 공손했다. 부자라
고 해서 거들먹거리는 자세는 전혀 보이지 않았다.

"저는 당승인데, 불경을 가지러 서천 천축국으로 가고 있습
니다. 이쪽은 저와 동행하는 충실한 제자들이고요."

스승의 소개에 세 제자는 구원외를 향해 넙죽 절을 올렸다.
그러자 구원외도 예의를 갖춰 인사했다.

'부자가 겸손하기 쉽지 않은데, 이 사람은 뭔가 다르군.'

손오공은 마음속으로 안도의 한숨을 내쉬며 긴장을 풀었
다. 혹시 집주인이 요괴가 아닐까 내심 의심했는데, 그런 기
미는 전혀 보이지 않았다.

"법사님, 아무 걱정 말고 저의 집에서 편히 쉬십시오. 며칠

계셔도 괜찮고, 한 달 동안 머무셔도 상관없습니다. 저는 가끔 법사님한테 불법이나 전해 들으면 그것으로 족합니다."

"아닙니다, 말씀만으로도 감사합니다. 저희가 신세를 지는 것도 하루 이틀이지, 귀한 음식과 잠자리를 계속 축낼 수는 없지요."

집주인의 호의에 삼장은 손사래까지 치며 몸 둘 바를 몰라 했다. 저팔계는 굴러온 복을 차버리는 스승이 못마땅했지만 드러내놓고 내색할 수는 없었다.

그렇게 삼장 일행은 구원외의 집에서 여장을 풀게 되었다. 처음에는 하룻밤만 묵어간다는 것이, 이틀이 되고 사흘이 지났다. 과연 구원외의 대접은 융숭했고, 하인들조차 눈치를 주는 법이 없었다. 오히려 삼장이 부담스러워하는 기색을 조금만 보여도 구원외가 직접 다가와 며칠 더 머물다 가라며 옷소매를 잡아당겼다.

하지만 삼장 일행이 언제까지나 그곳에 머물 수는 없었다. 이제 조금만 더 가면 서천 천축국에 닿는 데, 맛있는 음식과 편한 잠자리에 취해 귀한 사명을 망각해서는 안 될 일이었다. 결국 다시 길을 나서기로 결심한 삼장이 집주인에게 작별 인사를 건넸다. 구원외는 진심으로 섭섭해 했지만, 삼장 일행이 무슨 일을 해야 하는지 잘 알기에 끝까지 붙잡지는 않았다.

"법사님, 제자들과 함께 과업을 완수하신 다음 언제든 저희 집에 오십시오. 항상 대문을 열어두고 기다리겠습니다."

"고맙습니다, 대인(大人). 저희에게 베풀어주신 호의를 잊지 않고, 언제나 대인을 위해 기도하겠습니다."

그렇게 삼장 일행은 아쉬움을 뒤로 한 채 다시 길을 떠났다. 그 순간에도 구원외는 아내와 두 아들을 데리고 나와 삼장 일행을 배웅했다.

그런데 바로 그 날 밤, 구원외의 집에 강도가 들었다. 인심 좋기로 소문 난 구원외가 부자라는 사실을 잘 알고 있던 도적들이 몇 달째 호시탐탐 기회를 엿보다가 마침내 강도질을 감행했던 것이다. 비까지 부슬부슬 내려 일찌감치 인적이 끊긴 밤, 도적들 십여 명은 과감히 대문을 열고 집 안에 들어와 이곳저곳 함부로 들쑤시고 다녔다.

"으악! 도적 떼다!"

막 잠자리에 들려던 하인들은 도적들을 보고 혼비백산 달아나기 바빴다. 도적들은 손에 들고 있는 도끼와 칼로 사람들을 위협했다. 아니, 단지 위협에 그친 것이 아니라 조금만 마음에 들지 않아도 사람들에게 마구 흉기를 휘둘러댔다. 갑작스런 소란에 깜짝 놀라 방 안에 있던 구원외와 아내, 그리고 두 아들도 마당으로 나와 도적들 앞에 머리를 조아렸다.

"재물은 얼마든지 가져가도 좋소. 사람들의 목숨만 살려주시오."

구원외가 용기를 내 도적들에게 애원했다.

"재물을 다 가져가도 좋다고? 그거야 당연한 말 아닌가, 흐흐흐!"

도적들은 구원외를 비웃으며 온갖 금은보화와 비단 옷가지들을 챙겼다. 그리고 그것도 모자라 구원외의 아내가 손가락에 끼고 있던 반지까지 내놓게 했다. 그것을 본 구원외가 어렵게 다시 말문을 열었다.

"제발 아내의 반지는 남겨주시오. 장모님한테 유품으로 물려받은 소중한 것이니 말이오."

그러자 도적들의 낯빛이 순식간에 싸늘해졌다.

"이 자가 왜 자꾸 우리한테 이래라 저래라 하는 거야? 혼이 좀 나야 정신을 차리겠군!"

도적들은 일제히 구원외에게 달려들어 발길질을 해댔다. 구원외가 피를 흘리며 고통에 겨워 비명을 지르는데도 발길질을 멈출 기미를 보이지 않았다. 미처 도망가지 못한 몇몇 하인들은 물론이고, 아내와 두 아들 역시 그들을 말리지 못했다. 급기야 흥분한 도적 하나가 방망이를 가져와 구원외의 머리를 가격했다.

"악!"

그것으로 끝이었다. 구원외는 더 이상 이 세상 사람이 아니었다. 도적들은 눈앞에서 사람이 죽었는데도 전혀 개의치 않았다. 그들은 집 안 구석구석을 뒤져 꺼내두었던 금은보화와 비단 옷가지들을 몽땅 챙겨들고 유유히 집을 빠져나갔다. 그제야 반쯤 넋이 나갔던 구원외의 아내가 남편의 시신을 부여잡고 통곡했다.

"이게 웬 날벼락이요, 당신이 죽다니! 우리끼리 어떻게 살라고 이렇게 황망히 떠난단 말이오!"

그러다가 갑자기 아내가 두 아들을 바라보며 말했다.

"그동안 네 아버지는 승려들을 융숭히 대접해왔다. 오늘 낮에 떠난 삼장 법사도 우리의 대접에 흡족해하며, 아버지를 위해 기도하겠다고 말하지 않았더냐. 그런데 이게 무슨 일이냐? 그 자가 아버지를 위해 기도하기는커녕 도적들과 짜고 이 사태를 만든 것 같구나. 우리의 재물에 욕심을 내고 말이야. 가만 생각해보면, 하나같이 괴상한 몰골을 한 법사의 제자들이 무척 의심스럽기도 하다. 그들이 떠나자마자 이런 일이 벌어졌으니 이상하지 않느냐?"

아내의 추측은 당연히 무리가 있었다. 하지만 어수선한 상황에서 누구 하나 이성적인 판단을 하지 못했다. 두 아들도 어머니의 이야기가 그럴 듯해 고개를 끄덕였다.

이튿날, 동이 트자마자 두 아들은 관아로 달려가 간밤에 일어났던 일을 이야기했다. 그리고 서쪽으로 떠난 삼장 일행을 붙잡으면 도적들의 행방도 알 수 있다고 말했다. 관아의 수령은 그 제보를 철석같이 믿고 곧장 군졸을 풀어 삼장 일행을 쫓게 했다.

한편 그 시각, 지난밤의 비를 피해 빈 농가에 머물렀던 삼장 일행은 날이 밝자 다시 봇짐을 챙겨 길을 나섰다. 서천으로, 서천으로, 얼마쯤 발걸음을 옮겼을까? 뒤쪽에서 누군가 목청을 높여 부르는 소리가 들려왔다.

"거기 서라! 멈추지 않으면 혼쭐을 내주겠다!"

그 소리의 주인공은 다름 아닌 구원외의 집에서 강도질을 한 도적들이었다. 한몫 단단히 챙겨 한껏 신바람이 난 그들이 칼과 도끼를 든 채 삼장 일행 앞을 가로막았다. 그 중 한 사람이 무례한 손가락질로 삼장을 가리키며 위협했다.

"네가 어제 구원외의 집에서 나온 땡중 맞지?"

도적들은 몇 달 동안 구원외의 집을 엿본 터라 어떤 손님들이 들고 나는지 훤히 꿰뚫고 있었다. 어젯밤을 거사일로 결정한 것도 때마침 손님들이 다 빠져나간 기회를 노렸던 것이다. 그러니 삼장 일행에 대해 잘 알고 있는 것도 당연했다. 그들이 계속 삼장에게 엄포를 놓았다.

"순순히 갖고 있는 노잣돈을 다 내놓아라, 중놈아! 아니면 목숨을 내놓든가!"

그때까지 세 제자는 도적들의 행태를 잠자코 지켜보고만 있었다. 셋 중 누구든 마음만 먹으면 순식간에 해치울 수 있는 상대라 일부러 어떻게 나오는지 두고 봤던 것이다. 손오공이 짐짓 겁먹은 표정으로 너스레를 떨었다.

"스승님처럼 가난한 승려에게 무슨 노잣돈이 있겠습니까?"

그러자 한 도적이 험상궂은 얼굴로 쏘아붙였다.

"이놈이 거짓말을 하네! 친절한 집주인이 넉넉히 챙겨줬을 것 아니야?"

"아닙니다. 그분이 은화 몇 닢을 챙겨주겠다고 하셨으나, 스승님이 사양하셨습니다. 정말이에요!"

손오공이 끝까지 말을 듣지 않자, 결국 도적들이 폭발했다. 그들은 일제히 칼과 도끼를 치켜들고 삼장 일행에게 달려들었다. 하지만 삼장의 세 제자가 어떤 술법과 싸움 실력을 지녔던가. 손오공이 저팔계와 사오정을 말리며 앞으로 나섰다.

"도적놈들, 나 혼자 모조리 상대해주마!"

손오공은 땅바닥에서 흙 한 줌을 쥐어 달려드는 도적들의 얼굴에 뿌렸다. 그리고 눈에 흙이 들어간 도적들이 허둥거리는 사이에 주문을 외웠다. 그것은 정신법(定身法)이었다. 마치 순간 정지를 한 듯, 도적들이 손오공에게 달려들던 모습 그대로 바로 그 자리에 말뚝처럼 멈춰 섰다. 오직 입만 움직일 수 있는 상태였다.

"아니, 이게 어떻게 된 노릇이야?"

"그러게, 꼼짝할 수가 없네."

도적들은 그제야 손오공이 대단한 술법을 가진 것을 알고 순한 양처럼 굴기 시작했다.

"제발 목숨만 살려주십시오!"

"노잣돈은 안 주셔도 됩니다. 아니, 우리가 훔쳐온 금은보화를 나눠드릴 테니 한 번만 용서해주십시오."

그 말을 들은 저팔계가 가소롭다는 듯이 쏘아붙였다.

"뭐, 금은보화를 나눠줘? 이것들이 아직도 사태 파악을 못 하는구먼!"

저팔계가 갈퀴를 집어 들고 도적들에게 다가가려 하자 손오공이 말렸다. 그리고 훔쳐온 금은보화를 나눠주겠다고 말한 도적에게 물었다.

"너희는 이 많은 재물을 어디서 가져왔느냐?"

"어젯밤에 구원외의 집에서 훔쳤습니다."

"뭐라고? 이놈들, 용서할 수 없다!"

손오공은 자신들을 극진히 대접했던 구원외의 집에서 재물을 몽땅 훔쳤다는 이야기를 듣고 여의봉을 꺼내 들었다. 그 다음에 일어날 일은 불을 보듯 뻔했다. 그 순간, 다시 살생을 저지를지 모를 제자를 삼장이 가로막았다.

"오공아, 더는 사람을 죽이면 안 된다. 우리가 도적들을 붙잡았으니, 이 재물을 모두 챙겨 대인에게 돌려주면 된다."

"그럼 이 작가들은 어떻게 하고요?"

여전히 화가 치민 얼굴로 손오공이 물었다.

"그냥 용서해주어라. 비록 죄는 밉지만, 그 자들도 생계가 막막해 도둑질을 했을 테니 한 번은 뉘우칠 기회를 주어야 하지 않겠느냐?"

그때까지 삼장 일행은 구원외가 살해당한 것을 몰랐다. 만약 그 사실을 알았더라면 삼장도 도적들을 그대로 돌려보내지는 않았을 것이다. 하지만 도덕들은 사람을 해쳤다는 이야기를 끝내 하지 않았고, 손오공도 스승의 말을 따르기로 마음먹었다. 그렇게 가까스로 목숨을 구한 도적들은 손오공이 정신법을 풀어주자 어디론가 쏜살같이 사라졌다.

"오공아, 아우들과 함께 재물을 모두 챙겨라. 우리가 대인께 돌려주도록 하자꾸나."

구원외가 죽은 줄 꿈에도 몰랐던 삼장은 제자들과 함께 그의 집으로 향했다. 그런데 얼마 가지 않아 자신들에게 달려오는 군졸들과 맞닥뜨렸다.

"저들은 또 뭐야?"

손오공이 고개를 갸웃하는 순간, 군졸들이 우르르 달려들어 삼장 일행을 포박했다. 관아에서 보낸 병사들이니 힘이 있다고 함부로 물리칠 수는 없는 노릇이었다.

"구원외를 살해하고 재물을 훔친 죄로 너희들을 체포하겠다!"

"아니, 누가 그런 모함을 했나요?"

밧줄로 꽁꽁 묶인 손오공이 군졸 지휘관에게 물었다.

"구원외의 아내가 다 이야기했다. 너희들이 도적들과 짜고 집주인을 죽인 뒤 재물을 빼앗았다고 말이다."

삼장과 제자들이 황당해 하며 그런 죄를 짓지 않았다고 항변했지만 소용없는 일이었다. 주인에게 돌려주려고 용마의 등에 얹어둔 금은보화와 비단 옷가지들이 오히려 범죄의 증거가 되었다. 관아로 끌려온 삼장 일행은 곧장 옥사(獄舍)에 갇히고 말았다. 누명을 쓴 것도 억울했지만, 구원외가 죽었다는 사실은 더 충격적이었다.

"대인께서 돌아가셨다니 믿을 수가 없구나……."

자신이 옥사에 갇히는 처지가 됐으면서도, 삼장은 구원외의 죽음이 더욱 안타까운 것 같았다. 하기야 손오공과 두 아우 역시 친절했던 구원외의 생전 모습이 자꾸만 떠올라 슬펐다.

그 날 밤, 손오공이 삼장의 귀에 속삭였다.

"스승님, 제가 메뚜기로 둔갑해 대인의 집에 다녀오겠습니다."

"그래, 그게 좋겠구나. 나도 그 집 식구들이 어떻게 지내는지 궁금하던 참이다. 왜 안주인께서 우리를 범인라고 하셨는지, 원……."

삼장은 이래저래 안타까운 마음에 한숨을 내쉬었다.

곧 메뚜기로 변신한 손오공이 옥사를 빠져나와 구원외의 집에 들어섰다. 그토록 크고 화려했던 집에 웃음소리 대신 곡소리만 가득했다. 손오공이 그 집에서 제일 넓은 사랑방에 들어가 보니 관이 놓여 있었고, 그 앞에 구원외의 아내와 아들들이 무릎을 꿇고 앉아 하염없이 눈물을 흘리고 있었다.

'거참, 안됐네. 하지만 우리를 모함한 것은 도저히 이해할 수 없어.'

그때 메뚜기로 변신한 손오공이 한 가지 꾀를 냈다. 무슨 생각인지 살그머니 관 뒤쪽으로 가서 구원외의 목소리를 흉내내기 시작한 것이다.

"여보, 너무 슬퍼하지 마시오. 아들들도 그만 울음을 그쳐라."

분명 구원외는 죽었는데, 난데없이 목소리가 들리자 아내와 아들들이 까무러칠 듯 놀랐다.

"정말 당신이에요?"

"그럼, 내 목소리가 틀림없지 않소. 염라대왕님의 명을 받들어 잠시 다니러 온 거요."

"염라대왕님의 명이라니요?"

"당신은 왜 삼장 법사와 제자들이 나를 죽였다고 말했소? 그건 사실이 아니오. 죄 없는 승려를 모함하면 당신과 아들들에게도 해가 미칠 것이니, 날이 밝는 대로 관아에 가서 그들을 풀어주라 하시오."

그것은 누가 들어도 감쪽같은 구원외의 목소리였다. 그제야 흥분을 가라앉히고 이성을 되찾은 아내가 잘못을 뉘우쳤다.

"제가 너무 성급했어요. 당신 말대로 내일 아침 일찍 관아에 가서 삼장 법사와 제자들에게 죄가 없다고 말할게요."

구원외 아내의 다짐을 들은 손오공은 집을 나와 다시 관아로 향했다. 그리고 옥사에 들어가는 대신 수령의 관사(官舍)로 가보았다. 마침 수령은 하루 일을 마무리한 뒤 묵상을 하고 있었다. 다시 꾀를 낸 손오공이 이번에는 대법신(大法身)을 써서 거대한 불상으로 변신했다. 그의 목소리가 은은하게 관사에 울려 퍼졌다. 묵상 중이던 수령이 갑자기 나타난 불상을 보고 깜짝 놀라 머리를 조아렸다.

"지령현의 수령은 듣거라."

"네, 부처님……."

"나는 부처님이 아니라 옥황상제님의 명을 받드는 낭탕유신(浪蕩游神)이다. 지금 옥사에 살인 누명을 뒤집어쓴 승려와 제자들이 갇혀 있다고 들었다. 그들은 결코 구원외를 죽이고 재물을 빼앗는 죄를 범하지 않았다. 모두 서천으로 불경을 가지러 가는 길이니, 내일 날이 밝는 대로 그들을 풀어주도록 하라."

"네, 알겠습니다. 옥황상제님의 명을 따르겠습니다."

수령이 자신의 말을 곧이곧대로 믿자, 손오공은 다시 메뚜기로 둔갑해 관사를 빠져나왔다. 그리고 본래의 모습으로 돌아와 삼장에게 아무 걱정 말고 잠을 자라고 권했다. 스승은 제자가 괜한 허풍을 떠는 것이 아니라고 믿어 마음이 편안해졌다.

이튿날, 미처 날이 밝기도 전에 구원외의 아내가 수령을 찾아왔다.

"제가 남편을 죽인 범인을 잘못 알았습니다. 지금 옥사에 갇혀 있는 스님과 제자들은 아무런 죄가 없습니다. 그러니 그분들을 풀어주십시오."

구원외 아내의 말에 수령도 기뻐하며 맞장구를 쳤다.

"나도 승려와 제자들에게 죄가 없는 것을 알고 있소. 그 사실을 어떻게 전할까 고민하던 중인데, 그리 이야기해주어 고맙소."

그렇게 삼장과 제자들은 옥사에서 나와 자유를 되찾았다. 제자들이 서둘러 용마와 봇짐을 챙겨 서천으로 길을 떠나려고 하자, 삼장이 머뭇거리며 마음속의 말을 꺼냈다.

"시간이 지체되어 바쁘기는 하나, 잠시 대인의 문상을 하면 좋겠구나."

손오공은 금세 스승의 뜻을 헤아려 구원외의 집으로 말머리를 돌렸다. 그곳에 도착해 보니, 집 안은 여전히 슬픔으로 가득했다. 이제 하룻밤만 더 지나면 구원외의 관을 땅속에 매장할 수밖에 없었다.

"여보, 염라대왕님께 부탁해 다시 돌아올 순 없나요?"

구원외의 아내는 관을 부여잡은 채 좀처럼 울음을 그치지 못했다. 누구도 한 번 죽은 목숨을 되살릴 수 없지만, 그 모습을 본 손오공이 뜻밖의 결심을 했다.

"스승님, 여기서 잠시 기다리십시오."

"어디에 가려고 그러느냐?"

손오공은 행선지를 묻는 삼장의 질문을 뒤로 한 채 재빨리 유명계로 올라갔다. 그리고 연명지장보살(延命地藏菩薩)을 만나 오랜 세월 동안 부처님의 뜻을 받들며 승려들을 잘 모신 구원외의 선업(善業)에 대해 설명했다. 그 어느 때보다 공손한 자세로 이야기하는 손오공을 바라보며 연명지장보살이 슬쩍 미소를 지어 보였다.

"그래서, 네가 이미 죽은 구원외의 혼백을 돌려달라는 것이로구나."

"네, 그렇습니다!"

손오공은 마치 자기 부모의 목숨이라도 되는 듯 구원외를 살려달라고 간청했다. 연명지장보살은 그 정성이 갸륵해 고민 끝에 소망을 들어주기로 했다. 구원외가 쌓은 선업도 그런 결정을 하는 데 중요한 역할을 한 것은 물론이다. 그렇게 손오공은 구원외의 혼백을 받아 품속에 소중히 간직한 채 가장 빠른 속도로 근두운을 몰아 이승에 돌아왔다. 자칫 흙속에 관을 묻으면 모든 일이 수포로 돌아가기 때문이었다. 손오공은 구원외의 아내가 잠깐 자리를 비운 틈을 타 죽은 몸 안으로 혼백을 밀어넣었다. 그러자 거짓말같이 구원외가 살아나 관 뚜껑을 열고 밖으로 나왔다.

"에구머니나! 어떻게 이런 일이⋯⋯."

구원외의 아내는 화들짝 놀랐지만, 곧 남편이 살아난 기적에 감격스러워했다. 그러면서 그 모든 일이 평소 부처님의 뜻을 잘 받든 남편의 선업 덕분이라고 생각했다. 삼장은 다시 행복을 되찾은 구원외의 가족을 흐뭇하게 바라보다가 제자들과 함께 슬그머니 집을 나왔다. 이제 조금만 더 가면 서천에 닿을 수 있다는 희망으로 삼장 일행은 더욱 힘을 냈다.

28

불경을 전하고 부처가 되다

구원외에게 새 생명을 전해 주고 다시 길을 떠난 지 엿새가 지났다. 삼장 일행 앞에 길게 늘어선 고루(高壘)와 누각이 나타났다. 주변의 장엄한 풍광이 별세계처럼 보였다.

"오공아, 이렇게 멋진 곳이 다 있구나!"

삼장뿐만 아니라 세 제자도 처음 보는 황홀한 경치에 한동안 넋을 잃었다. 그때 옥진관(玉眞觀)의 금정대선(金頂大仙)이 어린 도사의 모습을 하고 삼장에게 다가왔다.

"동녘 땅에서 불경을 가지러 오신 분들인가요?"

"자네가 우리를 아는가?"

삼장은 어린 도사가 별것을 다 묻는다는 표정으로 되물었다. 그런데 손오공은 아이의 정체를 단박에 알아차렸다.

"스승님, 저분은 금정대선이십니다."

손오공이 귀엣말을 건네자, 삼장은 깜짝 놀라 예를 갖추었다. 그제야 본 모습을 드러낸 금정대신이 너그러운 표정을 지으며 삼장 일행을 옥진관으로 데려갔다. 그곳에서 금정대신은 따뜻한 차와 음식을 대접한 뒤 목욕물을 준비해주었다. 오랜만에 몸을 씻은 삼장은 그 날 밤에 단잠을 잘 수 있었다.

이튿날, 삼장은 잠에서 깨어 깨끗이 몸단장을 한 다음 봇짐 깊숙이 보관해두었던 금실로 짠 가사를 꺼내 입었다. 그리고 아홉 개의 고리가 달린 석장을 짚으며 제자들을 재촉했다.

"하룻밤 잘 묵었구나. 어서 금정대선께 인사를 올리고 길을 나서도록 하자."

"네, 스승님."

세 제자가 합창을 하듯 공손히 대답했다. 그때 약속이라도 한 듯 일행이 머무는 방으로 금정대선이 들어왔다.

"삼장, 어제는 남루한 옷차림이더니 오늘은 금란가사(金襴袈裟)로 갈아 입으셨구려. 진정 불경을 가지러 가는 불자답습니다."

"더러운 옷차림으로 부처님을 뵈러 갈 수는 없어서 말입니다."

금정대선의 칭찬에 삼장은 쑥스러운 미소를 지었다. 삼장 일행이 간밤의 호의에 감사하며 작별 인사를 건네려 하자, 금정대선이 뜻밖의 말을 했다.

"내가 법문(法門)까지 길 안내를 하지요. 그곳에 닿으면 영취산이 보일 것입니다."

그 말을 들은 삼장의 두 눈이 휘둥그레졌다.

"영취산이라면, 석가여래님이 계신 곳 아닙니까?"

"그래요, 삼장께서 드디어 천축국에 다다른 것입니다."

삼장과 세 제자는 너무나 감격해 왈칵 눈물을 쏟을 뻔했다. 그토록 모진 고생을 한 것이 헛되지는 않았다는 생각에 가슴이 벅차올랐다.

잠시 뒤, 법문에 도착한 금정대선이 저만치 보이는 영취산을 가리키며 말했다.

"내 역할은 여기까지요. 이제 나는 옥진관으로 돌아갈 테니, 마지막까지 방심하지 말고 과업을 완수하시기 바랍니다."

"감사합니다, 금정대선님."

삼장 일행은 작별 인사를 건네 뒤, 곧 영취산을 오르기 시작했다. 그런데 얼마 가지 않아 폭이 십 리나 되는 강줄기를 만나게 되었다. 삼장 법사가 갑작스런 난관에 당황하는 순간, 손오공이 멀지 않은 곳에서 능운도(凌雲渡)라는 팻말이 달린 다리를 발견했다.

"저기로 건너면 되겠습니다, 스승님."

다행히 다리가 있다는 말에 삼장은 빨리 그곳으로 가보았다. 하지만 그것은 썩은 통나무 하나를 양쪽으로 걸쳐놓은 것이라 불안하기 짝이 없었다. 결국 겁에 질린 삼장이 그 다리로는 못 건너가겠다고 버티는 바람에 제자들과 가벼운 실랑이가 벌어졌다.

"스승님, 제가 손을 잡아드릴 테니 눈 꼭 감고 건너보세요."

손오공의 말에 삼장이 손사래를 쳤다.

"아니다, 아무래도 나는 안 되겠구나."

그때 한 사공이 배를 저어오며 소리쳤다.

"모두 배에 오르십시오. 맞은편 강둑으로 모셔다 드리겠습니다."

사공의 호의에 삼장은 낯빛이 밝아졌다. 그런데 이번에도 손오공은 그 사공이 접인불조(接引佛祖)인 것을 단박에 알아차렸다. 그것은 화안금정 덕분에 가능한 능력이었다. 손오공이 귀엣말로 그 사실을 이야기하려는 순간, 삼장이 먼저 배에 오르려다가 화들짝 놀랐다.

"아니, 이 배는 밑바닥이 없구나!"

그러자 손오공이 삼장을 안심시켰다.

"걱정 말고 배에 오르십시오, 스승님. 비록 밑바닥이 없지만 어떤 풍랑에도 끄떡없는 아주 안전한 배입니다."

손오공의 말은 거짓이 아니었다. 물론 손오공도 평범한 사람이 그런 배를 타라고 했다면 화를 냈을 것이다. 하지만 사공의 정체가 접인불조인 것을 알게 된 이상 두려움을 가질 까닭이 없었다. 그 믿음은 틀리지 않았다. 삼장이 부들부들 떨며 배에 올랐는데, 신기하게 물속으로 빠지지는 않았던 것이다. 원체 헤엄이라면 자신 있어 하는 저팔계와 사오정도 그것이 신기하기는 마찬가지였다.

사공이 노를 젓는 배는 미끄러지듯 앞으로 나아갔다. 모두들 주변을 두리번거리며 아름다운 풍경에 마음을 빼앗기고 있을 때, 삼장이 강물에 떠내려 오는 시체 하나를 발견하고 소스라치게 놀랐다.

"저길 보아라! 누가 저런 참혹한 일을 당했단 말이냐?"

세 제자의 눈길이 일제히 시체 쪽으로 향했다. 그런데 놀랍게도, 그것은 삼장의 시체였다.

"이게 어떻게 된 일이지?"

저팔계가 곁에 있는 삼장과 시체를 번갈아 바라보며 이해할 수 없다는 듯 머리를 긁적였다. 손오공은 뭔가 짚이는 데가 있는 눈치였지만 아무 말도 하지 않았다.

차마 믿기 어려운 상황에 삼장이 얼이 빠져 있는 사이, 어느덧 배는 건너편 강둑에 닿았다. 삼장 일행이 하나둘 배에서 내린 다음 감사 인사를 하려고 고개를 돌리자, 순식간에 배와 사공이 사라져 어디에도 보이지 않았다. 그제야 손오공이 사공의 정체에 대해 털어놓았다.

"스승님, 방금 전에 우리를 도와준 사공은 접인불조였습니다."

"그게 정말이냐?"

삼장은 접인불조가 어디로 갔는지 몰라 하늘을 올려다보며 합장을 했다. 그것을 지켜보던 손오공이 말을 이었다.

"아까 스승님께서 보셨던 시체는……."

"그래, 내가 이렇게 멀쩡한데 어떻게 시체가 떠다닐 수 있단 말이냐?"

"제 생각에, 아마도 그것은 세속의 스승님일 것입니다."

"세속의 나라고?"

"네, 이제 스승님이 세속의 태를 완전히 벗었다는 의미로 부처님께서 보여주신 환영인 것이지요."

"그럼 내가 해탈을 했단 말이냐?"

그제야 삼장은 모든 일이 이해되었다. 비로소 저팔계와 사오정도 상황을 헤아려 스승을 향해 박수를 쳐주었다.

"성불(成佛)하신 것을 축하드립니다, 스승님!"

삼장은 부처님의 은혜를 실감하며 가슴이 벅찼다. 머지않아 불경을 가지러 온 임무도 완수할 수 있을 것이란 기대에 그동안 쌓였던 피로가 사르르 녹아드는 것 같았다.

그로부터 얼마 뒤, 삼장 일행은 영취산 꼭대기에 올라 뇌음사에 당도했다. 산문 안에서 사대금강(四大金剛)이 삼장 일행을 반갑게 맞이했다. 굳이 자초지종을 설명하지 않아도 사대

금강은 삼장이 찾아온 이유를 꿰뚫고 있었다. 그들 가운데 한 금강신이 세 개의 문을 통과해 대웅전(大雄殿)으로 가서 석가여래에게 아뢰었다.

"당나라의 고매한 승려께서 불경을 가지러 이곳에 오셨습니다."

그 소식을 들은 석가여래는 자비로운 미소를 띠며 삼장 일행을 안으로 들이라 금지(金旨)를 내렸다. 잠시 뒤 대웅전으로 들어간 삼장과 세 제자는 신비한 기운이 가득한 것을 느끼며 절로 고개를 숙였다.

"석가여래님, 처음 뵙겠습니다. 저는 삼장이라 하옵니다."

삼장이 어느 때보다 정중히 예를 올렸다. 그러자 석가여래가 부드러운 음성으로 삼장과 자신의 인연을 들려주었다.

"우리는 오늘 처음 만나는 것이 아니다. 너는 나의 두 번째 제자인 금상자가 환생한 것이니라."

그 말을 들은 삼장은 너무나 영광스런 마음에 거듭 합장을 했다. 곁에 있던 세 제자도 누구에게 뒤질세라 머리를 조아려 예를 갖췄다. 석가여래는 그들을 하나하나 둘러보며 인자한 미소를 지어 보였다. 특히 손오공에게는 더욱 따뜻한 눈길을 주어 지난날 오행산에 갇힌 기억으로 바짝 긴장해 있던 마음을 풀어주었다. 그리고 다시 삼장을 바라보면서 갖은 고생을 다해가며 불경을 가지러 서천까지 오게 된 의의를 되새겨주었다.

"남섬부주의 동녘 땅은 매우 기름져 많은 사람들이 모여 살았으나, 지금은 사악한 자들이 자꾸 늘어나서 갖가지 흉악한 범죄가 끊이지 않고 있다. 질투와 속임수, 이기심이 가득해 삭막하기 짝이 없는 곳으로 변해버렸지. 착한 사람들이 바보 취급을 당하고, 양심과 원칙을 지키기보다는 약삭빠르게 이익을 좇는 것이 당연하게 여겨지고 있단 말이다. 하여 내가 그대들에게 경삼장(經三藏)을 내줄 테니, 동녘 땅에 널리 전해 모든 재화(災禍)를 이겨내게 하라. 그것으로 인의예지신(仁義禮智信)의 이상을 실현할 수 있으리라."

그러면서 석가여래는 제자인 아나와 가섭을 불러 명했다.

"너희 둘은 보각(寶閣)을 열어 이들에게 경삼장을 내주도록 하라."

"분부 따르겠습니다, 석가여래님."

그런데 삼장 일행이 보각에 다다르자, 아나와 가섭이 뜻밖의 이야기를 했다.

"법사님, 경삼장은 매우 귀한 보물입니다. 알고 계시지요?"

"네, 알다마다요."

"그럼 우리가 경삼장을 내드리는 대가로, 법사님은 어떤 선물을 주실 것입니까? 가는 정이 있으면 오는 정도 있어야 하는 법이지요."

아나와 가섭은 경삼장을 내주지 않은 채 실랑이를 벌였다. 그것이 진심인지 농인지 쉽게 분간이 되지 않았다. 삼장이 당황해하며 그들에게 말했다.

"동녘 땅에서 오는 길이 하도 험해 미처 선물을 준비하지 못했습니다. 너그러이 이해해주십시오."

삼장은 긴장한 낯빛이 역력했다. 그러자 아나와 가섭이 빈정거리는 투로 중얼거렸다.

"거참, 이렇게 귀한 보물을 얻어가면서 작은 선물조차 없다니. 공짜로 경을 전하면 거지 근성 탓에 후세 사람들이 굶어 죽을 것이 뻔한데 말이야."

그때 그들의 말을 들은 손오공이 버럭 화를 냈다.

"웬만하면 잠자코 있으려고 했는데 도저히 참을 수가 없네! 스승님, 석가여래님께 이들의 행패를 알리고 직접 경삼장을 받는 편이 낫겠습니다."

저팔계와 사오정은 선뜻 나서지 못했지만 사형을 응원하는 눈치였다. 그제야 아나와 가섭이 마지못한 표정으로 경삼장을 내주며 구시렁거렸다.

"옛소, 가져가시오. 하여튼 돌원숭이의 성질머리는 예나 지금이나 변함이 없구려."

"뭐, 돌원숭이라고?"

손오공은 화가 치밀어 하마터면 여의봉을 꺼내들 뻔했다.

두 아우가 가까스로 사형을 말리며 아나와 가섭이 내준 경삼장을 용마의 잔등에 옮겨 실었다. 그 양이 적지 않아 저팔계와 사오정도 한 보따리씩 짊어져야 했다.

"휴, 이제야 정말로 경삼장을 가져가게 됐구나……."

삼장이 감개무량해하며 말했다. 그런데 귀한 경삼장을 얻는 일에는 또 다른 우여곡절이 남아 있었다. 삼장 일행이 석가여래에게 감사의 예를 올리고 나서 동녘 땅을 향해 걸음을 옮기기 시작할 때, 백웅존자(白雄尊者)가 나타나 경삼장을 빼앗으려고 했다.

"앗, 너는 또 누구냐?"

세 제자는 예기치 않은 공격으로부터 경삼장을 지키기 위해 필사적인 싸움을 벌였다. 그런데 백웅존자의 행동이 이상했다. 세 제자가 뒷걸음질을 치는 상황이 벌어져 용마가 짊어진 경삼장을 낚아채 갈 수 있었는데, 무슨 이유인지 그것을 땅바닥에 집어던져 속의 내용이 훤히 드러나게 했다. 그 다음에는 싸움을 포기한 채 어디론가 쏜살같이 사라져버렸다. 손오공이 얼른 그 뒤를 쫓으려다가 땅바닥에 나뒹구는 경삼장을 수습하는 것이 먼저라고 생각해 걸음을 멈추었다. 삼장은 허둥대며 이미 경삼장을 챙기고 있었다.

"아이고, 이 귀한 것에 흙이 묻게 하다니……."

삼장이 경전에 묻은 흙을 일일이 털어내며 한탄했다. 그때 저팔계가 두 눈을 동그랗게 뜨고 소리쳤다.

"스승님, 이것 좀 보세요. 경삼장에 글자가 하나도 없습니다!"

그제야 삼장이 경삼장을 살펴보니 저팔계의 말 그대로였다. 손오공과 사오정이 다른 경전들을 꺼내 펼쳐보았는데, 단 한 권도 글자가 적힌 것이 없었다.

사실 백웅존자는 보각 안의 연등고불(燃燈古佛)이란 존자가 보낸 사신이었다. 아나와 가섭이 삼장 일행을 골탕 먹이려고 글자 없는 경삼장을 내주는 모습을 보고, 그 상황을 알려주기 위해 백웅존자를 보냈던 것이다. 동녘 땅으로 경삼장을 가져간들, 글자가 없으면 그 내용을 사람들에게 전할 방법이 없었다.

"이 작자들이 끝내 말썽이로군!"

손오공이 아나와 가섭을 떠올리며 치를 떨었다. 삼장과 두 아우도 그들이 밉기는 마찬가지였다. 삼장 일행은 발걸음을 되돌려 석가여래를 찾아갔다. 그러자 석가여래는 그들이 다시 찾아올 것을 미리 알고 있었다는 듯 인자한 미소를 내보이며 말했다.

"글자 없는 경전을 일컬어 무자진경(無字眞經)이라 한다. 그것이 더 참된 경삼장인데, 사람들이 내용을 헤아리지 못할 뿐이지. 내가 아나와 가섭에게 명해 제대로 글자가 적힌 경삼장을 내줄 테니 아무 걱정 하지 않아도 된다."

석가여래의 이야기를 들은 세 제자는 화를 삭일 수밖에 없었다. 거기가 어느 앞이라고 요괴를 때려잡을 때처럼 성질을 부려댈 수는 없는 노릇이었다.

곧 아나와 가섭이 모습을 드러내 삼장 일행을 다시 보각으로 데려갔다. 그런데 이번에도 또다시 선물을 요구하는 것이 아닌가. 더 이상 어쩔 도리가 없다고 판단한 삼장이 곰곰이 궁리하다가 바리때를 꺼내 그들에게 건넸다. 손오공은 그 정도 선물로 석가여래 제자들이 만족할 리 없다고 생각했다. 하지만 이번에도 예상 밖의 상황이 벌어졌다. 바리때를 받아든 아나와 가섭이 빙긋 웃음을 짓더니, 흔쾌히 글자가 적힌 경삼장을 내줬던 것이다. 세 제자는 도무지 그들의 진심을 알 수 없어 고개를 갸우뚱거렸다.

삼장 일행은 아나와 가섭이 또 무슨 꼬투리를 잡을까 싶어 서둘러 보각에서 나왔다. 그리고 먼젓번과 같이 석가여래에게 예를 올린 다음 동녘 땅으로 향했다. 뇌음사를 나오자마자 손오공이 말했다.

"스승님, 여기서 모든 경삼장에 글자가 적혀 있나 살펴보도록 하지요."

아나와 가섭이 그깟 바리때 하나를 받고 경삼장을 내줄 때부터 손오공은 모든 책에 글자가 적혀 있는지 궁금했다. 석가여래의 제자들이 또 속임수를 쓰는 것은 아닐까 의심되었기 때문이다. 하지만 이번에는 틀림없이 글자가 적힌 경삼장이었다. 그 양이 모두 35부 5048권에 달했다.

한편 그 시각, 관음보살이 뇌음사로 석가여래를 찾아왔다.

"삼장이 경삼장을 갖고 동녘으로 떠났는지요?"

"그렇다네."

"석가여래님, 삼장이 여기까지 오는 데 햇수로 십사 년이요 날짜로 오천사십 일이 걸렸습니다. 불경의 권수에 비하면 꼭 팔 일이 모자라지요. 그러니 그가 동녘 땅에 경삼장을 전하고 이곳으로 다시 돌아오는 기간을 팔 일로 정해 균형을 맞추시옵소서."

관음보살은 이제 삼장이 당나라의 일개 승려로 살아가기에는 법력이 매우 높아졌다고 생각했다. 그래서 경삼장을 동녘 땅에 전한 뒤 영취산 뇌음사에 돌아와야 한다고 이야기했던 것이다. 관음보살의 말을 수긍한 석가여래가 팔대금강에게 명했다.

"너희들은 삼장 일행이 팔 일 안에 남섬부주 동녘 땅에 경삼장을 전한 뒤 돌아올 수 있도록 도와라. 그들을 그냥 두면 다시 십수 년이 걸려야 동녘 땅에 다다를 것이다."

그렇지 않아도 손오공과 두 아우는 먼 여정을 떠올리며 한숨을 푹푹 내쉬는 중이었다. 앞으로 닥칠 이런저런 난관도 고민이었지만, 이번에는 무겁게 경삼장까지 짊어지고 가야 해 덜컥 걱정부터 앞섰던 것이다. 그런 상황에 석가여래가 보내준 팔대금강은 사막에서 만난 오아시스 같은 행운이었다. 팔대금강은 석가여래에게 허락받은 신비한 비책으로 단 4일 만에 삼장 일행을 당나라의 수도인 장안에 데려다주었다.

"나 원 참! 이렇게 오기 쉬운 길인데 그 고생을 했던 거야?"

저팔계는 지난 여정의 고생이 억울한 듯 투덜거렸다. 손오공과 사오정도 너무 편하게 당나라로 돌아오게 되자 허탈한 마음이 들 정도였다.

팔대금강이 삼장에게 당부했다.

"우리의 비책으로도 뇌음사에 돌아가려면 나흘이 필요합니다. 그러니 서둘러 경삼장을 전해주고 나서 이곳으로 오십시오. 사람들이 괜히 겁을 집어먹을지 몰라, 우리는 여기서 기다리겠습니다."

"뇌음사로 돌아간다고요?"

삼장이 의아해하며 물었다.

"네, 법사님과 제자 분들이 영취산에서 지내도록 하라고 석가여래님께서 말씀하셨습니다."

"그것이 정말입니까?"

삼장은 당장이라도 눈물을 쏟을 만큼 감동했다. 불문에 들어선 자로서 그만한 영광이 없었기 때문이다. 삼장의 세 제자도 벅찬 가슴을 진정시키느라 쉽게 말문을 열지 못했다.

잠시 뒤, 삼장은 제자들과 함께 당 태종을 찾아갔다. 삼장이 황제를 보자마자 공손히 절을 올렸다. 태종 역시 오랜 기다림 끝에 만난 삼장을 크게 반겼다.

"폐하, 서천 천축국에서 무사히 불경을 가져왔습니다."

"어서 오시오, 삼장. 그동안 목이 빠져라 기다리고 있었소."

태종의 말은 과장이 아니었다. 얼마나 삼장이 돌아오기를 학수고대했는지, 망경루(望經樓)를 짓고 틈만 나면 올라가볼 정도였다. 삼장은 먼저 세 제자를 태종에게 소개한 뒤 소중히 간직해온 경삼장을 전했다.

"이것이 세상 무엇보다 귀하다는 부처님의 말씀이구려. 내가 이것을 백성들에게 널리 알려 이 땅을 다시 아름답고 정의롭게 만드는 데 도움이 되도록 하겠소."

그러면서 태종은 신하들에게 명해 큰 잔치를 준비하게 했다. 사시사철 열네 해 동안 무려 10만8,000리의 길을 걸어 불경을 가져온 만큼 아무리 크게 잔치를 열어도 지나침이 없다고 생각했던 것이다. 하지만 삼장이 태종의 호의를 정중히 거절했다.

"폐하, 저는 불법을 따르는 수행자로서 특별할 것 없는 도리를 다했을 뿐입니다. 외람된 말씀이지만, 저를 위한 잔치에

쓰일 돈을 성정을 베푸시는 데 사용하십시오. 저는 폐하의 따뜻한 마음을 받는 것만으로도 충분하옵니다."

"오, 과연 삼장다운 말이오. 어느덧 명실상부한 고승(高僧)이 되었구려. 내 기꺼이 그대의 말을 따르도록 하겠소."

"감사합니다, 폐하. 그럼 저는 이만 돌아가겠습니다."

태종은 작별을 알리는 삼장의 말에 깜짝 놀랐다.

"아니, 어디로 간다는 거요?"

"폐하, 저는 이제 제자들과 함께 영취산으로 돌아가 석가여래님의 가르침을 받을 것입니다. 부디 폐하의 성정으로 동녘 땅에도 부처님의 말씀이 널리 퍼져 자비가 가득하기를 기원하겠습니다."

태종은 14년 만에 만난 삼장과 금세 헤어지는 것이 너무나 아쉬웠다. 그러나 더 높은 깨달음을 얻으려는 수행자의 앞길을 가로막을 수는 없었다. 태종은 황제의 권위를 내려놓고 삼장을 끌어안았다.

"안녕히 가시오, 삼장. 그대에게 갖는 고마움을 어떤 말로 다 표현할 수 있겠소? 나부터 부처님의 말씀을 실천해 자애로운 국왕이 되도록 노력하겠소."

"네, 폐하. 모쪼록 그렇게 되시기를 바랍니다."

그때 두 사람의 작별 인사가 길어지는 것을 염려한 손오공이 삼장을 향해 속삭였다.

"그만 가봐야 합니다, 스승님. 영취산에 돌아가는 데도 족히 사흘이 걸릴 것이라고 하지 않았습니까?"

그제야 정신이 번쩍 든 삼장은 조금 전에 만났을 때처럼 황제에게 공손히 허리를 숙여 인사했다. 태종도 더는 삼장을 붙잡지 못하고 안녕을 고했다. 두 사람은 국왕과 승려라는 신분을 잠시 잊고 서로 손을 맞잡은 채 눈물을 글썽였다.

그로부터 나흘 후, 삼장 일행은 다시 영취산 뇌음사에 닿았다. 정확히 8일의 날짜가 채워져 삼장이 불경을 구해 동녘 땅에 가져다주기까지 5,048일이 걸린 셈이었다. 그것은 앞서 말한 대로 경삼장의 권수와 똑같은 숫자였다.

석가여래가 더없이 자비로운 음성으로 삼장에게 말했다.

"그대는 온갖 위험을 무릅쓰고 날로 어둠이 짙어가는 동녘 땅에 경삼장을 전해줘 밝은 빛이 비치게 했구나. 내가 그 공을 치하하며 그대를 부처로 삼아 세상에 널리 불법을 전하도록 하겠다."

삼장은 석가여래의 말에 머리를 조아렸다. 성불하여 부처가 되는 영광만큼 커다란 책임감이 그의 가슴속에 가득 차올랐다. 그 날부터 삼장은 전단공덕불(旃檀功德佛)로 봉해져 모두의 존경을 받는 부처가 되었다.

석가여래의 은혜는 그것으로 끝나지 않았다. 삼장의 제자들에게도 차례로 직함이 내려졌다.

먼저 손오공은 투전승불(鬪戰勝佛)이 되었다. 그것은 간단히 말해 세상의 정의를 관할하는 부처가 됐다는 의미였다. 손오공이 부처가 되다니! 한때 천궁을 어지럽히며 소란을 피웠고, 석가여래의 노여움을 사 오행산에 갇히기도 했던 이력을 생각하면 기적 같은 변화였다. 손오공이 사악했던 성질을 버리고 선한 마음으로 불법을 받아들였기에 가능한 일이었다.

뒤를 이어 저팔계는 정단사자(淨壇使者)가 되었다. 그것은 뇌음사의 음식을 관리하는 자리였다. 술에 취해 말썽을 부리거나 사형을 음모하여 어려움에 처하게 하고, 욱 하는 성질을 참지 못해 문제를 일으키기도 했던 과거를 생각하면 다행스러운 일이었다. 평소 음식이라면 사족을 못 썼으니 적성에 딱 맞는 직함이라고 할 만했다. 그래도 죽음을 무릅쓰며 불의에 맞서고, 앞장서서 무거운 짐을 들고 다닌 공을 인정받은 셈이었다.

마지막으로 사오정은 금신나한(金身羅漢)에 임명되었다. 그것은 사람들이 깨달음을 얻도록 돕는 자리였다. 한때 영소보전을 지키는 장군이었다가 큰 잘못을 저질러 쫓겨난 신세에 그만한 영광은 상상도 못한 일이었다.

여기서 궁금해지는 존재가 하나 있다. 그것은 다름 아닌 용마인데, 석가여래는 그 백마에게도 팔부천룡(八部天龍)이라는 직위를 내려주었다. 하루 이틀도 아닌 14년 동안 한결같이 삼장을 태워 서천으로 온 공을 인정받았던 것이다. 또한 경삼장을 실어 동녘 땅으로 갈 적에도 용마의 희생이 매우 컸다. 앞서 설명한대로, 원래 용마는 서해 용왕의 아들 중 하나였는데 불효 죄를 지어 옥황상제가 내리는 벌을 받을 뻔했다. 그런 한심한 처지가 고행 끝에 석가여래로부터 직함까지 받게 되었으니 몇 번씩이나 고개를 숙여 감사 인사를 올려도 모자랄 지경이었다.

석가여래에게 감사 인사를 올린 것이 어디 용마뿐일까. 삼장의 세 제자는 여태껏 단 한 번도 그만한 영광을 누려본 적이 없었다. 그러니 석가여래 앞에서 이마가 땅에 닿도록 엎드려 오랫동안 예를 갖췄던 것이다. 석가여래가 다가와 따뜻하게 감싸안아준 뒤에야, 세 제자는 비로소 몸을 일으켰다. 그리고 잠시 자리를 비우는 석가여래의 뒷모습을 바라보며 다시 합장으로 인사했다.

잠시 뒤, 세 제자는 감격스런 눈빛으로 서로를 바라봤다.

"사형, 우리가 부처가 되고 사자가 되고 나한이 되다니 믿어지시오?"

"그러게 말이다, 팔계야. 아니, 이제 정단사자라고 불러야겠구나."

손오공의 말에 저팔계는 아직 자신의 직함이 익숙지 않아 쑥스러운 표정을 지었다. 손오공은 일부러 사오정을 바라보며 "금신나한!" 하고 불러보기도 했다. 사오정 역시 그 직함이 어색하기는 마찬가지였다.

그때, 뭔가 꼭 할 말이 있는 듯한 눈빛으로 손오공이 삼장을 바라보았다.

"왜 그러느냐, 오공아?"

삼장도 아직은 제자를 부를 때 투전승불이라는 직함이 입에 붙지 않았다. 그런 점은 손오공도 별로 다르지 않았다.

"스승님…… 이제 제 머리를 짓누르는 화관의 금테를 벗겨주십시오. 전단공덕불도 되셨으니까 말이에요."

"아하, 그렇지. 부처가 된 기념으로 긴고주나 한번 읊어볼까?"

순간 손오공이 소스라치게 놀라며 삼장의 옷소매를 붙잡았다.

"스승님, 아니 전단공덕불님, 그것만은 제발……."

"하하하, 농담이다. 농담이야."

그제야 손오공은 안도의 한숨을 내쉬며 다시 한 번 떨리는 목소리로 부탁했다.

"화관의 금테 좀 어떻게 안 될까요?"

"그것은 걱정할 필요 없다, 오공아. 네가 부처가 되었으니, 이제 그 금테는 아무런 위력도 갖지 못할 것이다. 긴고주가 소용없게 되었다는 말이지."

삼장의 말을 들은 손오공은 너무나 기뻐서 자기도 모르게 소리를 내지를 뻔했다. 석가여래로부터 투전승불의 직함을 받을 때보다 더 신나는 표정이었다. 그 곁에서 저팔계와 사오정도 자기 일처럼 즐거워하며 큰 소리로 웃음을 터뜨렸다.

　돌이켜보면, 참 힘들고도 보람된 여정이었다.